U060l087

爆发力

杨晓升／主编

中国言实出版社

图书在版编目(CIP)数据

爆发力 / 杨晓升主编.—北京：中国言实出版社，
2014.10
ISBN 978-7-5171-0894-8

Ⅰ.①爆… Ⅱ.①杨… Ⅲ.①短篇小说—小说集—中
国—当代 Ⅳ.①I247.7

中国版本图书馆CIP数据核字（2014）第234375号

责任编辑：史会美

出版发行　中国言实出版社
　　　　　地　　址：北京市朝阳区北苑路180号加利大厦5号楼105室
　　　　　邮　编：100101
　　　　　编辑部：北京市西城区百万庄大街甲16号五层
　　　　　邮　编：100037
　　　　　电　话：64924853（总编室）64924716（发行部）
　　　　　网　址：www.zgyscbs.cn
　　　　　E-mail：zgyscbs@263.net
经　　销　新华书店
印　　刷　阳谷毕升印务有限公司
版　　次　2015年8月第1版　　2022年1月第3次印刷
规　　格　710毫米×1000毫米　1/16　15.75印张
字　　数　250千字
定　　价　48.00元　　ISBN 978-7-5171-0894-8

目　录

一个普通的机关干部，乒乓球令他结识了一批官场人物，并最终走进官场，飞黄腾达。乒乓球也让他碰到一个女人，这个可以呼风唤雨的女人却慢慢爱上了他。这是一个普通人官场上的情爱历险，更是一个中国男人的心灵史。迭出的悬念，紧张的情节，将让您爱不释卷……

成晓琴爱上了林处长，在一次和林处长约会的时候，丈夫跟踪而至，杀死了林处长。丈夫也被枪毙了。成晓琴一个人带着儿子过。儿子长到六岁读书了，一天，儿子回家问成晓琴：妈妈，我班同学骂我爸爸是杀人犯，是吗？儿子的这个问题，使成晓琴意识到在原来的环境里生活不下去了。那么，搬了家后的成晓琴真的就幸福如意了吗？

前女友出国时留给子和的一个翡翠玉蝉，让子和与妻子之间有了一层微妙关系。小说以此为主线，揭示了一对夫妻奇妙的情感历程，女主人公最终的悲剧，让我们不得不思考：命运与婚姻之间到底该如何掌控？

俗话说，嫁鸡随鸡，嫁狗随狗。女人珍珠也想嫁个好男人好

1

好生活，然而，她却不得已先后嫁了两个男人，可在哪一个男人家都不得安生，坎坷的命运让她最终酿成了悲剧，这到底是谁的错呢？

暧昧 ··

原本是简单的男女情事，男未婚，女未嫁，互相喜欢就顺理成章，却因为身在官场，硬是弄出了一段曲曲折折的暧昧。谁料一场官场变故，竟成全了她的"倾城之恋"。

捉奸 ··

两个乡的乡长联合起来捉奸，就因为那被盯上的一男一女是两个老上访户，乡里认为抓住了他们的把柄，他们就不再会上访了。于是，一场布局周密的捉奸行动开始了……

一个普通的机关干部，乒乓球令他结识了一批官场人物，并最终走进官场，飞黄腾达。乒乓球也让他碰到一个女人，这个可以呼风唤雨的女人却慢慢爱上了他。这是一个普通人官场上的情爱历险，更是一个中国男人的心灵史。迭出的悬念，紧张的情节，将让您爱不释卷……

爆　发　力

宗利华

　　那天，魏春一边擦着脸上的汗，一边若无其事地跟钟子曰说，我跟你们局长打招呼了，看能不能给你换换地方。正弯着腰收拾乒乓球拍的钟子曰稍稍一愣，哦了一声。

　　钟子曰跟老同学魏春虽不在一个单位，但从小就一起下河摸虾上山打柴的。当魏春还是市财政局副局长的时候，钟子曰经常去他家里，觍着个脸到处翻找好烟抽。可等魏春干了一把手，钟子曰去得就少了。钟子曰觉着，你脸皮再厚也不能不识时务啊。你看人家魏春，跟你起点是相同的，都已是堂堂大局长了！你呢，在一个无权无势的小处室，还是个副科！小虾米想跟大鱼一起玩儿也得有速度啊！再说，魏春当了局长以后明显忙起来，少有时间正儿八经接待钟子曰。不过倒有个好处，这两人都喜欢打乒乓球。魏春偶尔会有半日闲暇，就给钟子曰打电话，说练练吧？钟子曰反正有得是时间，答得却也干脆，练就练呗，谁怕谁啊？以前，他俩凑到一起，也就是打打球聊聊天，开开某个女人的玩笑，官场上的事儿向来不谈的。

　　所以，魏春那句话让钟子曰感觉有点儿突兀。

　　这事儿过了没多久，局里开始对钟子曰进行考察。又没过多久，钟子曰走马上任财务处处长。那一年，钟子曰三十九岁。按另一个朋友的话说，正是春风得意马蹄疾。

　　钟子曰这人平日里话不多，酒量也不算大，很沉稳很低调，不显山不露水。一听他干了财务处处长，好多人大吃一惊！我老天，莫不是又一匹黑马横空出世？消息灵通的就慢慢知道了他跟魏春有一层关系，还揣摩出一系列别的关系，连说怪不得怪不得呢，关系就是生产力嘛！因为这一步的跨越，钟子曰跟魏春之间，倒像是多了一些细微变化，纯粹心理层面上的。钟子曰觉得，他跟魏春，关系越来越不那么纯正了。

当然，乒乓球还是要打的。不但如此，钟子曰还逐渐在魏局所在的一个圈子里越混越熟。当钟子曰感觉真正融于其中时，心里就先发了一番感慨，我钟子曰花了四十年时间，才能跟你们这帮狗日的混一起打打球啊！

所谓那帮狗日的，彼此之间对外称球友，共同的爱好自然是打乒乓球。隔三岔五地聚一下，放一放汗，再找个地方蒸一蒸，有人一起兴，晚上再凑一桌喝点儿干红。这些人从乒乓球馆出来，远远看上去，那阵势简直不同凡响！一人一车一司机，不小心让人以为是有大领导来视察。钟子曰那辆车在那一摆溜车阵里，就像鸡入了鹤群。

有一次，魏春无意中说了一句意味深长的话，别以为这帮人只是打打球，我告诉你啊老钟，这帮人想联起手来干件事儿，那是所向披靡的。

钟子曰职位虽低，却不影响他在这个圈子里开始左右逢源，他手上的活儿路好。钟子曰打球历史较长，那一批球友呢，多半是后起之秀，招数稀奇古怪，纯粹一帮野路子。就像喜欢下棋的人不愿跟臭棋篓子下一样，打乒乓球的也不愿跟臭手支招，找不到感觉呀。魏春之所以找钟子曰打球，就因为跟他打有挑战欲。钟子曰根本不让着他，很卖力气，而且打得很自然。以此类推，那帮子球友喜欢钟子曰，也是冲这一层意思。

何小草是悄然出现的。

那一天钟子曰赶到俱乐部的时候，发现队伍里多了个女人。行家一伸手，便知有没有。钟子曰打眼一瞧，就感叹这个女人不简单。钟子曰就问魏春，这女的是谁？魏春说，何小草呀，我跟你说过的。又补上一句，你不见得能打过她。钟子曰又打量了几分钟，啧啧称奇，说，我打不过她，咱这一帮人没一个能打过她的。魏春就笑了，那当然，人家是进过省队的。那语气像炫耀一件私藏宝贝。

何小草经营一家知名体育品牌服装，做得很火。每年春秋季节，市里以及各家单位都要组织运动会的。那时节，她的身影频频出现在各大单位，几单生意做下来就能顶一年零售了。过了没多久，何小草来找钟子曰。钟子曰这才明白局里所有参加秋季运动会的人员服装，都是由何小草提供。何小草一进门，哎呀一声，说，钟大处长，原来你就在这里？早知如此，我干嘛还转那么大一个圈儿投别人的门子？钟子曰起初一愣，毕竟不是熟人，后来反应过来，站起来去倒水。何小草跟他东扯西扯半天才拿出发票来。钟子曰很矜持地坐着，打个电话，让内勤把钱拿来。何小草临走的时候，给钟子曰的手机振一下铃。说，这样以后好找你了。还说，你是乒乓球高手，改天找个机会打一场怎样？钟子曰连说，不敢不敢，您是科班出身啊。何小草说，看来钟处长不喜欢收女弟子。

那一次见面，应酬的成分居多。钟子曰心里很明白，要掌握住尺寸，倘若她跟魏春有什么说不清道不明的关系，自己也有退路可走。

过了不久，还真打过一次。不知是何小草故意相让，还是状态不佳，钟子曰居然稍占了上风，五局三胜。彼此惺惺相惜，互相吹捧。何小草似是意犹未尽，突然说，钟处长如果晚上没定场合，不如小女子设宴，顺便请几位好友聚一聚。钟子曰说，美女盛情，怎好驳面子？我看再重要的事儿，也必须要往后放一放。何小草笑弯了腰，说，我成美女她妈了都。嘻嘻哈哈打了一圈电话。当晚，坐到酒桌上时，钟子曰挨个看过去，暗暗吃惊。多半是钟子曰熟识的官场球友。当然，包括魏春，魏大局长。

从那以后，熟了。两人经常在手机上交流一下彼此收到的短信。一开始还犹抱琵琶半遮面，久了，不管是荤的素的段子，也就蝴蝶蝴蝶满天飞。钟子曰自从干了财务处长，酒场明显多起来，有时一连几天沉醉不知归路，老婆早知管不了，也就撒了手。何小草呢，是个自由人，有过一段短暂的婚姻，后来离了，女儿跟了她。这一男一女，倒并不担心短信过火烧掉了眉毛。

又过不久，何小草给钟子曰电话，说她在干一件相当有意义的事儿。

钟子曰说，比挣钱还有意义？何小草说，钟大处长，别这么挖苦人好不好？难道我是个钻到钱眼儿里的人吗？你们男人不经常说钱是王八蛋吗？我对钱没概念，反正够花就行，我向来挣一个花三个。钟子曰说那岂不是入不敷出啊？何小草嘿地一笑，不愧是财务处长！说实话，我这有意义的事儿，都是为了你们几个。钟子曰说，我们？我们者，何人也？何小草说，再过几天你就知道了。

果然，过了一个月左右，何小草亲自登门，为钟大处长送来大红烫金请柬。钟子曰说，莫不是你要结婚？怎么一点消息也听不到？何小草撇撇红嘴唇，我对你们男人呀，早就彻底失去信心。我要是结婚，也要找一个女人。

钟子曰哎呀一声，你厉害，我服了。接过请柬来一瞧，味儿一声笑，何老板不做服装生意，改行做乒乓球教练？何小草说，我突然发现，满足你们这帮老男人的欲望，是我活着的最大价值和意义。钟子曰与其对视半天，彼此哈哈大笑。

原来，何小草新开了一家乒乓球馆。

开业那天，钟子曰早早打发司机买一个大花篮外带一个大红包送去。等他到现场一瞧，嘿，那可真是锣鼓喧天，嘉宾如云！气氛之热烈，远远超乎钟子曰想象。他们这帮子球友，只占前去捧场的极小份额。何小草的社会交往之广泛，让钟子曰眼界大开。政界，商界，体育界，媒体圈，甚至文学艺术圈，本市许多知名人士都荟萃一堂。甚至，还有几个戴墨镜的男子来来往往，脖子上挂着金灿灿的链子，比街头粉嫩女郎牵狗用的那种还粗。

钟子曰抱着胳膊，远远地打量着在人群中穿梭的何小草，突然就那么一瞬，心动了一下！人群里的何小草，像一只穿行在花丛间的五彩蝶。平日里一身运动装的她，大大咧咧，颇有男子之风。那天却穿一件粉红色连衣裙。咦，突然不一样了，很女人了！钟子曰站在那里远远地打量何小草，她似乎也心有灵犀，扭回头来。

四目相对。阳光灿烂。

钟子曰他们这支业余乒乓球队，当然就转移到"小草乒乓球俱乐部"。钟子曰本来以为，这俱乐部只是何小草租下地盘自己开发的。后来却惊讶地获悉，就连那一片地，现在也在何小草名下！尽管在城郊接合部，但以时下的土地价格，连同建球馆装修费用，其数目定不在小。何况，她是怎么得到那块地的？钟子曰很清楚这不是一件简单的事儿。

何小草在指导一帮小孩子练球，钟子曰悄无声息地坐在中间过道的长椅子上，样子很专注。何小草正抓着一个小丫头的手讲球，说手形是这样，有一个倾斜度，沿着这样一条线，对，用力，再用点力！不对，力气是这样发出来的，要有爆发力！看上去，何小草很开心。钟子曰心道，人都说，商人都是无利不起早，奸商奸商么！何小草做了这么多年商人，居然还对孩子这么有耐心！

何小草终于看到钟子曰，她安排那几个孩子自己练着，走过来打招呼，钟哥今天好早呀！何小草在不同场合，都改变着对钟子曰的称呼。钟子曰说，我看看你怎么教孩子的。

何小草在一边坐下，看着那帮孩子，突然换了语气，这可是我退而求其次的一个梦想。我开始练球的时候，跟他们差不多大。那时候，我的梦想是拿世界冠军。可后来，我发现那简直太难！尤其是在咱们中国，那个梦我根本就实现不了。再后来，我就想，假如有一天我拥有一家真正属于自己的俱乐部就好啦！我一直在为之而奋斗。钟子曰扭头盯了一眼何小草。他发现何小草的眼角有点儿湿润。何小草似乎不好意思。何小草说，也许，你觉得我这个梦想很渺小吧？钟子曰在她眼神里读出女人的柔性气息。钟子曰忙说，你是个了不起的女人。你猜刚才我在想什么？我在想，我的梦想是什么呢？这么多年，我觉得都白活了。何小草推他胳膊一下，说什么呀，都财神爷了还白活？那我们小老百姓，不如找块豆腐撞死。

　　魏春他们几个过了一会儿才来。看到钟子曰跟何小草坐在一起，魏春稍稍一愣神。不过数秒的事儿，还是让钟子曰给逮住。钟子曰急忙站起身来。魏春一边换球鞋，一边轻飘飘地说，子曰，你今天真早啊！

　　就在那一天，魏春起哄似的，一定要钟子曰跟何小草决一高下。何小草说，我跟钟处长较量过，我打不过他的。钟子曰呢，不置可否。他心里倒是不憷何小草。何小草说，我那边还有一帮孩子呢！他们都看着我，你说要是我这个老师输了，多丢人啊？可魏春不答应。魏春说，钟处长这人平日里很狂，根本不把我们这些人放在眼里，你替我们出口气。

　　何小草笑了，那钟处长你就让着我点儿。

　　可这一次，谁也没让着谁。何小草释放全身能量，钟子曰呢，全力以赴。那肯定是一场激动人心的比赛了。不管是身在其中的何小草和钟子曰，还是在一旁观看的魏春们，都真真正正体验到一种无形魅力。钟子曰擅长反手抢拉，弧线压得很低，但这根本难不倒何小草。何小草呢，正手进攻非常凌厉，削球居然也柔中带刚。前四局打成平手，何小草面如桃花，娇喘吁吁。钟子曰偷觑一下之后，立即觉得妙不可言。他们都真正进入了一种应战状态。第五局，现场情绪一度高涨。有一个球，他俩居然打了十几个回合。

　　结果，钟子曰败了。

　　但钟子曰败得舒坦。后来，他对那场球多次进行梳理。他找到了一个很恰当的比喻，简直是一次酣畅淋漓的做爱啊！没想到，从那以后，钟子曰感觉内心深处潜伏了多年的一些东西，开始丝丝拉拉生长。钟子曰多少年找不到那种感觉了啊！

要说四十一岁的钟子曰一辈子只有老婆一个女人，这也太瞧他不起。钟子曰在三十多岁的时候，有过一个所谓的情人，很短暂。被老婆发现苗头后，啪哧一下，把火熄了。其时，女儿已四岁，钟子曰拿着当宝贝一样。本来有离婚打算，可一看女儿那张粉嘟嘟的小脸蛋儿，就动摇了。当时，钟子曰觉得很亏，甚至，觉得委屈了自己。但不久之后，他不这么想了。往深了说，他觉得这是命。浅了说，也就那么回事儿。保证外面彩旗飘飘而家里红旗不倒，是男人们约定俗成的共性观念。只是，钟子曰自那以后，外面的彩旗也没了。

可没想到遇见何小草以后，风一吹，草又动了。

或许老天特意安排，要灭一灭钟子曰心里的这股子突然蹿出来的邪火。局里的一把手要去美国考察，点名只带一个财务处长去。对钟子曰来说，这可是绝佳的机会啊！多少人梦寐以求，都求不到的。另一种意义上讲，这可是领导垂青，或者，是一种暗示也未可知。

钟子曰接到领导电话时，内心深处却是先反抗了一下。

钟子曰给何小草打电话，说，我近期要去一趟美国。何小草尖叫一声，带我去吧！钟子曰说我倒是想。何小草说你算了吧，借你十个胆子你也不敢。钟子曰沉默了一会儿，说，不是我不敢是我没办法。何小草在那边说，趁着别人还没行动，我先给你送送行吧，我担心晚了没我的份了。最后，何小草的一句话把钟子曰吓了一跳！

何小草说，到我家里来吧！何教练亲自下厨。

电话是上午打的，接下来，钟子曰开始品尝度日如年的滋味。四十岁的男人的心里，少有这种慌乱了。心乱，就会把一切都搞乱。这一天，前来签字报销的人，肯定会觉得钟处长与往日大有不同。要在平时，钟大处长眼光多么刁钻凌厉啊！一张一张单据地看，一项一项去问询。但在这一天，他几乎拿过来顺手就签。到了下午，猛不丁地，却有省厅的领导来检查指导。一把手在会议室里作了汇报，然后亲自陪领导们下基层跑点。这样的事儿倒不必钟子曰陪同，但照惯例，如果晚上领导留下吃饭，怕是得财务处长作陪。钟子曰整个下午都很焦急，暗骂省厅领导怎么如此会选时间，早不来晚不来，偏偏这时候来凑热闹。

何小草的电话倒先来了。

何小草说，钟哥啊，真是不好意思，晚上我突然有个急事儿。钟子曰如释重负。钟子曰说，没事儿没事儿，你忙你的。挂掉电话，才怅然若失。不出钟子曰所料，何小草的电话挂掉不一会儿，一把手把电话直接打进来，说，你去大富豪订个大一点的房间。

订房间的事情一个电话就解决。大富豪是局里的点，专接待贵宾的。前台接电话的女服务员小周都熟悉了钟子曰的声音。小周声音甜腻，说，是钟处啊？还是老地方吗？钟子曰说，你这话可让人有想法啊。小丫头嘿嘿哈哈地笑，钟哥啊，人家可是盼着你单独约我呢。钟子曰说，你这娃，越来越没大没小，要喊钟叔。

放下电话，钟子曰顺手摸过一根烟来点上，突然觉得内心一片空荡荡的。自从他干了财务处长之后，这种感觉经常不邀而至，莫名其妙就来上那么一下。钟子曰的脑子里冒出一个词儿，叫自我。他对自己说，钟子曰你现在已经失去自我。若再追溯过去，钟子曰早年还是一个诗人呢。三十岁左右的时候，钟子曰自费出过一本诗集。那个时候，钟子曰满怀激情，眼里除了诗，别的都算一个屁。他跟市里文学圈里的人熟得很，酒桌上喝高了，站起来就声情并茂朗诵自己的或别人的诗。情人就是在那时候出现的。然而，随着柴米油盐不断浸透，钟子曰灵魂深处的诗性，也逐渐被淹没。点点滴滴积攒下来，钟子曰发现，残酷的现实比那些狗屁诗句更有杀伤力。那些貌似优美的句子，再也没来骚扰过钟子曰。当然，他也没有主动去探索。

现在一想，恍如隔世。

但是，当钟子曰走下轿车，走向大富豪门口，漂亮的礼仪小姐为他缓缓推动旋转门的时候，他的头昂起来，脚步沉实地向前迈进。现在他必须得扮演另一个角色，寻找另一种感觉。人这一生，会有很多种角色，不同的角色带给人不同的感觉。但有些感觉注定不能同时让你拥有。舍此而就彼，或舍彼而就此，必须选择其一。而且，你钟子曰很清楚，这取舍之间的事儿，有时候，你自己说了根本不算。

市委领导出面坐主陪，一把手坐下首，晚宴规格便高了。省厅领导们倒也很给面子，摆出来者不拒的架势，既显示了酒桌上的诚意，当然也暗含着对考察工作的肯定。那还有什么好说的？喝吧。有过很多次这样的场合，钟子曰还没等捉对厮杀呢，就先败下阵来，但再狼狈，也绝对不能临阵脱逃。一把手扔过一个眼色，你就得心领神会，主动出击。钟子曰一连接了两个眼色，暗道一声，不好！他强忍着那口气，稍坐一会儿，便离席去洗手间，可里面有人捷足先登。钟子曰于是趁机摆脱战局，溜到房外，他得先去楼道尽头的洗手间大吐特吐。钟子曰蹲在那里好半天，四周嗡嗡作响。他抬头看一眼房顶，突然想如果趴在房顶往下看，蹲在四面木板墙壁里的这个钟子曰，肯定很好玩儿吧？钟子曰仰着头跟假想的窥视的那个他嘿嘿对笑一声，随后摁一下按钮，哗的一下，呕吐物不见了。

钟子曰站起来的动作有点儿猛，把自己弄得一阵迷糊，闭着眼睛稍事休息，这才清醒多了。他晃动着身体走出来，站到一面镜子前，刚要捧水洗手，突然看见镜子里有个人！回头一看，明明是没别人的。他这才开始问自己，难道这个人是钟子曰？怎么可能？老成这个样子啦！还满脸的泪水，简直奇丑无比！他双手接了一捧水，扑在脸上，揉揉眼睛，又去打量镜子里的那个人，稍顿片刻，他伸手给了自己右脸一巴掌，笑了，一边笑着，一边靠得更近，去端详眼角的皱纹。

就在那时，身后有一男一女的声音。

女的说，干吗要喝那么多酒？

男的说，看见你高兴。你说，我能喝不多吗？

钟子曰的笑，啪一下僵在镜子里。他听清楚了，那是魏春和何小草。还没转回身，就看到魏春那张瘦长的脸先挤进了镜子。钟子曰在瞬息之间，把那个笑脸从镜子上揭下来，转回身面对魏春，说，哈，这么巧啊？魏春说，子曰？你怎么在这里？哦，我记起来了，这也是你们单位的根据地。

何小草的脸上出现片刻尴尬，但一闪而过。何小草说，哎呀！不得了，上个厕所都碰到两个领导。钟子曰一直保持着那个笑，小心翼翼的。钟子曰说，今天省厅的领导来了。魏春摇晃着去男区，推门前回头说，子曰，你别说我在这里啊。钟子曰说，好的，我不说。

何小草却突然说，等会儿我给你补上，好不好？

钟子曰没听明白。

何小草说，你等会儿接我电话。说完，进了女区。

果然，钟子曰回到房间里不久，何小草的电话进来。钟子曰拿出电话，看一眼，果断摁下拒接键。何小草又打了几次，钟子曰已经把电话调到振动上，塞进衣服架上的外衣口袋里。钟子曰警告自己，何小草这个女人你不能接近。否则，连魏春这个朋友都没了。魏春对你不错，你们俩怎么能为了一个女人把关系搞僵？后来，何小草发来一条短信，说，只要你想吃我做的菜，今晚不管几点来，我都做给你吃。可钟子曰当时根本就没在意。

　　钟子曰送走所有领导，才回身进大厅去签字。那个晚上，注定要发生一些事情的。要不是偶然碰到魏春和何小草，钟子曰不会感觉心情不爽，不会脑子里乱作一团。要不是在签字的时候，服务员小周又跟他开了一句玩笑，他就不会突发奇想，冒出那样一句话。

　　小周顽皮地一笑，钟哥，什么时候约我在老地方见？

　　钟子曰看到小周身边无人，脱口而出，一会儿约你，好不好？

　　小周似乎一愣，抬头盯着他，追问一句，真的？

　　钟子曰低了声音，钟哥什么时候跟你开过玩笑？

　　小周迟疑一下，拿过一张纸来，写了一串号码，迅速把纸条塞到钟子曰手里。钟子曰握着那张纸条，走出大富豪。在车上，他悄悄展开纸条，上面写着一串号码。他把纸条装进口袋，告诉司机把车开到帝都。他说有几个朋友在那里等我打牌。走进帝都大厅，他把手机拿出来。那个时候，何小草的短信还没进来，只是几个未接电话，钟子曰一一删除，而且把何小草的电话号码也删掉了。钟子曰开了一个房间，进去后便按照纸条上的号码拨打过去。

　　钟子曰犹豫片刻，方说，帝都，206。

　　小周顿了好半天，我二十分钟后下班。

　　那件事情过了好久，钟子曰都弄不明白，当时自己是一种什么心态。可那件事情，就如此简单地发生了。

　　小周像一条滑溜的鱼溜进房间的时候，钟子曰躺在床上，已经摆弄了好半天遥控器，他把所有电视频道来回翻了无数次。小周插上门闩，才过来把钟子曰抱住。钟子曰觉得稍稍不适应。钟子曰说，只知道你姓周，还不知你名字呢。小周说，我叫周雪雁。钟子曰不知道接下来怎么办，他莫名其妙地连说对不起对不起，我喝多了真是喝多了。周雪雁面带微笑瞧着他，似乎不明白出了什么变故。钟子曰感觉面前那张脸很陌生。周雪雁说，钟处你干吗这样？钟子曰说，我没想别的，就想找个人说说话。说完后就想扇自己一巴掌。你他妈真是卑鄙！你是这么想的吗？你都已经脱得浑身上下只剩一件内裤了。周雪雁悄然靠近，把他推倒在床上。周雪雁说，好呀，钟哥，那咱就说说话。

　　整个过程中，谁也没说话。

周雪雁叫得倒是很欢快。

钟子曰从那个身体上滚落下来的时候，他也没去仔细端详那张脸。钟子曰居然很没出息地哭了！钟子曰躺在那里，一动不动，只感觉自己的泪水汩汩地冒出来，溢出眼角，沿着一条皱纹，经过耳朵边，钻进后脑勺部位的头发里。周雪雁起初一动不动，后来猛地一下抬起头，小猫一样，悄无声息地慢慢把脸凑到钟子曰那张脸上方。周雪雁突然笑了。哈，你这是干吗呀？我又没强奸你！

这期间，钟子曰迷糊了一阵。后来，突然醒了。钟子曰心慌意乱地穿上衣服，说你在这里睡吧，我要回家。周雪雁嗯了一声。临出门的时候，钟子曰干了一件傻事儿。他转回身来，掏出钱包，要拿钱给周雪雁。周雪雁本还是慵懒地微笑着，此时似乎愣住了，慢慢地，脸上就冷若冰霜。

周雪雁说，我那个包里，有一本书，送给你，你拿走吧！

钟子曰本来手里拿着钱包，很尴尬地站在那里，此时如蒙大赦。他拉开皮包拉链，里面果然有一本书。钟子曰抓在手上，小偷一般溜出了房间。走出电梯，刚想把那本书扔进垃圾桶，但无意中瞥了一眼封面，却愣住了！那是一本看上去挺旧的书。严格来说，是一本诗集。钟子曰在昏暗的灯光下一瞧，立刻就像捡起了一个遥远的记忆。诗集的名字叫《麦穗儿成长的声音》。作者是钟子曰。

接下来的半个月，钟子曰和他的一把手在天上飞来飞去，在异域的土地上跑来跑去。对钟子曰来说，这一行程的收获可谓巨大。平日里难以接近的一把手，在异域他乡，似乎变成了一个茫然无助的孩子。钟子曰很欣喜地看到，一把手对其信任度一路飙升。一些完全细节性的或者说隐私性的东西，都让钟子曰悄然掌握到了。比如，一把手的呼噜声震天般响亮，一把手也喜欢讲黄段子，一个连着一个，颇有智慧。而且，钟子曰还发现一个秘密。有一天，一把手在连续发短信，钟子曰算了一下，那个时刻的国内应该是凌晨两点左右。

回到国内，两个奴隶一下子找到当主子的感觉。给一把手接风洗尘的场合，差不多持续了一个月。适宜钟子曰出场的，一把手必定喊着他。当然，魏春安排的那一场，钟子曰还像桥梁和纽带一样，必不可少。

魏春见了他俩，先哈哈笑着说，张局，你没把我老同学带坏了吧？一把手姓张。张局也回头一笑，你问问老钟谁带坏了谁？瞧瞧，都喊老钟了！

这场酒又怎能不其乐融融？由于捎带着一起给钟子曰洗了尘，魏局也就没再单独安排。钟子曰呢，虽说比张局的洗尘酒少一些，但也够他忙活的。局里其他科室一把手，哪一个不赶紧趁此大好时光巴结财务处长呢？就好比年底送礼，送到的未必让人记住，不送的却是必定被人掂量一番的。钟子曰差不多也应酬了一个月。他本不善酒，且不善托大不善拒绝，那一个月就真正是累。但累得舒坦，累得有感觉。尤其是酒桌上，你拿手一指，某某，你干了那一杯！那人立即端起酒杯一饮而尽，脸上还带着荣幸之至的状态。这简直奇妙无比！

周雪雁不在大富豪前台了。钟子曰去签过几次字，却发现换了另一个小姑娘。他几次想问一问周雪雁去了哪里，但还是忍住了。对钟子曰来说，周雪雁就像个影子，或者像一个梦中的人物那样虚幻。甚至，他想不起那小姑娘长得什么样子了。

整整一个冬天，钟子曰没去打一次乒乓球。倒不完全因为天气冷，现在的钟子曰真正变成大忙人。也未必是此前他就不忙。但此前的钟子曰，尚还有一丝拒绝之心，小心翼翼的，不敢露出得志便猖狂之态。与张局出一趟国回来，他心态大变，感觉此前的确不成熟。现在，他要充分享受那一种状态，或者感觉。钟子曰开始如鱼得水。

偶尔，躺在办公室沙发上时，他会拿出周雪雁所赠的那本诗集读一读。但真正读不下去。其目的也似乎只是反复打量扉页上他多年之前写下的那几个字：请龙某某先生雅正。这个龙某某是谁？他怎么也想不起来。周雪雁跟龙某某什么关系呢？她通过什么渠道得到这本诗集的？有时，会打量着自己的那张照片，看上那么一会儿，说一句，那时候真是嫩哪。

照片上的钟子曰留着长发，蓄着小胡子。

何小草再次出现，是第二年春天。

何小草说，钟大处长真是一点机会也不给人啊！钟子曰说，此话怎讲？何小草说，你我瞎子吃水饺，心里有数。钟子曰微笑，可我真是糊涂着啊。该不是又想跟我打乒乓球？说完这话，钟子曰心内稍稍一痛。何小草说，小女子再也不敢啦，平生有一次足矣！

何小草亮明来意，春季运动会马上开始啦，服装的事儿，既然有钟处长这权重位高的老情人，她就不去绕圈子了。钟子曰说，错，错了一个字，是老熟人。何小草说你这么大个处长，还在乎这一个字儿？钟子曰说，换一字海阔天空。说着，拿起电话打给工会王主席。王主席在那边嗫嚅半天，意思是他已答应了别人，不好绕口。钟子曰啪地一下挂掉电话。何小草问怎么回事。钟子曰笑眯眯地说，你放心，没问题。

他话还未落，何小草尖叫一声，哎呀，我到处都找不到你这本诗集。钟子曰看完那本诗集，忘记收起来了。钟子曰说，见笑见笑。何小草说，你在当年可是赫赫有名。现在文学圈那帮朋友提起你，还津津乐道哪。钟子曰说，年轻的时候谁不做点儿傻事。何小草说，你现在还老啊？

工会主席敲门而入，何小草立即从沙发上站起来，你好啊，王主席！瘦骨嶙峋的王主席很隆重地弯腰与何小草握罢了手，转脸对钟子曰，钟处长你怎么不早说？让何老板打发个人直接找我不就行了。说着，顺手递给钟子曰一摞发票。钟子曰上上下下打量他，你说你这叫什么人哪？今天，我绝对不给你签！王主席并不笑，说你要不签，我就不答应何老板这事儿。钟子曰骂道，操！一边笑嘻嘻地拿过发票来，一一签了。王主席诺诺而出。

何小草忍不住笑。

何小草说，这下子，人家有话说啦，钟大处长为了一个女人，置原则而不顾。钟子曰说，狗屁啊，他这个人你不这样不行。

何小草站起来，突然说，你知道这些日子，我在研究什么吗？钟子曰说，难道何教练又要转身，去做研究员？何小草说，纯粹是业余的。我在研究一个叫钟子曰的家伙。这家伙的经历让我觉得很惊讶。钟子曰说，这人到底有什么可取之处？何小草说，可取之处太多。你看，五六年的农村生活，十几年读书生涯。大学里的学生会主席，写的诗迷倒一大片女生。接下来，写诗十年，其间，艳遇一次，想跟一个叫马晓雅的女人缠缠绵绵走天涯。但随之转身，步入政界，五年信访处副处长，调处无数上访案件。再后来却摇身一变，成一方财神爷。自古及今，从文者难从政，从政者少文采。可这个人不管为文为政，都占尽风流。你说，这不是很有研究头吗？

钟子曰眨巴着眼睛，照你这一说，我也觉得这个人有点儿魅力。

何小草说，那当然啦，我都快要破例爱上他啦！

钟子曰说，像何研究员这样的佳人，怎么会轻易爱上一个鲁莽之徒？

何小草说，该鲁莽之徒鲁莽得很文雅，很可爱。

何小草一走，钟子曰躺在旋转椅靠背上，琢磨半天，然后提起电话就打给了魏春。他说，魏局什么时候有空再去打乒乓球？魏春呵呵一笑，老钟你现在还有时间活动？钟子曰说，不行了，每根血管里都是酒精。魏春说，悠着点儿，身体是自己的，情人是别人的。钟子曰哈哈一笑，话题一转，刚才何小草来谈运动服的事儿，我给办好了。魏春说这和我有关系吗？是你们之间的事儿。魏春还说，这个何小草，真是个人精呢。你可当心了老钟。钟子曰故作糊涂，春哥，我当心什么？你的人，我怎么敢下手？魏春似乎在那边被水噎住，咳嗽了几声后，哈哈大笑起来。魏春说，钟子曰啊钟子曰，你这人熟了，熟透了。

自那以后，钟子曰又出现在何小草的乒乓球俱乐部。当然，还是跟魏春他们。魏春笑称，老钟重又归队。

走进何小草的家，似乎是顺理成章。

何小草说了，你帮我做成一笔大生意，我得隆重地谢你。钟子曰说，这点儿小破事儿也要谢？何小草说，在你们眼里是小事儿，在我们小老百姓眼里，可是开张吃半年。你就给个准确话，来不来？还是那条短信上的内容，何小草的家随时为钟子曰开放。钟子曰装糊涂，什么短信啊？

何小草大喝一声，钟子曰！我可警告你，你要不来，我找黑社会绑架你！

何小草还嘟囔一句，太伤自尊了。

一进何小草的厨房，钟子曰有点儿眩晕。何小草家的厨房比书房大，厨架里的瓶瓶罐罐比书架上的书多。钟子曰说了一句，天哪！他咽了口唾沫。何小草系了围裙，食指指尖塞在嘴里舔了一下。何小草说你先到阁楼阳台上参观一下，我收拾好了，喊你来帮忙。钟子曰于是拾级而上，穿过阁楼后门，来到阳台上。又是在心里哎呀一声，阳台的面积也够大，内容自然极其丰富。靠墙的一面挂满了无数个花盆，顶上是竹枝搭成的丝瓜架，或者葡萄架。在靠近边缘的那个角落，还有一架仿古样式的铜制秋千。钟子曰坐在秋千架上，半城美景，尽收眼底。在那一瞬，他心底里有个声音哀叹一声，慢慢地闭上了眼睛。

他对自己说，钟子曰，你他妈的，真正是活得一点水准也没有。

餐桌摆在葡萄架下，菜花花绿绿摆满了桌子。钟子曰叫不出名字，只知道是寻常菜蔬，在这张桌子上颜色味道全不一样了。何小草为它们取了一些名字，比如，唇红齿白，绿肥红瘦，往事如烟，红尘摇曳，你和我吻别在无人的街，等等。钟子曰说，酒不醉人菜醉人。何小草这才哎呀一声，对呀，还有酒呢。就噔噔下楼去了，不一会儿举一瓶白兰地来。何小草说，补上给

你接风洗尘的酒。钟子曰说，你还没忘这个？何小草说，答应人家的，一定
要做到。虽说你旧尘已洗，但难免又添新尘，一并洗了吧。钟子曰一口酒下
肚，方说，我觉得何小草你这人，就像块磁铁，什么时候都能把人吸住。何
小草说，哎哟，钟大处长什么女子没见过？少取笑奴家。钟子曰笑道，我如
果说话过头，这衣服会不会变成葡萄叶？何小草说，那倒不至于，但我想你
会觉得自己赤身裸体。

　　一开始，有点儿唇枪舌剑，斗智斗勇。但钟子曰最终发现，就像那一次
打乒乓球一样，他仍处于劣势。钟子曰说，那次为何让我打了个五局三胜？
何小草说，初次见面就打你个落花流水，总是不好。钟子曰说，你不知道这
样会伤一个男人的自尊心？何小草把嘴一撇，现在的男人，还有自尊心可
言？见钟子曰一愣，随即补上一句，除了你。钟子曰呵呵一笑，你的口才比
乒乓球水平还要高。何小草说，我的很多副业都比主业强。钟子曰说，我突
然感觉，你本身就像个滑溜溜的乒乓球。何小草稍稍一愣，换了语气，你小
子居然跟我想的一样，但我想的那个乒乓球是你。

　　于是，先前的推挡稍稍缓和，何小草换上削球，差不多都是擦着边走。
何小草说，我知道你不屑接我这种人的电话，也不看我的短信。钟子曰说，
我担心接了看了，会心潮起伏，难以遏制。何小草说，难道关在笼子里的老
虎，还会吃掉笼子外面的人？钟子曰说，老虎并不可怕，可怕的是笼子外面
的人，很想打开笼子走进去。何小草说，这人不会把老虎放出来再钻进去？
钟子曰说，放出来跟钻到笼子里一样可怕。何小草说，那就人走人的路，老
虎依旧在笼子里吧。钟子曰说，难说是老虎在笼子里还是人在笼子里。何小
草突然来一个正手反攻，你是不是以为我跟魏春有什么关系啊？钟子曰说，
哎呀，这可真是，叫声屈动地惊天。何小草嘿嘿一笑，梦短梦长总是梦。你
道是窦娥冤，我还以为是牡丹亭。

　　钟子曰笑了，你这哪是乒乓球啊？简直是油锅里滚出来的钢珠球。

　　喝至中途，何小草突然建议，如此大好美景，何不吟诗助兴？子曰你朗
诵一首你自己的诗吧？钟子曰先是对那个称呼咂呷一番，然后才说，我现
在离诗太遥远了。何小草说，今晚上我决定要把你拉下水。说完，顺手拿过
那本诗集来。钟子曰说，看来你早有预谋。何小草说，我明白，机遇稍纵即
逝。钟子曰说，那种感觉走远了，拉怎么能拉回来？何小草说，我这人喜欢
挑战新领域。

于是，钟子曰朗诵了何小草指定的一首。

诗的名字叫《与你邂逅在某个秋季》。

> 花儿还开着，
> 雨季却已来临。
> 风吹过你的脸庞，
> 带不走我的叹息。

钟子曰连说，不行不行。何小草说，是写给那个叫马晓雅的女人的吗？钟子曰把眼睛瞄向别处，那只是一段旧事。何小草说，可我觉得那时候的你倒很真实。钟子曰被吓了一跳似的。真实？是啊，那时候连骨子里的情感都赤裸裸地暴露无遗。何小草说，现在你我都不真实，都戴着面罩。何小草站起来，走到阳台边上，衣角被风吹起来。钟子曰走过去，点上一支烟。何小草说，有时候，我以为我得到了我想要的，可在清晨醒来的时候，眨一眨眼睛，就发现其实什么都没得到。钟子曰把一口烟吐向夜空。

他们喝了很多酒。

钟子曰说，我该回去了。何小草说，如果嫂夫人管理不严，你睡在这里倒也无妨。钟子曰说我倒是不怕你，是怕我自己犯错误。何小草说，我都不怕，你怕什么？在我眼里，男人跟女人一样。说完，何小草进了屋子。钟子曰坐在那里，扭头看着夜幕下的城市，终于掏出手机，半天方说，我在外地，今晚赶不回去了。

何小草看来铁定心思要拉他回到过去。进了客厅，打开音响，是一首舒缓的钢琴曲。何小草再次把那本诗集递给钟子曰。这次钟子曰找到了感觉，他开始朗诵自己很多年前写的诗。他把自己浸透在一种糟透了或者幸福透了的情绪里。他倾注了自己都感到久违了的感情。甚至，到最后，这个男人又开始流泪。

何小草盯着他看，眼睛里熠熠闪光。

何小草说，真实的你其实挺可爱的。

何小草还说，其实，你在那帮人里面是最真实的。所有男人里只有你不接我的电话，对我的短信不理不睬，甚至，那么久都不肯跟我联系。

那个时刻，钟子曰和何小草坐在沙发上。何小草偎依在钟子曰身上，钟子曰伸手揽着他。何小草说，我去给你整理被褥。她进了一个房间，钟子曰随后而入。钟子曰从后面抱住了她，两人一起躺在了床上。钟子曰寻找着何小草的嘴唇，却被何小草推开。何小草说，你不能动我。钟子曰说，为什么？何小草说，不行就是不行。否则，我们连朋友都做不成了。

钟子曰似乎不解。

何小草起身去了，再进来，却端来一盆热水。何小草说，你自己洗还是我帮你？钟子曰说，我自己来。他坐起来，把脚伸进盆里。何小草却蹲下去，悄然抓住了钟子曰的脚。何小草说，我喜欢这样做。钟子曰躺在松软的床上，看着房顶。何小草走到门口，说，为什么叹气？钟子曰说，没什么。何小草又回来了。她站在门口，说，晚安。钟子曰说，你跟我一起睡，我不动你。何小草说，你保证？钟子曰说，我保证。何小草面带微笑钻进了被窝。一开始何小草偎依在钟子曰胸口，钟子曰到底还是忍不住，把何小草压在身子底下。何小草说，你如果这样，我就失踪。钟子曰叹了口气，你太残忍了。这下轮到何小草把钟子曰抱在胸口。钟子曰把头探在何小草双乳之间。在那一瞬，他感觉自己回到襁褓时代。

给内退的廖副局长喝完欢送酒，那个传言弥漫开来。熟悉的，甚至直接说到钟子曰脸上，马上要更换称呼，该喊钟局了。钟子曰微微一笑，说你们这帮家伙安的什么心？不怕贼偷，就怕贼惦记，你们是不是惦记我这位子了？虽如此说，钟子曰内心深处还是由衷地兴奋。一个萝卜一个坑，空出一个副局长位子就得补上一个，要不也是浪费。满局里扫来扫去，钟子曰感觉自己似乎少有对手。可官场上的事情瞬息万变，晚上拟好名单，次日一早却发现改头换面的事情，也不是没出现过。钟子曰现在已成老手，内心深处那点儿风，已掀不起脸上的波澜。

那句不怕贼偷就怕贼惦记的话，却在另一件事情上得到应验。

那天，钟子曰刚到办公室，有人敲门。却是周雪雁。钟子曰呆了一下，迅速换回脸色。他站起身来，去把门关紧，这才扭头问，你怎么来了？周雪雁说，钟哥你真是薄情寡意，我早就离开大富豪了，你居然连问都不问。钟子曰心里咯噔一下，说，那你来这里干什么？

周雪雁说，我想你啊。

钟子曰赶紧岔开话题，啊，对了，你是从哪里找到那本诗集的？周雪雁抿嘴一笑，从一个卖旧书的市场上买来的。我一看是你的名字你的照片，真是惊讶极了。原来，整天在我们酒店吃饭的钟处长，居然是个大诗人啊！后来，我把你的诗读了好多好多遍，崇拜死了都。

钟子曰说，我去大富豪打听过你，可她们不知你干什么去了。周雪雁顺手抓过钟子曰桌子上的一盒烟，抽一支来点上。钟子曰眉头一皱。周雪雁说，我其实还在这座城市。你想找就一定能找到，我的电话号码又没变。可见，你把我忘了。钟哥，你不知道你有多厉害！就那一次，我居然就怀上了！

钟子曰觉得脑袋嗡地一下！随即又想，不可能啊，要是还在周雪雁肚子里，应该很硕大了。周雪雁一看钟子曰打量她的肚子，扑哧一声笑，说，现在里面当然没有。我专门为你去了一趟医院呢。钟子曰不动声色。周雪雁说，我一个大姑娘，还没对象就大了肚子，找死啊？再说，我不能给你添麻烦。你们男人，是要面子的。

钟子曰说，你来这里，怕是另有原因吧？

周雪雁说，听说你们局里，要招一批人。

钟子曰恍然大悟，说是有这么件事儿，但条件很多。周雪雁说，要是条件不多我也不会来麻烦你。钟子曰说，你觉得你哪些条件不具备？周雪雁掏出一个移动磁盘，说，我的资料都放在你的电脑里，你抽空看一看，好不好？钟哥，我真的好想来你们局上班。钟子曰一边看着周雪雁在他电脑上忙活，一边说，我会尽力的。周雪雁说，好了，在你桌面上。

周雪雁离开后，钟子曰沉思半天，顺手点击周雪雁所留资料，发现里面有几张照片。打开其中一张，就愣住了！他跟周雪雁头并着头，躺在一起。他似乎是睡着了，周雪雁呢，很顽皮地对着镜头笑。两人的脸都有点变形。钟子曰一下子闭上眼睛，狠狠地暗骂自己一句。接着，点击开另外几幅，却都是他的裸体照。还有一个声频文件，钟子曰轻轻一点，里面传来他跟周雪雁对话的声音。

钟子曰突然感觉自己的喉咙里像是吞进了一只苍蝇。

一个星期内，周雪雁打来四次电话。钟子曰说，你的资料我都看过。我已跟他们打过招呼。你不要急。心里却暗暗叫苦，周雪雁连高中都没读完，局里进人，是要本科学历的。钟子曰施着缓兵之计，内心里却一天也甬想安稳。这时候，张局也跟他稍稍露了点口音，说，关于副局长的事儿，他已经跟市委组织部门作了汇报，估计马上就会进入考察期。钟子曰当然明白，这个时候，千万不能马虎大意，细节性错误也会输掉全盘。

再次走进乒乓球俱乐部，魏春就低声对他说，恭喜恭喜！钟子曰说，恭喜什么啊？还不都是你的功劳。魏春说，是金子在哪儿都发光。这一天，钟子曰打球时显得心神不定，接连败给了几个人。坐在那儿休息时，魏春问，怎么啦？有压力？钟子曰说，很疲惫，喝酒喝的。魏春哈的一声，悠着点儿。何小草在跟另一个副局打球，魏春盯着她看了好一会儿。钟子曰突然问了一句，你什么时候认识何小草的？魏春扭过头来，好几年了。钟子曰低头轻声说，收拾过了？魏春狡黠一笑，这问题不好回答。

两人对着头笑，何小草正过来捡球，说，你们俩大男人，偷着乐什么呢？魏春说，钟子曰说他喜欢你，让我给你们做媒。何小草说，魏局，人家钟大处长年轻有为，我可配不上他。说完，沉下脸来，你们再在背后说我的坏话，小心我的九阴白骨爪，抓得满脸开花，看你们怎么回家见嫂夫人。何小草离开。钟子曰问，咋就离了呢？因为你吗？魏春说，这种玩笑不要开啊。你要是她老公，你受得了？这样的女人，得有一个相当厉害的男人才能控制的。

钟子曰突然觉得自己很无聊。

钟子曰给周雪雁打电话，说，雪雁，那件事情真的难办，条件卡得很死。周雪雁说，我知道有难度，但我还知道你能量巨大。你马上就是副局长了，难道这点事情也办不成？钟子曰吸了一口冷气，你不要听那些传言，我怎么会有那个能力？这样吧，你如果需要钱，我给你送一点过去。周雪雁说，目前不需要，我要钱干什么呢？我只是不想过漂泊不定的日子了。我想像一个正常女人那样上班下班。钟子曰问，你现在干什么工作？周雪雁嘿地一笑，你说我还能干什么？我孤零零地在这座城市，能干什么？我在大富豪，一开始端盘子刷碗，你知道为什么我后来去了前台？我跟老总睡了一次。他说要给我一份好工作。后来，像甩一块抹布一样把我甩掉。钟子曰你还在听吗？我告诉你，到你的时候，我经手的男人，我自己已经算不清了。你说，我这种女人还会有什么好职业？

钟子曰觉得胃部一阵收缩。

他趴在桌子上，轻轻呻吟一声。

我早就看透了。你们这些男人，平日里人模狗样。其实，暗地里都是畜生。我还以为你跟他们不一样。我早些年也写过诗。我喜欢过你的诗。花儿还开着，雨季却已经来临。风吹过你的脸庞，带不走我的叹息。呵，多么美的感觉。我读的时候，都假想你是写给我的。

钟子曰说，雪雁你听我说。我知道，我做得不对，对你关心也不够。这样，你给我一个账户，我给你打上五万。周雪雁嘿的一笑，你开始跟我谈交易。钟子曰说，我实在没别的办法来弥补。要不，十万！周雪雁沉默半晌，说，看来，我得接受你的建议。钟子曰闭上眼睛，说，但我不希望再看到那些照片，你怎么能够给我证明？周雪雁说，这有点难。我就是把所有的都删除掉，你还是不相信我。

内勤放下支票后，小心翼翼地问，这笔款子怎么下账？

钟子曰说，是张局要用，你看怎么下账合适？

内勤说，最起码，钟处您得给我留张条子吧？

钟子曰沉闷半天，说好吧，我打欠条。不过，这事情对谁也不要说。

十万块钱打到周雪雁的账户上，钟子曰再也轻松不起来。这是自己亲手埋下的一颗地雷，却忘掉埋在何处，担心不知何时何地就会一下踩响。十万块不是一个小数目。怎么堵上这个漏洞，是钟子曰苦思冥想的下一个大问题。

而任命副局长的事情，正一步步逼近。就在钟子曰把钱给周雪雁的第二天，市委组织部的人就进了局里，跟局党委成员一一谈话。那个上午钟子曰一步也没离开办公室。他把门反锁，半躺在椅子上闭目养神，内心却风起云涌，兴奋当然有，恐惧和担忧也不无存在。临近中午，一位副局长打进电话来，说，老钟，这一次是考察你们两个人。钟子曰呼地一下站起来，还有谁？副局长说，政治处马主任。哦。钟子曰应了一声。钟子曰在思索对手时，是将他作为一个的。钟子曰给魏春打电话，响了好几声，魏春也没接。又过了半天，魏春才打过来，说刚才在开会。突然一下子钟子曰不知道说什么好。魏春说，你又想打球了？钟子曰说，今天组织部门过来考察。魏春说，好事情啊。钟子曰说，是我们两个，还有政治处马主任。魏春问，你觉得有危险？钟子曰沉吟一会儿，这个人也比较有实力。魏春说，官场上的事儿，不好说的。张局什么意思？钟子曰说，难说。魏春说，必要的工作要有的。钟子曰说，这我明白。魏春说，那就不必过于担心。这样，下午一起去练练吧，放松一下。

下午，还没等钟子曰走出办公室，周雪雁的电话又来了。

钟子曰看一眼号码，感觉就像被蛇咬了一口。他说，又怎么回事儿？周雪雁说，上午，我去看了一套房子，带阁楼的。钟子曰说，很好啊。周雪雁说，我要把阁楼顶上的阳台，设计成个小花园，种满各种各样的花儿，再买上两个藤椅。你要有时间就过来，我给你泡茶喝。钟子曰微笑，再次说，很好啊。周雪雁说，我现在有点儿后悔。钟子曰心里咯噔一声，后悔什么？周雪雁说，我后悔把你的诗集还给你。改天再送我一本吧，签上我的名字。钟子曰说，我都不知道还能不能找到。周雪雁说，那就把我给你的那本再还给我。钟子曰说，那一本也找不到了。周雪雁叹了一口气，钟哥，你不知道，我现在感觉很不好。这与我当初想的不一样。我本来以为咱们两个之间不是那种金钱的关系。可现在我感觉把自己卖了。钟子曰一边带门一边说，你千万别那么说，这是应该的。周雪雁说，不管怎么说，我是通过诗，才认识你的。钟子曰暗骂一句，别提他妈的诗啦！周雪雁说，你不要误会啊，我也不想这样，可是我也没办法。那房子太贵了！你给的十万，还买不到一个阁楼。钟子曰觉得大脑一热，脱口而出，你他妈的有完没完？吼完了，才发现自己站在楼道里，而隔壁几间办公室的门都开着。周雪雁嗲生嗲气，钟哥你别生气啊，真的，你别生气。你再给我十万。我以后再也不打扰你了。我保证。

钟子曰啪一下挂掉电话。

打完乒乓球，到一家洗浴中心冲了一个澡。钟子曰觉得浑身舒服了不少。但一出门，那股子烦扰就扑面而来。这个时候，他发现手机上有何小草的未接电话。钟子曰犹豫半天，才给何小草回过去。何小草说，你今天怎么回事？看上去神情恍惚。钟子曰说，有一点儿麻烦。何小草说，工作上的还是家庭里的？钟子曰说，兼而有之吧。何小草叹了一口气，这世界上没人活得不累。钟子曰问，你在哪儿？何小草说，在家，刚冲了一个澡出来。钟子曰问，我能过去吗？何小草犹豫片刻，说，好吧。

穿着睡衣的何小草，让钟子曰的目光像一只活泼的小松鼠一样，在房间里蹿来跳去，难以安宁。何小草说，人家说，穿着睡衣下厨房，做出来的饭菜会刺激性欲。钟子曰说，这我还是第一次听说。何小草看他一眼，别那个样子，一脸苦大仇深，像有人欠你租子。钟子曰叹了口气，你不知道发生了什么事情。何小草说，不就是副局长的事儿吗？你们男人哪，就想在两个地方证明自己的能力。一个是单位里，一个是床上。所以，一个单位就等于一张床。

钟子曰哈哈大笑。

两人坐到桌子旁边，何小草举起酒杯，突然说，那个马主任不是你的对手。钟子曰一愣，你也认识他？何小草说，我倒不认识，可我的一个小姐妹认识。钟子曰"哦"了一声。何小草后来说了一句话，把钟子曰惊得一下子站起来。何小草面无表情地说，你也太老实了吧？周雪雁要挟你，你就给她十万哪？

钟子曰呼地一下站起来，嘴唇哆嗦着，看着何小草，说不出话。何小草笑了，怎么啦？钟大处长。钟子曰说，你，你。就说不下去了。何小草说，我看你是典型的能惹不能打理。周雪雁正是抓住你这弱点不放手。这次十万，下次至少还得十万，还会有下下次。你就像她手里的一个木偶，想起来就提一提。还像一台取款机，取之不尽，用之不竭。

钟子曰终于说话了。

钟子曰说，可我没办法，这个时候我不能出事儿。

何小草说，你知道周雪雁看中哪套房子了吗？你瞧，就那栋楼，楼顶带阁楼的。钟子曰问，你是怎么知道这件事的？何小草微笑着说，你别问这些了。但你要明白，何小草在这座城市，三教九流的朋友都有。我想跟你做一笔交易，我帮你把这事情摆平，你帮我做一件事情。钟子曰脱口说，别说一件，就是十件百件，只要我能做到，我一定帮你。何小草盯着钟子曰，你肯定能做到，那就是，写一首情诗给我。

第二天上午，周雪雁就给钟子曰打来电话。周雪雁完全换了口气，说，钟处长，钟叔，我做错了事儿，你一定原谅我。那十万块钱，我已经取出来，一分都没花。你的照片，我都删除得干干净净。这样，你看在哪个地方合适，我把钱给你。

钟子曰驾车来到城郊一个小树林，不一会儿，周雪雁乘坐出租车到了。周雪雁戴着一个大墨镜，钻进钟子曰的车，先递给钟子曰一个纸袋。说，这是全部的钱。钟子曰说，我不明白，这是怎么回事儿？周雪雁看着钟子曰，好半天才说，算你狠！说完，推门而出，钻进等在那里的出租车。钟子曰打开纸袋，发现十万块钱果然一分不少。他抽出一支烟来点上，给何小草打电话。钟子曰说，那事儿摆平了。我惊讶你是怎么做到的？何小草说，什么事儿呀？我跟任何事儿都没关系。要怪就怪有些女人太得寸进尺，而且，得了便宜卖乖，唯恐天下不知。你放心，我何小草不是那样的人。

沉默半天，何小草一声叹息，只是我不明白啊钟子曰，你怎么跟这种女人扯到一起呢？你究竟看上她哪一点？钟子曰沉默好半天才说，她原来是大富豪前台的收银员。我跟她，就在一起一个晚上，你知道是哪一天吗？何小草冷笑，难道是你不接我电话的那个晚上？钟子曰说，对，就那个晚上，我喝多了。你折磨我整整一个下午，然后你说你有事儿。结果呢，你所谓的事儿就是陪魏春去喝酒？

这次轮到何小草沉默了半天，钟子曰，你别对我有什么想法。我不是一个好女人。钟子曰脱口而出，我不管。何小草说，你如果真的对我动情，会后悔的。你不知道，我是一个多么复杂的女人。

好多天以后，钟子曰才明白，何小草给他解决的难题还不止这一桩。两周以后，一张红纸贴在厅门口，那是一份考察公告。如果在半个月内没有人对此提出异议，钟处长就是钟副局长了。钟子曰内心欣喜无比，脸上却沉稳似水。他把自己关进办公室，又是一个整天也不出来。电话一个接一个，无非是恭喜恭喜，祝贺祝贺。钟子曰保持着充分的尺度应付着。没想到，马主任也把祝贺电话打进来。马主任说，钟副局长到底技高一筹啊。钟子曰说，是马主任故意相让吧？

马主任突然说，早听说钟副局长路子很野，这一次马某真是佩服得五体投地。钟子曰说，你这话我怎么不明白呢？马主任说，钟副局长与红色兵团已经顺利接轨，在往后的政途上自然会一帆风顺。说完，马主任把电话挂了。

钟子曰呆愣颇久，红色兵团？

下午快下班的时候，魏春打来电话说，去何小草那里打会儿球。晚上，我安排个偏僻的地方，给你贺贺。钟子曰说，还没过考察期呢，我总觉得不踏实。魏春说，担心什么呀？我还没听说有人在这个环节被否决的。钟子曰突然问，这件事上我百思不得其解。马主任是为何落败的？魏春呵呵一笑，钟子曰啊钟子曰，你这人艳福不浅啊，依我说你今年可能走桃花运。这事儿你得感谢何小草。要不，今晚你请客。钟子曰说，那当然，我请，我请。可我不明白，何小草怎么帮的我？魏春说，我也不明白。

钟子曰说，魏局，我还想问一个问题，红色兵团是什么意思？

魏春嘿地一笑，跟我们这帮打球的一样，这座城市里，还有一帮女人经常凑一凑。她们每一个可都是非同小可。何小草你是见识过的。可据我所知，她在那帮女人里面，还不是最厉害的。对了，何小草排行第四，她们私下里喊她小四儿。

打完了球，一行人乘车离了市区，直接去郊外一家温泉度假村。当天晚上，钟子曰见到了红色兵团的老三。何小草给钟子曰介绍说，这是我三姐丹妮。钟子曰说，好像是个外国人名字。何小草说，人家就是出过国读过博士的。丹妮轻轻伸出手来，触摸了一下钟子曰伸出的手。说，别听小四儿胡说八道。她一脸雍容华贵。

钟子曰此前也来过这个度假村，一次也没见到老板娘丹妮。他忽然想，此前魏春和何小草也很少提到这个话题。如果不是钟子曰提前问了魏春，他肯定对小四儿这个称呼感到奇怪。这个时候，钟子曰有了一种豁然开朗的意思。他发现了一个新领域，那就是红色兵团。这是一个很暧昧模糊的称呼。钟子曰有一瞬间，突然想，难道自己已经成了红色军团手里的一枚棋子？或者说，如果自己不是副局长，就不可能被纳入视线？

别看平日里那帮球友一个个牛气哄哄，可在丹妮面前，都露了怯。丹妮的身上似乎有一个逼迫人的气场。她话不多，但每一句都恰到好处，玩笑话也开，开得颇有分寸。何小草呢，在她跟前成了一个小姑娘，时不时地撒一下娇。至于那些某局某副局某处们，酒过三巡，一个个丑态迭出。丹妮自始至终面带微笑，到了中场，她说要去别的屋里应酬一下，就起身离开。刚走一步，突然回身，差点忘了，我要单独跟钟处长喝一杯。因为，马上就要改口钟局长了。钟子曰不由自主就站起来，说，多谢多谢。

丹妮抿了一口白兰地，笑着说，你可要当心，钟局长，我们家小四儿帮人可是要报酬的。何小草咋呼一声，三姐，你胳膊肘怎么往外拐哪？丹妮呵呵一笑。一帮人站起来，把她送到门口。

当晚，何小草喝了不少酒。钟子曰从洗手间出来的时候，迎面碰到她。钟子曰说，谢谢你！何小草说，谢我干什么？你知道我是要回报的。钟子曰说，你要的这回报太简单了。何小草说，简单？钟子曰，你可别糊弄我。你以为随便一首诗就能打发了我？钟子曰一愣，那还要怎样？何小草说，你觉得你现在还能写出一首打动我的诗吗？钟子曰一愣，那的确不是一件简单的事儿。何小草说，你不是原来的你，我也不是原来的何小草。钟子曰说，但我会做到的。

何小草突然说，喝完酒，你去我家吧。

钟子曰说，好。

那个夜晚，钟子曰和何小草打了一场另一种意义上的乒乓球。在床上。何小草说，钟子曰你这个坏蛋，你知道我为什么帮你？我被你俘虏了。钟子曰也语无伦次，说，你又不是不知道我的心思。何小草哼了一声，那还去找周雪雁那种货色？难道我比她差？钟子曰说，你还说，叫你还说。何小草在他身子底下尖叫。钟子曰说，你用什么办法让她把钱拿回来的？何小草说，我，我不想在这时候说这种事儿。钟子曰就嘻嘻哈哈地问，那你告诉我，这一次又怎么愿意了？何小草嘿嘿笑着，你的胡子弄得我很痒。钟子曰问，为什么？为什么？何小草说，因为，我发现你这人貌似忠厚老实，可你很有爆发力呢。

钟子曰感到异常满足，他得到了何小草，同时还得到了副局长的位子。钟子曰又跨出他作为黑马的新的一步，不是春风得意马蹄疾，简直像提了速的动车组。财务处长的位子也没有立刻交回去。文件上公布的是副局长兼财务处处长，这种做法似乎也前无古人。一把手的意思，是尚未有合适人选。实际上明眼人都知道，是目前钟子曰的关键作用无人替代。

差不多将近半年，钟子曰没去俱乐部打一次乒乓球。倒是在何小草的家里，展示了几次爆发力。在钟子曰来说，就像吸毒一样，上瘾了。有一天，魏春打过电话来，说，钟局长，你真是不简单啊！钟子曰说，魏哥，你这话什么意思？魏春并不像笑的意思，你记住，一个美丽的花瓶摆在门厅可供大家欣赏，但你把它拿到办公室据为己有，却会引起众怒。钟子曰还在思考，魏春已经挂掉电话。

从那以后，魏春很长时间没给钟子曰电话。钟子曰倒是给他打过好多次，魏春嘻嘻哈哈若无其事，但钟子曰心里明白，那一道裂痕再精明的匠人也缝补不好了。钟子曰还尝试去魏春家缓和矛盾，但去了几次，魏春都不在。直到有一次，钟子曰突然听到魏春在书房里的咳嗽声。

钟子曰给何小草打电话，说，我恐怕是得罪老同学魏春了。何小草说，这很正常。我跟他交往多年，还没发展到跟你这样的关系。你知道那些男人为什么对我感兴趣吗？就因为我不跟他们上床。只要不上床，他们就不会离开我。子曰，我现在很后怕，我怕你会很快离开我。钟子曰说，你说什么啊，我怎么会离开你？何小草似乎很沮丧，你知道吗钟子曰，我跟你走出这一步，会失去很多。我下了一个毫无把握的赌注。刚才我还和三姐丹妮通了电话。她警告我，丫头，你可想好了，这很危险。钟子曰问，为什么说毫无把握？何小草说，子曰，难道你能给我一个家吗？何小草抽泣起来，你不能！你在仕途上走得越远，就越不能。你永远是别的女人的丈夫，不是我何小草的。我算什么，我一个人孤零零地住在空荡荡的房子里。我为什么折腾这里折腾那里，整天钻进厨房里，把厨房弄得像博物馆？钟子曰你知道吗？因为，我一个人在家里空虚得要命。我自己一个人折腾那么多饭菜，给谁吃？钟子曰说，我能感觉得到。何小草却又突然说，跟你说这些干吗？我不应该给你压力。只要我们的感觉还有一天，就支撑一天吧。

何小草还说，你记住，钟子曰，你欠我一首诗。

钟子曰从何小草的语气里，听出了一股子沧桑。他弄不明白，何小草为什么会这样。他也在怀疑，他跟何小草之间，究竟是不是一种爱情。做了副局长的钟子曰，再也没有跟那帮子球友一块儿打球。那些人再也没找过他。而且，他们转移了阵地，不去何小草那里了。钟子曰没想到，以这样一种方式得罪和远离了那些人。钟子曰有时候孤零零一个人，坐在那里看着何小草教一帮孩子练球。何小草的表情，看不出高兴也看不出失落。有时候，打完球，两个人回到何小草的家里，一起下厨房，做饭，喝酒，然后，做爱。像极了一对正常的夫妻。钟子曰相当地满足，跟何小草的恋情，刺激了他的怀旧情绪。他开始慢慢找回一些对诗的感觉。有一个下午，他站在办公室里，抽着一支烟，突然欣喜地发现，一些诗句像摇头摆尾的鱼在他面前闪来闪去。他急忙坐到电脑前，可刚要打字，那些鱼已经滑走了。

跟财政局之间的一些业务往来，开始变得越来越不顺利。内勤有一次回来，脸色铁青。走进钟子曰的办公室，说，以前这种事情，都是接着办的。可这一次，我跟那人差点打起来。钟子曰沉思半天，说，我知道了。钟子曰拿起电话来，拨打魏春的电话。魏春哈的一声，钟局长啊，怎么有时间给我电话？钟子曰说，魏局，有时间练练吗？魏春说，这几天忙得很。钟子曰说，那今晚上，我请大家聚一聚？魏春连续哈哈几声，还是不必了吧。钟子曰说，不管怎么说，咱们是老同学。有什么事情我做得不对，你可以打我骂我，可你别丢下我不管啊。魏春说，子曰你这话严重了。钟子曰说，可我感觉咱们之间出现了很大的误会。魏春叹了口气，突然说，作为老同学，我要提醒你一句话，远离何小草！否则，还会有更大的麻烦。

钟子曰默不作声。

魏春说，干什么事情都得讲规则。如果规则乱了，哪怕是一点细微的情绪，也会影响大局。因为是老同学，我才告诉你。你不要以为，我会跟你争风吃醋。钟子曰，你现在不能为了一个女人而葬送前程！

钟子曰无话可说。

就这样过了差不多半年，相安无事。钟子曰和何小草却到了一种无法分离的状态。在局里，已有人在背地里传播这件事儿，而且，就像一个大雪球，这样的信息经过添加情节和细节之后，变得越来越大，越来越有内容。钟子曰一开始还颇有忌讳，到后来便有一种豁出去的意思。何小草呢，反倒越来越女人，她推掉了很多应酬，甚至，服装店的生意也完全盘出去，只一门心思经营一家乒乓球俱乐部。

表面上看起来，这日子波澜不惊，非常幸福。可有一天，魏春突然给钟子曰来电话，说，你今晚到我家里来一趟。钟子曰感到事情不妙，好长时间没这种事儿发生了。果然，魏春一关书房门，说，有人要对何小草下手！钟子曰大吃一惊，什么意思？魏春说，我得到了一些不好的消息。市纪委这几天接连接到匿名举报信，说何小草征用的那块地有问题，而且，还检举了一些人。这些人里头，就有我跟你。钟子曰眉头一皱，可我对这块地一无所知，那时候我才刚认识何小草。魏春说，所以，我认为这个检举的人有点儿捕风捉影，还没有真正了解内情。钟子曰说，老魏，那这块地到底是怎么回事儿？魏春说，具体操作情况不是一句话两句话能说清的。也不是你我这样的人能决定了的。我早警告过你，不要跟何小草走得太近。你不听啊。何小草这人，社会关系太复杂。很多事情我们根本就不知道。但就这块地来说，有一点确定无疑，它不应该属于她何小草。

钟子曰倒吸一口冷气，那这地是谁的？

你可以去问何小草。魏春说。我跟你说这事儿，因为咱俩是老同学。我有必要提醒你趁早脱身。别让这个女人把咱们都拖下水。到那个时候，没有一个人会蹚这浑水。

钟子曰从魏春家出来以后，突然有一种山雨欲来的压抑。何小草的手段，自己是领教过的。不管她干出了什么事情，他都不觉得奇怪。在周雪雁事件的处理上，钟子曰已经隐隐约约地感觉到何小草动用了黑道。否则，以周雪雁的性格，若不是性命攸关，她怎能把到嘴的肉吐出来？可见那件事情还远没结束。周雪雁手里的定时炸弹，还有可能随时展现其爆发力。至于跟他一起竞争副局长的马主任，怎么突然一下子悄无声息，而且事后不久，他就提出申请调往别处？这里面究竟是谁的作用？老三丹妮那句话是什么意思，我们家小四儿帮助别人是要报酬的。何小草所要的回报，难道仅仅是一首情诗？

接下来，钟子曰莫名其妙挨了一次打。

那天晚上，钟子曰走到自己楼下，刚要掏出钥匙开楼道的门，突然感觉背后有几个人快步走过来！他立刻觉得一丝恐惧袭上心头！他迅速转回身，只看到了三四个黑影。前面一个，抡起拳头，就朝他的面部打来，钟子曰下意识地抱起脑袋，随后三四个人一拥而上！钟子曰根本无法作出反应。那帮人把钟子曰弄倒在地，谁也没有说话，只是拳打脚踢！钟子曰最后趴在地上，觉得眼睛睁不开，嘴巴被摁在水泥地面上，火辣辣地疼。前后不过两三分钟，钟子曰满脸开花，像一条毛毛虫在地上蠕动着。

钟子曰被妻子送进了医院。妻子从看到他的第一眼起，就一直泪流满面。钟子曰知道她是真的心疼。她连声问，这是怎么啦？钟子曰说，看来是我不小心得罪了人。妻子问，报警吗？钟子曰说，报什么警啊，这事情你暂时对谁也别说。

第二天何小草打来电话，钟子曰看一眼妻子才接起来。何小草问，你在哪里？钟子曰说，我正要参加一个会。有事吗？何小草说，没事，就是突然觉得心慌意乱。钟子曰说，我一会儿就要进会场，再联系吧。说完，挂掉电话。心里却开始胡思乱想，莫非何小草已经知道要出事儿？妻子问，子曰，你好像有什么事情瞒着我？钟子曰说，是单位上的事。何小草却发来了短信。问，子曰，你不会是想离开我吧？钟子曰拿着手机，像一块烙铁。他犹豫半天，还是没有回短信。何小草再次来短信，说，我知道迟早会有这一天的。钟子曰终于忍不住，回了一条短信：别胡思乱想。发过去后，把手机关了。

妻子自始至终看着他的脸。

何小草是在第二天晚上走进病房的，手里捧着一束花。一进门，稍稍呆愣片刻，然后慢慢走来。钟子曰嘴唇动了动，看着她一语不发。他脸上缠着绷带，看不出太多表情。半天终于说，你，怎么来了？何小草先把脸转向钟子曰的妻子，嫂子，我刚听到这事儿。钟子曰的妻子自始至终盯着何小草看，此时微微点了点头。何小草远远地坐在一边，看着钟子曰，问，这是怎么回事呀？钟子曰说，不知道。突然想起什么似的，对他妻子介绍，这是何小草，一个朋友。妻子仍然那样笑着，点了点头。何小草坐了不到一刻钟，就起了身，说，我该回去了。孩子自己一个人在家呢。钟子曰的妻子送她到门口。妻子回来后，钟子曰说，跟我们局里有生意往来，常到我那里报销。妻子淡淡地说，做生意的人都这么精明啊？你捂得这么严实，她都知道了。

　　钟子曰出院不久，果然有人出事了。不是何小草，却是三姐丹妮。何小草给钟子曰打电话，说，你过来看看我。我冷！钟子曰急忙开车赶过去，打开门，却发现何小草坐在书房的一个角落里，手里举着一个酒瓶。钟子曰说，你这是干吗？何小草目光呆滞，你知道老三为什么被抓吗？因为贩毒。她吸毒你知道吗？我早就跟她说过这生意不能做了。她不听。她说，小四儿，我不做生意谁给我供货？我这一大帮子人，怎么活？结果，这次接货的时候出了差错。钟子曰呆愣半晌，立即感觉浑身像捆上了一根绳子。何小草嘟囔半天，才抬头说，子曰我不该跟你说这些。你们男人不喜欢这种感觉。钟子曰说，应该这样的。说完了，才意识到自己这话太含糊。不知道什么事儿是应该的。何小草说，我也弄明白是谁打了你了。是我的原因。子曰，我对不起你。钟子曰突然觉得无话可说。他想问为什么，张了张嘴，却没问出来。

　　何小草说，我早说过我很麻烦的。我不该这样。人不能后退，一退就没法收拾了。有些东西是不能动的。或者说，有些规则你应该老老实实守着它。打破了就是一出悲剧。我三姐说得很对。她是个明白人。她早就看到自己的结局。她说，小四，你三姐迟早会死在毒品上面。她还说，一个女人不能把自己的心全空出来，放到一个男人身上。那样极其危险。结果，我没听她的话，我把自己的心全清空了，只装了你一个钟子曰。可那样有什么好？那天我在医院的楼下转了好久好久，我不知道见了你以后，会怎么样？结果，回来我哭了一晚上，我连你住进医院，都没有权利守在你身边，甚至连句体己的话都不敢说，你说啊钟子曰，我可怜不可怜？

　　钟子曰慢慢蹲下身，抱着何小草，并不说什么话。何小草把酒瓶扔在一边，双手搂住钟子曰的头，把他揽在怀里。半天，何小草轻轻地将钟子曰推起来，发现他脸上满是泪水。何小草脸上也是泪水，她慢慢贴近钟子曰，嘴唇轻轻地触碰钟子曰的眼睛。何小草说，你的眼泪是甜的。何小草慢慢地躺在木地板上，伸了手插进钟子曰的衣服，轻轻地抚摸着。钟子曰寻找着何小草的嘴唇，他们俩紧紧抱着。钟子曰很快地进入了何小草的身体。何小草的身体一截一截地动。何小草说，子曰，子曰，我就是喜欢这种爆发力。

钟子曰住院期间，张局长去探望了一次。说了几句应酬的话，还开了句玩笑。可钟子曰回去上班不久，张局就把他叫进屋里，面色却十分严肃。他说，钟局，我得到了一些不好的消息。我不希望你现在出问题。你这次被人打而又不报案，在局里已经引起种种猜测。我不管你的私生活如何，但我要提醒你，亡羊补牢，为时未晚。那十万块钱的事儿，我知道了。

钟子曰张了张嘴巴。

张局所说的知道，到底是知道钟子曰私自挪用这件事儿，还是知道这笔钱的用途呢？钟子曰还在揣摩着，张局已经给了他答案，你看看这封信，是举报你的。钟子曰捏着那张纸，看了好半天，手慢慢地抖起来。张局幽幽地说，只要我这里有，市委有关口上的领导那里就可能有。张局还说了一句话，钟子曰，你最好赶紧擦干净屁股。

但钟子曰暗暗问自己，我怎么做？才能把屁股擦干净呢？

钟子曰回到办公室，呆愣半天，才给何小草打电话，心里也不知道要说些什么。何小草那边非常安静，好半天，才说话。钟子曰问，你怎么了？何小草总算说了一句话，我们之间，要结束了。钟子曰问，为什么？何小草说，因为，我们马上就无法见面了。钟子曰再次问为什么，何小草说，你还是别问了。可你知道，是谁在算计我们吗子曰？钟子曰问，是谁？何小草呵呵一笑，是你的老同学魏春。说完，何小草挂了电话。钟子曰抱着脑袋，眼睛呆呆地盯着房间的某个位置。突然，他呼地一下站起来，就往外走！

他现在想立刻见到何小草！

就在那个时候，周雪雁的电话打进来，让钟子曰一下子想起了那个著名的墨菲定律，一件事情只要有糟糕的可能性，那就会一定要糟糕。周雪雁说，钟哥，我想你应该把那笔钱再给我打过来！否则你那些照片，会在各大网站以及我个人的博客上到处都是，兴许，你老婆那里，你单位一把手那里，还有，你那小情人何小草那里，我都要寄去一份。钟子曰一边走，一边咬着牙沉默半天，突然问，丫头，那几个打我的人是你找来的吗？周雪雁笑了，你不要以为你是副局长，就没人敢把你怎么样？钟局，我能做到的事情，你不一定能做到！我是女人，男人打天下用拳头和钞票，女人不需要那些，女人只要有身体就可以了。钟子曰吼叫起来，我告诉你周雪雁，你休想从我这里拿走一分钱！周雪雁依然在笑，好，那咱们就走着瞧！你先别挂，我还想跟你说一句话，别以为你们当官的就多么高尚？其实，你们跟我周雪雁是一样的，同样是婊子！

就在钟子曰开车赶到何小草楼下的时候，突然看到一辆警车停在那里！他把车停在路边，却没有下车！何小草被警察带出了楼道，她面无表情，抬头看了看楼顶。钟子曰也随着她的视线看上去，阁楼阳台的晾衣架上，一件粉红色的内衣在迎风飘扬。何小草在上车之前，看到了钟子曰，她咬了咬嘴唇，然后，轻轻地笑了。钟子曰闭上眼睛，缓缓地躺在车座上。等警车离开后，钟子曰才下了车，神情恍惚地上楼，走进何小草的屋子。他站在客厅里，往四下看了一圈，房间里寂静得让人压抑。后来，钟子曰在影碟机上看到了一张纸，上面写着一些字：亲爱的，记着，你还欠我一首诗。钟子曰顿时满脸泪水，站在那里发呆。手机却又响了，是妻子打来的。一连打过三次，钟子曰才接起来。妻子说，子曰，你在哪里啊？你回家一趟吧，有些事儿，我得跟你谈一谈。

作者简介

宗利华，男，1971 年出生，中国作协会员，曾就读于鲁迅文学院首届公安作家班，山东省青年作家高级研讨班。已发表长篇、中短篇、小小说 150 余万字，作品多被《小说选刊》等转载，有作品被译介到加拿大、韩国等。获 2003 ～ 2004 年度全国小小说金麻雀奖。著有长篇小说 2 部、小说集 4 部。现供职于淄博市公安局。

成晓琴爱上了林处长，在一次和林处长约会的时候，丈夫跟踪而至，杀死了林处长。丈夫也被枪毙了。成晓琴一个人带着儿子过。儿子长到六岁读书了，一天，儿子回家问成晓琴：妈妈，我班同学骂我爸爸是杀人犯，是吗？儿子的这个问题，使成晓琴意识到在原来的环境里生活不下去了。那么，搬了家后的成晓琴真的就幸福如意了吗？

塔楼十九层

衣向东

1

初春的阳光打在她的脸上，暖暖的。这是一张忧伤的脸。她站立在新居阳台敞开的窗口前，阳光就是从窗口透进来的。阳光还不强烈，只是在脸上薄薄地敷了一层，很柔和。由于她的身子侧立着，另一面脸的感光效果不好，使得那面本来忧伤的脸，底色更加灰暗。

这个女人叫成晓琴，到今年初冬季节，就该满三十岁了。成晓琴不是十分漂亮，但很有女人味道，身材修长而有弹性，丰满而不肥腻，胸部和臀部突出得恰到好处。还有她平静的眼神，微微下沉的嘴角，都透出了刚柔并济的秀美。如果她脸上的忧伤，替换成宁静的微笑，就更协调耐看了。

遗憾的是，她脸上的忧伤是从内心深处滋生出来的，很难抹去。这些忧伤已经在脸上滞留了三年，使得她脸上的表情很不生动，看上去有些呆板。而且，这些忧伤明显地蔓延到眼睛内，大有在眼睛内疯长的趋势。

三年前的那场婚外恋，给她心灵带来了一生都难以愈合的创伤。现在她想，婚外恋就是加速地燃烧自己的生命，是自焚。过度燃烧之后，剩下的就是心的沉寂。那时候，她的儿子江林已经四岁了，丈夫原是一家大商场的中层领导，因为脾气不好，被上司抹去了头衔，下放到柜台当售货员。她呢，就在这家大商场下属的国营理发馆上班，虽然日子不算富足，却也没有大波大澜，平淡中还透出一些温馨。她并不是一个爱慕虚荣喜欢张扬的女人，也没有要改变自己生活状态的梦想，每天夹杂在上班下班的人流中，沐浴风

31

雨，经受着季节的变换。她的日子像阳光一样自然地流淌着。

然而就在这一年，成晓琴爱上了一个有家有室的男人，或者说被那个男人爱上了。

这个男人就是某大学的林处长。报纸上曾经刊登了他和成晓琴的恋情故事，这个情杀故事在京城成了某一周的热点新闻。

女人像一块木炭，点燃起来就很难熄灭，直到把自己燃成灰烬。那段日子，她着了魔，身不由己地被一种看不见的力量牵着走。这种力量叫爱情。爱情可以让一个女人上天堂，也可以让她下地狱。不幸的是她得到了后者。

最终，丈夫从她的反常中看出了破绽。要看出破绽并不难，女人在被爱情燃烧的时候，就无法掩饰快乐，总是让自己的心灵袒露无遗。过去双休日她很少出门，近来却总有事情要出去办，穿戴打扮也用了心思。那些日子，丈夫嗅到了她体内散发出的甜软的香气。

丈夫跟踪了她。两个从没见过面的男人，在宾馆的房间内相遇了。

当时，林处长坐在成晓琴身边，正用水果刀切开一个西瓜，房间的门被很响地撞开了，成晓琴的丈夫闯进来。他瞪着愤怒的眼睛，看着她和林处长。她惊骇得浑身抖动，一句话也说不出来。

成晓琴的丈夫说，你们在干什么？

林处长不知道冲进来的是成晓琴的丈夫，他还以为是查房的公安人员，于是站起来生气地挥手喊道，哎哎，你太不像话了，我们在谈生意，你查得着吗？快出去！

说着，林处长伸手要去推成晓琴的丈夫。就在他伸出手的瞬间，成晓琴的丈夫劈手夺下了他的水果刀，顺势刺进了他的心脏。他挣扎着想反击对方，但他的眼镜跌落了。他似乎要寻找自己的眼镜，慢慢地弯下腰，跪在了地上……

成晓琴惊骇中就喊出了一个字：啊——

林处长在被送到医院后死了，成晓琴的丈夫因为故意杀人罪，也被判了死刑。

两个她爱着的男人都走了，留下她被良心煎熬着。两个男人都没错，错的是她。

对于成晓琴，周围人的结论是这样的，看起来老实，骨子里有一股骚味，要是她不在外面乱搞，丈夫怎么能杀人？

对于她的丈夫，周围人也有结论，说，换了谁，眼看着自己的女人被别人搞了，都得拼命，别说他是个老爷们，兔子急了还咬人呢！

至于林处长那儿，人们把他跟那些有权有势贪赃枉法吃喝嫖赌的官员们，归类到了一起，说，该杀，再让这孙子快活！

这些结论都错了，但成晓琴却保持了沉默。

成晓琴很快在她生活的那个小区成了新闻人物。她居住的楼房，是公婆的老房子，一栋楼的人曾经是一个单位的，虽然公婆不在人世了，但跟她公婆一起工作的老人们，许多人还健在，不需说她的名字，只要提起某某人家的儿媳妇，都知道是哪门哪户的。于是，她死去的公婆就不得安息了，又被一个单位的人说来道去。

她每天在人们鄙夷的目光中穿行，就连小区带着红袖箍的老太太，背后都对她撇嘴巴。她尽量让自己的心麻木，总是不停地劳作，不给自己片刻闲适寂静的时光。因为闲静中，她心底的忧伤就像秋雨中的荒草，没有节制地疯长。她甚至不敢细听沙沙的雨声，每一滴雨点都会打疼她的心。

到了去年秋天，六岁的儿子江林上了一年级，有一天回家问她，妈妈，我班同学骂我爸爸是杀人犯，是吗？

她愣了愣，慌张地说，别听他们胡说，你爸爸是得了严重的病死了。

成晓琴突然意识到，为了儿子的成长，她应该离开熟悉她的这个小区，去一个陌生的地方。眼下儿子是她的精神寄托，是她生活的全部，她在心里发誓要把他培养成优秀的男人。江林是块好料，记忆力很好，有悟性，入学前就已经学完了一年级的全部课程。虽然是个孩子，但内心情感却很丰富，成晓琴给他读故事的时候，听到感人的地方，他竟能哭得泪流满面。当然，他的身上有一点儿不好，就是性格很像他的爸爸，倔强和暴躁。这很让成晓琴担忧。他爸爸就是因为倔强，不肯向上司弯腰，才被免了头衔，就是因为暴躁，才一时性起杀了人。

成晓琴想，江林懂事了，如果让他知道了事情的真相，对他的成长很不利。

走，离开这片熟悉的地方。成晓琴没有丝毫犹豫，开始选择适合她和儿子定居的家园。

她选择了天通苑西的经济适用房。天通苑房价便宜，小区内有一所学校。而且小区很大，户主来自四面八方，外地人居多，有开宝马车的，也有捡垃圾的。天通苑没有历史，一切的历史从现在开始。这片新天地很适宜江林成长。

成晓琴到天通苑售楼处看房子的时候，天通苑的房子不像最初和最后时候那么紧俏，不过板楼都卖光了，小面积的塔楼也不好买。她在售楼处泡了一个月，总算在西三区刚开盘的一栋三十二层塔楼中，买下了一套九十多平米的房子，房价跟她卖掉老房子的钱相当，还略有剩余。楼层是十九层，不高也不低，视线挺好的，阳光也还充足。站在南阳台上看远处，可以看到矗立的北方明珠大厦，还有天通东苑的一排楼顶。远处的远处，仍是密密麻麻排列的高楼。

拿到了房子钥匙，已是深冬，京城的上空飘着纷纷扬扬的大雪。成晓琴走在满天雪花中，心中充满了对明天的期盼。她把一只手揣在衣服兜内，房间钥匙就紧紧地握在手中。这时候，她很希望身边走过的人，能看她一眼，看看这个手握了新居钥匙将要重新把握明天新生活的女人。风很硬，她微微弯了腰，用头去跟很硬的风比拼。在风雪中，她的身子显出了单薄。她想，如果丈夫还活着，两个人一起挽手朝新居走去，该是多么幸福！不知道什么时候，她的脸上竟然流淌着泪水了。

成晓琴顶着一头雪花，乘电梯上了十九层，找到 1903 号房，打开了自己的家门，有一股温暖立刻在她心中升起。她在房间里走了很久，走累了就坐在地板上，心里说，赶快装修，开春后让儿子转学过来。

房子装修得很简单，用了不到二十天就收拾利索了。春节过后，她跟儿子江林搬进了新居，并辞去了原来的工作，在天通苑小区的一家私人理发店给人打工，每月八百元的工资。其实她原来工作的那个国营理发店，去年就被私人承包了，她在那里也是打工。现在到了天通苑，上班的理发店离家三百米远，她中午都可以回家给孩子做饭了。

似乎一切都很满意，她觉得总算从过去小区熟人的目光中消失了，然而没想到有一天在天通苑小区内，又遇到了过去小区的熟人，而且这户人家跟她同住在一栋塔楼上。

看来，她要摆脱心底的那片阴影，还需要走别样的一条路。

2

塔楼十九层有六户，电梯东边两户，电梯西边四户。成晓琴住在西边的外侧，是十九层第一个住进来的。塔楼的公摊面积大，楼道又宽又长，光线也不错，儿子江林放学后就在楼道内乱蹦乱跳。

成晓琴不允许江林在楼下玩耍。天通苑小区虽然空地不少，但草坪内遍布了狗屎。这儿的居民养狗成风，多的一户四五条，早晚遛步的时候，狗比人多。这些养狗的人又不太讲究公德，让成群的大狗小狗在草地内疯跑，在草地内便溺，就连人行道上都狗屎成堆，留给孩子们玩耍的地方实在不多了。还有，天通苑毕竟是个新小区，人员比较复杂，她也为儿子的安全担心。

七岁正是贪玩的年龄，江林一个人在楼道玩耍了几天，就觉得寂寞了，偷偷跑到楼下去，被成晓琴逮住后，狠打了一次。她不轻易打儿子的，但只要动手打了，就一定咬着牙打出效果来，不至于白打一次。她把儿子摁在地上，用一根木棍抽打他的屁股，儿子杀猪一般喊叫，在地上滚来滚去挣扎，她不得不用膝盖顶住儿子的腰。

打得差不多了，她才问，记住了？

江林上气不接下气哭着说，妈妈我记住了！

她说，记住什么了？

江林说，听你的话，不到楼下玩耍。

她这才松开江林，扒开了他的裤子，去看红肿的屁股。她心里疼。林林，你别记恨妈妈，妈妈是为你好。她心里这样说着，想到母子眼下的境况，心中就生出一些凄楚来。

成晓琴搬来大约两个月，十九层的第二户才住进来，是她的隔壁，那是一套二百多平米的房子，客厅就有七十平米。这户男人叫张扬，三十二岁，是一家建材公司的总经理，女人叫王暄，也在建材公司工作，都说一口东北话。从穿着打扮上很容易看出，这是一户有钱人家。他们有一个男孩叫张涛，跟江林同龄，转学到了天通苑学校后，跟江林在一个班读书。

过了几天，隔壁的对门也搬来了，那是一套一百八十平米的房子。这户人家的男人叫华辉，三十五岁，是一家报社的副总编辑，女人叫华影，在一家时尚杂志做编辑，两口子都是文化人。他们有一个女孩，叫华紫衣，也跟江林同岁，最初转学过来，没有跟江林分在一个班级，后来因为要跟对门的孩子张涛做伴儿，就去学校要求调换了班级，也在一年级一班了。

又过了个把月，十九层的住户都到齐了。成晓琴的对门，搬来了一个中年男人，叫连彰，三十八岁了，却是单身，在一家体育训练中心当拳击教练。电梯东边的两户人家，一户是一对老年夫妻，平时大都住在城内儿子家里，偶尔才过来住几天。另一户是一对小夫妻，没孩子，家里养了三条狗。小两口没事的时候，就在楼下牵着狗遛弯儿。

成晓琴原来住老楼房的时候，因为父母长辈曾是一个单位的，比较熟悉，相互见面总要打个招呼，没事的时候还会聚集在楼下凉亭内闲聊，孩子们成群结队在院子内疯跑。到了塔楼情形就变了，像许许多多楼房内的住户一样，即使是隔壁，彼此见了面也不打招呼。这是城市楼房居民的通病，相互之间始终心存芥蒂，老死不相往来。

有一天中午，成晓琴下班回来乘电梯，跟她一起走进电梯的，就是隔壁的女人王暄。王暄摁了十九层，发现成晓琴站在她身后半天没动静，就转头问成晓琴，你几层？成晓琴说，也是十九层。说完了，成晓琴又赘了一句话，你住十九层吗？其实这时候王暄已经搬来一周了，住楼房就是这样，有的跟对门住了一年，彼此还不认识。

王暄紧张地看了看成晓琴，说，去亲戚家。

两个人到了十九层，一起出了电梯。王暄走在前面朝右拐，走到最里面的二百多平米房门前，刚要开门，又慌张地缩回了手，她发现成晓琴跟在她后面走过来了。成晓琴察觉到了王暄的慌张，为了证实自己不是跟踪的贼人，成晓琴还没走到家门前，就急忙掏出了钥匙，在手里弄得哗啦响。王暄看到成晓琴走到自己隔壁开门，这才松了一口气。

两个女人打开门进屋的同时，不约而同地侧头相互瞅了一眼，脸上都有了尴尬之色。

隔天，两个人出门的时候，又在楼道相遇了。成晓琴以为对方可能跟自己打招呼，脸上就忙做出了要应答的表情。但王暄瞅了她一眼，从她身边快速朝电梯走去了。最难受的是两个人站在电梯口等电梯，眼睛都死巴巴盯住电梯上跳动的楼层数字，心里却在想着旁边站着的这个人，每秒钟都过得艰难沉重。电梯来了，成晓琴走进了电梯，摁住了开门键等待着，王暄却没有上，去等待另一部电梯了。很明显，王暄不愿意跟成晓琴有任何接触。

成晓琴并没在意，本来她也并没有要跟王暄往来的想法。到天通苑买房子，就是想过一种不为人熟知的生活，只有不被人熟知，她的心灵才能得到安息。

她喜欢孤独，但儿子江林就不行了，小孩子不懂得母亲的心思，总喜结伴玩耍。隔壁的男孩子张涛搬过来后，跟江林都在一年级一班读书，两个孩子放学回家，就在楼道结伴玩耍了。

　　江林上下学回家，都是一个人走，成晓琴有意识培养他的自理能力。最初上下学，成晓琴接送了两次，详细告诉他哪一段路应该怎么走，走什么位置，然后就让他一个人走，她偷偷跟在他身后，看他是否按照她的要求做了。跟随了几次，江林路上走得很正规，她也就放心了。不管刮风下雨，她都坚持不接送江林，虽然有时心疼儿子淋了雨，但转念一想，要是我现在死了咋办？儿子还不得一个人面对这个世界？到了那时再自立就晚了。隔壁的孩子张涛，上下学都是父母开着宝马车接送，夫妻两个上班都没有太严格的时间，家里没有请保姆。张涛跟江林玩到了一起后，也要求步行上下学，一路上可以跟江林玩耍，但他的父母不答应。

　　张涛的父母并不是担心儿子走路累坏了，也不完全是考虑儿子的安全，他们就是不想让儿子跟江林玩在一起。为这事，他的父亲张扬和母亲王暄，还很认真地商量了一次。他们虽然家产千万，却也很注重对于儿子的培养，希望儿子将来有出息。他们觉得儿子跟什么孩子在一起玩耍，对儿子的成长很重要。

　　张扬对王暄说，隔壁那孩子，像是农村的。

　　王暄疑惑地说，你没见他妈妈吗？长得挺好看。

　　张扬肯定地说，我见了，长得是不错，可一看就知道不是富人。你看她那个孩子，玩起来就在地上打滚，没教养。穿得也土里土气。

　　王暄点头，想了想说，一直没看到她家的男人。

　　张扬说，好像一个人拉扯着孩子。

　　王暄说，要是单亲家庭，就更不能让涛涛跟那孩子在一起了，单亲家庭的孩子，都是问题孩子。回头让涛涛问一下。

　　张涛不明白妈妈为什么让他问江林有没有爸爸，张涛说，你不是告诉过我，谁都有爸爸吗？王暄说，是谁都有爸爸，可我从来没看到他爸爸，你问他爸爸做什么工作，在哪儿工作？张涛上学的时候就问了江林。江林说，我爸爸得了很严重的病死了。

　　张涛的父母得到这个消息，就叮嘱张涛不要跟江林在一起玩耍。张涛说为什么不能跟他一起玩？我们联合成了超级机器人，别人进攻我，他就上去帮忙，别人进攻他，我就上去帮忙，他让我进攻谁，我就进攻谁。张扬和王暄一听更紧张了，虽然儿子说的话是从动画片里学来的，但这样下去，说不定儿子就跟江林结成了小集团。许多单亲家庭的孩子，都喜欢拉帮结伙，慢慢地就走上了犯罪道路。

张扬变了脸，喝道，你给我听好了，以后不准跟他在一起玩！

张涛梗着脖子说，我没有小朋友玩！

王暄说，没有就一个人玩，听清了没有？

张涛说，为什么不能跟他玩？

王暄瞪了儿子半天，突然说，他没有爸爸！

3

对门华辉一家搬来后，女儿华紫衣就转到了天通苑学校读书，上下学也都是开车接送。华辉的车是帕萨特，不算高档车，却也是有身份的了。有一天早晨，华辉和张扬一起带着孩子下楼，要开车送孩子上学，下楼的时候彼此看了一眼，并没有说话。两个人到了楼下才发现，他们的车停在一起了，必须有一个人先倒出来，另一辆车才能出来。

华辉就站住了，对跑到车门前的女儿华紫衣说，紫衣，靠边一点儿，先让叔叔倒出车来。

张扬听出这是对方给自己的信号，让他先倒车，他就很友好地对华辉点头，说，那我先倒出来。

开车去学校，也就用了两三分钟。两辆车一前一后停在学校门前，张涛和华紫衣各自从车内走出来，两个父亲给孩子背好书包，目送孩子走进学校大门后，就相互看了一眼。对方的目光中，都传达出了要交流的意思。

张扬觉得应该自己先说话了，就问，你女儿上几年级？

华辉站在车门旁不急于上车了，说，一年级。

也上一年级？哪个班？

二班。

我儿子在一班。

哦。你们搬来好长时间了？

也没，四月底过来的。

……

两个人站在那里聊了十几分钟，华辉突然说自己应该上班走了，路上堵车，没两个小时进不去城。张扬就笑了，说就是，天通苑的路塞车，国际上都出名了，好在我上班没准点儿。华辉边上车边说，我可不行，去晚了让下边的人说三道四，影响不好。

张扬回了家，妻子王暄准备好了早餐，等着张扬回来吃饭。王暄说，今早晨送孩子送了这么久？步行走都回来了。张扬就把跟华辉聊天的事告诉了王暄，说咱们对门那男的，是报社的总编辑，女的也是编辑，让涛涛跟他们的女儿在一起玩，是个伴了。王暄听了，也高兴，说涛涛跟他们孩子在一起，还能学些东西呢，到时候让他们给涛涛辅导一下作文。

隔日，王暄在楼道遇到了华影，就主动跟华影打招呼，两个女人就接上了话。王暄在跟华影聊天时，有意夸赞华影和华辉是文化人，一看就很有修养，弄得华影有些不好意思了。

华影得到了王暄的赞美，对王暄一家也就有了好感，跟华辉说起对门的时候，语言就有了倾向性。她说，对门虽然是生意人，看起来还有些文化的，不粗俗。华辉点头说，不是所有经商的人都粗俗，最开始的时候，一些没文化的土老帽挣了大钱，但那些人现在大多又变成了贫民，现在那些有钱人，大都有智商有品位了。

在张扬和王暄的授意下，张涛放学后跟华紫衣一起玩耍了。江林看到了，就抱着自己的足球过去凑热闹。张涛跟华紫衣玩不到一起，男孩子和女孩子的兴趣不一样，华紫衣喜欢玩踢沙袋，张涛喜欢踢足球。很快，张涛就又和江林兴高采烈地玩到一起了。

孩子们的欢笑声传到了屋内，王暄就出去抓住了张涛，对准屁股狠打一巴掌，说，我跟你说的话，怎么又忘了？张涛哇哇哭，哭着说，我就要跟江林踢足球，华紫衣不会踢足球……在厨房做晚饭的成晓琴听到了楼道的哭声，疑惑是儿子江林哭了，忙拉开一道门缝朝外看，就看到了王暄的举动。

王暄说，华紫衣不会踢足球，你俩就不能玩别的？

张涛说，她玩踢沙袋，我不踢沙袋，就要跟江林踢足球！

王暄猛拽张涛，说，回家，我说过不能一起玩，再不听话，我打烂你的屁股。紫衣你也来，到阿姨家客厅玩。

王暄一手拉着一个孩子进了屋子，楼道内就剩下江林愣愣地站着。小孩子弄不明白怎么回事。

成晓琴隔了门缝喊，林林，回家。

江林这才跑到墙边，捡了自己的足球，不快乐地回了家。他问成晓琴，妈妈，张涛的妈妈为什么不让他跟我玩？

成晓琴说，不理她，不让跟你玩，你就自己玩，听到了吗？以后躲着他们远远的！

华影做好了晚饭，去王暄家喊华紫衣吃饭，看到华紫衣和张涛在客厅内玩耍，就例行公事般地责备华紫衣说，让你在楼道玩，怎么跑到阿姨家了？看你们把客厅弄得乱糟糟的！王暄忙说，是我让他俩回家玩的，我不想让涛涛跟隔壁的小男孩在一起，你们也不要让华紫衣跟那孩子玩耍。

华影愣了愣，她不明白王暄的意思，问，怎么啦？那孩子有传染病？

王暄摇头说，我和涛涛他爸张扬，都不让涛涛跟穷兮兮人家的孩子在一起，时间长了，学一些不良习惯，就改不过来了。孩子小的时候，养成良好的生活习惯很重要。

华影看了看一边玩耍的两个孩子，哦了一声。

张扬也从一边走过来，解释说，其实不单单是怕学坏，还有，我们害怕活得太累。原来我儿子跟老邻居家的孩子在一起玩耍，我们就觉得不舒服。对方太穷，容易把一点点利益看得很重。比方说，有一次我们带着孩子一起出去玩，买门票的时候他们抢着买了，五六十块钱，我也没在意，可他们记住了，下一次一起出去玩，我就发现他们遇到花钱的时候，那家女的就偷偷拽了男人一把，那男人就装出有别的事情，退到一边了。后来我们就想，干脆花钱的事情全交给我们，但问题又来了，他们看我们大把花钱，心里又生出嫉恨。有一次，我花了两千多块钱陪两个孩子玩了一天，他们就在背后骂我们快要被钱烧死了，说两千多块钱是他们一个月的工资，让我们一下就打了水漂。你看看，我们是猪八戒照镜子，里外不是人了。王暄接过了张扬的话，说鱼找鱼，虾找虾，乌龟找王八，向来如此，你要是把咱们的孩子送农村住一个月试试，回来的时候孩子就有许多坏毛病，不洗手，随地吐痰，骂人，撒谎，随地大小便……你信不信？

华影心里想，没这么严重吧？但她看到张扬和王暄很激动很认真的样子，又不好反驳，就也很认真地点头了。回了家中，华影把张扬和王暄的话，学给了华辉听，华辉也不以为然。

华辉说，人富了，就是瞧不起穷人，要是咱们也像江林家那样，他们也不会让张涛跟华紫衣玩耍了。

华影点头说，就是。不过，咱也别跟他们辩论，两家住对门，孩子在一起玩耍有个伴儿，总起来说，这一家人还不坏。

这样，华影和华辉就没有禁止女儿跟江林玩耍，看到华紫衣和江林在一起，也装着没看见。但张涛那边，因为害怕父母打骂，他跟华紫衣在楼道玩耍的时候，看到江林走过来，就忙拉着华紫衣进屋，等到江林走开后，才又出去玩耍。

江林几次要接近张涛和华紫衣，都被他们两个甩开了，于是就躲在自家门缝中，看外面的两个人嬉笑，目光中流出羡慕和孤独。

江林实在弄不明白他们为什么不跟自己一起玩耍。

4

张涛和华紫衣在楼道玩耍，玩到兴奋的时候，没个节制，经常把沙袋和皮球或者木棍之类的东西，摔到别人家门上。住在电梯东边的那对小夫妻，因为没有孩子，对孩子的吵闹就很反感，有几次出门训斥张涛和华紫衣，惹得张涛父母很不高兴。

王暄就对华影说，你看东边那两个狗妈，什么东西！小孩子在楼道玩，惹她什么事了？

华影就说，咱跟孩子们嘱咐一下，不要在楼道东边玩耍了。

王暄说，凭什么呀？楼道也有咱们一份，咱们两家的房子最大，公摊面积也最大。再说了，她家养了三条狗，晚上经常乱叫，没找她的事就不错了。

他们从没有跟那对小夫妻接触，不知道他们姓啥叫啥，不过经常看到小夫妻带着三条狗在楼下遛弯儿，嘴里对三条狗一口一个宝贝地叫，女的训斥狗的时候，还会说，老实点儿，不听话让你爸回家打你！于是，他们私下里称呼那对小夫妻，就叫狗爸和狗妈了。

这天傍晚，张涛和华紫衣在楼道玩水枪，把许多水喷到了小夫妻家的门上，狗妈就拉开门，对张涛喊，干什么你们？整天在楼道吵闹，烦死人了！

两个孩子吓得跑到了西边的楼道，狗妈似乎还不解恨，又赘了一句，说，这楼道都成你们家的了。

最后一句话，让出门的王暄听到了。王暄立即冲过去跟狗妈理论。王暄说，不是我们家的，是你们家的？楼道是公用的，我家公摊面积最大，怎么不能疯闹？

狗妈不示弱，说，公用的才不能疯闹哩，天安门广场是全国人民的，也有你们家一份，你们去那里疯闹试试？不打扁你们才怪哩！

王暄斗嘴，显然斗不过狗妈。狗妈的口音，是地道的北京人，两片嘴唇不用使劲儿，轻轻磕碰着，话语就干巴脆地蹦出来，堵得王暄喘不过气。王暄就只好拿出东北女人那种泼辣劲儿，在楼道大喊大嚷起来。

成晓琴对门的单身汉连彰，不像别人那样总关着门，他家的门习惯敞开着，在楼道看他家的客厅，一览无余。这时候，他就站在门口看两个女人吵，一脸的微笑，仿佛看的不是吵架，而是一场很精彩的演出。江林在家里听到动静，也跑出来看热闹，成晓琴就出门拽江林回去。江林挣扎着要甩开成晓琴，气得成晓琴给了他两巴掌。连彰看到了，就朝成晓琴笑，说，小孩子喜欢看热闹，就让他看呗。

成晓琴白了连彰一眼，没搭理他，拽着江林回了屋。

最后，华影跑出来把王暄拖回去，十九层的楼道内才安静下来。外面的天色也暗了，楼道内就被黑暗占领了。

王暄感觉吃了亏，憋了一肚子窝囊气，就跟华影商量，今晚一起找狗妈的麻烦。她说，她家的狗今晚叫唤的时候，咱俩就去敲门，然后给物业那边打电话。

华影不想把这种事闹大，就说，算了，跟她这种人较劲儿没意思，没孩子的人就是不喜欢孩子吵闹的。

王暄说，咱们不养狗的人，也不喜欢半夜狗叫。你是不是害怕她呀？害怕我一个人去。

华影不好说别的，就点头应了。王暄就让华影待在她家客厅，两个女人边看电视，边等待狗叫。可奇怪了，那边的三条狗就是不叫了，气得王暄骂，那狗女人，她能把狗嘴堵死了？我就不信它们不叫了。

等到了半夜，华影就不能再等了，回了家。

华影刚回家一会儿，那边的三条狗不知道什么原因，突然狂叫起来。王暄立即给华影打电话，带有命令的口气说，华影快出来，狗叫了，咱俩一起过去！

华影无奈，只好重新穿好衣服，跟在王暄身后。王暄去敲狗妈的门，敲得很响。屋内响起了狗爹的声音。谁呀？半夜敲什么门！狗爹的声音，明显带有一些恐惧。

王暄在门外说，我，1904房的！快开门！

狗爹听到是个女人，就从门镜朝外瞅了瞅，就看到了1904房和1905房的两个女人，于是小心地开了一道门缝。他身上只穿了一条短裤。

狗爹问，什么事情？

王暄说，你家的狗半夜乱叫，吵得我们睡不着觉，能不能不让它们叫？再这样下去，我们就给物业打电话了！

狗爹听了，有些不耐烦，但仍客气地说，对不起呀，我们一定注意。

屋内的狗妈听到说话声，知道这是王暄故意找茬儿，就穿着睡衣跑出来，对王暄喊道，你给物业打电话吧，怕你打电话呀？我家的狗愿意叫唤，你管得着吗？！

两个女人就隔着门吵起来，把十九层的住户都吵醒了。东边的那一对老夫妻，就出来批评两个女人，说不管有什么事情，明天再说，你们大吵大闹的，让不让别人睡觉了？老年人发了脾气，王暄就不好再吵闹，扭头就走，说，明天咱们让物业解决！

华影跟在王暄身后，虽然一句话没说，但临走的时候，扭头看了一眼狗妈，被狗妈狠狠挖了一眼。狗妈对华影说，呸！

华影对自己扮演的角色很不满，心里就不是滋味，回了屋子一夜没睡好。

第二天，王暄真的去找物业了。物业的人态度很好，表示一定处理。但物业的人根本没去找狗妈。天通苑关于狗的问题很多，物业暂时真没有办法对付这些狗，准确地说是对付这些狗的主人。为了解决狗们随地大小便的问题，物业在一些草坪上，专门设立了狗厕所，还插了一块木牌，上面写着，宠物便溺处。可是没用，狗的主人没有让狗们在规定的地方大小便，他们把小区当成自己的厕所，想怎么铺排就怎么铺排。因此，狗妈狗爸家的三条狗，半夜里依旧叫唤。

不过，因为这次吵闹，张扬决定不让两个孩子在楼道玩耍了。他购置了许多小孩玩耍的器材，摆放在他们的大客厅内，有吊椅、台球案子、塞车轨道、恐龙模型，等等，客厅变成了游乐场。王暄还动员华影，把华紫衣从二班转到了一班。华影最初不想折腾了，说学校那边恐怕不能批准，王暄就说，那我去找人给你们调换。华影无奈，就说，那我们先试试吧。华影就去学校，把华紫衣调到了一班。

两家的关系，似乎更亲近了一步。

张涛和华紫衣在客厅玩耍，常常出出进进的，房门有时就虚掩着。隔壁的江林听到里面的热闹，忍不住偷偷站在门外朝里瞅，看到客厅内的那些玩耍器材，自然被吸引了，竟然慢慢地把门缝开大，半个头探进去了。王暄发现后，就推开门，凶着眼睛训斥江林，说，干啥你？

江林支吾着说，没干啥？

王暄说，没干啥？你开我家的门干啥？

江林不回答，转身跑开了。王暄训斥江林的时候，斜对门的连彰看到了，等到江林跑到他身边，他就一把抓住了江林，说，咋啦？又被人家熊了？

江林挣扎开连彰的手，跑回家，连彰摇了摇头，对正要关门的王暄瞅了一眼。他觉得王暄对待一个小孩子，太凶了一点儿。他瞅王暄的目光，就带了嘲弄，气得王暄关门的时候，弄出了很大的响声。

张涛和华紫衣不跟江林玩耍，江林心里很委屈，就想弄明白。这天下课后，江林追在华紫衣屁股后面问，你们为什么不跟我玩？华紫衣吭哧了半天，终于小声说，你没有爸爸，要是你有爸爸，我们就跟你玩。

江林心里就一直想这个问题，弄不明白为什么没有爸爸，他们就不跟他玩。结果那节课走了神，老师叫了他半天，都没听到，被老师罚了站。

放学回家的时候，江林路过连彰门口，看到连彰的门敞开着，连彰在阳台上击打沙袋，他就站住好奇地看。连彰因为是拳击教练，在客厅的阳台上，吊了一个又粗又长的沙袋，没事的时候他就活动活动筋骨。连彰看到江林站在门口，就朝江林招手。连彰看出小孩子的孤单了。

江林慢慢地走进了连彰家的客厅。

连彰问，是不是那两个小孩子不跟你一起玩？

江林低着头不说话。

连彰又问，他们为什么不跟你玩？

江林听到这句问，就抬起头说，他们说我没有爸爸，叔叔，为什么没有爸爸就不能一起玩了？

连彰被问愣了，不知道怎么回答，就说，你爸爸呢？

死了。得了很严重的病死了。

连彰哦了一声，仔细瞅江林，心里突然一酸。他伸手抚摸江林的头，说，他们不跟你玩，你跟叔叔玩，咱俩打沙袋好不好？

江林对沙袋不感兴趣，他还在琢磨爸爸的问题。突然间，他认真地看着连彰，问，叔叔你叫什么名字？

连彰说，我叫连彰。

哪个连彰？

连彰本想跟江林详细说两个字的写法，但转念一想没必要，就玩笑说，你知道班长吗？我比班长大好多，我是连长。

江林说，我知道了，就是带领当兵的叔叔打仗的连长。叔叔你没阿姨吗？

连彰说，什么阿姨？

江林说，就是新娘呀。

连彰明白了，告诉他自己没结婚，就没有新娘。江林想了好半天，又问，那你当我的爸爸行吗？我有爸爸了，他们就跟我玩。

连彰愣了愣，然后笑起来。行啊，你就说我是你爸爸。连彰觉得这孩子真可爱，又伸手抚摸江林的头发。这次抚摸，他的手动作很慢，而且心中有了一股爱怜和温暖。

江林得到了连彰的答复，心里很高兴，第二天就把这件事告诉了张涛和华紫衣，自己有爸爸了，就是对门的叔叔。张涛和华紫衣其实很想跟江林玩耍，听了这个消息挺高兴，回家告诉了各自的父母，要得到父母的批准，跟江林一起玩耍。两家的父母听了，觉得疑惑，这两个男女才认识不长时间，就搞到一起了？王暄耍了个心眼，让自己的儿子见到成晓琴的时候问一下，具体怎么问，她都教给儿子了。

张涛见了成晓琴，就跑上去说，阿姨，江林有爸爸了对吧？

成晓琴瞪眼看着张涛，说，谁告诉你的？小孩子不要胡说！

张涛说，是江林说的，说是对门那个叔叔。

成晓琴回家抓过江林，把事情问清楚了。问过了，成晓琴就把江林狠狠地打了一顿。成晓琴打江林的时候，故意半开着门，让她的骂声和江林的哭叫声，传到楼道里。

成晓琴说，别人的胡说八道，你也听？傻子呀你？

成晓琴说，不是东西，教小孩子这些话，流氓！

……

对门的连彰清楚地听到了成晓琴的话和江林的哭叫声，王暄和华影两家子也听到了。王暄跟华影议论这件事的时候，就笑着说，看那人五大三粗的，不像个好人，叫什么名不好？叫连长。华影说，他就姓连。王暄撇嘴，说多亏他不姓司，要是姓司，还能叫司令呢！

华影也笑了，觉得这男人的名字，是有些意思。

江林因为这件事情挨了打，连彰心里挺难受，每次见到了江林，都要用手抚摸一下江林的头，爱怜地说道，你这个小傻瓜。

不知不觉中，他对江林有了一种特殊的情感。

5

江林是一个很倔强的孩子，张涛和华紫衣不跟他玩耍，反而激起了他的好奇心，总想跟两个孩子混在一起。早晨上学的时候，为了能跟张涛和华紫衣碰面，他就提前出门，在电梯里等待他俩。他从十九层坐到一层，站在那里等待另一个电梯下来，看不到张涛和华紫衣，急忙换乘电梯，再回到十九层。这样上上下下，终于等到那两个孩子的时候，他就急忙装出刚出门的样子，背着书包跟在两个人身后走。

张涛和华紫衣早晨上学，大多是张涛的父母开车一起送，他们夫妻不用准点上班。每次出了楼房，江林看到张涛和华紫衣上了宝马车，自己就突然快速地抄小路奔跑，跟宝马车比速度。他绕着楼房抄近路飞奔，拐来拐去，连蹦带跳的，那身影像一只小松鼠。宝马车在小区内开得不快，他跟宝马车常常同时到达学校门口。有时，江林刚刚从楼房后面飞奔出来，看到宝马车从眼前的马路开过去，就发疯地追赶，车内的张涛和华紫衣看到了，摇下车窗玻璃，一起喊叫，快跑快跑！

华影有空的时候，早晨也开车送两个孩子。华影看到江林在后面追赶车辆，心里不是滋味，故意把车开得很慢，让江林追上来。车内的两个孩子就嚷嚷让她开快，把江林甩到后面。张涛和华紫衣看到江林跟车赛跑，觉得很好玩，并不知道华影心里的滋味。

华影毕竟当了多年编辑记者，对社会上的很多事情看得比较透彻，也了解底层百姓艰辛的生活，对成晓琴母子很同情。华影每次跟成晓琴相遇，看到成晓琴总是低头走路，一声不吭。华影就判断出这女人心中的孤寂，以及支撑一个家庭的苦楚。她几次想跟成晓琴打招呼，无奈成晓琴都故意躲开了。

有一个星期六，华影下午出门买菜，走到电梯口，遇到成晓琴跟一个送水的小伙子争吵。原来这个小伙子给狗妈家送完了水，在等电梯的时候闲着无聊，翘起脚来踹楼道的白灰墙，把墙上踹了一堆脚印。成晓琴看到了，就批评小伙子，让他把墙上的脚印擦掉。小伙子操着一口难听的河南话，还挺横，说，这墙又不是你们家的，我凭什么听你的。

成晓琴说，这墙不是我一家的，但是我们十九层业主的，有我一份。

小伙子耍嘴皮子，说，我踹的不是你那份。

成晓琴说，别说你踹的是我们十九层，就是踹别的什么地方，我也有权利管，你赶快擦掉了。

小伙子看到电梯来了，快速上了电梯，成晓琴拽他的胳膊没拽住，叹了一口气，自己找了一块湿抹布去擦墙上的脚印了。

华影当时就想，这个人平时不说话，没想到遇到这种事情，却较起真来了。她心里对成晓琴就很敬重了。要是公共场所大家都不爱护，这社会就没法正常发展了。华影是文化人，这个道理还是明白的。

后来，华影开车送华紫衣和张涛，看到车后面跟随着的江林，她就停了车，打开副驾驶座的车门，让江林上车。江林把头伸进车内看了看，似乎对车有些恐惧，撒腿朝前跑去。

华影虽然挺同情江林，但王暄在面前的时候，她对江林也是淡漠的。如果她对江林热情起来，似乎故意显示自己的和善，跟王暄唱反调，那样子就会引起王暄的不满。华影不想跟王暄闹得不愉快。有一个周日，华影夫妇和王暄夫妇，结伴带着孩子去科技馆玩耍，没想到在滑梯玩耍的地方，遇到了江林。华影朝四周打量了一下，就看到成晓琴坐在一边长条椅子上，眼睛瞅着别处，并没有看到他们。但江林看到了，江林就兴奋地追在张涛和华紫衣身后，三个人从滑梯上一起滚下去，滚成了一堆。这时候，华影很担心张扬和王暄夫妻发现了江林，于是故意走到他们两个面前站住聊天，挡住他俩的视线。可没想到，华辉看到了江林，就惊讶地对张扬说，你们看，咱们邻居那个孩子也来了。

张扬和王暄一起朝那边看去，就看到三个打闹在一起的孩子。

王暄生气地说，他们来干什么？走，咱们带孩子去别的地方玩。

说着，王暄就朝滑梯那边喊，张涛紫衣，我们走啰！

她这一喊，成晓琴转过身看去，看到王暄走进游乐场拽住了张涛和华紫

47

衣的手，朝前面走去，而江林却盯住两个同学的背影，失落地站在那里。华影就看到成晓琴从椅子上站起来，朝江林走去。

华影急忙快走几步，像是做了贼，担心自己被成晓琴看到了。趁王暄和张扬不注意，华影狠狠地掐了华辉一把，低声骂，就你嘴贱！华辉还没反应过来，说干什么你？我哪儿惹你了？华影说，我早就看到对门的孩子了，你们能来玩，人家就不能来了？华辉明白过来，说谁不让他们来玩了？我啥话也没说。华影说，回家再跟你算账！

回了家，华影把自己对成晓琴的好感说出来，把对王暄的不满也说出来了。华辉听了，也觉得王暄做得太过分，说王暄是王暄，我们是我们，对吧？我们不过分就行了。华影叹气说，可我们跟王暄在一起，能说清楚了吗？华辉说，那以后让紫衣跟张涛分开？他们主动来找我们，有什么办法？华影不说话了。华影也知道女儿一时很难跟张涛分开，要是做得太明显，让王暄看出来，就伤和气了。

就在华影不知道跟王暄一家如何处理关系的时候，关于成晓琴的新闻，在塔楼传开了，一下子就改变了华影对成晓琴的看法，反而觉得王暄的做法有一定道理了。

传新闻的人，就是塔楼八层的一个女人，这女人也是刚搬来不久，原来跟成晓琴在一个小区。也真是巧合了，那天早晨成晓琴匆忙上班去，刚出了塔楼门口，突然听到有人叫她，最初以为自己听错了，愣神的时候，又听到叫她了，回头寻找，她禁不住吓了一跳。站在她身后的女人，竟然是过去小区的邻居。她的心一沉。

女人满脸惊喜，说，晓琴你也住这座塔楼？真是缘分呀，我听说你在外面买了房子，可没想到也在天通苑，还跟我一栋塔楼。你在几层？

成晓琴急于赶快走掉，于是不冷不热地说，住在十几层。哦，我有点事，先走了。

女人看出成晓琴的冷淡，住几层都不肯说，心里就很生气。很快，女人打听到成晓琴住在十九层，在楼下跟几个女人聊天的时候，就把成晓琴过去的伤疤又揭开了。女人问闲聊的几个人，你们知不知道前几年发生的那起杀人案，被杀的是某大学的林处长？几个人当中有知道的，就忙点头，说，咋啦？

女人像发现新大陆似的宣布说，那女的就住在咱们塔楼十九层。

自然，一些只看到新闻报道的人，就想亲眼看看成晓琴长得好不好看，是不是很诱惑人。看过后，都说这女人是有股骚味儿。

这下子，王暄更有说法了，对华影说，你看看，这样的家庭，能让咱们孩子跟他们混在一起吗？多亏最初我看得准。华影对成晓琴的看法就变坏了，毕竟他们都住在十九层。你想，跟这样的女人住在一起，能对自己的男人放心吗？男人都是猫科动物，见了鱼腥气就管不住自己了。于是，华影在家里跟华辉议论到成晓琴的时候，就恨恨地骂，这女人晦气，离她远点儿。

但这时候的华辉，却对成晓琴宽容起来，说，你不是对她印象不错吗？有些事情，你别听谣传，我看她不像那么坏的女人。

华影就有了警惕性，瞪了眼说，你也会看？我还不了解你，苍蝇专叮有缝的蛋。

华辉曾经跟自己报社的一个女孩，有过一段时间的暧昧关系，华影对此仍耿耿于怀。华辉听出了华影的旁敲侧击，就不好再说什么了。

隔日，华影带着华辉在天通苑小区寻找一个定点理发的地方。华影对华辉的头型很在意，说他的头发理不好，显得很难看。华辉的头型有点特别。过去在老房子住的时候，门口有一家小理发店，老板是安徽人，不管什么顾客进去了，脸上的表情总是很淡，看起来不热情。其实他就是那种表情的人。不过，安徽老板没有因为他的表情影响了生意，他的理发技术确实不错，去理发的都是老顾客。华辉一直在那个小店理发，只要换了地方就理不好。但是搬到了天通苑，离老房子实在太远，路上又堵车，华影就想在小区内寻找一家适合华辉的理发店。于是每一家理发店去理一次，比较哪一家理得最好。这天，华影和华辉就到了成晓琴打工的理发店了。

成晓琴穿着白色工作服，头上戴一顶白色四角帽，样子像医院护士帽，显得精神漂亮。华辉和华影进了店没认出成晓琴来，华影跟理发店的女老板说话，说你看我老公的头型，最难伺候，我们在院里走了几家理发店，都没理好，你给找个技术好的行不行？这时候，华辉看到有个空位置就去坐下了。成晓琴认出了华辉，也看出华辉的头型不好理，知道老板一定会指派她，于是不等老板说话，自己就走过去了。

女老板说，我们这位理发师的技术最好，保证你们满意。

华影就仔细看了成晓琴一眼，这一看就认出来了，愣了愣，过去拍了华辉的肩膀说，走，咱们去别的地方理！

华辉说，干啥你？我刚坐下，理一次看看。

华辉说话的时候，瞅了一眼对面的大镜子，也看到了成晓琴的面孔，他惊住了。华影拽了他一把，说你还愣着干啥？他机械地站起来，摘掉身上的白布，跟着华影出去了。

成晓琴把白布朝一边甩去，一脸的委屈，泪水夺眶而出。

女老板看出了一些奇妙，就对成晓琴说，你们是不是认识？好像……

成晓琴说，大姐，回头我告诉你，我身体有点儿不舒服，回家休息半天。

6

成晓琴回到家，坐在阳台的茶几旁愣神。天气闷热，天空有些阴暗，似乎要下雨了。她努力不去回想过去，但过去的那些时光，此时却异常光彩地在她眼前晃动。

那是春天的一个阳光很好的上午，理发店的经理带着一位客人走进来。经理说，晓琴，快给林处长理发。她当时刚送走一位顾客，端起茶杯要喝一口水，听到经理的招呼，急忙走过去。其实，这时候理发室的客人并不多，旁边有两个理发师闲待了半天，经理招呼她，不仅仅因为她长得好看，她理发的活儿也干得不错。

被称为林处长的男人，三十多岁，戴一副眼镜，满脸的书卷气。他对成晓琴微笑了一下，就坐在了她身前的椅子上。理发店经理就站在林处长身边，赔着小心跟林处长聊天，很明显这个林处长是有身份的人。林处长的目光盯住对面的镜子，看着成晓琴忙碌的双手，还有他的头型。有几次，他的目光从成晓琴脸上滑过的时候，流露出几分依恋，想在那里多逗留一会儿，却又觉得不妥，于是就略显慌张跳开去。成晓琴当然感觉到了。男人们遇到了有味道的女人，都想多看几眼，不是什么坏事。她已经习惯了这样慌张的目光。

理完发，林处长站起来对着镜子仔细瞅了瞅。嗯，挺好的，以后我就来这儿理发了，我的头不好理。经理就忙说，你尽管来就是了。晓琴，林处长以后来，你负责给他理发。成晓琴笑了笑。林处长走出理发店的时候，她送到了门口，说了声，林处长慢走。

林处长从来到走二十分钟，她就跟他说了这么一句话。

大约过了两周，林处长又来理发了，是一个人来的。这时候距离下班时间还有几分钟，成晓琴和工作人员收拾好了自己的物品，正准备关门。林处长一头闯进来，几个理发师一句话不说，瞪着眼睛瞅他，那意思是说，没看到要下班了？

成晓琴认出是林处长了，忙迎上去，目光落在他的头发上，略有迟疑地说，林处长来理发吗？

成晓琴的疑惑是有道理的，林处长的头发还没有长起来。

林处长很随意地笑了笑，说，理发，我不喜欢留长发，给我赶赶边儿。哟，你们要下班了？

成晓琴瞥了一眼身边的同事，说，没事，不差这几分钟。

其他人也认出了林处长，脸色暖起来，对成晓琴说，我们先走了晓琴。

成晓琴说，你们走，我锁门。

大约用了一刻钟，成晓琴就给林处长理完发。林处长站起来抱歉地说，耽误你下班了。离家远吗？

成晓琴说，还行，坐公共汽车六站地。

住在哪片儿？

白塔寺旁边。

林处长有些惊喜地说，咱们顺路，坐我的车走吧。

成晓琴犹豫了一下，说，不用了林处长，你忙你的。

林处长不容她推辞，说，别客气了，走吧。

成晓琴就坐上了林处长的丰田车。她后来才知道，其实林处长根本不跟她同路。林处长在下班的时候去理发店，也是设计好了的，这样就有理由和时间请成晓琴吃晚饭了。这时候他并没有去想要跟成晓琴之间发生点什么，他就是觉得这个女人很有味道，想跟她走得近一些，哪怕是能一起在茶楼消磨一些时光，也一定很温馨。但成晓琴拒绝了。丈夫比她下班晚，她要去幼儿园接孩子，还要回家做饭。其实，她坐上了林处长的车，心里就后悔了，下晚班的钟点儿，马路到处塞车，林处长的车像蜗牛一样爬着，还不如公共汽车快。

六站地，林处长开车走了一个小时，也跟她聊了一个小时。她这才知道林处长在某大学一个很有权势的部门当处长，理发店经理的儿子就是靠他帮忙才被招进了学校的。

她下车的时候，林处长要走了她的小灵通号码。

隔了几天，林处长在午饭前给她打电话，说他就在理发店对面的饭店等她。林处长当时要走了她小灵通号码的时候，她就知道他一定会给她打电话，所以并不感到意外。按说她应该拒绝林处长的，她跟林处长只是见了两面，况且到了她这个年龄，很容易感觉到林处长请她吃饭意味着什么。林处长喜欢她。喜欢她又能怎么样呢？这几年有不少男人喜欢她，有的甚至很痴情，但她都很好地应付过去了，不但没有伤了他们的自尊，还让他们对她多了几分尊敬。她相信自己跟林处长也会保持适度的距离。作为女人能被男人喜欢，尤其被有身份的男人喜欢，是很愉快的。当然，她对林处长的印象也不坏。

她说，好吧，我一会儿过去。

林处长在一个小包间等她，看到她走进去，他的脸竟然红了。那样子好像第一次单独约请女人。他让成晓琴点菜，成晓琴说中午时间短，你随便点两个，咱们说说话儿。他就点了两个凉菜和两个热菜，花了几十块钱。临走的时候，还把剩下的那个虎皮尖椒打了包。这一看似小气的举动，让成晓琴感觉很好。她觉得他不是虚荣的人，很实在。

再后来，林处长隔一周或两周的，跟她约见一面，都是上班日的中午。双休日她要忙完攒了一个礼拜的家务，还要照看孩子，没时间出门。最初她跟林处长见面，保持了一定的戒备心，把可能发生的事情提前考虑好了，比如要是林处长跟她说一些暧昧的话，或是触摸她的身体，她应当如何应对，等等。但后来她发现，自己准备的那些应对措施用不上，跟林处长聊天很轻松，林处长谈古论今，妙语连珠，能一直让她沉醉在快乐当中。她很喜欢听他讲历史中的女人故事，无论伤感悲切还是甜蜜幸福的，都能够打动她。林处长说到兴奋的时候，嘴里时常冒出一些英文单词和英文短句，她虽然听不懂这些英文，却被这些英文弄得满脸激动。她渐渐地被林处长的气质和才学迷住了。

林处长从她的崇拜中也得到了满足，他们在一起的时候都很开心。

三个月后的一天中午，林处长约她去理发店附近的茶楼喝茶。她瞅了一眼堆满乌云的天空，觉得不像很快落雨的样子，况且理发店距离茶楼也就五分钟的路，快走几步就到了。她没带雨伞出了门。没想到刚走了半程，天空突然刮起了一阵黑风，紧接着密集的雨点噼里啪啦砸下来，不给她一点儿躲闪时间。许多人的生活都是被类似的意外而改变了。

她气喘吁吁地跑进了茶楼的包房。林处长看到她的上衣湿漉漉地沾在身上，头发梢向下滴着雨水。他赶忙抓起了几张餐巾纸，去擦拭她的发梢和前额。她推挡开他的手说，没事的没事。这雨，说下就下了。

林处长说，别动，雨水都流进脖子下面了。

她笑了说，我自己来擦。

林处长不顾她的反对，一只手揽住她的后脑勺，另一只手给她擦拭雨水。这时候，两个人的目光碰到了一起，他们相互看了几秒钟，林处长揽住她后脑勺的那只手，就用力向前拉了一下，她湿漉漉的身子自然地靠在了林处长怀里，然后仰起头来。她脸上的雨水很快被林处长吻干了。最后他们两张嘴严严实实地合在了一起。这时候，她的身子已经绵软得无法收拾了，林处长只好把她抱到了沙发上。

她没有任何反抗，甚至没有羞涩，一切都是瓜熟蒂落的自然状态。林处长在打开她裙子的拉链时，有些不得要领，她就推开他的手说，真笨。她替他解决了这个难题，让他的整个操作显得比较流畅。他做得很认真很扎实。她快活地呻吟着，身体时而蜷缩时而打开，这种全新的体验，让她得到了淋漓尽致的抽搐和颤抖。外面的雨哗哗下着，雨水在马路上流淌着，干渴了的泥土得到了透彻的浇灌，发出了吱吱的叫声。

结束了心灵和肉体的碰撞之后，各自收拾好了自己杂乱的形态，听着外面的雨声喝茶聊天。他们彼此没有说爱之类的话语，没有内疚和后悔的神色，也没有过多的拥抱缠绵，

他说，我很喜欢下雨天。

她说，我也是。

他说，我觉得像做梦，现在。

她说，我也是。

两个人沉默了，只有沙沙的雨声，敲打着他们的心。

林处长跟成晓琴有了男女欢爱之后，不像有些男人那样没有节制，三天两头想着欢爱，他跟从前一样，有了空闲的时候，才约成晓琴出来吃饭或喝茶。他见了成晓琴，还是那种平静的自然状态，说笑一阵子，便带着愉快和满足离去了。欢爱并不是他跟她认识的目的。

成晓琴更敬重林处长了。有一个星期天，她早早做完了家务，在屋里闲坐，突然无缘无故地想念林处长了。她就给林处长打了电话。林处长你忙

吗？我想见你。她在卧室内打电话，丈夫在外面的客厅内跟孩子玩耍，因此她压低了说话的声音。林处长听了她的声音，以为她出了什么事情，忙约好了见面地点，匆匆赶过去。

见面地点约在一个宾馆大堂内。林处长见到成晓琴，就问，晓琴，有什么急事？

成晓琴叹了一口气，说，没事，就是想见你一面。

林处长看着她羞红的面容，松了一口气说，你坐在这儿等我一下。

林处长去了宾馆前台，她看着他的背影，知道他在做什么。果然，他回来的时候手里捏着一张房卡。走吧，咱们屋里聊。他对她笑了笑。

两个人刚进了房间，就搂在了一起。他们几乎同时伸出了胳膊，同时闭上了眼睛……

外面的大门响了，儿子江林放学回来了，成晓琴从过去的回忆中睁开眼睛，这才感觉到自己的脸上已经流着泪水了，于是忙站起来去卫生间洗脸。

江林在她身后兴奋地喊，妈妈，我们的考试卷发下来了，我考了三个100分，就我一个人三个100分，过几天我们就放暑假！

7

成晓琴如实把她的事情告诉了理发店女老板，她已经作好了离开理发店的准备。没想到女老板特别理解成晓琴，说没事的，你走什么走？就在我这儿干，妨碍谁了？妈的逼，那女的算什么东西，自己说不定当过婊子，还他妈装正经！

女老板的话粗了些，但成晓琴听了心里很感动。后来成晓琴才知道，女老板也曾经爱过一个男人，为这事她才离了婚，现在一个人生活。女老板就特别理解成晓琴至今对林处长的那份情感。

成晓琴最害怕自己的这些传闻，传到江林耳朵里，但是怕啥有啥。这天中午江林放学回来，很气愤地问成晓琴，妈妈，张涛也说我爸爸是杀人犯，我说我爸爸是得了很重的病死了，他不信。

成晓琴觉得一阵头晕，没想到躲来躲去，还是躲不过是非。她不知道该怎么跟儿子解释，于是说，你现在别问，等你长大了妈妈再跟你说。你要是再问，我就打你的嘴！

江林看到妈妈的脸色很难看，就不敢再问了，把一肚子疑惑存放起来。

过了几天，江林放暑假了，在家里没人带，女老板就让成晓琴把江林带到理发店。女老板说，这儿不是公家店，没那么多规矩，让儿子过来写作业，咱理发店有空调呢。

成晓琴说，不用了大姐，那孩子淘气，来了捣乱。

成晓琴就让江林在家里写作业。江林暑假后就上二年级了，二年级上半年的课程，她已经给江林讲完，准备利用这个假期，把后半年的课程学完。成晓琴虽然只是高中毕业，但眼下辅导江林还是可以的。她还特意给江林买了日记本，要在假期里教会儿子写日记。这是她从一本书里得到的启示。这本书是童话作家葛冰和他妻子合写的，他的妻子是一位语文老师，也很有教学经验，这本书的名字叫《快乐家教方案》，介绍他们如何从小培养女儿葛竞的。他们的女儿葛竞，如今也是很有成就的童话作家。成晓琴看到这本书后，心里很高兴，她觉得书内的方法挺实在的。写日记对以后写作文帮助很大，这是书内说的。

暑假内，成晓琴对江林的管教就尤为严厉，让他尽快做完了暑假作业，然后给他讲二年级下半年的课程，给他买了许多跟课本配套的练习试卷，逼着他每天完成一份。除此之外，还要求江林在暑假内完成十篇日记。领先一步，就是成功的一半。这也是书上写的。但江林毕竟是小孩子，喜欢玩耍，成晓琴不在家的时候，就在客厅内玩他的恐龙和小汽车。有一次，成晓琴半下午回来检查他的学习情况，发现他在沙发上睡着了。她很生气，竟然学古人头悬梁的办法，让江林在阳台写作业，把江林的头发吊在阳台的晾衣杆上，然后在一边放了一个塑料桶，供江林撒尿用。

她说，你的头发不能离开晾衣杆，我一会儿还回来检查，离开了我就打你！

江林虽然在写作业，但耳朵一直听着楼道里的动静。暑假里，华辉专门休假了，跟张扬一家子结伴带着孩子们出去玩耍，今天去游泳，明天去钓鱼，让孩子们玩得很开心。这天，两个孩子钓鱼回来，用一只小塑料桶装了一些小鱼，还有很多漂亮的石子，在楼道内大喊大叫的，江林听见了，就想出去看热闹，可头发拽掉了，自己就系不上去了。正在焦急的时候，他听到楼道内传出了一阵录音机的声音，知道对门的连彰叔叔在家，而且一定敞开着家门。江林就有了主意，拽开了被系紧的头发出门了。

江林看着张涛和华紫衣桶里的小鱼，心里羡慕死了。可惜张涛不让他多看一会儿，提着小桶回家了。

江林就走到连彰面前，说，叔叔你帮我个忙好吗？

连彰笑着说，帮你什么忙？帮你钓鱼？

江林说，你到我家就知道了。

连彰犹豫了一下，看着江林。

江林说，我妈不在家。

连彰说，你这小崽子，让我到家里帮什么忙？

说着，跟江林进了屋。江林指着阳台晾衣杆上下垂的绳子。你帮我吊住头发，吊好了，不要让我妈看出来。连彰明白了，心里可怜江林，嘴上说，你妈可够狠的！江林说，我妈说了，不狠不成材。连彰把江林的头发吊起来后，给他带上了房门，听到身后的江林在喊，谢谢叔叔。连彰粗粗地叹了一口气，心里完全明白孩子他妈的良苦用心。

成晓琴回了家，江林要求她带他去钓鱼，可成晓琴哪会钓鱼？她就去了观赏鱼店，买了几条孔雀鱼，让儿子在屋内玩耍。孔雀鱼的大尾巴摇来摇去，真有点像孔雀开屏的样子，很漂亮。成晓琴还特意挑选了一条大肚子的母鱼，希望它能下鱼崽，给江林带来快乐。

果然，母鱼只过了两天，就生了小鱼，等到成晓琴发现的时候，有几条已经被母鱼吃掉了。成晓琴急忙喊江林，两个人守候在鱼缸边，母鱼生了鱼宝宝，他们就捞到另一个玻璃杯内。鱼妈妈竟然生了十八条鱼宝宝，里面还有一条残疾鱼宝宝。这条残疾鱼宝宝，生下来的时候，身子就蜷缩着伸不开尾巴，游动起来只能原地转圈。

成晓琴就啊哟了声，说，生了个残疾宝宝。

江林很心疼残疾宝宝，他发现那些小鱼宝宝都在水上面玩耍，谁都不跟残疾鱼宝宝在一起。江林替它伤心。每天早晨醒来，江林第一件事情就是去看残疾鱼宝宝，希望它在夜间突然伸直了尾巴，游到水面上来。但是每天他都失望了。他看着孤独的残疾鱼宝宝，说，别焦急小宝宝，我在陪你玩呢，勇敢点，使劲游上来！残疾鱼似乎听懂了江林的话，真的开始加速游动，努力地向上升起，但是刚刚升起来，就又一头栽下去。

一个星期后的一天早晨，江林发现残疾鱼宝宝死了。他惊恐地喊叫，妈妈妈妈，残疾鱼宝宝死了……说着，他就哇地哭了。

江林把心思都用在残疾鱼宝宝身上的时候，张涛和华紫衣在父母的带领下，已经去大连海边玩耍了一周，带回来大量的贝壳。两个孩子为了炫耀他们的贝壳，竟然把大大小小的各色贝壳，摆放了半个楼道展览。无疑，这对江林是个很大的诱惑。

江林趁妈妈不在家，就跑到了连彰屋内，说，叔叔你去过海边吗？会捡贝壳吗？

连彰说，去过，我曾经在海南，捡了这么大的一个贝壳，比一顶草帽还大。

连彰比划着，把江林惊得瞪大眼睛。

江林说，那叔叔……你能不能带我去捡贝壳？

连彰说，行，不过要让你妈妈同意才行。

连彰说着，拧了江林的脸蛋一下。连彰只是说着玩的，知道江林的母亲不会同意。就在这时候，成晓琴从理发店回来检查江林的作业，看到江林在连彰的客厅内，就气愤地喊，林林，谁让你出来的？回家！

江林吓得跑出连彰的屋子，嘴里却说，妈妈，叔叔要带我去海边捡贝壳，好不好？

成晓琴抓住江林的胳膊，连拖带拽弄回了家，还没关严门，就狠狠地抽打江林了。她说，我让你乱跑，告诉你多少次了，不要搭理那个人，你还去他家里，气死我了你！

江林哭着，还在请求说，我要到海边捡贝壳，张涛和紫衣捡回来好多贝壳……

之后，江林的请求被哭声淹没了。

连彰沉重地关上了门，狠狠地击打着沙袋子，他为这个没有父亲的孩子心疼着。当天晚上，连彰没睡好觉，耳边总响着江林的哭声。

第二天，连彰早早起了床，收拾了一下自己的行李，然后去敲成晓琴的门。成晓琴从门镜中看清了连彰的脸，就隔了门问他有什么事情。

连彰说，你开了门再说。

成晓琴打开一条门缝，连彰抓住门朝里走，成晓琴急忙关门，说，有啥事就在外面说。

成晓琴不让连彰进门，也不想跟连彰有来往。本来人们对她的非议就很多，连彰是个单身汉，又跟她对门，要是跟他来往了，又会生出许多是非。

但是，连彰却执意要进去，不顾成晓琴的反对，用力推开门，走进了客厅。江林听到动静跑出来，连彰对他说，你到一边去，我跟你妈妈有话说。江林急忙缩回自己房间，耳朵却竖在那里听。

连彰说，你的事情我听说了，我知道你怕我进来，别人说三道四的。我今天告诉你，我连彰是独身主义者，要结婚我早就结了。我今天来，想跟你谈谈你儿子的事情。

成晓琴愣住了。江林咋啦？他要跟我谈论江林的事？这样想着，成晓琴就说，你说吧。

连彰说，我看出来了，你对儿子管教很严，希望他能学习好，将来有出息，可你不懂，他这个年龄，玩耍是很重要的一部分，而且跟着成年男人玩耍尤其重要……我的意思是说，孩子从小只跟着母亲，他的性格中就会缺少父亲的那部分。你别生气，听我说下去，孩子是需要吸收父亲那种男人的阳刚之气，我不想给你儿子当父亲，但我可以带他玩，给他男子汉的那部分力量，所以我希望你能答应，让我带孩子出去玩。

成晓琴终于听明白了，忙说，谢谢你，不需要，我儿子不愿意跟你玩，好了你走吧。

成晓琴推连彰出门，江林却从里面跑出来，说，妈妈我愿意跟叔叔出去玩。

江林刚跑到连彰面前，就被成晓琴猛地一搡，摔倒在地上，随后又踢了两脚，江林就咧嘴哭了。

连彰有些气愤，说，你这个人真固执，我把话说到这份上了，你还不答应，今天我就要带他出去玩，出了事你去法庭告我好了！

说完，连彰抓起地上的江林，把他夹在腋下，大步出了门。成晓琴一时被弄蒙了，站在那里愣神，等到反应过来追出去，已经不见两个人的影子了。

这一天在理发店内，成晓琴的脑子就乱糟糟的，倒不是因为担心江林的安全，他是在想连彰这个人。到了傍晚，仍不见江林回来，她有些焦急了，想打电话，这才想起自己根本不知道连彰的手机号码。

晚饭后，成晓琴家的电话响了，是儿子江林打来的，江林在电话那边兴奋地说，妈妈，我到了大海边，可好玩了，我捡了好多贝壳，叔叔说，还要带我玩两天。

成晓琴一惊，忙问，林林，你在哪儿？这么晚还不回家？

江林说，在北戴河，我们住大宾馆了。

成晓琴怔怔地愣在那里，她没有想到连彰能带着江林出了北京，跑到了北戴河，这个人真是疯了！

8

连彰和江林真的在北戴河了。连彰要满足江林的愿望，到海边捡贝壳，最近的地方就是北戴河。他想好好让这个小崽子快乐一次。

成晓琴在电话里对连彰说，你明天赶快把林林带回来。

连彰说，不慌，我们要在这住一周。

成晓琴说，不行，你明天必须把他送回来！

连彰笑了，说，有本事你来把他带回去，反正我要在这儿住一周。

成晓琴气愤地说，你以为我不敢去呀？你不回来我报警了。

连彰忙说，要报警就要趁早，赶快放下电话报警吧。

说完话，连彰就把电话挂了，气得成晓琴在屋内转了一圈。我报警，抓了你回来，你这个骗子，你看我敢不敢报警！她唠叨了半天，就是没有行动。

第二天，成晓琴在理发店心神不宁，女老板看出来了，就问原因。成晓琴说了，女老板就笑，说你担心啥？挺好的，就让他带你儿子好好玩。哎，这家伙是不是对你有点那个？成晓琴说，他是个独身主义者，都快四十岁了。不行，大姐我要请两天假，要去把孩子找回来。女老板当即答应，说好好，你不放心儿子，就去把他领回来。

成晓琴坐火车去了北戴河。其实她心里知道，自己不是担心江林的安全，就是突然想去北戴河看看。

她找到江林和连彰的时候，两个人正把身体埋在海边的沙堆里。江林最先看到了成晓琴，他愣了片刻就跳起来，说叔叔你看我妈妈来了。连彰躺着没动，以为是江林骗人，这小崽子跟他混熟了，开始逗他玩了。后来他看到江林飞奔而去，这才从沙堆里撑起半个身子，朝不远处看去。天啊，这女人真的来了！他看到江林跑过去，一下子扑进了她的怀里，差点儿把她扑倒了。她看样子心情不错，竟然抱着江林转了两圈，最后一起倒在沙滩上。

江林说，妈妈，走，你看我刚捡的贝壳！

江林拽着她朝前跑，快到连彰身边的时候，连彰才从沙堆里用力扭动身子爬出来。江林把他埋得太深了！

他面对成晓琴，有些不好意思。成晓琴微微低头，抿嘴笑了。

连彰说，呵，说来就来呀！

成晓琴说，我怕你把我儿子拐卖了。

江林可不管两个大人此时是什么心情，迫不及待地拽着成晓琴欣赏他捡的贝壳。

连彰给成晓琴又开了一个房间，说既然来了就待几天，反正理发店的工作，多个人少个人没关系。成晓琴没有反对。

以后的几天，三个人度过了一段美好的时光。太阳很热的时候，连彰就带着江林在海边钓鱼，他的钓鱼技术还真不错，常常让江林兴奋得大呼小叫的，这时候的成晓琴，就一个人坐在海边礁石上，望着远处的海出神。太阳淡的时候，连彰就带江林在海边游泳，成晓琴就坐在沙滩上，看着水中一高一矮的两个男人欢笑着。连彰学着老乌龟的样子，驮着江林游动，时常因为人仰马翻，乐成了一团。成晓琴忍不住笑，他们身边游泳的男女看到了，也快乐地笑。自然，那些欢笑的人，把这三个人看成了幸福的一家了。

连彰终于看到了成晓琴的笑容了。他说，你笑起来很美，就像满天彩霞，灿烂绚丽。

连彰劝成晓琴也下海游泳，甚至给她买了游泳衣，但成晓琴就是不答应。有一次，连彰和江林趁她不注意，突然把她推进水里，她从水里爬起来就朝沙滩上跑，连彰试图拽住她，她却对连彰变了脸色，说，别胡闹！

连彰知道她仍旧没有摆脱过去的阴影。

从北戴河回到北京，成晓琴也又回到了自己的生活轨道，一脸的肃严。她还专门叮嘱了儿子江林，唯恐儿子把他们跟连彰在北戴河玩耍的事情说出去。

开学后，江林升二年级了。开学没几天，老师就让学生们学写一篇日记，内容就写暑假里的事情。江林在北戴河的时候，成晓琴每天都教他写一篇日记，已经提前走了一步，所以很快就写好日记交给了老师，日记里有很多字都是用拼音写的。老师看完日记，问江林，这篇日记是你自己写的？江林点头。老师觉得江林不像撒谎的样子，就让他在班里给同学们读了这篇日记。

9 月 18 日星期日晴

今天是中秋节，月儿很圆。

妈妈给我吃了月饼。妈妈说："月饼是圆的，表示团圆的意思。"妈妈还说："今天晚上许多亲人和朋友团圆在月儿下面吃月饼。"

我想起了我的朋友残疾鱼宝宝。

暑假的时候，妈妈给我买了三条孔雀鱼，里面有一条鱼妈妈，到我们家三天，就生了十八条鱼宝宝，很可爱。可是有一条鱼宝宝，生下来就是残疾，尾巴伸不直，不会游泳，总是在那里原地转圈，游不到水面上。因为它残疾了，其他鱼宝宝都不跟它玩耍，我真替它焦急。每天早晨我醒来，第一件事就是去看残疾鱼宝宝，希望它在夜里能够突然伸直了尾巴。一连几天，它还是那个样子。我就告诉它说："我们楼的小伙伴也不跟我玩，咱俩做好朋友，一起玩好吗？"残疾鱼宝宝好像听懂了我的话，点点头。就这样，我每天都要陪残疾鱼宝宝玩一个小时，鼓励他勇敢地游起来。有几次，残疾鱼宝宝努力地向上游呀游呀，可是刚升起来就又沉下去了。

过了几天，残疾鱼宝宝死了，我很伤心，我再也没有好朋友了。

看着月亮，我想要是现在残疾鱼宝宝还活着该多好呀，我给它吃月饼，让圆圆的月亮落在水里，给它玩耍……

江林读完了日记，老师站在讲台边哭了。许多同学看到老师哭了，也就哭了。老师说，江林，你的日记写得太好了。

课间的时候，老师把江林叫到了办公室。老师说，江林，你是不是真的没有小朋友玩？

江林说，我们楼的同学不跟我玩，说我没有爸爸。

老师问，是谁说的？

江林说，张涛和华紫衣。

老师就找张涛和华紫衣谈话。江林读完日记的时候，张涛和华紫衣都流泪了，老师看得清清楚楚。老师没有批评他们，只是诱导他们说，老师问你们，江林写的日记感不感人？

张涛和华紫衣一起回答，老师——感人——

老师说，那你们说，鱼宝宝们不跟残疾鱼宝宝玩耍，对不对？

两个孩子又齐声回答，老师——不对——

老师说，那好，你们作为江林的同学，应该不应该跟江林一起玩耍？

两个孩子不假思索地回答，老师——应该——

从这以后，张涛和华紫衣就偷偷跟江林在一起玩耍了。为了躲开父母的耳目，他们跑到小区一个网球场内，踢球或是滑旱冰，不管是玩什么都很开心。不过这种快乐日子没几天，他们的父母就发现了，各自带回家训斥。

成晓琴对江林说，别人不跟你玩，你死皮赖脸跟着干啥？

江林说，他们跟我玩了……

王暄和华影把两个孩子叫到一起训斥。王暄说，我告诉你们不跟他玩，怎么又跟他在一起玩了？

张涛说，残疾鱼、残疾鱼死了！

王暄莫名其妙，就说，什么残疾鱼？

华紫衣说，就是江林的残疾鱼，我们老师说了，残疾鱼没有朋友就死了……

两个孩子说不明白，但王暄听出来了，这里面有老师的事情。第二天中午，王暄去接孩子的时候，遇见他们的老师，就问了。因为站在学校外，身边有许多孩子的家长，老师别的没多说，只是说江林同学写了一篇关于残疾鱼的日记，同学们都很感动，知道相互之间要团结友爱。王暄大致听明白了，只是没理解透彻。她回去告诉华影，说老师夸赞了江林的日记写得好，你和华辉都是文化人，赶快辅导两个孩子写日记。于是，每个周六上午，华影或者华辉就给张涛和华紫衣辅导日记，到了休息的时候，就把他们关在王暄家的大客厅内玩耍，不许他们出屋子。

张涛和华紫衣被父母看得紧了，就又想出了办法，跟江林相互留了电话号码，趁大人不注意，就给江林打电话。王暄有时发现了，问他给谁打电话，张涛说给同学，问老师留了哪些作业。但是次数多了，就引起了王暄的注意。王暄翻出了张涛的电话号码本，这个电话号码本是她给张涛的，把父母的电话和手机号码都记在上面，还有华影和华辉的，告诉张涛万一遇到急事，就拨打这些电话。王暄很容易就在电话本上找到了她不熟悉的一个电话号码，拿起电话拨打过去。

那边接电话的是成晓琴，她说，喂，哪里？

王暄问，你是谁？

成晓琴说，我是晓琴，你是……

王暄急忙放下电话，跑到华影家里，把事情告诉了华影和华辉。她说，你们看看这两个孩子，我们管得这么紧，还是被那个坏孩子拉拢去了。两家父母商量了半天，也没有找到好办法，只好决定剥夺了孩子打电话的权利。

华辉似乎感觉到了什么，说，好像我们对孩子太不了解了，教育孩子的方法有偏差，抽时间我好好跟他们聊聊。

9

华辉说得对，他们确实不了解自己的孩子了。他们不允许孩子们在楼道和楼下玩耍，却管不住孩子们在学校一起玩耍。孩子们之间的心，比他们父母之间的心更容易沟通。

有一天中午，江林回家看到成晓琴躺在床上，就说，妈妈你怎么啦？

成晓琴说，妈妈感冒了，饭已经做好了，你自己吃。

江林很懂事地说，妈妈病了，赶快去医院吧。

成晓琴想教育孩子好好学习，于是就说，妈妈哪有钱去医院？妈妈要你好好学习，长大了挣钱给妈妈看病。

江林吃过午饭去了学校，就对张涛和华紫衣说，你们能不能借钱给我？我妈妈病了，没钱去医院。

江林平时看到张涛和华紫衣口袋里装过钱的。张涛和华紫衣忙把兜里的钱掏出来，三个人数了数，也就十几块钱。张涛说，我爸爸说了，现在医院太黑了，我感冒去医院，花了一千多块钱，这些钱不够。

江林说，一千多块？好多呀。

张涛说，我爸爸有钱，我回家给你拿。

华紫衣也说，我爸爸也有钱，我知道放在哪儿，张涛，你回家拿五百块钱，我也拿五百块钱。

两个孩子撒腿就跑回了家，这时候双方的父母都上班了，他们很容易就拿到了钱，交给了江林。这个下午，三个孩子都被自己的举动感动着，幸福得不得了。

到了晚上，张扬最先发现抽屉里的钱少了，他的钱是有数的。他以为是王暄拿走的，很随意地问王暄下午买什么东西用钱了。王暄愣了，说没有用钱呀？张扬就觉得是个问题了，怀疑是儿子拿了钱。张扬这个人虽然很有钱，自己也舍得给儿子花钱，却不希望儿子乱花钱，平时只给儿子一些毛票子。做父母的，都希望孩子养成个好习惯，将来有出息。

张扬和王暄就把张涛叫到面前审问。张扬说，涛涛拿爸爸的钱了？

张涛摇头。张扬和王暄交流了一下眼色，他们从儿子的神态上，看出这钱是儿子拿走了。小孩子撒谎，就像一碗清水里藏了一粒黄豆，看得清清楚楚。

王暄就说，涛涛不说谎，妈妈知道你拿了钱，告诉我拿钱干啥用，我们不批评你。

张涛仰起脸来，说，你们别问，问我也不说，华紫衣也不说。

张涛无意中把自己的同伙暴露出来。王暄有些吃惊，就问，华紫衣也拿了家里的钱啦？是不是？

张涛说，我们都拿了五百块钱。

张扬和王暄忙去了华影家。华影看到夫妻两人一脸严肃，不知道发生了什么事情。你们俩怎么啦？吵架了？王暄看了看身边的华紫衣，说你们俩过来。华影和华辉离开客厅，四个人进了华辉的书房。张扬说，你看看你家的钱少没少？张涛说他和紫衣每人拿了家里五百块钱，拿钱干什么，张涛死活不说。华辉一惊，忙看自己放在大衣柜抽屉里的钱，果然少了五百块。四个人沉默了半天，都觉得问题很严重，这么大的孩子就学会偷钱了，这还了得！好半天，张扬才说，要不你们问问紫衣，看她会不会说？

于是四个人走到客厅问华紫衣。华紫衣也不说。华影忍不住伸手给了孩子一巴掌，喊道，你说不说？不说打死你！

华紫衣说，我和张涛说好了，打死我们也不说。

华影真的抓过了女儿狠狠地打。她很少这么打女儿。华紫衣哭叫着，嘴里说，打死也不说，就不说！

这时候，他们听到了敲门声，华影停下手来喘粗气，华辉去打开了门。门口站着成晓琴和江林。屋内的人都惊讶地看着母子俩。原来，江林晚上回家高兴地把钱拿给成晓琴，说妈妈我有钱了，你快去医院吧。成晓琴看到儿子手里有这么多钱，非常惊讶，就审问江林。最初江林也是不肯说，只是说他跟同学借钱给妈妈看病，长大了再挣钱还给同学。后来成晓琴就吓唬江林，说，你要是不说实话，妈妈现在就去死！江林吓得赶快说出来了。

成晓琴站在华影家门口不说话，对着江林的后背用力推了一下。江林慢慢地走进客厅，把手里的一千块钱放在沙发上，看了华紫衣一眼，转身出屋。

满眼泪水的华紫衣，竟然拿着钱追上江林，说，你不给你妈妈看病了？

成晓琴一把抱住了华紫衣，说，阿姨没有病，谢谢你小紫衣。

说着，成晓琴满眼的泪水涌出来，急忙拉住江林走了。

四个父母明白了，一时不知道说什么好，呆呆地看着华紫衣。他们没有想到让孩子给上了一课。四个父母都觉得应该好好商量一下了，他们让孩子睡下后，坐在华辉的书房内开会。华辉说，我早就说了，咱们对孩子了解不够，现在的孩子成熟早，不能按照老办法教育孩子。张扬和王暄点头，说你们有文化，那你们说怎么教育？华辉说，孩子们有爱心，这是好事，我们不能责备他们，这事就这样了。张扬和王暄又点头。华影说，孩子们喜欢在一起玩，就让他们玩吧，只要咱们注意观察他们的变化，及时纠正一些不良的习惯就行了。

王暄叹了一口气，说，反正管也没用，我没想到小孩子们这么较劲儿。

事情就算定下来了，他们原则上允许孩子们跟江林一起玩耍了，也不反对他们跑到连彰家里击打沙袋子。自然，成晓琴也看出了事情的变化，对江林的禁令也取消了，允许江林把张涛和华紫衣带回家玩耍。节假日，孩子们在她家玩到开饭的时候，她就留住张涛和华紫衣一起吃饭。那两家的父母，明知道孩子在成晓琴家吃饭，也不阻拦，随孩子们高兴吧。成晓琴是做饭的高手，张涛和华紫衣在那里吃了两次，竟然吃上了瘾，到了吃饭的时候，主动要求说，阿姨我们在你们家吃饭吧。成晓琴就说，好好好，你们一起写作业，阿姨给你们做饭。

不过时间久了，王暄和华影两家就不好意思了，批评孩子们不要再去江林家吃饭。张涛就对王暄说，成阿姨家的饭好吃，比你做得好吃。张扬说，好吃好吃，能怎么好吃？张涛说不出怎么个好吃，就说，比你带我去饭店吃的还好吃。

张扬就笑了，对华辉说，真是怪了，我就不知道她做的饭好吃到什么地步。

王暄挖了张扬一眼，说，是不是你也想去吃？

华影和华辉都笑了。笑声中，他们对成晓琴的某些问题，似乎原谅了许多。

有一天，成晓琴午后要下楼去理发店，看到一个老太太坐着一辆轮椅，牵着三条狗在电梯门口转悠。成晓琴一看就知道，这老太太是狗妈或狗爸的母亲。

成晓琴以为老太太要乘电梯下楼，就说，大妈你是不是不敢上电梯？我帮你吧。

老太太听到后，一句话不说，摇着轮椅又朝东边楼道走去。成晓琴犹豫了一下，自己就乘电梯下楼了。可是到了傍晚下班回家，她发现老太太还牵着三条狗在楼道转悠，这就让她吃惊了。

成晓琴走到狗妈门口，说，大妈你咋啦？是不是打不开门呀？用不用我帮你？

老太太不说话，摇着轮椅又要躲开，成晓琴就挡住了轮椅，故意说，大妈你会说话吧？你到底去谁家里？在这个门口转悠了一个下午，可别让人当成了小偷，你要是再不说话，我就报警了。

她这么一说，老太太紧张了，也说话了。老太太说，这是我儿子家，我咋是小偷呢。

成晓琴听出老太太是外地口音，就说，你儿子呢？他们不在家？

老太太紧张地看着成晓琴，又不说话了。成晓琴仔细一想，估计老太太的儿子和儿媳对她有叮嘱，不能跟外人说话。成晓琴平时也教育儿子不能跟陌生人说话，单独在家里的时候，谁叫门都不能开。

成晓琴就说，大妈你放心，我就是十九层的，你有什么事情要帮忙就告诉我。

老太太犹豫了半天，才说，我咋能相信你？

就在这时候，成晓琴看到连彰出了电梯，忙叫住了他，对老太太说，你看大妈，这个人也是十九层的，他住在那个门，我住在他对门，我们两个都在这儿，你说吧。

老太太看了看连彰。连彰说，大妈没事，你就说吧，你看我用钥匙打开我家的门，对吧？我就住在这儿。老太太这才说出了遇到的问题。这几天，狗妈狗爸到外地办事了，就把狗爸在陕西的老妈接来，专门照看家里的三条狗，没想到他们刚走了一天，老太太牵着狗出门遛狗，把钥匙丢在屋内了。

连彰说，这好办，我让物业的人来给你把门锁砸开。

老太太一听砸门锁，忙说，不行不行，谁都不能进我儿子家。

连彰说，我们不进屋子，就让物业的人给你开门，物业的人你知道吧？

老太太说，什么人都不行。

成晓琴想，最好能跟老太太的儿子联系上，问一问别的地方还有没有钥匙。成晓琴问老太太知不知道儿子的手机，老太太从兜里掏了半天，掏出一张纸条，上面写着儿子的手机号码。成晓琴就把老太太和三条狗，带进了自己家，给狗爸打电话。电话拨通了，成晓琴把情况告诉了狗爸，狗爸说他们手里还有钥匙，明天就回家了。成晓琴一听，就说那好吧，让你妈在我们家住一天，别砸门锁了，你跟你妈说话，我说她不相信。

成晓琴把电话给了老太太，狗爸在电话里对老太太说，妈，没事，这个人你可以相信，是好人，你在那儿待一晚上，我们明天就回家了。

老太太和三条狗在成晓琴家里住了一夜。三条狗因为换了地方，晚上不好好睡觉，不停地叫唤。隔壁的王暄就奇怪，成晓琴家里什么时候也养了几条狗。到了第二天，江林上学校兴奋地告诉张涛和华紫衣，昨夜狗爸家里的三条狗，在他家睡觉的，就跟他睡在一个屋子。

王暄知道了事情的真相。王暄对张扬说，隔壁那女人，其实心眼不错。

狗爸和狗妈回来后，很感谢成晓琴，两个人去成晓琴家里，送了一些礼物给江林。聊天中，狗妈告诉成晓琴，她怀孕了，要把家里的狗送人，问成晓琴要不要一条给孩子。成晓琴说，我连人都照顾不过来，哪有精力照顾狗。

狗妈就把三条狗送了朋友。

后来，狗妈和狗爸不管在楼道或是院内见了成晓琴，老远就打招呼，热情极了，弄得成晓琴挺不好意思的。

慢慢地，狗妈的肚子隆起来了，她见了十九层的三个孩子，竟然很亲热地跟他们说话，逗他们玩。要做母亲了，她的性格发生了变化。孩子们也忘却了过去狗妈的厉害了，这天在楼道见到了狗妈，就围上去打量她的肚子。

江林说，阿姨你肚子里有小宝宝了？

狗妈特幸福地点头，说，是呀，有小宝宝了。

华紫衣说，结婚才能生小宝宝，阿姨结婚了？

狗妈说，阿姨早结婚了。

张涛说，当新娘才是结婚，阿姨你没当新娘呀？

狗妈笑着说，阿姨早就当过新娘了。

孩子们都笑了，喊道，阿姨骗人，我们怎么没看到你当新娘？

连彰敞开着门，听到了孩子们跟狗妈的对话，一个人在屋里笑了，说，这群小崽子们！

虽然王暄和华影见了成晓琴，彼此仍不打招呼，连彰对张扬和华辉两家子仍有看法，但很明显，十九层的邻里关系有些破冰了。

10

转眼到了初冬季节，江林已经早早地在台历上，把成晓琴的生日标出来。还有半个月的时间，江林已经等不及了，恨不得让她现在就把蛋糕买回来。她每次过生日，儿子都闹着要她买蛋糕吹蜡烛，她都照做了，其实都是为了儿子快乐。

母子俩能拥有的快乐日子，实在不多。

一个周五的晚上，成晓琴辅导江林做了一张试卷，江林就在台历上又划掉了一天，然后嘴里重复了关于蛋糕的话题后，就睡下了。成晓琴开始做家务，把江林穿了一周的校服洗了，又收拾厨房，忙活到了十点钟。准备睡觉的时候，她打开了大门，把收拾的两塑料袋子垃圾，放到了门口外的楼道上。垃圾在屋内放一晚上，气味太大。

就在成晓琴关上门的同时，她闻到了一股刺鼻的煤气味。哪来的煤气味？她跑到厨房检查了自家的煤气管道，到处闻了闻，没气味。哟，那煤气味能是楼道里的？她犹豫了一下，再次打开门。这次她闻仔细了，就是从楼道里传来的。她想，楼道哪来的煤气味？会不会是谁家的煤气泄漏了？她穿上鞋出了屋子，翕动鼻子顺着气味走去，就走到了隔壁的门口。她小心地把鼻子凑到门缝，闻了闻，没错，煤气味是从王暄家里传出来的。

成晓琴回了屋子，站在客厅愣了一会儿。隔壁家里有没有人？要真是煤气泄漏了，不出大事了？可她又不好去敲门，万一人家煤气没事，就尴尬了。她进了卧室，脱掉衣服躺在床上，想来想去，还是心里不踏实，潜意识告诉她，那煤气味儿很像是煤气泄漏，要不没那么大的味道。

她披了件上衣又起床了，去了江林房间，把睡着的儿子推醒了。儿子迷迷糊糊很烦躁地说，我没尿。

她说，不是让你撒尿，你起来给你同学张涛家打个电话。

江林睁开惺忪的眼睛，说，干什么？

你就问问张涛，老师布置了什么作业。

老师让我们抄词，抄三遍，还有数学乘法题，我都知道。

起来！我让你问你就问，你就说你忘了作业。

江林不情愿地起了床，给张涛家拨通了电话，响了半天没人接。成晓琴的心一沉。江林，你知不知道张涛在家不？江林说我哪儿知道，晚上放学的时候，他爸爸用车接走的，没跟我玩。江林说完，又上床睡去了。

成晓琴觉得事情有些复杂了，想了想，她出屋去敲连彰的门。连彰在客厅看电视，开门一看成晓琴站在门口，那份吃惊就不必说了。连彰说，哟，是你呀，有事情说吧，别进门了，免得别人说三道四，对吧？

成晓琴说，我不跟你贫嘴，你出来闻闻，隔壁那家门缝，有煤气味儿，我给他们家打电话，家里没人接，会不会是煤气泄漏了……

连彰明白了，笑着说，你操这个闲心干啥？他们这种人，应该吸点儿煤气。

成晓琴说，你什么人呀？要真是煤气泄漏，咱们十九层都得遭殃。

连彰说，他们家里没人，我有什么办法？

连彰说完，突然有了主意，走到隔壁去敲华影家的门，问问华影怎么办，他们两家子关系好。但敲了半天，华影家也没人。连彰就让成晓琴回去睡觉，说明天是周六，这两家子肯定又一起到郊外或者什么地方玩去了。说着，目光落在成晓琴身上。成晓琴出门的时候，上身虽然披了件衣服，但下身只穿着睡裤。他说，快回去吧，天凉，别感冒了。

成晓琴走近了王暄家门口，感觉煤气味更大了。她焦急地看了看连彰，说，你知道他们两家子哪个人的手机吗？找到一个人就行。

连彰说，我哪知道他们的手机，人家能把手机告诉我？他们眼里哪有咱们这些人。

连彰说到这里，突然气愤起来，说，回去睡觉，管他呢，我他妈不操这个心！

成晓琴一把拽住连彰，说，你不能走，咱俩把门锁砸开，进去看看。

连彰说，你别拽我，拉拉扯扯的，让别人看见了，说不清了。砸门锁？你砸吧，人家丢了钱，你负责！

连彰甩开成晓琴，进了屋。成晓琴气愤地说，连彰，你真不是东西！好，我找别人去！

成晓琴去敲狗爸家的门，狗爸狗妈都出来了，听成晓琴说完，狗爸就把狗妈关在屋里，怕煤气味熏了她。狗妈可是怀了小宝宝了。

狗爸说，好办，给物业打电话，让他们来处理，煤气泄漏可是大问题。嘿，气味不小。

成晓琴说，这个钟点了，给物业打电话，他们也要二十分钟能来，万一……不能等了，来，你家里有铁锤吗？把门锁砸开，出了事情我负责！

狗爸说，我家里没工具。

这时候，连彰从屋里出来，手里拿着一把大铁锤，情绪低落地说，好好好，你既然要砸锁，那就我砸吧。

连彰刚举起锤子，成晓琴一下子拦住他。她把自己的上衣脱下来，缠在了门锁把手上。她说，万一砸出火星来，就爆炸了。连彰看了看她的衣服，犹豫了。她说你快砸呀，磨蹭什么？连彰就砸了，三下子砸开了门锁，然后拉开一道门缝。

刺鼻的煤气味，让他后退了一步。

这时候，成晓琴要进屋子，连彰一把抓住她，说，别动，我回屋子拿条湿毛巾。

连彰跑回屋子的时候，成晓琴已经冲进了王暄家，嘴里还在喊，张涛，张涛在家吗？

成晓琴进了卧室打开灯，一下子惊呆了，王暄躺在床上，张扬躺在卧室厕所的门口。成晓琴掉头跑到了张涛房间，抱起床上的张涛朝外跑，嘴里喊叫，快来人、来人——

连彰和狗爸用湿毛巾堵着鼻子跑进客厅，成晓琴把张涛塞到连彰怀里。连彰说，给你湿毛巾。她没理会，对狗爸说，去厨房看看煤气，说完转身跑回大卧室。

狗爸去了厨房，一看就明白了，他们炉灶上放着烧壶，水烧开后溢出来浇灭了灶火，煤气就一直开着。

狗爸关了煤气灶开关，成晓琴和连彰已经把张扬和王暄拖到了屋外。但是成晓琴出了屋子，却一下子晕倒在楼道里。

狗爸忙着打电话叫救护车，连彰抱住成晓琴，一个劲儿用湿毛巾擦她的脸，说，成！成！小成！

成晓琴没有大事，只是出了屋子被风一吹，头昏了。她在连彰的摇晃中醒过来，看了看身边躺着的一家三口，突然想起另一件事，对连彰说，快，你去把华紫衣家的门锁砸开！

连彰有些疑惑，说，她家的煤气不会也泄漏了吧？

成晓琴气愤地说，让你砸你就砸！

连彰就砸了。进屋一看，屋里没人。

成晓琴、连彰和狗爸，都在医院陪着，几个人折腾了一夜，王暄一家没事了。到了第二天中午，他们一家就出院了。不用说，他们内心的那份感激和内疚，无以言表。

回到了家，几个人才想起在家留守的狗妈跟江林，还一直待在华紫衣家里，华紫衣家的门锁还没换上去。张扬就给华辉打手机，知道华辉一家去了华影妈妈家里了，这才放了心。

成晓琴说，要是我知道他们的手机，就不用砸门锁了。

成晓琴无意中的一句话，让张扬和王暄听了，心里很愧疚。是呀，邻居们要是相互知道联系方式，有了急事就好办了。

华辉一家回来后，张扬和王暄把事情经过告诉了他们，几个人在一起，联想最近一些日子发生的事情，都把自己批判了一顿。华辉说，我把咱们家里的电话和手机号码打印出来，给十九层每户送一份。几个人都点头赞成。

张扬说，我还有个想法，等我落实好了，再告诉你们。

张扬在天通苑学校附近的几栋楼房转了一天，从一层专门出租的房子，找到了一套二百多平米的租下来，然后购置了一些设备，这才告诉了华辉和华影。

张扬说，我要给孩子办一个俱乐部，让他们中午在一起吃饭，节假日在一起玩一起写作业，咱西三区中午没家长接送的孩子，也可以来，交一顿午饭钱，其余一律免费。我给孩子们请一位老师，负责做饭和辅导作业，你看行不行？

华辉笑了，说，什么行不行，你都搞好了，还问我？

王暄说，他连我也没告诉。

华影说，我看你请的老师也早就有人选了。

张扬也笑了，说，先别吭声。哎，华辉华影，你们给孩子俱乐部起个名字。

华辉想了想，说，叫金色时光，咋样？

张扬说，不错，我这就出去定做牌子。

一切都准备妥当了，张扬和华辉等四人，一起去了成晓琴家，郑重其事地请她出来给孩子当老师。成晓琴说自己负责给孩子理发还可以，当老师就不行了。张扬说，你就不要推辞了，孩子们都喜欢吃你做的饭，你辅导孩子很有办法，为了咱们的孩子，你就作出一些牺牲，每月两千块钱的工资，我来支付。王暄和华影也诚恳相劝，弄得成晓琴没法推辞了，就说自己试试看吧，要是不能胜任，再另请他人。

张扬在天通苑西三区张贴了启事，很快就有八个孩子报了名，加上十九层三个孩子，正好一个班，交给了成晓琴管理。几个孩子的家长找到了张扬，表示了他们满心的敬意。

张扬说，你们别感谢我，我也是为自己的孩子考虑，现在的孩子太孤独，我希望儿子像我小时候那样，有小伙伴儿玩耍，学会相互关爱。

金色时光俱乐部开张的那一天，正好是成晓琴的生日。江林把这个消息提前透露给了张涛和华紫衣，两家的父母知道后，都觉得应该一起给成晓琴过个生日。

张扬说，在饭店订个大包间，十九层的住户都参加。

华辉说，在饭店不好，咱们去她家里，温暖一些。

几个人都赞成这个办法。于是，他们提前准备了一个大蛋糕，在小区的饭店订好了菜，让饭店定时送到1903房。王暄和华影，负责通知了狗爸狗妈和连彰，就是没告诉成晓琴。

到了傍晚，成晓琴买回一个小蛋糕，准备和江林在家里过生日的时候，外面敲门了。打开一看，十九层的邻居除去那户老两口不在，其余都站在门外，有人提着蛋糕，有人捧着鲜花，满脸微笑。她一下子就明白了，回头看江林，那意思是说，你告诉别人了？

外面的人不等她邀请，都涌进了屋内，齐声说，生日快乐——

快乐的音乐在客厅内响起，大家围着餐桌举起红葡萄酒，为了成晓琴的生日，为了金色时光俱乐部开张，为了十九层邻居们的相聚，碰杯！

欢笑中，连彰突然看着狗妈隆起的肚子，举手示意大家安静。大家莫名其妙地静下来，不知道连彰为什么盯着狗妈的肚子。

连彰深沉了半天，才郑重地说，今晚我决定，放弃过去的独身主义。

静了片刻，大家突然爆发出喊叫声，把目光投到了成晓琴身上。

三个孩子不知道大人们为什么喊叫，也手舞足蹈地跟着狂喊起来。

欢笑。还是欢笑。这个晚上，欢笑拥满了塔楼十九层。

傻乎乎的衣向东

周　娟

　　我最了解衣向东的毛病，比他的父母都了解。衣向东有五大毛病，一是心直口快，肚子里放不住半句话，经常得罪了别人，自己还不知道；二是嘴里的话太多，招人烦，我说他只有睡觉的时候能歇一会儿；三是好激动，激动起来手舞足蹈，或哭或笑，一副傻相；四是哥们儿义气太重，见了谁都当亲人，没少上当受骗；五是脾气太坏，在外面看起来还像个人样，在家里却经常暴跳如雷，据说山东男人都有这毛病。

　　就是这样一个人，这些年却成名成家了。我做梦也没想到他能走红。虽然我是他最亲近的人，可没读过他的小说。也没读过别人的小说。我不读书不看报，也不看电视，就知道做家务。女儿说我是保姆，其实也差不多。为了照顾女儿和衣向东的生活，我很早就把工作辞掉了，成了一个地道的家庭妇女。

　　虽然没读过他的小说，但我知道他的小说写出来了，有了自己的读者群。经常有陌生读者把电话打到家里，说又看了他的一篇新作，说着说着就在电话里哭了。我的一些多年不联系的战友和同学，也陆续打来电话，说在什么杂志上，看到了他的小说和照片，说我现在是名人的妻子了，等等。今年春节，他的一位美国女读者，还跑到家里来看望他。从读者的话里，我知道了他的小说写得很实在，经常让人感动得流泪。

　　对于我来说，衣向东的小说写出来了，我为他高兴，因为我知道他付出了很多辛酸。

　　我认识衣向东的时候，他刚去解放军艺术学院读书，我表姐是他的同学。表姐知道我就要退伍了，就说她有个同学，小伙子不错，可以认识一下。表姐当了我们的红娘。我第一次去他的住处的时候，非常吃惊，他住在

73

一间被遗弃的工棚内，工棚是复合木板搭建的，四壁透风。屋内就一张单人床，靠墙的一面床上，堆了半床书。我翻了翻那些书，里面都夹着很多写了字的纸条。我当时觉得，这个人很勤奋。

婚姻就是一种缘分，我是安徽的，他是山东的，说不清道不明的原因，就走到了一起。我当时才二十一岁，什么都不懂，稀里糊涂就答应嫁给他了。后来才知道，他那时候还不是干部，是一个服役九年的老兵。

结婚后，我们连个家都没有，在北京郊区租房子，一年要搬几次家。过去的那些辛酸和委屈，我现在不愿再回忆，想起来就心痛。

衣向东在部队一直不走运，主要是他的臭脾气，得罪了许多领导，人家就把他往死里整。记得有一次，他因为工作上的事情，跟一位副主任在楼道争吵起来，最后把副主任气得一句话说不出来。有时，我得知某领导在暗地里给他小鞋子穿了，就劝他去给人家道歉，他说砍断脖子也不去。有时我跟他争吵几句，说他不会处理事情，他梗着脖子跟我说，我不会低三下四的，天生就这德性！

后来我也就随他了，反正我对他没有什么奢望，将来跟他回到山东老家的小县城，过一种平淡的生活就行了。

尽管衣向东脾气不好，被人整来整去的，但每到关键口上，就有贵人出来帮他。到了1995年，遇到一位非常欣赏他的领导，竟然给他破格提干了。那时候，他已经联系好当地的电视台，把所有的东西都托运回老家，只等着半年后转业回去了。

他转了干，就拼命给部队搞新闻报道工作，一直没时间写小说。到了1998年，他调到了武警总部，而且把我的户口也迁入北京了。我喜出望外，没想到嫁给他还能留在北京。当时我的女儿刚出生，我考虑再三，辞去了工作，把所有的精力都放在他和孩子身上。我对他说，老衣，好好干工作，我最大的愿望，就是在北京能有两室一厅的房子。衣向东听了，就去找营房部门，好像营房部门有一个山东老乡，没过一年就给了我们一套两室一厅的房子。记得第一次带着刚会走路的女儿，走进了分到的旧楼房内，女儿兴奋地挨个屋子奔跑，那一刻我心里满足极了。

调到了武警总部，他开始写小说了，也就两三年的时间，就成功了。当然我知道，在这之前，他读了大量的书，虽然没动笔，但一直在琢磨小说。过去我还关心一下他的工作，自从他的小说写出了名气，我就再也不问他的事情了。

最近几年，衣向东的小说几乎都卖了影视版权，家里经济条件好了，他首先想到的就是买车买房子。他买了一套二百多平米的房子，说过去我跟着他租房子住，吃了太多的苦，现在条件好了，要让我高兴高兴。后来，他无意中听说我喜欢复式楼房，就又去张罗着买。我就反对，说你改了那个臭脾气，别惹我生气，我比住什么楼房都高兴。

衣向东有很多毛病，但他有几个突出的优点，让我很敬佩。一是做人很正直。说他做人正直，我举几个例子。最初表姐给我介绍他的时候，就跟我说，这个小伙子很正直，有一天，文学系一些同学，要联名写信告状，要求上面把某某同学开除了。找到衣向东的时候，衣向东说，这种事我不干，希望你们也别干。表姐说，你看看，这人多好。

我跟他结婚后，有一次住在部队家属房，几个干部偷偷去找他，说他文笔好，让他起草一封匿名信。干部们觉得他们要告的领导，是几年来一直整衣向东的人，衣向东肯定帮忙写。衣向东却拒绝了，说他（指那位领导）能混到这个份上，也不容易，咱们都是大男人，要告状，你们就把大名落上去。

衣向东提干后，单位有位副政委，很有才气，平时衣向东挺敬佩他的。但这位副政委经常喝醉酒，影响不太好。有一天晚上，副政委又喝醉了，衣向东看到后，把他背到宿舍，给他脱了衣服。第二天早晨，衣向东去了副政委宿舍，副政委完全不记得昨晚的事情了，问衣向东是谁把他送回来的。衣向东气得指着副政委的鼻子，说他这样不像一个副政委，简直是个小丑了，我都觉得丢脸！没想到这位副政委不但没有生气，反而连连点头说，衣向东你骂得好，也就你敢跟我说真话，我记住了。后来，团里出了一件事，有人给上面写匿名信，说团里的班子搞不正之风。党委会上，几个常委都推测这封匿名信，可能是衣向东写的，因为文笔太好了。那位副政委很激动地拍桌子说，我跟你们打赌，要是衣向东写的，我就不是人！他真要给上面反映问题的话，肯定会跑到首长面前，当面锣对面鼓地跟你们干，写匿名信不是他的作风。事情后来查清了，确实不是衣向东写的。

第二个优点，就是心地善良，热心帮人。衣向东老家是全国最大的苹果生产地，十多年前，农民们的苹果没有销路，一些人转弯抹角打听到衣向东在北京，就用卡车拉着苹果来找他。每次来，都是大冬天的后半夜，这时候进城方便。三四个农民背着一口袋芋头或是红薯，顶着一身雪敲门了。衣向东就赶忙带着卡车去水果批发市场卸了车，然后安排他们住下。没有房子，就在我们宿舍的地上给人家打地铺。到了白天，还要去帮人家联系单位销售。有一年，他老家的两个农民在批发市场卖苹果，每天早晨从我们家走的时候，带了午饭，到了傍晚赶回来吃饭睡觉。苹果一直卖了一个多月，还有三天就过年了，这才卖完了。有几年，他们老家来人特别多，不管是谁来了，他都恭恭敬敬请人家吃饭。看我不高兴，他就解释说，人家能找到你门上，是看得起你。

衣向东喜欢帮人，有时帮了别人，不但没赚好，还被别人利用了。我就说他傻，让他不要管闲事，他瞪着眼跟我吵，说帮人总比害人好。这些年，他借给朋友的钱有好几万，都打水漂了。有一次，他一个多年不见的战友到北京跟他借三万块钱，说家里有急用。衣向东没犹豫就给了，我提醒他别受骗了，他说不会的，当初在连队，这个战友跟他感情很深。没想到，我的预感是正确的，那钱再也没要回来。还有一个报社的朋友，说手头紧张，需要五千块钱，当时衣向东在外面有事情，就打电话让我把钱送过去，后来这人就找不到了。

住在北京，外地来的朋友比较多，每当有朋友来，他都很热情地请人家吃饭，还给人家安排住宿。过去我们经济条件不好，尽管我省吃俭用的，但每月都过得紧巴巴的。

衣向东的第三个优点，就是勤奋，能吃苦，我总觉得他身上有一股释放不完的能量。女儿不满周岁的时候，晚上经常哭闹，他一手抱着孩子一手写作，家里就一间房子，连个桌子都没有，他在膝盖上放一块木板当桌子。每天晚上，他都写到深夜两三点，有时候天亮了，我起床看到他还在写作。他写小说有个特点，写作之前考虑的时间很长，有的小说考虑了一两年。但只要动笔写了，就想一口气写完。一部四五万字的中篇小说，一周就能完成，最多的时候一天写了两万字。他能管住自己，对自己要求很严，近乎残酷，每天的写作计划必须完成。有时候晚上熬夜了，第二天到了起床的时候起不来，他就跪在床上，用巴掌打自己的脸，左一下右一下，一直把自己打醒了。

去年，他要离开部队，我坚决支持，而且建议他什么单位也不要了，就待在家里写小说。他听了我的话。现在，他的生活有条理了，每天除了写小说，就是养花，去小区篮球场打打篮球，偶尔接送孩子。但家里的活，做饭洗衣服收拾家，我什么都不用他做，就连洗脚水都是我端到他面前，要换的衣服也是我一件件摆在他面前。

对于他的小说，我不太关心，但我关心他的身体。小说写得再好，身体垮了就完了。他对我脾气大，我不能跟他计较，在我眼里，他就是我要照料的男人，是一家之主，没有他我们家庭就垮了。

当然，他对我脾气大，对女儿却很娇宠，女儿从小就骑在他身上又撕又打的，他一点儿也不烦躁，这时候的性子比我都好。他晚上出去喝酒，回来的第一件事，就是看望睡熟的女儿。现在女儿七岁了，一天看不到他就哭闹，他如果出差到外地，女儿一天一个电话，问他什么时候回家。女儿完全拴住了他的心。

我觉得，衣向东现在的状态是最好的时候，不怎么出去参加活动，就喜欢蹲在家里，似乎什么东西对他都没有诱惑了。闲暇的时候，他喜欢泡一杯茶，在阳台上晒太阳，发呆。有时我看到他在摆弄花草的那份悠闲，真像一个退了休的人。现在写小说，也是有条不紊的，按计划写作，每年三四个中篇，而且自己不满意就不拿出去发表。他的电脑里，有七八篇写好的中篇小说，还有几篇半成品，都是他不满意的。尽管很多杂志的朋友打电话向他约稿，他都说没有。他跟我说，这些不满意的小说只能当作原料，将来在别的小说中使用了。

让我最吃惊的是，他现在心境平静多了，对我也不怎么发脾气了。有时候还知道关心我。他抱着一种感恩的姿态来生活，说上帝给了他一个好身体，一个幸福的家庭，一个可以吃饭的职业，得到的东西太多了，不应该再有奢求。没事的时候，他总爱回想过去那些帮助过他的人，在我面前唠唠叨叨的，有些人的名字我都能记住了。那个给他提干的首长已经不在人世了，他把首长的照片供在家里，有时候点上一炷香，静静地看着，流一些泪水。我看了都挺感动的。他对于过去整治他的人，也没了记恨。有一位部队领导，整了他将近十年，从新兵一直整到他满脸胡子了，提干上学等等事情，都是那位领导给他搅黄了。自从这位领导病休后，好多年就没有消息了。春节前，他听说这位领导刚搬到离我们家不远的小区居住，赶忙去家里看望人家，弄得人家很感动。今年大年初一，我和衣向东还没起床，那位领导就带着妻子跑我们家来了。我心想要是没有这个人整治衣向东，我也不会受那么多苦，于是干脆没起床。可我听到衣向东在客厅里，又端茶又递烟的，一口一个老领导地叫。等到他们走后，我气愤地说他没脑子，忘了人家整治你了。他很认真地说，我不仅要感谢那些帮助我的人，还要感谢那些整治我的人，没有他们给我的反弹力，就没有我今天的成就。他说一个人的成功，是多种因素形成的，有欢笑也有苦恼，过去经受的苦难，其实是一生中必须要经历的，抽掉了那部分，我就不是我了。

　　我不会写东西，拉拉杂杂写了这么多，就是想让喜欢衣向东小说的读者，了解真实的衣向东，也在此感谢读者给他的支持和温暖。我能做到的，就是好好做家务，让他腾出精力，写出更多读者满意的作品。

作者简介

　　衣向东，男，1964 年出生于山东栖霞，1982 年底入伍，1991 年毕业于解放军艺术学院。已出版长篇小说《一路兵歌》《在阳光下晾晒》，中短篇小说集《老营盘》《吹满风的山谷》《过滤的阳光》等。小说曾获鲁迅文学奖、老舍文学奖、北京市政府奖《小说月报》百花奖等。

前女友出国时留给子和的一个翡翠玉蝉，让子和与妻子之间有了一层微妙关系。小说以此为主线，揭示了一对夫妻奇妙的情感历程，女主人公最终的悲剧，让我们不得不思考：命运与婚姻之间到底该如何掌控？

你要开车去哪里

范小青

结婚的时候，子和和太太除了互相戴上结婚戒指，子和的太太还送给子和一块玉佩，是一个观音像。太太说，男戴观音女戴佛，你就挂在身上吧，它会保佑你的。

子和收下了太太的玉佩，但他没有挂。他身上原先也一直有一块玉佩的。那是一块天然翡翠，色泽浓艳纯正，雕成一个栩栩如生的蝉，由一根红绳子系着挂在胸前。他结了婚，也仍然挂着原来的那一块。太太有点不悦，也有点怀疑，问这是什么。子和说这是奶奶留给他的，他不想摘下来。

子和这么说了，太太嘴上虽然不好再说什么，但心里的怀疑仍然在。女人的敏感有时候真的很神奇，就像子和的太太，她怀疑子和挂着的玉蝉是一个女人送的，事实还真是如此。

子和挂着的这个翡翠玉蝉，确实就是子和的前女友出国时留给他的。她没说这算不算信物，但她告诉子和，这是奶奶留给她的。而且，据她的奶奶说，又是奶奶上辈的人传到奶奶手里的，至于在奶奶之上的这个上辈，会不会又是从再上辈那里得到的，那就搞不太清了。但至少这个玉蝉的年代是比较久远了，所以，别说它是一块昂贵的翡翠，即使它没有多高贵的品质，是一块普通的玉，光靠时间的磨砺，也足够让人敬重的了。

蝉和缠是一样的读音，是不是意味着他们的感情缠绵不断？女友还特意找了一根永不褪色的红绳子，也可能是象征着她的爱心永远不变。

女友就走了。

一开始子和并没有把玉佩挂在身上，子和不相信什么信物，但他相信感情。女友出去以后，因为学习和工作的繁忙紧张，不像在国内那样缠绵了，子和常常很长时间得不到她的信息。子和的亲友都觉得子和傻，一块玉佩能证明什么呢，女孩子如果变了心，别说一块玉佩，就是一座金山，也是追不回来的。尤其是子和的母亲，眼看着儿子的年龄一天一天大起来，担心儿子因此耽误了终身大事，老是有事没事说几句怪话，为的是让子和从心里把那个远在大洋彼岸的女孩忘记掉。可是子和忘不掉。他一直在等她。

子和最终也没有等到她。她没有变心，她出车祸死了。死之前，她刚刚给子和发了一封信，告诉子和，她快要回来了。

从此之后，子和就一直把这个玉蝉挂在身上了。许多年来，玉不离身，连洗澡睡觉都不摘下来。后来子和的太太也知道了这个事实，虽然那个女人已经不在了，但她心里总还是有点疙疙瘩瘩的，子和一直挂着玉蝉，说明他心里还牵挂着前女友。太太或者转弯抹角地试探，或者旁敲侧击地琢磨，后来干脆直截了当地询问，但子和都没有正面回答。

子和把前女友深深地埋在心底深处，谁也看不到她。

不知从什么时候开始，渐渐地，玩玉赏玉成了时尚，越来越多的人对玉有兴趣，越来越多的人，身上挂着藏着揣着玉。经常在公众的场合，或者吃饭的时候，或者一起出差的时候，甚至开会开到一半，大家的话题就扯谈到玉上去了。谈着谈着，就开始有人往外掏玉，有的是从随身带着的包里拿出来，有的是从领口里挖出来，也有的是从腰眼那里拽出来，还有的人，他是连玉和赏玉的工具一起掏出来的。然后大家互相欣赏，互相评判，互相吹捧，又互相攻击。再就是各人讲自己的玉的故事，有些故事很感人，也有的故事很离奇。

每每在这样的时候，子和总是默默地听着他们说，他从来都是一声不吭的。也有的时候，大家都讲完了，只剩下他了，他们就逼问他，有没有玉，玩不玩玉，子和摇头，别人立刻就对他失去了兴趣。

其实子和挂这块玉的时间，比他们玩玉赏玉要早得多，只是子和觉得，他身上挂的，并不是一块玉，而是一个寄托，是一种精神。但那是他一个人的寄托，一个人的精神，跟别人没有关系，不需要拿出来让大家共享。

后来有一次，正是春夏之际，天气渐渐暖了，大家一起吃饭，越吃越热，子和脱去外衣，内衣的领子比较低，就露出了那根红绳子。开始没人注意，但过了一会儿，却被旁边一个细心的女孩看见了，手一指就嚷了起来，子和，你这是什么？子和想掩饰已经来不及了，便用手遮挡一下，但又有另一个泼辣的女孩手脚麻利上前就扒开他的衣领拉了出来，哇，一个翡翠玉蝉哇！硬是从子和的颈子上摘了下来，举着给大家看。

同事们都哄起来，有的生气，有的撇嘴，说，这么长时间，怎么问你你都不说，什么意思呢？觉得子和心机太深、太重，甚至有人说子和这样的人太阴险，太可怕，不可交。子和也不解释，也不生气，眼睛一直追随着玉蝉。大家批评他，他刀枪不入，结果也拿他没办法，就干脆丢开他这个人，去欣赏和鉴定他的玉蝉了。

这一场欣赏和鉴定，引起了很大的争论，有的说价值连城，有的认为一般般。最后又问子和，要他自己说。子和说，我也不知道，我不懂玉，我不知道。大家又生他的气，说，不懂玉，还把玉蝉牢牢地挂在颈子里。另一人说，还舍不得拿出来给我们看。再一个人说，是不是觉得我们这批人特俗，没有资格看你的玉蝉？还是发现玉蝉的那个女孩心眼好一点，她朝大家翻翻白眼，说，谁没有自己的隐私？子和不愿意说，就可以不说，你们干吗这种态度？女孩是金口玉言，她一说话，别人就不吭声，不再指责子和了。

他们后来把玉蝉还给了子和，都觉得他这个人没劲，没趣，还扫兴。子和也不理会大家的不满。

过了几天，子和的同事里有个好事者，遇见子和的太太，跟她说，没想到子和竟然有这么好的一块玉，那可不是一般的好。子和的太太是早就知道这块玉的，但她并不懂玉，以为就是一般的一块玉佩，没当回事情。现在听子和的同事这么说了，心思活动起来了，她也知道现在外面玉的身价陡长。太太回家问子和，到底是块什么玉。子和和回答同事一样回答她，说他不懂玉，所以不知道。太太就说，既然你不知道，我们请专家去鉴定一下，不就知道了？子和不同意。太太知道他心里藏着东西，就说，又不是让你不挂了，只是暂时取下来请人家看一看，你再挂就是了。子和仍然不肯。太太就有点生气了，说，你到底为什么不肯去鉴定？子和说，那你到底为什么一定要去鉴定？太太说，你如果怕摘掉了不能保佑你，你暂时把我的那个玉观音戴上，观音总比一只小知了会保佑人吧。子和说，我挂它，不是为了让它保佑我。太太深知子和的脾气，再说下去，就是新一场的冷战开始了。太太是个直性子急性子，不喜欢冷战，就随他去了，说，挂吧挂吧。

其实太太并没有死心，以她的个性，既然已经知道玉蝉昂贵，但又不知道到底值多少钱，心里痒痒，是熬不过去的。她耐心地守候机会，后来终于给她守到一个机会，那天子和喝醉酒了。

子和平时一直是个比较理智的人，很少失控多喝酒，可这一次同学聚会却是酩酊大醉，回来倒头就睡。太太也无暇分析子和为什么会在同学聚会时喝醉酒，急急地从子和颈子里摘了玉蝉就去找人了。

结果果然证明，子和的这块翡翠玉佩，非同一般，朝代久远，质地高尚，雕工精致，是从古至今的玉器中少见的上上品。

太太回来的时候，子和还没有醒呢，太太悄悄地替他把玉蝉挂回去，然后压抑住狂喜的心情，一直等到第二天，子和的酒彻底醒了，她才把专家对玉蝉的估价告诉了他。

子和起先只是默默地听，并没有什么反应，任凭太太绘声绘色地说着，专家看到玉蝉时怎么眼睛发亮，几个人怎么争先恐后地抢着看，等等等等。太太说得眉飞色舞、情不自禁，可子和不仅没有受到太太的情绪的感染，反而觉得心情越来越郁闷，玉蝉又硬又凉，硌得他胸口隐隐作痛，好像那石头要把他的皮肤磨破了。子和忍不住用手去摸一摸，他甚至怀疑是不是被太太偷梁换柱了，这么多年他一直把玉蝉挂在心口，从来没有不适的感觉，玉蝉是圆润的，它已经和他融为一体了，只有浑然和温暖。

太太并没有偷换他的玉蝉，可玉蝉却已经不再是那块玉蝉了，这块玉蝉在子和的胸口作祟，搞得他坐卧不宁，尤其到了晚上，戴着它根本就不能入睡，即使睡了也是噩梦不断，子和只得摘了下来。

从此以后，每天晚上子和都得把玉蝉摘下来，才能睡去。

就这么每天戴了摘，摘了戴，终于有一天，子和在外地出差，晚上睡觉前把玉蝉摘下来，搁在宾馆的床头柜上。可是第二天早晨，子和却没有再戴上。就把玉蝉丢失在遥远的他乡了。

后来子和怎么回忆也回忆不起来，那一天早晨，是因为走得急，忘记和忽视了玉蝉；还是因为早晨起来的时候，玉蝉已经不在床头柜上了。子和努力回想那个早晨的情形，但他的大脑里一片空白，没有玉蝉，什么也没有，甚至连那个小宾馆的房间他也记不清了，那个搁过玉蝉的床头柜好像也从来没有出现过。

子和回来以后，一直为玉蝉沉闷着，连话也不肯说。子和的太太更是生气，她责怪子和太粗心，这么昂贵的东西怎么能随便乱放呢，她甚至怀疑子和是有意丢掉的。子和听太太这么说，回头朝她认真地看了看，过了一会儿，他说，有意丢掉？为什么有意丢掉？太太没有回答他，只是朝着空中翻了个白眼。

子和不甘心玉蝉就这么丢失了，他想方设法地找机会，重新来到他丢失玉蝉的这个地方。这是一个偏远的小县城，县城街上的路面还是石子路面。子和走在石子街上，对面有个女孩子穿着高跟鞋"的咯、的咯"地走过他的身边，然后，渐渐地，"的咯、的咯"的声音远去了，子和的思绪也一下飞得很远很远，远到哪里，子和似乎是知道的，又似乎不知道。

子和平时经常出差，所以不可能每到一处都把当时的住宿情况记得清清楚楚，他也没有记日记的习惯，出过一次差，不多天以后就把这次行动忘记了。当然子和出差一般不会是一个人行动，多半有同事和他做伴，丢失玉蝉的这一次也不例外。子和为了回到那个县城去寻找玉蝉，他和同事核对了一下当时的情况，确认他们住的是哪家宾馆，是宾馆的哪间房间。

但是就像在回忆中一样，他走进宾馆的时候，大脑仍是一片空白，他记忆中没有这个地方，没有这个不大的大厅，没有那个不大的总台，也没有从大厅直接上楼去的楼梯，总之宾馆的一切对他来说都是陌生的，都是第一次见到。

子和犹犹豫豫到总台去开房间，他要求住他曾经住过的那一间，总台的服务员似乎有点疑惑，多看了他一眼，但并没有多问什么话，就按他的要求给他开了那一间。

子和来到他曾经住的房间，也就是丢失玉蝉的地方，拿钥匙开门的时候，他的心脏有点异样的感觉，好像被提了起来，提到了嗓子眼上，似乎房间里有什么意料之中或意料之外的东西等待着他。子和深深地吸了一口气，镇定了一下，打开了房门。

子和没有进门，站在门口朝屋里张望了一下，这一张望，使子和的那颗悬吊起来的心，一下子落了下去，从嗓子眼上落到了肚子里，闷闷地堵在那里了。

房间和宾馆的大厅一样，对他来说，是那么地陌生，他觉得自己根本就没有住过这间房间，里边的一切，他从来都没有见过。床头边确实有一张床头柜，但每个宾馆的房间里都会有床头柜，子和完全无法确定，这是不是他搁放玉蝉的那个床头柜。

子和努力从脑海里搜索哪怕一星半点的熟悉的记忆，可是没有，怎么也搜索不到。渐渐地，子和对自己、对同事都产生了怀疑，也许是他和他的同事都记错了地点。

子和在房间里愣了片刻，又转身下楼回到总台，他请总台的服务员查了一下登记簿，出乎子和的意料，登记簿上，清清楚楚地写着子和和他的同事的名字、入住的日期以及他们住的房间，一切都是千真万确，一点都没有差错。

子和又觉得是他的记忆出了问题，但现在来不及管记忆的问题了，首先、也是唯一的办法，就是先强迫自己承认这里就是他住过的宾馆、房间，这里就是他丢失玉蝉的地方。

强迫自己接受了这个前提，子和就指了指总台服务员手里的登记簿说，你这上面登记的这个人，就是我，另外一个，是我的同事。服务员说，是呀，我知道就是你。子和奇怪地说，你怎么知道是我？你记得我来过吗？服务员说，先生你开什么玩笑，我怎么记得你来过？宾馆每天要来许多客人，我们不可能都记得。她见子和又要问话，赶紧也指了指登记簿，说，这没有什么好奇怪的，这上面的名字是一样的嘛，还有，你登记的身份证号码也是一样的嘛。子和说，那就对了，是我——上次我们来出差，我有一块玉丢失在你们宾馆，丢失在我们住的那个房间了，我回去以后曾经打电话来问过，可你们说没有人捡到。服务员一听他这话，立刻显得有点紧张，说，什么玉？我不知道的。子和说，我这一次是特意来的，想再找一找，再了解一下当时的情况，看看有没有可能发现一点线索。服务员避开了子和的盯注，嘀嘀咕咕说，我不知道的，你不要问我，我什么也不知道的。

他们只说了几句话，宾馆的经理就过来了，听说子和在这里丢了玉蝉，宾馆经理的眼睛里立刻露出了警觉，他虽然是经理，口气却和服务员差不多，一迭连声说，什么玉蝉？什么玉蝉？你什么意思？你什么意思？子和说，我没有什么意思，如果有人捡到了我的玉蝉，拾物应该归还，如果他想要一点谢酬，我会给他的。经理说，玉蝉，你说的玉蝉是个什么东西？子和说，就是一块玉雕成的一只蝉的形状。子和见经理不明白，又做了个手势，告诉宾馆经理玉蝉有多大。宾馆经理似乎松了一口气，说，噢，这么个东西啊，我还以为是什么宝贝呢。子和想说，它确实是个宝贝，但他最后还是没说出来。

宾馆经理虽然对子和抱有警觉心，但他是个热心人，等他感觉出子和不是来敲诈勒索的时候，就热情地指点子和。他说，如果有人捡到了，或者偷走了，肯定会出手的。子和不知道他说的出手，是出到什么地方。宾馆经理说，这个小地方，还能有什么地方？县城里总共就那几家古董店。他忽然神秘兮兮地压低了声音，但语气却是加重了，似乎是在作一个特别的申明，说，古董店，是假古董店。

在县城的小街上，子和果然看到一字排开有三家一样小的古董店，子和走进其中的一家，问有没有玉蝉，古董店老板笑了笑，转身从背后的柜子里抽出一个小木盒，打开盖子，"哗啦"一下，竟然倒出一堆小玉佩，子和凑上前一看，这个盒子里装的，竟然全都是玉蝉，只是玉的品质和雕刻的形状各不一样。

虽然玉蝉很多，但子和一眼就看清了，里边没有他的玉蝉。子和说，老板，有没有天然翡翠的，是一件老货。店老板抬眼看了看子和，说，传世翡翠？你笑话我吧，我这个店的全部身家加起来，值那样一块吗？

子和不能甘心，他怕自己分神、粗心，又重新仔仔细细地把那一堆各式各样的玉蝉，看了又看，摸了又摸。

店老板说，其实你不用这么仔细看的，不会有你说的那一块，要是有你说的那块，我能开这样的价吗？你别以为我开个假古董店，就是绝对的外行，我只是没有经济实力，而不是没有眼力。子和从一堆玉蝉中抬眼看了看店老板，他看到店老板的目光里透露着一丝狡黠的笑意。后来，在很长的一段时间里，这道目光一直追随着子和，使子和心里无法平静，他不知道店老板的笑容里有什么意思。

店老板说，这位先生，既然找不到你的那块玉蝉，还不如从我的这些玉蝉里挑一块去，反正都是玉蝉，我这里的货虽然品质差一些，但雕工不差的，价格也便宜呀。当然，无论店老板怎么劝说，子和是不会买的。

子和十分沮丧，他甚至都不想再走另外的两家店了，他觉得完全无望，玉蝉根本就不在这里，他感觉不到它的存在，他更感觉不到它到哪里去了。就在这个时候，子和的手机响了起来，是女儿幼儿园的老师打来的，说是在子和女儿小床的垫被下面，发现了一块玉蝉，请他去看看，是不是小女孩从家里拿出来玩的。

事情正如老师推测的那样。

可能那一天子和出差的时候，把隔天晚上摘下来的玉蝉留在了家里的床头柜上。子和的女儿看到爸爸将玉蝉忘记在家里，觉得很好奇，因为她从小就知道，玉蝉一直都是跟着爸爸的，爸爸怎么会让它独自留在家里呢。小女孩拿到幼儿园去给小朋友们看，小朋友没觉得玉蝉有什么好玩的，看了几眼就没兴趣了。子和的女儿也没有兴趣，就随手扔在自己的小床上，不一会儿也就忘记了。老师叠被子的时候，不知怎么就被叠到垫被下面去了。一直到这个星期天，幼儿园打扫卫生清洗被褥时，老师才发现了这块玉蝉。

失而复得的过程竟是这么简单，简单到出人意料，简单到让人不敢相信。子和重新拿到玉蝉的时候，他都不敢相信自己的眼睛，但是玉蝉本身带有的种种特殊印记证明了这就是他的那块玉蝉。

子和却没有再把玉蝉挂起来。子和的太太了解子和，她知道子和内心深处有着深深的怀疑，他怀疑这个玉蝉已经不是原先的那个玉蝉了，虽然记号相似，但是他觉得这个"它"，已经不是那个"它"。

为了让子和解开心里的疙瘩，确定这个"它"到底是不是那个"它"，子和太太重新去请最有权威的专家进行鉴定，鉴定的结果令子和太太吃了一颗定心丸，她回来兴奋不已地告诉子和，"它"就是"它"。

子和摇了摇头，他完全不知道"它"是不是"它"。

子和太太见子和摇头，感觉机会来了，赶紧问子和，这个玉蝉你还戴吗？子和说不戴了。子和的太太早就要想把玉蝉变现，现在终于忍不住说了出来。子和听了，也没觉得怎么反感，只是问了一句，你说它有价值，价值不就是钱吗？为什么非要变成钱呢？他太太说，不变成钱，就不能买房买车买其他东西呀。子和说，既然你如此想变钱，你就拿去变吧。他的口气，好像这块玉蝉不是随他一起走过了许多年的那块玉蝉，好像不是他从前时时刻刻挂在身上不能离开须臾片刻的那块玉蝉。他是那样的漫不经心，那样的毫不在意，好像在说一件完全与他无关的东西，以至于他的太太听了他的这种完全无所谓的口气，还特意地朝他的脸上看了看，她以为他在说赌气的话呢。但子和说的不是气话，他完全同意太太去处理玉蝉，随便怎么处理都可以，因为这块玉蝉，在他的心里，早已经不是那块玉蝉了。

他太太生怕他反悔，动作迅速地卖掉了这块价值昂贵的玉蝉，再贴上自己一点私房钱，买了一辆家庭小轿车。她早就拿到了驾照，但一直没买车，心和手都痒死了，现在终于把玉蝉变成了车，别提有多兴奋。整天作着星期天全家开车出游的计划，这个星期到哪里，下个星期到哪里。

日子过得很美好，不仅太太心头的隐患彻底消除了，而且还坏事变好事，把隐患变成了幸福生活的源泉。

可是有些事情谁知道呢。就在子和太太的车技越来越娴熟的时候，她突然出了车祸。

那天天气很好，子和太太心情也很好，路面情况很正常，一点也不乱，她的车速也不快，她既没有急于要办的事情，也没有任何心理问题，总之，在完全不可能发生车祸的那一瞬间，车祸发生了。

撞倒了一个女孩，一个二十刚出头的花季少女，她死了，血流淌了一地，子和太太当场就吓晕过去了。等医护人员赶来把她救醒，她浑身发抖，反反复复地说，是我的罪过，是我的罪过，是我撞死她的，是我撞死她的，全是我的错，我看见她，我就慌了，我一慌，我想踩刹车，结果踩了油门，是我撞死了她，对不起，对不起——可奇怪的是，交警方面调查和鉴定的结果却正好相反，子和太太反应很快，一看到人，立刻就踩了刹车——她踩的就是刹车，而不是油门。可是刹车没有那个女孩扑过来的速度快，悲剧还是发生了。当场也有好几个证人证明，亲眼看见那个女孩扑到汽车上去的。甚至还有一个人说，他看到女孩起先躲在树背后，看到子和太太的汽车过来，她就突然蹿了出来，扑了上去。但他的这个说法却没有其他人能够印证。

所以，死了的那个女孩是全责，子和的太太没有责任，她正常地行驶在正常的道路上，即便反应再快，哪里经得起一个突然扑上来的人的攻击？

可是任凭别人怎么解释，子和的太太就是听不进去，她始终认为是自己的责任，她反反复复地说，是我的罪过，是我的罪过，是我杀死了她，我一看到她我就慌了，我想踩刹车结果踩了油门，是我杀死了她。

女孩遗体告别的那一天，子和去了，但他只是闭着眼睛听着女孩家人的哭声，他始终没敢看女孩的遗容。子和内心深处似乎有一种隐隐约约的感觉，他怕看到的会是一张熟悉的脸。

在医生的建议下，子和让太太服了一段时间的治疗药物，太太的情况稍有好转，她不再反反复复说那几句话了，但她也不能再开车了。不仅不能开车，很长的一段时间里，她都不能听别人谈有关车的事情，都不能听到一个车字。凡是和车有关的事情，都会让她受到刺激，立刻会有发病的迹象。全家人都小心翼翼，尽量避免谈到车的事情。

她的那辆小车，一直停在小区的车位上，因为是露天车位，每天经历着风吹雨打太阳晒。子和曾经想卖掉它，又怕卖掉后太太经过时看不见它，会忽然失常，想问问太太的意见，但是刚说到个车字，太太的眼神就不对了，子和只得放弃这个打算，任由它天长日久地停在那里。

后来，这辆车生锈了，再后来，它锈得面目全非了。

作者简介

范小青，女，江苏作协副主席，中国作协全委会委员。1980 年开始发表文学作品，先后出版发表《裤裆巷风流记》《老岸》等长篇小说 11 部，并有文字被译成英、日文介绍到国外。创作《费家有女》《新江山美人》等电视连续剧百余集，创作字数达 1000 万字。短篇小说《城乡简史》获得第四届鲁迅文学奖。

俗话说，嫁鸡随鸡，嫁狗随狗。女人珍珠也想嫁个好男人好好生活，然而，她却不得已先后嫁了两个男人，可在哪一个男人家都不得安生，坎坷的命运让她最终酿成了悲剧，这到底是谁的错呢？

日出日落

霄 亮

一个不大不小的消息冷不丁在寨仔山村的几户人家中流传着——

"珍珠返来了！"

"乜事呀，珍珠当了娼还敢返家？"

"珍珠还不敢返家，她在崩山拜百爷公呢！"

"是么，钦文知不知道？"

"谁知道呵！钦文……可能还不知吧？"

"是么？唉！"

"唉！"

"……"

寨仔山村的几户村民在慵懒中不住流传着珍珠返回的消息。村民中有惊奇、有淡漠，有关心、有慨叹……

珍珠返回的消息传进珍珠的丈夫吴钦文耳朵时，吴钦文正扛着锄头挑着粪箕、带着大女儿大妹出得门来，父女俩要到自家的田里给长得正旺的番薯秧除草松土。有关珍珠的那消息钻进吴钦文的耳朵时，吴钦文的耳洞里像忽然间爬进了一条软绵绵的什么虫子，他斜歪着脑袋嗫着鼻、眯着眼凝视着前来报讯的堂弟吴惠安，然后甩了甩脑袋说：

"乜事——你说乜事？"

"珍珠返来了！"吴惠安平静地又说了一遍。

吴惠安这么一说，站在吴钦文身后的大妹浑身一激灵，扛着的锄头后面所挂的粪箕差点没掉到地上。二妹三妹四妹五妹以及吴钦文那唯一的儿子宝仔蹭蹭地蹿出门来，一下把爹和惠安叔团团围住，小家伙们纷纷睁大亮闪闪的眸子，瞅瞅惠安叔，末了一动不动地注视爹。

头发蓬乱，满脸风尘的吴钦文丝毫也不去理会自己身边的那六个奴仔①。他仍斜歪着脑袋，皱着鼻眯着眼凝视着吴惠安，一边慢腾腾地吐着烟雾，那样子像在竭力回忆昨夜里刚刚逝去的梦。

吴惠安急了。他一跺脚上前推了吴钦文一把——

"嘿——你……你倒是说话呀！珍珠返来了，你拍算咋呢办？我还忙呢，我没工夫等你！"

吴钦文这才如梦初醒。他猛然挺起头，眨了眨眼，甩了甩头道："啐——勿理她，我无这工夫，我和大妹得去除草！"

他回头瞟了一眼身边的一群奴仔，瞪着眼喝道——

"你们跟着我咋呢？通通给我进屋去！可不许乱跑，可不许让那老娼进家门！老娼撇下你们一走三年，她不是你们的娘！"

吴钦文言毕，望了望仍愣着的惠安，欲言又止。末了，他摇了摇头，叹了叹气，然后便头也不回地奔田里去。大妹咬了咬唇，默默地跟在爹身后。父女俩拉下了长长的两个身影。

日头已升上三竿。日头像个幸灾乐祸的无赖，把白晃晃的、令人厌倦的光线照射到地上，照射着整个寨仔山村和吴钦文的家门口。吴钦文的堂弟吴惠安不见了。吴钦文的家门口只留下吴钦文那大大小小的五个奴仔，二妹三妹四妹五妹和吴钦文唯一的那个儿子宝仔都极委屈地噘着嘴望着远去的爹和大姐，满脸哭相……

一

爹和大姐消失了，走到天边去了。

十岁的宝仔猛然抬起头来，对二姐三姐四姐和妹嚷："我要去看俺娘，你们——谁跟我去？"

二姐三姐四姐和妹妹眼睛一亮，纷纷抹了抹泪痕，来了兴致，但那丝丝兴致却如同雨天里的闪电，稍纵即逝。她们的脸上很快又阴沉下来。爹有言在先，她们知道自己要跟着宝仔去看娘，会是乜样后果。

宝仔望了一阵姐和妹，不见回音，一跺脚嚷："蚊子胆！你们不敢去，

---

① 奴仔：潮州方言，意即孩子。

我自己去！"言毕，宝仔一甩手，蹭蹭地离家而去。

姐和妹四个人跟着宝仔的方向挪了挪步，却不敢跟着去。她们知道，宝仔是爹的宝贝，宝仔是跟宝贝一样的禾埔仔①。在爹的心目中，宝仔和她们这些姿娘仔②不一样。宝仔去就去了，爹知道了也不会怎么着他。可她们是姿娘仔，是一点不宝贝的姿娘仔，她们可不敢去。她们都怕爹。

宝仔一个人吭哧吭哧连走带跑地甩下了近两里小路，小路是从宝仔家门前逆小溪伸延上来的。

一幕橘红色的屏障蓦然挡住了宝仔的视野，遮住了蓝蓝的大半个天空。

宝仔收住了脚步。宝仔的眼前便是崩山。

顾名思义，崩山原是一座几百米高、一平方公里见宽的红土山包。山包因当地农民建房取红土、日积月累被挖去了一大角，成了陡峭的红土悬崖。上百年前始，当地人便不敢来崩山刨红土了。因为每刨红土必有人死，陡峭的红土崩塌下来，把刨土人死死地埋了进去，便再也钻不出来。也有人万幸刨了红土运回家去、垒墙垣时却总莫名其妙地出事故：不是墙垣崩塌就是施工人从高处一阵昏眩摔了下来。当地人惊恐万状，纷纷满脸虔诚地四处求神拜佛问神仙。神仙捋须捻珠、闭眼静听，末了双手合十道：

"阿弥陀佛！尔等百姓冒犯地龙。地龙者，土地爷也。土地爷乃百姓居住生存之根本。唉——罪过罪过！"

求拜者听罢，大惊失色。纷纷哭丧着脸，问：

"吾辈该死、该死！敢问神仙有何贵教？"

神仙微微睁目，道：

"尔等百姓快快修庙供奉土地爷，世代朝拜，不可不诚也！"

求拜者听罢，遂返家传告乡亲百姓。百姓既惊且喜，顷刻间潮水般自发涌至崩山红土崖下，修庙供奉土地爷。不能前往者则捐钱捐物，焦虑虔诚之态溢于言表。

神圣的土地爷庙很快矗立于崩山红土崖下。自此以后，当地百姓朝拜者不绝如缕，且不限于逢年过节。谁家平时遇上红白事，都会带着或厚或薄的祭品前来朝拜求签，祈求神明点拨迷津。土地爷也不负众望，频频显灵保佑

---

① 禾埔仔：潮州方言，即男孩；禾埔即男人。

② 姿娘仔：潮州方言，即女孩；姿娘即女人。

百姓。百姓对土地爷崇敬虔诚之心拳拳，遂尊称土地爷为"百爷公"。意指土地爷百事皆通，神灵无比，乃诸神（爷）之公也……

此刻，红土崖高耸入云，红土在日头映照下灿然如血。

宝仔站在红土崖下，仰着头眯着眼望了望如血的悬崖，状如蜡像。宝仔的视野里忽然间掠过几道黑色闪电，闪电在如血的悬崖中划过并扔下一串"吱呀吱呀"的声响。宝仔一阵惊颤，清醒过来。宝仔发现悬崖下有乌鸦在叫、在盘旋；悬崖下一片空寂，不见人影，也不闻人声。古老的暗灰色的百爷公庙赫然矗立于悬崖脚下，远远望去，庙里隐隐约约飘出来缕缕青烟。

宝仔咬了咬唇，怯生生地一步步朝百爷公庙走去。

宝仔来到百爷公庙门口，立住了。宝仔的眸子颤了颤，睁了睁，一动不动地望着庙内那个穿红格布衫的脊背。

庙内没有别的脊背。穿红格布衫的脊背此刻跪在地上，一下接一下朝百爷公叩头。宝仔内心一阵悸动，小脚丫不由自主地往前挪了挪，却又收住了。宝仔激动得张开嘴，想叫声"娘"。嘴张开了，却还是没叫出声来。宝仔只好合上嘴，压着唇，压得好紧好紧，把眼泪也压出来了。宝仔的眼泪沿着他那张脏兮兮红扑扑的脸往下淌，他没有哭出声来。宝仔愣愣地看着庙里那个穿红格布衫的脊背。

穿红格布衫的脊背叩完头，跪在地上歇息着，末了她端起签筒，双掌合抱，"咯嚓咯嚓"地一前一后甩动签筒，这叫摇筒筛签。庙宇刹时充满了"咯嚓咯嚓"的声响。响了一阵，便不响了。穿红格布衫的脊背愣愣地望着那唯一一支从签筒冒出来一大截的灵签，双臂木了，也不再动，那支冒出的灵签上赫然醒目地标着这么个字样——廿十，这是灵签的号码。

穿红格布衫的脊背双腿跪地，向左挪了挪，将那支廿十号的灵签捧给庙里唯一的一位老者。当地人叫"地宫"。那地宫伯寿眉长须，一直闭目捻珠念经。地宫伯听闻跟前有生灵移动，便睁开眉目接过灵签，瞅了瞅，问：

"这位大嫂，你卜婚姻、还是生意？"

"婚姻。"穿红格布衫的脊背答。

地宫伯很快递过来一张红纸条，上面标着"廿十·婚姻"，这是按灵签相应号码校出的签诗。签诗曰：

　　许了因何又不从

只因年命不相同

莫教勉强心无定

人忌相逢在梦中

穿红格布衫的脊背打开红纸条看了看签诗，问："签诗看了，咋呢解释？"

地宫伯闭目答："婚姻不成。虽然已相许过，但因年命不同、小人重重，若做成也恰似在梦中。"

穿红格布衫的脊背一激灵，愣愣地望着地宫伯。她的背后，宝仔站在门口，泪流满面，却仍纹丝不动。穿红格布衫的脊背咬了咬唇，问："我已出走三年，今想返回，好么？"

地宫伯眯着眼望了望对方，沉思片刻。少顷，地宫伯又递过来一张红纸条，上面标着"廿十·谋望"，这也是按灵签相应号码校出的签诗。签诗曰：

千谋万计事难成

枉走江山万里程

不如抽身且守候

不然别有事来惊

穿红格布衫的脊背看完了签注，又问："签注看了，咋呢解释？"

地宫伯闭目答："卜谋事难成。时运不到，应耐心等待。若要谋之，恐有惊阻祸非失财之危险。"

穿红格布衫的脊背听罢，望着地宫伯，愣了。愣了好久好久，状如木雕。

宝仔蹙了蹙眉，死死地盯着那穿红格布衫的木雕。盯了好久好久，宝仔才发现那木雕缓缓挪动腿，站了起来。木雕掏着钱纳了金，转过身。她忽然睁大眼睛，死死地盯倚在庙门口的宝仔。

宝仔那芋头般的脑袋倚在门柱边，脏兮兮的脸忽然涌起一阵激动，小巧的嘴唇翕了翕，却仍旧没叫出声来。宝仔神情木然地望着娘，宝仔发现娘的脸没变，娘还是娘。娘仍长着一张粉嘟嘟的脸，娘的目、鼻、嘴粉嘟嘟的，像家里过年过节时做过的米粉果。可家里已很久没做这种果了，娘离家后，家里便没人会做。

娘忽然惊叫起来，一阵风扑到宝仔跟前。娘双手钳住宝仔的肩使劲摇——

"宝仔宝仔，我是娘呀！你……你不认识娘啦？！"

宝仔抿了抿嘴，忽然低下头来。宝仔脏兮兮的脸上淌着眼泪。

娘一把搂过宝仔，娘将宝仔搂起来跑出庙门。跑了一阵，娘圪蹴在红土地上。母子在红土地上一阵抽噎。末了，娘渐渐静下来，娘放下宝仔，捧着儿子的脸问："宝仔，你……真的不认识娘啦？！"

宝仔望着娘，不予回答。宝仔只是朝娘点了点头。点完了，宝仔的头便低垂着。宝仔双手摆弄着自己那脏兮兮的衣襟。

娘急了，娘捧起儿子低垂的脸说："宝仔，你——你倒是说话呀！你不要娘啦？"

"要！谁说不要你了？是你不要我们！"宝仔忽然冲娘嚷，宝仔说："爹说，你扔下我们不管，你不是我娘！"

娘浑身一激灵，说："你爹这么说，你就不要娘啦？"

宝仔说："要！可……你咋呢扔下我们，你去哪块啦？"

"娘去好远好远的地方，娘是被你爹打才跑到好远好远的地方去的。娘对不起你，对不起你姐姐和妹妹。"娘一边说，一边用手绢擦儿子脸。

宝仔说："可我爹说你当娼去了。娘，娼是做乜事的呀——"

娘猛然用手掌捂住宝仔嘴："可不许你胡说！你甭听你爹胡说！"娘凶着脸嗔怪宝仔。末了，娘搂过宝仔，失声哭起来，哭了好一阵。

宝仔不哭，宝仔久久地望娘。待娘安静下来，宝仔拽了拽娘衣襟，说："娘，我们返家去吧？"

娘掠了掠额角上的一绺头发，问："你爹在家么？"

"不在，他带大姐铲番薯草去了。"宝仔说。

娘抬头望了望日头。日头毒辣辣挂在东天，日头还未行至头顶。娘的心松弛下来，娘的脸现出一丝不易觉察的红润。娘高兴地朝宝仔点了点头："好哩，我们返家。"

母子俩于是双双顺着小溪往家走。溪水潺潺流着，溪水欢快地追逐着小路上的母子俩。

二

田野一片翠绿。时值初夏，早稻已抽穗扬花，正铆足劲争先恐后往稻穗里灌浆。番薯秧也旺旺地伸展着自己的藤蔓，在脚下的垄和沟铺着猩绿色的地毯……

吴钦文和大女儿在自己的番薯地里挥着锄“嚓嚓”地铲着草。吴钦文一家原本有十一口人，父母、弟、老婆和吴钦文那大大小小共六个奴仔。老婆和最后生的两个奴仔却一直是没有户口的黑户，他们三人不能分地。吴钦文全家只有两亩地的责任田。几年前父母先后去世，老婆珍珠也跑了，父母死后的责任田又尚未收回。死的跑的，也正弥补了家里土地的缺口。吴钦文的两亩地一亩种水稻，一亩种了番薯。本来是该多种水稻的，但家里人多地少，番薯产量又高，吴钦文只好每年多种番薯，他们家里每天的主食，都是离不开番薯的。

吴钦文和大女儿在自家的番薯地里默默地铲了一阵草，吴钦文自己便停下来，随口对旁边的女儿道：“大妹呵，歇一会吧，歇一会再做。”言毕，他径自将锄横架在番薯垄上，坐下来，然后从腰兜掏出烟丝盒卷起喇叭烟。他点燃烟，深深地吸了一口，抬起头“呼呼”地将烟雾吐了出来，却发现女儿仍埋头铲草。

“大妹呵，歇一会再做！”吴钦文又嚷。

大妹却既不抬头、又不吱声，她仍“嚓嚓”铲草，且离父亲越来越远。吴钦文木了。夹烟的手指停在半空，他发现女儿不时用手背擦眼睛。

吴钦文恼了。吴钦文“呼”地一下站起来，蹿到女儿跟前，夺下女儿锄头——

“你哭乜事！你还在想那位老娼呵？！”吴钦文嚷，他以为女儿在想她娘。

女儿忽然抬起头来，噘着嘴涨红着脸争辩：“谁想她啦？！”女儿的眸子噙满泪水。

“无想她，无想她你哭咋呢？！”

“我…我想报名考高中！”女儿说完，“呜”地一声哭开了。

吴钦文粗短的眉颤了颤，喉结一阵律动，声音缓慢下来：“唉！大妹呵，我不是跟你说过嘛！你今年十六岁，不小啦，你应该返家帮我料理家务！”

"我读书就不理家务啦？我放了学返家哪有一点工夫闲着？呜呜……"大妹说完，又一阵呜咽。

吴钦文一皱眉，耐着性子说："你是没闲着，可你要再读书，家里没个大人看着我就离不开家，我不能去油漆挣钱，咱家只能穷下去！"

"那你咋呢不让我娘返家？呜呜……"大妹没好气地说。珍珠出走两年后，忽然给女儿大妹偷偷写信，表示要回来，可吴钦文就是不同意。

"住嘴！老娼扔下俺家当娼去了，你还认她是娘呵？！"吴钦文横着脸喝住女儿。

大妹撑起眼皮瞟一眼爹，继续争辩："反正我要考高中，人家水莲和惠妹成绩不如我，都去报考了。"

"人家是人家！人家的爹有本事，你爹没本事，好了吧？！"吴钦文仍冲女儿嚷，"可话又说回来，你姿娘人读那么多书咋呢？你又无保证能考上大学，是乜？！"

大妹噘着嘴瞟爹一眼，噎住了。大妹圆圆的苹果脸布满乌云，她不时用手背擦眼睛。

吴钦文将锄头柄推给女儿："我劝你别再胡思乱想了，好好给我做工课！"言毕，他瞟一眼女儿，气咻咻地走回到自己的位置上。

大妹不再言语。她揪了一把鼻滴，瞟了一眼父亲，嘟着嘴继续干活。

吴钦文"呲呲"地吐着烟，叹着气，一边眯着眼望了望埋头干活的女儿。视野里却忽然出现了一高一矮的另两个人，那两人从村子里那边的路上走过来，在吴钦文那浑黄的瞳孔里渐渐放大。

"钦文呵，铲番薯草呐？"那高个子远远地朝这边打招呼。吴钦文这才发现，是村里的建筑包工头吴初发领着自己的儿子四狗朝这边走来。

"哟——是初发呐！你……咋呢返家啦？"吴钦文走上路来，满脸惊诧。吴初发曾是他小学时的同学，这些年率村里的建筑队去深圳做工，发了一大笔财，平时却极少见他返家。

"嗨！我这夙仔不争气——"吴初发拍着儿子的肩膀道，"考试总是排倒数十名之内，按成绩规定不能报考高中。这不，我领他去公社给说说情！"吴初发说着，将手里的东西拎到吴钦文眼前，晃了又晃，是茅台酒，一共四瓶。四瓶茅台酒被主人捆成一束，像随时都会爆炸的手榴弹。

吴钦文心一激灵，颤了颤眉问："你……这是去送礼？"

"不送礼咋行呵？唉，千怪万怪，都怪我这尿仔不争气，成绩总上不去！"吴初发说着，满面春风地递过来一支"万宝路"。他儿子四狗耷拉着肥胖的脸，一下接一下地踢着脚下的杂草。

吴钦文接过烟，掏出火机"咔嚓"一声亮出火苗，先递给对方，然后再点燃自己的烟，道："送了礼，四狗就能上高中了？"

"上个尿！哼，八字还不到一撇呢！我是想争取这尿仔能有资格报考高中。"吴初发吐着烟说。

"要……要是考不上，你……不是白送礼啦？！"吴钦文皱着眉，喃喃问。

吴初发一听，倒是大度地笑："哈，话可不能这么说！俗话说舍不得孩子套不住狼，我能争取到哪步算哪步。再说这世上的事像这五月的天，说变就变，谁能保证谁就一定能考上呵？华罗庚是数学家，可他还考不上大学呢！嗨，话倒说回来，我这尿仔要考不上，也只好认命了。"

"依我说考上了就上，考不上也没啥。你只不过小学毕业，眼下不也照样挣大钱？"

"勿提啦，我只不过是瞎猫碰死老鼠——靠的全是运气。可运气这东西像天上的云，说来就来说去就去，你不可能让它总定在你头上吧？你不知道吗，眼下外边讲的是真才实学。我靠那么些土经验在外边混饭吃，也是兔子尾巴——长不了！"吴初发说完，哈哈笑着。忽然，他望了望远处的大妹，问——

"哦——你家大妹报了名没有？听说她成绩不错呢！"

"嘿嘿，还……还未去报呢！"吴钦文尴尬地笑着。

"那还不赶快去报名？听说今日是报名的最后一日啦！"吴初发说着，开始向吴钦文告别。

吴钦文"嗯嗯"地应着，朝对方摆了摆手。望着吴初发父子俩远去的身影，吴钦文的笑僵住了。他回过头来望自己的女儿，脸如岩石。

大妹原本也呆呆地望着同学四狗和他的父亲。此刻，她见自己的父亲正注视着她，便慌张地低下头来，挥着锄继续铲草。大妹的锄铲得脚下杂草乱飞，铲得草和土天翻地覆。

大妹的锄把却忽然间被什么东西挡住了，一个声音同时在耳边回响——

"大妹呵，你……真还想读书？"

大妹抬起头来，发现是父亲挡住她的锄把，父亲正满脸通红地问她。

大妹咬了咬唇，点了点头。

父亲道："那我可有话在先，你考上了，就继续读。要考不上，可不要再怨我，得死了心返家料理家务？"

大妹破涕为笑，使劲点头。

"我这就去给你报名！"父亲把烟蒂狠狠一扔，转身便"蹭蹭蹭"小跑起来。

大妹眼泪汪汪地望着父亲远去的背影。

三

黄昏，吴钦文从公社回来了。此刻，吴钦文那张原本黝黑苍老的脸正灿烂得像西天的红霞，兴奋而好看。

吴钦文刚一踏进家门便咧着嘴对大妹嚷："大妹呵，我给你报上名了！嘿嘿，我去得还算及时，差一点就不让报呢。"

大妹"哎"地一声迎上前来，那张圆圆的脸也难得地绽出笑来，看上去像稔熟的石榴。大妹泪眼汪汪地望着父亲、慌慌地问："爹，您……您送礼啦？"

吴钦文噘起嘴"哧"地一声，不屑道："送块尿礼，你的成绩不是符合报名的规定嘛！哼，别人倒是有不少要去送礼，替儿女报名的呢！哈，跟你说，吴天多那杂种倒是为他那狗孙子送礼去了呢！"吴钦文得意地对女儿笑。吴天多与吴钦文父亲是同一代人，双方曾有一个共同的祖父，双方的父亲后因分家时闹财产分配不公的矛盾而结仇。

吴钦文难得喜悦地同大女儿乐了一会儿，忽然怔住了。因为厅里此刻正飘着悦耳音乐，二妹三妹四妹五妹和宝仔此刻正围在八仙桌前摆弄着什么。吴钦文快步走过去，这才发现自己的儿女们正兴奋地摆弄着一个不新不旧的录音机。

"你们哪块弄来的录音机？！"吴钦文喝道。他这一喝，吓跑了厅里叽叽喳喳的笑声噪声，大大小小五张脸此刻也僵在他的面前。

"咦——你们哑啦？我问话呢！这录音机咋呢来的？"吴钦文板着脸追问了一句。

大大小小的几张脸怯生生地你看看我，我看看你。末了还是宝仔开了口——

"是我娘带来的!"

如炸雷一声,响在吴钦文耳际,可耳际很快便只有音乐。吴钦文皱了皱眉,"腾"地一下上前拔下电源、板着脸问:"老娼敢来呀,谁容许那老娼进家的?!"他鼓着眼瞪儿女,瞪得儿女们一个个蔫下了脑袋,吴钦文再猛一瞧,发现家里收拾得干干净净,二妹三妹四妹五妹和宝仔都换了衣服,脸也都没了鼻滴和污迹。吴钦文张了张嘴,还想说什么,却见弟弟钦武挑着空尿桶进门来了,便只叹了口气,不再吱声,他转身进屋去了。

晚饭是大妹做的。这顿晚饭有肉,肉是珍珠带来的,炒在自家种的竹叶菜里,竹叶菜便比平时香了许多。但珍珠自己没吃上,她不敢待在家里,她躲到凤娇婶家去了。吴钦文和弟弟吴钦武也不吃,但吴钦文并不阻拦自己的儿女们吃。吴钦武于是不满地瞟了一眼哥哥,连竹叶菜也不吃,他情愿啃萝卜干。吴钦文娶珍珠时,弟弟吴钦武曾竭力支持,后来却慢慢地对嫂子有意见,嫌她不像原来那样温顺勤快。珍珠出走之后,吴钦武对她的恨比哥哥是有过之而无不及。

吃完晚饭,吴钦文抹了抹嘴,连打了两个咸菜嗝,便走出门口,坐在门槛上慢吞吞地卷着喇叭烟。吴钦文刚点燃烟,一抬头便瞅见迎面走来了凤娇婶。凤娇婶刚一瞅见吴钦文,便笑呵呵打招呼——

"哟,你咋呢一个人呆在门口抽闷烟呐,唔食饭啦?"

吴钦文急忙站起身说:"哪呀,我已食过了,你食未?"

"我食了。"凤娇婶说。

吴钦文要把凤娇婶让进门,凤娇婶往里一瞅,却忽然拦住他说:"算啦算啦,屋里奴仔吵杂,咱就在这里说吧!"吴钦文于是收住脚步,走回到凤娇婶跟前。

凤娇婶叹着气道:"唉!其实我不说你也知道。珍珠今日返来了,眼下在我家里。你……你看是不是把她接回家?"

"哼!凤娇婶呵,你问她认错家门没有?她想进我家呀,没门!"吴钦文吐着烟,嗡声嗡气地说。

"行啦行啦!走长路也得有个歇站的时候,你别老倔着性子,一条巷子走到黑。俗话说,伸手不打笑面人,何况她还是你老婆!"凤娇婶不满地瞪吴钦文。

"呸！她是老娼，她要是我老婆能那么狠心扔下这个家和奴仔，一走三年呵？"

"哎呀，你咋呢就拽住人家辫子不放？你当初咋呢打她呵？你就不检查检查你自己！"

"老娼干活由着性子，说她她还犟嘴，我能不打她？"

"咻——她是你养大的咋的？她不是奴仔，她是你老婆！你哪有动不动打骂的理儿？"

"那我不管！我……我这人性子急，我性子一急可唔管那么多。"吴钦文涨红着脸争辩。

"哼，这就你的不是了吧？"凤娇婶嗔怪道。她见吴钦文一时无话可答，便缓和声音说："不过话说回来，好马也有个失前蹄的时候，谁能保证自己身上总不会出错？错了就改呗！你看，人家珍珠就知道认错。俗话说，一日夫妻百日恩。再说你那未成人的六个奴仔也都需要娘。你……你就那么狠心想将人家珍珠往绝路上逼？！"

"谁逼她了？是她自己心野，愿意去当娼！她要只是扔下这个家两年还好说，可她是去当娼，跟那个杂种光棍流氓鬼混，我要是再捡破鞋一样容许她回来，我……我这张老脸该往哪块放？！"

这回轮到凤娇婶答不上话了。她翕了翕嘴，涨红着脸，憋了半天才又挤出米话题："珍珠这么做是不对，可人家已经认错了嘛！再说珍珠是一时糊涂，那家伙又是她前夫，情……情有可原！眼下你这家没有她又不成个家样，你……你就心胸放阔达一点，把她接回来呗！"

吴钦文苦着脸道："嗨，凤娇婶呵，你的心意我领了。可我不能让她进家，要让她进了家，我……我这张脸就无处放，我还咋呢在街市上行走？！"

"唉！你呀你，你咋呢就死抠这一点？"凤娇婶急得直跺脚，"珍珠不就是只跟过那唯一的一个禾埔嘛！以前她逃离前夫家，你磨蹭了几个月，最终也都娶了她，她为你生了整整六个奴仔，眼下你让她返来，跟……跟娶她时还不是一个样？"

"那可大不一样！"吴钦文胀着脖颈据理力争，"番薯未熟可以回锅再煮，可人不是番薯，天底下老婆不忠哪有再让丈夫收留的理？我要是同意了还能是人吗？！"

"我哥说得一点没错！"吴钦武忽然走出门来，站到凤娇婶跟前，"凤娇婶呵，你的心意我们领了。可要做有辱家风名誉的事，我哥不会同意。你……你甭说了！"

凤娇婶和吴钦文同时一怔，不约而同地瞅了瞅吴钦武。凤娇婶一急，冲吴钦文嚷："钦文呵，接不接珍珠回来，反正是你自己的事。你还是自己想想吧，我可没那么多工夫和你磨嘴，我得赶快返去！"话音刚落，凤娇婶便头也不回地走了，身影很快消失在黑暗之中。

四

凤娇婶一走，吴钦文便忙开了。

每天晚饭后，吴钦文的闲暇只有一支烟工夫。一支烟吸完了，大大小小的六个奴仔也才分别抹了抹嘴，依依不舍地离开饭桌。饭桌上的饭碗、菜盘和竹筷大都被舔得一干二净。家里人口多，粮食虽也勉强够吃，但总是紧巴巴的，剩饭剩菜在吴钦文家便很少见，穷人的孩子不挑食嘛！再说那些盘碗舔干净了，刷起来倒也方便了许多。想想，吴钦文忧愁中也有几分自慰。

不过，盘和碗舔得再干净，也得有人刷。珍珠在家的时候，这些事从来是用不着吴钦文这个大男人去操心的。吃完饭，吴钦文尽可以抹抹嘴，打着饱嗝走出家门，一边卷着喇叭烟神仙般到寨内转悠串门去了，直到大小奴仔都呼呼入睡的时候才悠闲自得地返回家来。自打珍珠出走之后，吴钦文却是既当爹来又当娘，他无可奈何地被拖入琐碎得令人厌烦的家务之中，白天的忙碌更不必说。晚饭后，他只能忙里偷闲抽支烟，然后便得返回屋里，督促奴仔擦桌扫地、刷锅刷碗、饲猪饲鸡。珍珠在时，吴钦文从不知道这些不起眼的家务有多么了不起，珍珠走后他才忽然间感觉到这些细小家务的沉重，就连奴仔们也感觉沉重。光刷碗一项，奴仔们一开始便互相推诿、吵架，吃完饭都逃得远远的，谁都不愿问津，几次都是吴钦文指定大妹去刷。但看得出，大妹不大情愿，因为家务事不仅仅刷锅刷碗一项，她确实也忙不过来。没办法，吴钦文只得制定措施，让奴仔们分工合作。六个奴仔中除宝仔和五妹外，大妹二妹三妹四妹一律分工、且责任到人：大妹负责饲猪饲鸡，二妹负责刷锅刷碗，三妹负责擦桌扫地，四妹负责烧开水及洗浴用的热水。吴钦文自己充当总监督并督促宝仔和五妹洗浴。

吴钦文的弟弟吴钦武则比较超脱。吴钦武只管忙地里的活，家务事他是从不问津的，他认为不该他做。

吴钦文把大大小小六个奴仔打发去睡觉时，山村已万籁俱寂。他一个人坐在昏暗的屋子中间，又一次卷着喇叭烟。抽完烟，他感觉到困。他小心翼翼地上床，在宝仔和五妹身边躺下来，想好好睡上一觉。可他刚一闭上眼睛，眼帘便左闪右突地现出各种图案，脑子也过电影似地不由自主跟着转。自打早上听吴惠安说起珍珠，吴钦文曾极力强迫自己不去理她，他要把那老娟赶得远远的。但那老娟却鬼使神差般地执意往他脑子里钻。只要他吴钦文稍有闲暇，那老娟便会不失时机地出现在他的眼帘和脑荧屏上……

珍珠最后一次在吴钦文眼皮底下的形象的确令吴钦文不愿回味。珍珠蓬头垢面，是他吴钦文打的。珍珠此刻已停住哭，但满脸泪痕，嘴角淌着血。珍珠此刻的目光中交织着哀怨、绝望与愤怒。但渐渐地，珍珠目光中的愤怒掩盖了哀怨与绝望。珍珠最后竟敢当着众多的建筑师傅冲丈夫骂："钦文呵钦文，你……你看你像个丈夫的样吗？你——你是头氓牛！我瞧不起你、恨你！"珍珠言毕，进屋拎了几件衣服，任凭大妹二妹三妹四妹五妹和宝仔怎么纠缠怎么啼哭，她都铁了心，匆匆地逃离家门。

珍珠的身后，是哭声四起的儿女们和一时竟不知所措的丈夫。

事情是由做饭引起的。

吴钦文全家节衣缩食，经过多年奋斗建起了一座包括有两房一厅一天井一大门脸式的瓦房，当地人称这种结构的瓦房为"下双虎"。因钱力不足，瓦房只建了墙垣而末能盖厝顶，厝顶只用简陋的甘蔗叶盖着。这些年政策放宽，吴钦文凭借自己的一技之长四处干油漆活，既生养了大大小小的六个奴仔，也攒足了一点钱请来本村的建筑工，为他那座"下双虎"盖厝顶。

丈夫忙于粗活，做饭炒菜招待建筑师傅的事全落到珍珠一个人身上。那天中午，珍珠一边洗菜一边做饭。珍珠做的是大米捞饭。做捞饭不同于做焖饭。做捞饭时要多放水，大米熟了，便用漏勺将煮熟的饭粒捞起，成了捞饭，除了捞饭还有米汤。男人们干了重活，喜欢吃捞饭而不喜欢吃焖饭，因为吃了捞饭还能喝上一碗香喷喷的米汤。但做捞饭也有学问，煮饭前米和水的比例要适中。水少了剩下的米汤太稠太黏，不好喝；水多了那米汤则淡然无味。假若开始水放得不够而中途加水入锅，做出的捞饭没黏性，不香，剩下的米汤就更没法喝了。所以，做捞饭最忌讳中途加水。

可那天中午，珍珠做捞饭时却偏偏加了水。珍珠加水时却偏偏让小叔子吴钦武撞见了。其实即使吴钦武没亲眼撞见，中途加没加水，做出的捞饭和米汤一尝便知。昨天中午，师傅们吃饭时便尝出来了。人家也还算有修养，吃饭时并未吱声。吃完饭，工头才单独找到吴钦文，善意地提醒他做捞饭时不要加水。事后吴钦文便对珍珠说了，要她做捞饭时千万不要加水，珍珠也点头说："以后我注意就是了。"实际上，珍珠也不是故意加水，做捞饭对她来说并不是什么难事。但她太忙了，六个奴仔中大的都去上学，小的不但帮不上忙，还缠手缠脚。珍珠一边烧饭，一边还要洗菜、宰鱼切肉，此外还时不时要跑出门外照看一眼在门口玩耍的奴仔，生怕他们跑丢了或跟别人家的奴仔打架。珍珠一个人忙得团团转，稍不注意那正煮着的捞饭水一下便少了。水一少，饭便太黏，漏勺捞起来，那饭也成了干粥，珍珠就不得不加水。昨天中午的捞饭，珍珠便是这样被迫加水的。今天一开始珍珠也反复提醒自己的，没想自己一忙，转眼间锅里的水又少了。珍珠直后悔，她不得不操起水瓢朝锅里加水。加水时，珍珠不小心碰到了沸腾的蒸汽，手一下被烫红了。

小叔子吴钦武是回家喝水来了。进门时，吴钦武并未看见珍珠烫了手，他只看见珍珠手里的水瓢从沸腾的锅上退了下来。吴钦武刹时睁大眼睛，道："咦——你……你咋呢又往饭锅里加水呐？！"

"水少了，我不加水咋呢捞得起饭？！"珍珠瞟一眼吴钦武，扭过头嚷。珍珠被烫的手痛入骨髓，她有些不耐烦了。

"嘿！你食错药啦？你加了水还有理呵？！"另一个声音在响。

珍珠抬起头来，发现丈夫吴钦文也进来了。珍珠心头一颤，却还是嘟起嘴嚷："我就加水了，咋呢？谁让你们不过来帮忙呵？！"话一出口，珍珠自己都愣了。她有些后悔，却又无法收回，也不想收回。自打踏进吴家，珍珠便马不停蹄地为丈夫生儿育女，整天除了家务还是家务，她心都烦了。

"你说咋呢？！"吴钦文的心头刹时燃起一股怒火，旁边同胞弟弟吴钦武那看似超然却充满讥讽的目光像一阵风一样推波助澜，吴钦文感觉到自己心头的怒火已无法扑灭。他此刻的意识和行动全部被那股往上蹿的怒火支配着。他几乎来不及细想，突然蹿过去一挥手把那只粗重的手掌狠狠扇在珍珠的脸上。珍珠那张粉嘟嘟的不知留下了丈夫多少唇印的苹果脸此刻绽出一朵鲜红的掌形花，那掌形花很快便被珍珠自己的手背掩住了。

"流氓!"珍珠一边掩脸,一边歪斜着半边扭曲的脸冲丈夫骂。她一气,索性把手中的水瓢"嘭"地一声甩到地上。

几乎是来不及细想,吴钦文一挥左手,粗重的左手掌迅雷不及掩耳般落到珍珠的另一边脸上。这一掌好重好重,珍珠那原本掩在脸上的一只手被震落了,嘴角霎时冒出来一滴血,珍珠的头发也全乱了。

站在一旁的吴钦武既不吱声,也不劝架。他极超然地愣着眼,像欣赏一场精彩的拳击赛一样看着他面前发生的一切。倒是门外的建筑师傅闻讯赶来,他们想赶来劝架、却晚了。他们看到的是前面所述的那个场景,他们跟主人吴钦文一样来不及细想,只是直愣愣地望着珍珠逃离家门,离开了这座仅有几户人家的寂寞山村。

珍珠一走,吴钦文家便乱了方寸。家里没个姿娘当家,家便不成其家:没人洗衣做饭,年幼的奴仔还不时啼哭,梦中也叫嚷要娘。要在平时,这一切忍一忍,也就过去了。可眼下家里盖厝顶,请那么多建筑师傅前来施工,总不能让工程半途而废吧?吴钦文本以为珍珠拎几件衣服出走只不过是装装样,哭一阵转一阵就会回来的。要说打骂老婆,吴钦文以前并不是没有过。他心眼并不坏,但性子暴,动不动发火。以前好几次都是因为珍珠不听话,吴钦文一发火便动手打她或骂她。每次珍珠都是哭哭啼啼一阵,赌气到外面转一阵,风波便算过去。但这次却大不一样,吴钦文也承认自己出手太重了些,而且是当着弟弟吴钦武打她。吴钦文微微有些内疚,有些后悔,可他也从没想到珍珠的心这次会那么野,一去便无影无踪,弄得他吴钦文多么狼狈!那些日子,他不得不辙回家里,把做饭炒菜侍候建筑师傅的活揽了起来,洗衣刷碗、饲鸡饲猪等碎杂事则交给大妹二妹三妹做。尽管如此,家里仍一派忙乱、一派狼藉,那样子一点没个家样,倒像个杂货店。工程好不容易完工了,吴钦文却仍没能清闲下来,家里总还是那么忙乱,给人一种动荡不安的感觉。最致命的是珍珠一走,吴钦文便不能外出当油漆工,给人家漆家具挣钱。弟弟吴钦武虽也是四十岁的人了,但生性孤僻笨拙,他只干地里的活。弟弟的样子就像一个长期借宿的过客一样,吴钦文没敢把这个家扔给他,给他他也挑不起来。

吴钦文的处境就像谁用绳子套住他的脖子把他挂到悬崖上,收也收不得,松也松不开。他只好把满腔的怨恨和怒火通通强加给珍珠。他恨珍珠心野,开始也盼珍珠回来。他曾托人捎信带给珍珠,要她回来。珍珠是找到了，也托人捎回了信。但那信说："我想回去。可我碰上那杂种，我让那杂种缠住了，无法脱身。"

吴钦文一瞧怒火攻心！他差点昏倒。珍珠信中所说的杂种就是珍珠的前夫。前夫游手好闲、好吃懒做，珍珠才偷偷逃离前夫重新嫁给吴钦文的。吴钦文娶了珍珠之后，那杂种曾多次前来寻衅闹事。眼下珍珠落入那杂种手中，能有什么好事？！

"十成也有五成是珍珠主动找那杂种鬼混的！"吴钦文想。一想到自己的老婆眼下正让那杂种肆无忌惮地玩弄，吴钦文就像喝了辣椒醋一样，浑身火辣辣极不自在。他感觉自己的手心和头皮都麻了，所有的毛孔都惨然张开。他眼前不由得想象着那杂种骑在珍珠身上作威作福的情景，耳边也不由冒出那杂种杀猪般的狂笑。吴钦文咬牙切齿！他是无法跑那么远的地方去揍那杂种的，大概也揍不过他，因为那杂种是个十足的亡命之徒。再说一定是珍珠主动去找那杂种的，吴钦文恨珍珠，这种恨深深地嵌入他的心灵深处。

吴钦文打消了让珍珠回来的念头。他下意识地把珍珠从家里的名册上抹掉了。珍珠为他生下的那六个奴仔，在他的意识中同时也被占为己有。

五

珍珠又一次来到自己熟悉的、这座自己生活了多年的"下双虎"砖瓦房门口。

这座砖瓦房确实是变样了：屋瓦灰白整齐，屋檐气派雄健。高大的木板门也漆刷一新，门脸上"勤俭持家"的几个字虽显朴拙，却让珍珠的心温热而又有些酸楚。珍珠原本是这个家的主人，家里除了财权和主事权，其他的一切家务事基本是由她一个人撑着的。珍珠刚来那阵，曾经为自己能成为这个勤劳本份的农家中的一员而高兴。因为她此前所在的家是个让她没有安全感的家，男人好吃懒做，隔三差五去外面小偷小摸，要不就是赌博打架，总让她提心吊胆。珍珠从那个不安定的家走进了截然相反的另一个家：这个家所有的人都勤劳、善良、本分。这个家虽不富有，却让珍珠感觉到极度安定，那感觉就像从颠簸的甲板走回到博大坚实的大陆上一样。但久而久之，珍珠又感觉到沉闷枯燥，因为她生活的全部只是为吴家生儿育女，还有就是没完没了地做那日日如是、琐碎单调、毫无新鲜感的家务。珍珠本来就有些厌烦，可丈夫吴钦文一点也不去关心她、理解她，有时反而还拿她出气。丈夫那天给她的那重重的两掌，使她伤心透了！她一伤心，原本时常支撑她的耐心和忍让便一时分崩离析、土崩瓦解。她唯一可以作为反抗的手段，便是出走。

那天珍珠是想跑回娘家去的。珍珠是客家姿娘，娘家在另外一个县。珍珠怀里揣着平时从鸡屁眼抠出来、盐罐子酱瓶里节余下来攒出的二十几块钱路费，坐上长途车一路颠簸最终站立到自己家乡县城的土地上。那时候，夕阳已在西天消失了。珍珠正想去转车，坐上一小时的车返回娘家，刚一转身却鬼使神差地撞上了前夫胡汉三。胡汉三是前夫的外号（前夫的真名珍珠都想不起来了），胡汉三的外形与电影中的胡汉三几乎一模一样：五大三粗、满脸横肉、眼珠大而突出。此刻，胡汉三拦住了珍珠的去路，那熟悉可怕的眼神居高临下地死死箍住了珍珠，仿佛箍住了她的灵魂。珍珠双腿一软，不由自主地打了个寒颤。

"哈哈——真是冤家路窄，咱俩总算又见面啦！"胡汉三一声奸笑，死死地盯着珍珠。

"你……你想咋呢？"珍珠一张口，感觉自己声音发颤，腿也发软。

"嘿嘿，你勿惊。再咋呢说，咱俩也曾夫妻一场呀！"胡汉三笑得十分开心。

珍珠畏惧地望他一眼，埋下头说："放我走吧，我要返娘家去。"

"咋呢，你要返娘家？哈，返娘家咋空着两只手，难道就带着你这只发肿的苹果回家孝敬你父母不成？！"胡汉三说着，粗大的一只手掌捏住了珍珠那张仍发肿的脸。珍珠霎时感觉到自己的脸还隐隐作痛。胡汉三突然用什么坚硬的东西顶住珍珠脊背，那张猪头般笨拙的脸霎时凶悍起来："放老实点，快跟我走，不然我捅了你！"

珍珠原本还想抵抗或逃避的意识霎时全线崩溃。她不想做别的选择了，再说她还在生丈夫吴钦文的气。此刻她有个奇怪的念头，她倒要看看前夫究竟能把她怎么样。反正她眼下是跑不脱了，她准备豁出去。

珍珠跟着胡汉三来到他居住的屋子，是单元楼中的一套。楼外人声嘈杂，楼道却异常寂静。珍珠跟着胡汉三进了屋子，房门一关，珍珠倏忽间感觉自己像被关进一口坟墓。随着门"咣"地一声震响，珍珠那颗悬着的心"怦怦怦"地狂跳起来。

房子是珍珠熟悉的，珍珠以前就在这里住过，且跟胡汉三生过一个儿子，可儿子不到一岁就病死了。房子是胡汉三父亲单位分的，他父亲以前是镇派出所所长，眼下已退了下来。胡汉三以前是派出所门卫，后来他想当正牌的公安人员，却不够格。他索性辞了职，成了游手好闲的无业游民，一直靠倒卖车票和电影票乃至靠坑蒙拐骗过活，珍珠那次就是因为劝说他，让他改弦易辙做点正事，却挨了打而逃离他的。

"我说珍珠，你又回家了！咋样，你是不是该高兴高兴呵？"胡汉三刚进门便一只手抬起珍珠的下巴，得意地笑。

珍珠畏惧地说："我……我饿了，有食的无？"自打负气走出家门逃离寨仔山，珍珠连口水都没喝过，她的确饿了。

"哈，你饿了？勿急，在我这里还能把你饿死？等会儿食吧！"话音刚落，胡汉三"嚓"地撕开珍珠的衣服，撕得一丝不挂。继而，自己赤条条把珍珠扛到床上，肆意蹂躏。开始，珍珠极力挣扎，但她的挣扎就如弱草之于铁蹄的无情践踏。她索性瘫下身子，任凭对方暴风雨般地一次次洗劫，都无动于衷。她所有的感觉只有这么一个字：累。

胡汉三却如一头精力过剩的猛兽，一次完了，他还要来新的一次。他那样子如同把珍珠当成一个排泄污物的器皿，他似乎要把多年来的怨气和欲望通通排泄到他身下的这个器皿上。好在珍珠生下五妹时便已做了结扎手术，此刻她对胡汉三厌恶，却并不担心会怀上恶种。

当胡汉三自己从珍珠身上完全瘫下来时，胡汉三说："你快去煮面条吧，厨房里有鸡蛋和挂面，老子也饿了！"胡汉三说着，用尽余力狠狠推了珍珠一把。

那时候珍珠只剩下意识，她浑身几乎已全无知觉。她真想死死地睡上一觉，但她饿得浑身发虚，她担心自己会睡死过去，从此便告别人世。她可从未想到要告别人世，至少眼下没想。她还有六个奴仔，她只是被迫赌气离开寨仔山而已，她想自己迟早还是要回去的。她可以离开丈夫，但她无论如何离不开自己含辛茹苦生养的那六个奴仔。此刻，珍珠怕不听胡汉三的话，会遭一阵毒打。所以，她强迫自己支起身子，下床去厨房煮面。

鸡蛋面很快做熟了，珍珠毫无表情地将面条端到桌上。胡汉三见状，懒洋洋地打了个呵欠，爬下床来。

珍珠跟胡汉三坐在一块吃面条。屋里很安静，只有面条被迅速卷入嘴巴"吱溜吱溜"的串串声响。这一男一女的确饿了，累了，吃面条时都懒得说话。所不同的是珍珠吃时只看着碗里的面条，而胡汉三除了看面条，还时不时撑起懒惰的眼睛去瞅珍珠。

吃完面条，珍珠这才抬起头望一眼胡汉三，有气无力地说："这回该放我返娘家了吧？"

胡汉三抹了抹嘴，一连打了两个饱嗝说："行呵，你要走，我跟你一块走。"

"我返娘家去，你去咋呢？"珍珠几乎尖叫起来。

"去当女婿呵，咋呢说我还是你们家的女婿呵！"胡汉三漫不经心地说。

珍珠不由自主地倒吸了一口凉气，头皮也一阵阵发麻。胡汉三曾经是珍珠的丈夫，他眼下还攒着他与珍珠的结婚证。尽管那结婚证早已失效，他俩的婚姻因长期分居而自动解除。但对珍珠来说，那结婚证是个难以解脱的重轭。珍珠在此重轭面前又一次不知所措，她一时说不出话来。

"咋呢，不愿意呵？"胡汉三点燃一支烟，奸笑两声，道："嘿嘿。不愿意就老老实实给我待着，老老实实侍候老子。姿娘嘛，老子倒是不缺，可老子缺一个每天给洗衣做饭擦屁股端洗脸水洗脚水的保姆。哈哈，我看你就老老实实给老子当保姆吧，想当初你不是把我侍候得很好嘛！"胡汉三说着，将那张面目狰狞的脸凑到珍珠面前，粗硬的络腮胡子不停地扎来。

珍珠一边躲着，一边皱着眉争辩："那……那不可能，我……我还得返家照顾奴仔呢！"

"我丢你母！"胡汉三"啪"地扇了珍珠一巴掌，恶狠狠地说："你再提你那群杂种，老子就去把他们通通杀了！你是老子的老婆啊，你跑去跟人乱搞生了那一群杂种，老子本来就恨不得杀了你！你现在返来让你给老子当保姆，已经抬举你了你知唔知？实话跟你说，你要是还识相，这回返来还是老老实实侍候老子吧。只要你老老实实跟我过，我保你甭愁食甭愁穿。可你要是不老老实实给我呆着，哼，我把你全家杀光！"胡汉三忽然凶相毕露，他将一支三角匕首"咣当"一下拍在桌上，凶恶的眼睛骨碌碌地瞪着珍珠。

珍珠见状，只感觉自己的双腿不住打颤，一股凉嗖嗖的冷气沿着她的脊背"滋滋"地往上爬。所抱的希望又一次全线崩溃了，她只好屈从了他。

珍珠又一次成了胡汉三的女人兼保姆。她晚上陪胡汉三睡觉，白天则守在屋里为胡汉三洗衣做饭。胡汉三却坐不住家，他行踪诡秘，三天两头往外跑。也三天两头地带回来穿着妖艳的年轻女人，两人进里屋鬼混，却让珍珠侍候他们，给他们做吃的，端喝的。珍珠大惊、大怒，却敢怒不敢言。不但不敢言，还不敢违抗胡汉三的指令，极不情愿地充当起他们的保姆。她感觉到胡汉三比过去有钱多了，也比过去更加放荡了。但令她百思不得其解的是，胡汉三除了凶悍未变，却变得比以前慷慨大方了。他除了让珍珠好吃好喝、成套成套地给珍珠带回来时装，竟还时不时给珍珠钱，每次给至少几十或是上百。胡汉三给珍珠钱是想让珍珠寄些钱回娘家去，但他不许珍珠寄钱给寨仔山的丈夫吴钦文和珍珠生下的那些奴仔，更不允许珍珠跑。珍珠琢磨不透前夫胡汉三眼下怎么变成了这么一个人。跟胡汉三生活在一起，珍珠感觉自己活脱脱像只掉进粮缸的老鼠，你尽可以放开肚皮大饱口福，但吃饱之后却又满腹忧伤，因为你难以逃脱。曾经有多少次，珍珠想到了跑，但这种念头却像雨天里沼泽地上的火种，刚点燃便自动熄灭了，珍珠最害怕胡汉三的凶悍，她深知他是个少见的亡命之徒，杀人放火的事他眼都甭眨便会干的。与其给自己的亲人带来灾难，不如自己硬着头皮跟胡汉三熬下去，等待机会再跑。可珍珠这么一熬，一下便过去三年。这三年对珍珠来说，仿佛整整过去了三十年……

现在，珍珠站在眼前这座"下双虎"砖瓦房门下。这是她继昨日之后第二次来到这栋熟悉又陌生的门下。早上，丈夫吴钦文又外出了，是宝仔跑到凤娇婶家告诉她的。珍珠一听就显出几分激动，早饭只扒了几口便跟着宝仔来了。像昨天一样，珍珠来到这栋门下时又一次百感交集！刚刚逝去的这漫长三年，她每天只要一做梦，脑子便满是遥远的寨仔山吴家的这家门栋。尽管珍珠不识几字（因为她只上到小学四年级便失学了），但她还是偷偷地用自己认识不多的那么些字句三番五次地给丈夫吴钦文写信，说自己出走是一时冲动，自己现在好后悔好后悔，自己现在想回去却身不由己，她希望丈夫能够原谅她。可自打吴钦文知道珍珠已落入胡汉三的手，吴钦文对珍珠的信便置之不理。当他收到珍珠的第十封信时，他不耐烦了。他提笔回了简短的一封信，那封信就如吴钦文扔给珍珠的一颗炸弹，火爆火爆地让珍珠差点儿憋不过气来。那封信几乎句句都骂珍珠是"老娼"，骂完了便说："你既然当娼就甭想回来，甭想辱没我吴家的门风。你敢回来看我不打断你的腿！"珍珠见信后深深地倒吸了一口冷气，她无比伤心。但她还是好几次写信要吴钦文原谅，她想尽管吴钦文眼下比胡汉三穷，但跟他一块过用不着提心吊胆。相比之下，她更愿意过那种穷而稳定的日子。更重要的是自己亲生下来一把

鼻滴一把屎尿拉扯大的那大大小小六个奴仔都在吴钦文家，再怎么说她都刮
舍不下自己的那些奴仔。她想，姿娘人一生除了自己生的奴仔，还有什么东
西可以依托呢？现在，珍珠终于见到自己这多年来朝思夜想的奴仔了。近半
年来胡汉三时常出远门，胡汉三对珍珠的看管也渐渐放松了，因为胡汉三并
不缺女人，他缺的是一个能为他洗衣做饭端洗脚水的姿娘。胡汉三一出远
门，便不怎么顾及珍珠了。珍珠是利用胡汉三去深圳的机会偷偷逃回寨仔山
的，胡汉三已整整一个月没回家了，而且只字也不给珍珠捎信。

　　珍珠终于又一次跟着儿子宝仔迈进丈夫吴钦文的家门，大妹二妹三妹四
妹五妹见状都亲昵地围了上来，左一句"妈"右一句"妈"的，那叫声不但
让珍后珠感到应接不暇，而且感觉心底里像灌满了蜜，浑身上上下下都甜透
了。四妹和五妹一人抱住娘的一条腿，像抱住一棵参天大树，仰着头笑。珍
珠内心霎时生起一股温热，这温热波浪起伏，很快弥漫全身。珍珠幸福地笑
了，但她的眼睛却噙满酸楚的泪水。

　　珍珠同自己的六个奴仔亲昵了一阵，便分头打发大妹二妹三妹和宝仔去
上学。她自己留下来刷锅洗碗、饲猪饲鸡以及照看尚未上学的四妹和五妹。
忙完手头的活，她又去洗衣挑水，紧接着又抄起扫帚里里外外打扫庭院。总
之，她手头有忙不完的活，心头却无比愉快……

六

　　日头下山的时候，吴钦文才回得家来。

　　他是上墟购买化肥去了。眼下抽穗灌浆的早稻正等着追肥，他必须购买
化肥。今天清早，鸡刚啼头遍，吴钦文便起床了。他胡乱擦了把脸，刷了刷
牙，进厨房揭开锅抓了两个昨天夜里吃剩的熟番薯便早早上路。但吴钦文赶
到墟上专供化肥的供销社时，却还是晚了。供销社门口早已排起望不到头的
长龙。吴钦文叹了口气，硬着头皮站到队尾上排队。有门路的人却不时拿着
批条，用不着排队便从供销社的后门大包小包地买到了化肥。排队的人满腹
牢骚，却没敢直截了当上前制止。他们知道说了也没用，弄不好人家还故意
治你，有化肥却不卖给你！再说这种事大家都见惯了，于是便没有人敢挑头
去发泄自己的不满。吴钦文也耐着性子在烈日下站着队，站了整整一天。轮
到他购买时，化肥却都卖光了。售货员见吴钦文和吴钦文后面的十几个人大
汗淋漓、疲惫不堪而又怒目圆睁，不知是怕他们闹事还是无意间动了恻隐之

心，便说："你们这十几个人明日来吧，明日一早来我们优先卖给你们。"末了还写了号码，一人发给他们一张，吴钦文拿的是第一号。

尽管如此，吴钦文却还是感觉到内心有一股说不出的烦躁，那烦躁"吱吱"地在胸中往上冒。他想人活着真他娘的不容易！上帝似乎有意让他吴钦文活着却不想让他哪怕有一天的舒服。反正他觉得这辈子自记事以来，自己几乎一天还都没舒服过。

吴钦文满心烦躁地走回寨仔山村时，一抬眼却发现弟弟吴钦武正躺在村口的一棵荔枝树下，满脸不悦地望着走进村口的哥哥。

"咦——你咋呢躺在这里？"吴钦文收住步，扯着干涩的嗓子嚷。

吴钦武依旧躺着。他不大情愿地瞟了一眼哥，噘着嘴道："我不躺这里躺哪？家里又无我待的地方！"

"咋呢无你待的地方？！"吴钦文双眉像烫伤的蚯蚓，使劲缩着。

"哼，你自己去看呀！"言毕，吴钦武跷起二郎腿，脸偏向另一边去了。他中午从地里干完活回家，一眼瞅见珍珠，心里不悦又不好发作。一赌气，他饭都不吃就跑到这里睡觉，直到现在。

吴钦文双眉一挑，把一口苦涩的唾液咽了回去，连同想说的话也咽下了。吴钦文马上明白过来，知道是那老娼趁他不在又进他家门了。一股无名之火霎时从他的胸中生成，灼灼地往上蹿。

吴钦文气冲冲迈进家门时，一眼瞥见正圪蹴在天井里刷锅的珍珠。这是夫妻俩分别整整三年之后他第一次见到珍珠。他一瞥见珍珠就像瞥见小偷一样，看都不想细看便扯开嗓门火爆爆地吼——

"喂——你认错家门无？谁让你进来的？！"

晴天霹雳！珍珠浑身一震，被震得抬起了头。大妹二妹三妹四妹五妹和宝仔也纷纷跑上前来，大大小小的六双眼睛都惊恐地望着站在门口勃然大怒的父亲。

珍珠红着脸怯生生地望着进门的丈夫，一时显得手足无措。她尴尬地朝丈夫一笑，慌慌地埋下头继续刷锅。

吴钦文却腾地一下蹿上前来，一把夺过珍珠手中的锅盖并将她拎了起来，凶狠地将她往门外推搡。一边推搡一边破口大骂："你这不要脸的老娼你快给我滚！"

珍珠像被一阵突如其来的飓风卷着推着。她想站站不住，想说话对方却不给说话的机会，她只有招架的功夫。她一步步后退着很快被撵出门外。她本以为丈夫会打她的，她早就做好挨打的准备。她想这次丈夫要打她她绝对不喊不哭，也不再逃跑，只要忍一忍总会过去的，她知道丈夫不会将她往死里打。但丈夫眼下采取的这种方式却完全出乎珍珠的意料，她不知道该怎么对付。她急得满脸通红，浑身像着了火。当她完全绝望，眼看着自己快要坠入深渊时，忽然感觉到自己的身子被什么东西缠住了，耳边哭声大作。她一定神，发现大妹二妹三妹四妹五妹和宝仔都哭哭啼啼地追出门来，丈夫被大妹二妹三妹拦开了，而她自己眼下则被四妹五妹和宝仔死死抱住。有几位乡亲此时也纷纷赶来，有的围观有的劝架。

珍珠掠了掠额角零乱的头发，眼泪汪汪地望着怒气冲天的丈夫。

丈夫此刻被大妹二妹三妹和几位乡亲拦着，但他仍想往前蹿，一边吹胡子瞪眼："你这老娼真不要脸，你要知趣你就滚坟头去，你要敢再进我家门看我不打断你的腿！"

这时候凤娇婶也赶来了。凤娇婶见吴钦文被众人拦着却仍骂骂咧咧，一撇嘴冲吴钦文嚷——

"钦文呵，我看你不要太过分！珍珠再咋呢说也是这六个奴仔的亲生娘。你以为你当着奴仔和众人的面满嘴脏话骂这六个奴仔的亲生娘就有脸面，就知趣呵？哼，你要当心这六个奴仔日后看不起你，甚至都不认你当爹！"

凤娇连珠炮般的一席话，竟把吴钦文噎住了。吴钦文张着嘴，脸呈猪血色地望凤娇婶。在场的乡亲有的点头，有的则不满地瞪着凤娇婶。

凤娇婶却似乎不管那么多，她气咻咻地转身对珍珠说："走，你到我家去！"说完，她扒开宝仔和四妹五妹，边扒边说："你们的爹不让你们要娘，我可得把她领走！"凤娇婶一使劲，拉起珍珠就走。珍珠无可奈何地被凤娇婶拉着走，但她眼泪汪汪、一步三回头。

被撇下的奴仔们放声大哭，哭声搅乱了山村的黄昏。哭声的后面，是不知所措的吴钦文和那些看热闹的乡亲……

天完全黑下来时，吴钦文和他的六个奴仔断断续续地进屋了，吴钦武也进了屋。

晚饭早已做好，是珍珠做的。但六个奴仔与往日截然不同，没有一个主动想吃。他们一个个泪痕满面、垂头丧气地或坐着或站着。吴钦文也没去顾及他们，他毫无表情地坐在饭桌前抽烟。

只有吴钦武一进屋便想到要吃饭。他大概是饿疯了，他进屋后只瞅了一眼没精打采的哥哥和六个垂头丧气的侄子侄女，微微皱了皱眉，然后不声不响地径自走到桌前添粥。这回他一点也没去顾及这饭菜是否是出自珍珠的手，反正他只管吃，只管狼吞虎咽。吃完了，他用手背抹了抹嘴，鼓着脖颈连连打着饱嗝。然后转身望了望神情依旧的哥哥和侄子侄女，犹豫片刻，走出大门回自己屋去了。吴钦武还没有成家，眼下他住着一间旧屋，是父母留下来的。

吴钦文抽完烟，把烟蒂扔到地上，狠狠地踩了踩。踩灭了，便抬头招呼奴仔："喂，都过来食，食完快去洗浴！"言毕，他首先坐到饭桌前，"滋滋"地喝了一大口粥，啃了一口咸菜。嚼了又嚼，忽然又停下来。他发现饭桌上只有他一个人在吃。

他霎时回过头嚷："嘿——你们都还傻愣着咋呢，还不都赶快过来？！"

吴钦文吼声如雷。大妹二妹三妹四妹五妹和宝仔这才稀稀拉拉围拢过来，围坐到饭桌前吃饭。个个却都神情木然、满脸泪痕，吃得也很沉闷。

吃完饭，大妹站起来，打算去饲猪，二妹也伸手收拾碗筷。吴钦文却一下拦住她俩——

"等一下——你们都通通坐下，我有话说。"

大妹二妹于是皱了皱眉，坐了回来。

吴钦文点燃一支喇叭烟，一阵吞云吐雾。透过烟雾，他拧着眉扫视了一圈自己的儿女，道："你们别都那么丧气！你们那位所谓当娘的，那么狠心扔下你们，扔下这个家当娼去了，且一当三年。我这当爹的撵她骂她，不让她进家门，完全是出于无奈！那老娼心那么狠、那么野，不该骂不该撵呵？我说她活该！可你们要是不愿意，可以表个态。你们到底认不认那老娼当娘，现在都表个态，免得日后都埋怨我。"言毕，吴钦文注视着桌前的六个儿女，等待着回话。

大妹二妹三妹四妹五妹和宝仔怯生生地望了一眼爹，又都埋下头来，没一个带头回答。

"嘿——你们都哑啦？！"吴钦文拧了拧眉，道："你们都说呀！你们说认那老娼当娘，也行。不认她当娘，也行。没人会去打你们骂你们，你们都说话呀！"

大妹二妹三妹四妹五妹和宝仔偷偷瞥了一眼爹，抿了抿嘴，依旧埋下头来。

"大妹你先说！你说认不认那老娟当娘？"吴钦文已有些不耐烦，他开始指名道姓。

大妹双眉一挑，不由得撑起眼皮望爹。转瞬间，大妹的目光像烫了火似的慌慌逃开了。她埋下头，咂了咂嘴，红着脸说："我……我听爹的，爹咋说就咋行。"说完，便不再吱声。

"好！"吴钦文一拍大腿，转脸对二妹说："二妹，该你了！"

二妹怯生生望了眼爹，红着脸说："我……我也听爹的，爹咋说就咋行。"

吴钦文接着又接连问三妹四妹和五妹。三妹四妹和五妹的回答与大姐二姐如出一辙："我听爹的，爹咋说就咋行。"

吴钦文皱了皱眉，转脸问紧挨着他身边的宝仔，低下头问："宝仔，你呢？"

宝仔没抬头。宝仔不住摆弄自己的指甲，脸憋得像熟透的番茄。

"嘿——你说呀！"吴钦文扳起宝仔的小脑袋，放缓口气说："你快说，你究竟认不认那老娟当娘？"

宝仔竭力挣脱爹的手掌，熟番茄般的脸蛋上那双眼睛充满亮闪闪的泪水。宝仔扁了扁嘴，忍住泪说："我……我不知道吭哧！"他用手背抹了一下眼，"我……吭哧！我在学校，别人都骂我吭哧……骂我是无娘养的吭哧！……他们动不动欺负我吭哧！……我也不知道日后还会咋样吭哧！"宝仔每说一句，都哽咽一声，抹一下泪。他那细小的胸腔沉重地喘息着，鼻孔里两条长龙一样的鼻滴一起一落。

吴钦文那古铜色的脸霎时僵住了！他那粗短的眉头麻花般拧了拧，直愣愣望着宝仔。眼缝里霎时冒出一串温热的泪水，但他竭力将泪水往回抑。

大妹二妹三妹四妹五妹先是惊诧地注视宝仔，此刻却惊诧地纷纷望向自己的爹，一动不动。

吴钦文紧紧捏着宝仔的脑袋，愣了半天。他咂了咂嘴，抽了抽鼻翼，忽然使劲挥了挥手——

"你们都愣着咋呢？去！去！你们都快去饲猪洗碗，该洗浴的快去洗浴！"

众奴仔一惊，纷纷起身离桌，忙着做自己该做的那份家务去了。四妹五妹和宝仔也都知趣地纷纷起身，走开了。

吴钦文眼缝里那汪了半天的眼泪此刻像开了闸的泉水欢快地往下淌。吴钦文急忙背过脸，慌慌用手背去擦，竭力使自己镇静下来。

已经离开饭桌的宝仔、四妹和五妹却还是清楚地瞥见爹在抹泪，但他们很快也慌慌地走开了……

夜很黑，天和地都涂满了黑墨水。

窗外的蟋蟀"吱呀吱呀"叫着，叫来了山村的一派死寂。

身边的宝仔和五妹响着轻微的鼾声，满脸宁静。吴钦文自己躺在床上，却辗转反侧，他又一次失眠了。

晚饭后，宝仔的那番话直至现在仍潮水般敲击着吴钦文那粗犷的胸膛。吴钦文做梦也没想到宝仔会是这样的一番回答。吴钦文刚听完宝仔那番话时，心头霎时涌起一股说不出滋味的温热——有苦，有辣，有酸，有涩。那温热不住扩散，吴钦文感觉自己那冰凉的心被一阵阵融化了，很快成了泪水。那泪水不住在胸间翻腾着，"滋滋"地往外冒。要不是当着自己的那么多儿女，吴钦文真想痛痛快快地大哭一场！他哭不是为宝仔，也不是为那老娟，而是为他自己，为自己乖蹇的命运！此刻，吴钦文又一次下意识地摸了摸自己嘴边左上角那颗豆大的黑痣，这黑痣是从娘胎里带来的。小时候，别人就时常偷偷议论他嘴角上的这颗痣，都说是苦命痣，他不信。过了十五岁，有一次他跟人去墟上玩，让一位看相先生看他那黑痣。那先生一见便不住摇头，支吾了半天，最终还是说出口来，说他那痣是典型的苦命痣。吴钦文不信，还生气。吴钦文瞅准那先生不注意，随即从地上抓了把泥沙，"噗"地一下撒到看相先生脸上。然后便没命地跑，一口气跑回寨仔山，脸都紫了。娘见状大惊："你跟人打架啦？"吴钦文瘫在门槛上喘了半天，才上气不接下气说："无……无，我跟别人捉迷藏，追着耍呢！"说完，又不住喘气。娘白了儿子一眼，骂："你食饱了撑的？追着耍也那么凶呵！"骂完，娘又忙去了。

现在，吴钦文摸着自己那颗豆大的黑痣，内心油然生起一股难言的酸楚。一连串的问号此刻不住涌向脑际。他在想：难道自己长的真是颗苦命痣？他还是不大相信，可又不得不相信。

吴钦文与珍珠的结合，说起来真是阴错阳差！

三十二岁时，吴钦文还是麻杆司令——光棍一条。这主要不是因为吴钦文家穷，更主要的是因为他嘴边左上角那颗苦命痣。本村或邻村的姿娘知道他那颗苦命痣，纷纷像躲瘟神一般躲得远远的。即便如此，吴钦文也不都是没有过舍弃当光棍的机会。二十岁和二十五岁时，都曾有人登门给他介绍对象。

二十岁那年，邻村有一农妇刚生下姿娘仔便赶上死了丈夫，农妇膝下还有三个年幼的奴仔，农妇孤身一人要拉扯起这大大小小的四个奴仔。她怕了，她无能为力，她托人把刚满月的亲生姿娘仔送出去，人家便找上吴钦文家门，说让吴钦文收留下来当童养媳。二十岁的吴钦文见状大怒，大骂来人作孽！同时也动了恻隐之心，吴钦文对来人说："你让那大婶把这刚满月的姿娘仔养着，她田里的活要忙不过来，我可以去帮忙。"来人被吴钦文骂得心服口服，遂把姿娘仔送了回去。吴钦文后来果真常去帮那农妇干活，那农妇便是眼下与吴钦文一家关系亲密的凤娇婶。凤娇婶被吴钦文的行为所感动，但总觉得过意不去。她见吴钦文心善，人品好，又勤快，有一天做完活便私下许诺说："我这亲生的两个姿娘仔，你要看上哪一个，长大了我把她嫁给你。"吴钦文听罢怒目圆睁，眼珠差点没蹦出来。吴钦文冲凤娇婶吼："你……你咋呢这么说话？你可别隔着门缝看人，把我看扁了！你要是这么想，往后我决不踏进你家门！"言罢，吴钦文气冲冲离去。后来是凤娇婶再三向吴钦文道歉、解释，吴钦文才又常去帮凤娇婶干农活的。一直干到凤娇婶的大儿子长到了十八岁，吴钦文才慢慢地隐退了，因为凤娇婶也不肯再让他帮忙。

吴钦文二十五岁那年又有了一次摆脱当光棍的机会。一天，墟上的一个人贩子给他领来了一个十七八岁的客家姿娘，那姿娘虽不俊秀，但脸蛋红扑扑的，浑身上下泛着青春的光泽。人贩子说："只要交二百元钱，这姿娘便归你了。"吴钦文有几分动心。吴钦文的父母乐呵呵地旋即爬上阁楼打开那个落满灰尘的木箱，吭哧吭哧地扒着木箱里的衣服，从最底层掏出一个整整包了四层的红布包，取出红布包里全部的二百元钱，然后吭哧吭哧地要把家里仅有的这二百元钱交给人贩子。吴钦文却一下把父母拦住了，吴钦文见那客家姿娘从一进门便不住抹泪，心便七上八落跳开了。人贩子见状满脸堆笑："嗨，她就这样！姿娘人出嫁哪有不装装样落几滴泪的？可那是雷阵雨，眨眼就过去了！嘿嘿，反正要不要全由你们。"末了吊着眉、满不在乎地等着吴钦文回答。吴钦文的爹竭力想要，老汉压低声音对吴钦文说："反正钱一交你就甭当光棍，管那么多咋呢？！"吴钦文却压低声音搪塞父亲："姿娘一进门便哭，丧气呐，绝不能要！"言毕，吴钦文固执地把对方支走了，气得父亲一天吃不下饭。然而，吴钦文还不肯就此罢休。对方刚一走，吴钦文便心急火燎地走了十里地，到公社派出所报了案。当晚，派出所便抓到那人贩子，第二天那客家姿娘被送回原籍。

吴钦文却因此继续当光棍，直当到三十二岁，桃花运总像躲瘟神般再没光顾过他。吴钦文却似乎一点不在乎。他是个乐天派，一有空闲他便去找本村或邻村的光棍讲古说笑话。吴钦文讲古说笑话在本地可是出了名的。

吴钦文讲：某瞎子食炒田螺，刚吸出的田螺肉不慎掉到地上。瞎子摸索着蹲下来从地面捡回那田螺肉，往嘴里一塞旁人才提醒说："你捡错了，那不是田螺肉，而是桌子下正寻食的母鸡屙下的鸡粪！"瞎子却边嚼边固执地说："你们甭想再坑我，我食的就是田螺肉！只是……那田螺肉刚掉下他娘的咋呢就有些变味哇？"

吴钦文还讲：有好友共三人，夜间去看电影，摸黑返家时，走在最前面的那位见路边有一团大而圆的东西，高兴得直嚷："哟，这儿有一顶帽子！"弯腰一捡，抓到的是牛粪，站起来却说："算了，懒得拿！"第二个人兴奋地说："嘿，你不拿我拿！"弯腰一捡，内心直喊上当！却回头对第三个人说："算了，这帽子有点破！"第三个人听罢，乐颠颠说："你们不要我要！"遂弯腰去捡。结果三个人都抓了一手牛粪，却都哈哈大笑……

如此等等，都是吴钦文讲的。反正吴钦文一讲笑话，在场的人无一不弯腰捧腹。

吴钦文还会绘画，什么才子佳人、山水花鸟，他都绘得惟妙惟肖。所以吴钦文还是个无师自通的油漆工，本村或邻村近乡村的乡亲谁要遇上婚丧嫁娶，都要请他去漆家具。只是那时的报酬极低，吴钦文再怎么干也成不了富翁。

一转眼吴钦文却过了三十三岁大关。这一年，也是吴钦文命运转折的关键一年。

那天，吴钦文外出回家，却意外发现家里来了位年轻姿娘。那姿娘扎一根辫子，圆脸圆嘴圆鼻子，长得粉嘟嘟的，脸颊泛着红光，身材丰满窈窕。此刻那姿娘正与吴钦文的父母说说笑笑，一边还帮着母亲淘米。吴钦文的脚步刚一响进家门，屋里霎时静了下来。父亲和母亲笑呵呵地望着儿子。那姿娘刚一瞥见吴钦文，圆圆的脸霎时红得像三月的桃花。那姿娘埋下头继续淘米。

吴钦文像进错家门一样先是一愣，继而退出门外，拔腿便走。他急急地走上台阶走进自己住的屋子，一头倒在自己的木板铺上想心事。

房门却"咯吱"一声开了。吴钦文的父母双双走进屋。吴钦文见状，一骨碌坐了起来。

母亲满脸慈爱，笑呵呵凑近儿子："文呵，凤娇婶给你介绍来一个客家姿娘，人你刚才也看到了。唉，她虽……虽然是嫁过人——"

"咋呢——她嫁过人？"吴钦文像被蛇咬了一样立时惊叫起来。

吴钦文的母亲嗔怪地瞥一眼儿子，继续说："鬼仔！你先听我说，她虽嫁过人，却不带奴仔。你瞧她多勤快，一进家门就脚来手到，帮着我担水洗衣做饭，乜事都做。再说，凤娇婶说了，娶这姿娘用不着花钱。这姿娘是白送上门来的。"

"哼，白送？白送无好货！我堂堂一个男子汉去捡人家的二手货？笑话！"吴钦文白了一眼母亲，扭着脸吼。

吴钦文那一直站一旁的父亲这时喝道："你顶真啥，顶真咋呢至今还光棍一条？有本事你把老婆娶来呀！"

"我宁肯打光棍也不娶二手货！"吴钦文腾地站起来，对父亲吼了一句，然后摔门而出。

吴钦文的父亲气得直跺脚，他紧追出门直戳儿子脊背："你……你给我返来哎哟——"话没说完，老人一脚被绊倒在门外的石阶上，摔断了一条腿。

父亲摔断的那条腿成了促成吴钦文婚姻的关键因素。那些日子，吴钦文满怀负疚与忧伤想侍候父亲治腿，父亲却怒气冲天不让吴钦文接近，父亲非要吴钦文答应娶那客家姿娘不可。客家姿娘却主动承担起侍候吴钦文父亲的任务，她整天为老人送饭喂药、洗脸擦背，洗衣担水做饭饲猪饲鸡等活几乎也全被她一个人包了。原来忙得团团转的母亲一下轻松下来，又喜又忧。母亲每天几乎都要数落吴钦文："你这剁头仔，你瞧这么好的姿娘上哪块去找？你咋呢就那么铁石心肠哟！"弟弟吴钦武也怂恿哥："鱼标沉了，得知道往上钓。这姿娘是难得。"吴钦武话语不多，脸却通红、着急，那样子像恨不得替哥哥去娶那客家姿娘。但那不可能，哥未成家，弟便得老老实实排队，这是当地风俗的一般规矩。

吴钦文却并非铁石心肠。整整一个月来，客家姿娘的一举一动他都看在眼里。

那天，吴钦文又挨父亲骂，正躺在自己的房间怄气，门却"咯吱"一声开了，进来的竟是那年轻的客家姿娘。那姿娘将一大碗番薯粥放到铺前的一只小木桌上，番薯粥冒着热气，上面有几瓣咸菜。

"你……你快食吧，可别饿坏身子！"客家姿娘看了一眼吴钦文，怯生生地说。

吴钦文内心涌起一阵温暖。他坐在铺沿上，不大自然地望了望对方，却没说话。

客家姿娘低着头问："你……讨厌我？"

吴钦文撑起眼皮，咂了咂嘴，欲言又止。他索性将脸偏向别处。

姿娘抿了抿唇。犹豫一会儿，她转身欲走。

"等一下！"吴钦文忽然喊住她。

姿娘收住步，诧异地望吴钦文。

吴钦文注视她："你……你叫乜名？"

"珍珠。"姿娘大方地说。

吴钦文皱了皱眉，审视着眼前这年轻的客家姿娘。他觉得她长得名如其人，身体上下各部位都圆滚滚的。

"你咋呢到这里来？"吴钦文问。

"我挨他打了，便跑出来。"珍珠说。

"你咋呢挨打？"

"他是氓牛，是流氓，打我是常事。"

"还有别的原因无？"

"他好吃懒做，家本来就穷，却整天还在外面浪荡、惹事生非。"

"我家里也穷。"

"可你勤快，又会油漆。凤娇姊说，你是难得的好人，跟你将来甭愁吃穿。"

"你甭听凤娇婶瞎说。我命苦，唉——"吴钦文把脸端给珍珠，指了指嘴角左上方那颗豆大的黑痣说："我这儿有粒苦命痣，算命先生说的。我们这儿的姿娘都怕我，看不上我。"

"可我不怕。"珍珠说，她泪汪汪地望着吴钦文。

吴钦文内心一阵温热，暖融融的。他望着珍珠，却还是说："我真的苦命，我……我不想成家！"

珍珠抿了抿唇，忽然说："你嫌我嫁过人吧？"

"不是不是不是，我……真的是苦命！"吴钦文忽然站起来。他语无伦次。他不敢望对方。末了他说："你……先走吧，我得好好想想。"

珍珠不无深情地瞥了一眼吴钦文，转身走了。

隔天一早，吴钦文要出门上墟卖猪仔，珍珠忙为他送来一个草帽。

"天太热，戴它吧，免得晒晕了头。"珍珠说。

吴钦文心一热，见母亲和弟弟不在场，便说："你……真想嫁给我？"

珍珠一激灵，眼眶红了。她鸡啄食般使劲点头。

吴钦文说："你跟我一块上墟吧，我……我给你铰两件新衫。"

珍珠猛一愣，激动得既点头又掉泪。那张粉嘟嘟红扑扑的脸霎时兴奋得红霞纷飞。她连蹦带跑回屋里与吴钦文的父母打了招呼。自己也戴了一个草帽，喜滋滋地跟着吴钦文上路。吴钦文的母亲和弟弟站在门口，远远地望着吴钦文和珍珠，两张脸乐成了两朵花。

吴钦文带着珍珠上墟卖了猪仔，然后一块上百货店铰了几尺花布、几尺蓝布，又一块去缝衣店量了身长、订了衣服样式。接着，两人满脸喜悦地往回走。他俩手中还拎了一块猪肉、一支猪尾骨，猪尾骨是为父亲买的。

回到家里，全家人过节一样喜不自禁。卧床的父亲脸上也第一次有了笑容。

这天晚上，珍珠跟吴钦文住到一起去了。吴钦文把自己几年前就做好的眠床搭了起来。眠床是请木工师傅做的，漆和画则是吴钦文自己的手艺。眠床屏上画有戏水的鸳鸯，床座正前方则是双凤朝牡丹，所有这些都像征着夫妻恩爱和睦、富贵幸福。

没有婚礼，没有繁缛的请客送礼仪式。吴钦文用与众不同的仪式娶了一个与众不同的新娘。吴钦文觉得自己没有脸面像别的新郎一样去向亲戚朋友通风报讯……

八

　　吴钦文一夜没睡好。早上起来，他感觉脑子死沉死沉，里边还嘤嘤嗡嗡，像有无数蚊子在叫。

　　吴钦文强制自己挺起精神，他必须赶紧去买化肥。

　　大妹今天起得奇早，早饭都做好了，吴钦文大感意外，问："你……咋呢起这么早？"

　　"嗯，反正也睡不着。"大妹头也不抬地说。她把脏衣服一一装到桶里，准备去溪边洗衫。

　　吴钦文瞥一眼女儿，微微皱了皱眉，也不再问。他漱了漱口擦了擦脸，坐到桌前胡乱喝了碗粥，匆匆上墟去了。

　　到了供销社，门前跟昨日一样已排起了长龙。吴钦文紧紧攥着昨天售货员开的号码字条，使劲挤上前递给售货员。真是谢天谢地，那字条果真起了作用！

　　吴钦文搂着十斤新买到的尿素，像搂着金娃娃一样喜滋滋往回赶。路过公社派出所，吴钦文遇上赶来买化肥的堂弟吴惠安和吴惠平。

　　吴惠安一见吴钦文就问："珍珠处置了么？"

　　一句话，把吴钦文脸上那刚买上化肥的喜悦赶跑了。吴钦文的脸霎时阴了下来："还未。唉……"他叹着气，一时无言。

　　"嗨，你叹乜气呀！珍珠那样一个抛夫弃儿的臭姿娘难道你还想收留？！"

　　"我……哪能收留呵！"吴钦文此时的样子极像小偷，既急且慌，"可家里那些剃头奴仔，怕……怕是不太愿意呐！"

　　"哼——奴仔，奴仔晓乜事？"吴惠平插上来冲吴钦文嚷，"我说钦文兄呵，看你以前也是个顶真人，可自打娶了珍珠你就成了个囚犯似的乜事都能忍受，诸如被人捆绳子，挨过数次罚款。而现在，你要还想收留那抛夫弃儿当了三年娼的珍珠，别怪我们这些比你小几岁的兄弟看不起你！"言罢，吴惠平和吴惠安丢下吴钦文，匆匆走了。

　　吴钦文霎时愣在那里，久久地望着吴惠安吴惠平那渐渐消失的背影。回头时，他不由自主地打了个寒噤——他瞥见镇派出所的大门。他下意识一抬腿，抱着那十斤尿素逃也似的走开了。

吴钦文对派出所一点没有好感，甚至畏惧，因为他曾同珍珠一起被绑进过镇派出所。

那是吴钦文与珍珠还在度蜜月的时候，忽一日他们那甜蜜和祥的日子骤刮飓风——十来条汉子寻上门来了，为首的是珍珠的原配丈夫胡汉三。他们是苦苦寻了两个多月才寻到珍珠的去处的。他们要找吴钦文算账，要把珍珠夺回去。

吴钦文迅即凭借地利人和纠集来一帮人与之对峙，吴惠安吴惠平兄弟俩自然也在其中之列。

双方剑拔弩张、怒目圆睁，一场残酷的打斗眼看一触即发。但最终，对方还是知趣地先软了下来，他们大概如梦初醒，知道了"入人地盘如落陷阱"的古训和利害。他们突然改变了策略，将事情告到当地的派出所。胡汉三指责吴钦文霸占民女夺他老婆。派出所见对方来了那么多人，怕事情闹大，不得不出面处理纠纷。

吴钦文和珍珠被公安人员捆到了派出所，因为珍珠的原配丈夫胡汉三掏出了自己与珍珠的结婚证。

吴钦文却矢口争辩："珍珠是我老婆！"

执法人员说："凭啥证明珍珠是你老婆，你俩有结婚证吗？"

"咋呢要结婚证？结婚是我们自己的事，关你们屁事呀？！"

"你老实点！"执法人员"啪"地给了吴钦文一巴掌，"不办结婚证结婚就违法，懂吗？！"

吴钦文瞪对方一眼，问："我要是跟珍珠有结婚证就行啦？"

"那当然。"打吴钦文的那个执法员说。

"不对吧？"另一个执法员说，"那……那女方不成重婚罪啦？"

执法人员面面相觑，然后便笑。

"好像是这么回事！"一个说。

"好像是这么回事！"另一个说。

吴钦文板着脸说："反正珍珠喜欢我，是她自己找上门来的。不信你们问她愿意当谁的老婆！"

珍珠说："我是钦文的老婆！"她指着自己原来的丈夫胡汉三骂："他动不动打骂我，他是混蛋，他不是我丈夫！"

珍珠又哭又闹，派出所里一片混乱。

最终，派出所不同意珍珠让对方带走，理由是珍珠死活不愿走，派出所怕珍珠挨打。但派出所判罚吴钦文两百元，这两百元一百元赔偿给珍珠的原配丈夫，一百元作扰乱治安费。发生这事时是二十世纪八十年代初期的中国南方农村，判罚两百元对吴钦文来说已经是个不小的负担了。

　　吴钦文不服判决，却没法抗拒。他不大情愿地倾尽家中的大部分积蓄。交完罚款，总算获得释放。

　　吴钦文的日子却并未因此获得安宁。一连几年，珍珠的原配丈夫还时不时来寻衅闹事。直到珍珠生下三妹，事情才渐渐平息下来。不过，吴钦文后来因为超生、躲避甚至对抗计划生育而再次被拘留过，还被三次罚款。生宝仔时，吴钦文被罚款两百，可他被罚得心花怒放，他逢人便说："罚两百元却总算让我生了个禾埔仔，值！"生完宝仔，吴钦文很快又让珍珠挺起肚子，他觉得一个禾埔仔太少。大队要他带珍珠做引产，吴钦文却让珍珠躲到娘家去。大队前来搜查，要他交出珍珠，他和父亲持刀威胁，结果父子双双被拘留，罚款四百，珍珠当年生下的却不是禾埔仔而是四妹，生完四妹，珍珠被迫做了结扎手术。手术做完不到半年，珍珠那肚子却又奇迹般地鼓了起来。外人都惊诧万分，吴钦文心中暗喜，但不敢声张，因为他花了整两百元事先买通了做结扎手术的医生。吴钦文指望珍珠能为他再生下个禾埔仔，结果却生下五妹，再次被罚款两百元，最终珍珠还被强行架往公社医院做了绝育手术……

　　吴钦文大汗淋漓地往回赶，他径直到责任田为抽穗灌浆的水稻追肥。一路上，他遇上了数不清的乡亲，也有数不清的乡亲好心地问："珍珠那事还拖着呐？"几乎是千篇一律！

　　开始，吴钦文满脸难色："是呵，你看我该咋呢办？"

　　回答几乎又是千篇一律："哼，那不是秃子头上的虱子——明摆着。那种姿娘，你还想收留呀？！"

　　后来，吴钦文索性不开口了。别人问他，他只是"嗯"、"呃"支吾了事。在吴钦文印象中，只有凤娇婶的话微微有些特殊："珍珠出走是不对，可不管咋呢说，你那些奴仔离不开她，俗话说'子不嫌母丑'嘛！看在奴仔面上，此事呵，你……你得好好合计合计，呵？"

　　田野一派碧绿。没有风，庄稼被灼热的太阳晒昏了头，大都是垂头丧气。路边的蝉儿被晒痛了，吱吱喊喊地喊叫，叫得吴钦文脑子异常地乱，心异常地烦。

吴钦文在自己的稻田上撒完尿素，已是大汗淋漓、满脸通红。他解开腰间的浴布，朝脸上擦了擦汗，便浑身疲惫地往回走。

刚一迈进家门，吴钦文便触电般立住了，他鼓着眼睛愣愣地盯着正在给五妹做针线活的珍珠。四妹和光着屁股的五妹都叫了一声"爹"，胆怯地一左一右挽住了娘的臂膀。

珍珠抬起头来，脸飘过一片红云。一会儿，她慌慌埋下头来，继续飞针走线。

吴钦文横眉抖嘴，欲言又止。他忽然慌慌地走进里屋，好久不见出来，也没有吱声。

珍珠愣了一会儿，继续做着针活。她做完针活，站起身，嘱四妹和五妹到一边玩，自己掠了掠头发和衣襟，放慢脚步走进里屋。刚一进屋，她一眼瞥见丈夫一个人坐在屋子里"吧嗒吧嗒"抽喇叭烟。

犹如电磁感应一般，吴钦文那双探照灯一样的眼睛亮灼灼照得珍珠一时抬不起头来。

珍珠翕了翕嘴，红着脸说："文呵——"

"滚坟头堆去！谁认账你啦？！"晴天霹雳，吴钦文鼓着粗大的脖颈朝珍珠吼。吼完了，那探照灯便更强烈地照射珍珠。

珍珠一阵晕眩。她怯怯地瞥一眼丈夫，重新鼓起勇气："我……要走啦，我……我怕那流氓一返家会寻到这里来闹事。"说完，珍珠从厨房的什么地方取来一个破旧的布袋，打开扎了几圈的绳子，布袋很快露出来一把明晃晃的东西和一粒铜褐色的东西。

吴钦文霍地一下站起身，那探照灯又一亮，却不由得皱了皱眉："你——想咋呢？！"

珍珠说："我把那流氓藏在家里的一把匕首和一粒子弹偷来了，我……我怕他寻事。"

吴钦文眉一舒，那探照灯微微减弱了强度。

珍珠又从裤腰里掏出一叠钞票，说："我……本来想给六个奴仔买些布，一人做一套衫裤的，可我要买了布，也没时间做。我……把钱留下了，你抽空带奴仔上墟去，买成衣吧。大妹二妹三妹长得快，她们那衫裤快不能穿了。宝仔，四妹和五妹那衫裤也无一件不带补丁，该换些新的啦。"缓慢低沉的一番话，终于在屋子里消失。珍珠把钱放到桌上。

吴钦文那双探照灯直愣愣望着珍珠，一时无语。

珍珠望着丈夫，继续说："我……这就走了，我知道你恨我。可看在奴仔的份上，要打要骂由你，我……我总归要返来的。那流氓哪日要在外边挺了尸或坐了牢，我……我就哪日返来。"

"谁要你返来！你要返来，我咋呢做人？"吴钦文突然吼。

珍珠惊恐地望丈夫，眼光突然暗了下来："你要是不让我返来，我就只返来看看奴仔……"珍珠一咬唇，没说下去。她转身走出里屋。她走到厅堂亲了亲正在玩耍的四妹和五妹。然后便走，眼泪汪汪地走。

吴钦文走出里屋，心潮起伏。他呆呆地望着走出家门的珍珠，不追又不言语。喇叭烟此刻"吱吱"地往上燃并亲热地舔了一下主人手指，主人一声惊叫，烟蒂很快被抖落地上。

四妹和五妹惊异地望着满脸苦相、不住呵着手指的父亲……

九

一觉醒来，天已大亮。

吴钦文一骨碌坐起，腰肢却像被缠了绳子，感觉既累且酸。

坐在一旁的五妹怯生生地对吴钦文说："爹，你……你又尿床啦！"四妹坐在五妹身后，却不敢吱声，她也怯生生地望着父亲。

吴钦文下意识一伸手摸到自己裤裆，发现自己的裤裆既湿且黏，像被谁泼了胶水。他猛一惊，双膝不由自主地支起来挡住裤裆，继而冲四妹和五妹嚷——

"去去去！谁让你俩醒了还赖在床上？还不快走！"

四妹五妹一惊，双双爬到床尾下了床，睡眼惺忪地跑屋外去了。

吴钦文不由得满脑懊丧。他终于记起自己刚刚是从梦中惊醒的，自己正鬼使神差地搂着珍珠那雪白柔软的身子痛痛快快地满足着时，却不知怎么地就惊醒了。自打珍珠出走至今，吴钦文便隔三差五地要做这种梦，而且对象一定是珍珠。昨天珍珠站在这屋里说话时，吴钦文心头曾涌起阵阵冲动。他恨珍珠，可内心又赶不走珍珠，有几次真想扑上去把珍珠按到床上，狠狠地满足一阵，可最终他还是控制住了自己。一想到珍珠弃他而去，让胡汉三那杂种重新发泄兽欲，吴钦文内心那燃着的灼灼欲火便像被突然泼了水，霎时冷却下来，继而化作满腔的愤恨。但他没想到自己做梦时却又鬼使神差地搂上了她，他说不清这种梦已是第几次了。更令他羞愧懊恼的是，这种事发生也让四妹五妹看到好几次了。

吴钦文满脸懊丧地下了床，趿着拖鞋穿上外裤外衣，疲惫地往外走。

大妹已煮好了粥，此刻她将粥端到大厅里，那粥热腾腾冒着蒸汽。二妹也饲完了猪、鸡，三妹四妹五妹和宝仔都已围坐在饭桌前，等待着吃饭。

大妹把一盘刚撕好的咸菜端到桌上，见爹已走出屋，便说："爹，你们去食吧，我该走了阿嚏——"大妹说着连打了几个喷嚏，打得呲牙咧嘴，头也抬不起来。

"你咋呢啦？"吴钦文皱着眉问。

"无咋呢。昨晚好像着了点凉。"大妹说。

"那……你食未？"

"不食了，来不及。"大妹用手背擦了擦鼻，转身去背书包。今天她要到镇中学考高中，连考三天。

吴钦文愣了一会儿，回屋拿了两元钱塞给女儿："拿着吧，到镇上买点食的，可不能无食就进考场。"

大妹接下钱，点了点头。二妹三妹四妹五妹和宝仔都怔怔地望着大妹。

吴钦文犹豫一会儿，又说："去吧！你要好好考，考上了，是你的福分。考不上，也就认了，你得返家一心一意料理家务。"

大妹咬着唇，点了点头，转身走了。

大妹刚走出大门，吴钦武也睡眼惺忪地进得门来，他刚刚起床。

吃完早饭，二妹、三妹和宝仔上学去了。

吴钦文返屋里掏出一叠钱，数了又数，共五百块，是眼下家里的全部积蓄，从阁楼的箱底里掏出来的，其中有两百元还是珍珠留下的。吴钦文将钱用自己那红方格浴布包起来，紧紧掖到腰上，走出里屋对弟弟说："走吧，咱们去上墟。"言毕，吴钦文和吴钦武双双走出大门。吴钦文一转身把大门带上，又上了锁。锁声刚落，屋里便响起双重哭声，是四妹和五妹的哭声。吴钦文皱了皱眉、咬了咬唇，犹豫片刻，却还是走了。家里没有大人，他不得不把年幼的四妹和五妹锁在家里。

吴钦武挑着扁担和一只竹筐，跟在哥的身后兴匆匆地走。他俩要去墟上买电视机，为的是准备吴钦武相亲的第一步——看家伙。潮汕农村娶新娘的第一步，是先让女方委托亲戚朋友来男方看家伙，看上了，才让男女双方相亲。前几次女方刚一来看家伙，便都直摇头，人一走便如一阵风——吹了。宝财叔，也就是吴惠安和吴惠平的父亲，昨天托媒人牵了线，说好下午来看吴钦武家伙的。自打珍珠出走，宝财叔便一直在为吴钦武的婚事操心。当年吴钦文娶珍珠时，宝财叔极力支持、劝说，还曾骂吴钦文不识趣。但眼下，宝财叔最反对让珍珠返吴钦文家，他认为吴钦文要是让珍珠返家，那是真正的败宗辱祖。宝财叔是吴钦文的亲叔，也是吴钦文家族中眼下最具权威的长辈，宝财叔断不会在世时允许吴家下代败宗辱祖。不过，宝财叔也知道吴钦文眼下的难处：家无姿娘理家，自然不成家样。但宝财叔极力主张让吴钦武娶上新娘，以代替珍珠撑起吴家……

日头当顶时，吴钦文和吴钦武兄弟俩满脸喜色、大汗淋漓地抬着电视机回家了，是黑白电视，十四寸的，共四百元钱。四妹和五妹本来满脸泪痕，见爹和细叔抬回来个奇怪的黑匣子，便都咧嘴笑了。四妹和五妹知道这东西是电视，他们在别人家见过的。

二妹三妹和宝仔放学回家，也高兴得直蹦。

只有大妹一个人不露喜色。大妹一进家门，冷冷地瞅了一眼兴高采烈的弟弟妹妹，便回自己屋去了。

吴钦文一眼瞅见大妹的脸色，但他不知道大妹究竟是没考好试还是因为她知道那电视是打肿脸充胖子买来的。大妹知道娘曾给爹留下一笔钱。娘曾给她写信，说那钱是留给他们几姐弟买衣服的，可大妹就是没听爹说起买衣服的事，她也不敢问。大妹知道电视是为细叔娶老婆买的。

吴钦文追进屋，问："大妹呵，你咋呢不高兴，考得不好？"

大妹望一眼爹，摇了摇头，眼泪汪汪的，就差没掉下来。

吴钦文伸手摸女儿前额，惊叫："哟，你——你发烧啦？"他赶忙劝女儿往床上躺，一边还张罗着去为她煮蛇舌草①水。

午饭是二妹做的。爹早就吩咐：大妹考高中时二妹和三妹要多承担家务。二妹于是也自觉起来，放学回家便忙着洗菜做饭。三妹则抓紧去溪边洗衫。吴钦文嘱咐完二妹为大妹煮蛇舌草水，自己也忙着去喂猪了。

---

① 蛇舌草：潮汕地区用于降火消暑的青草，叶如蛇舌状。

吴钦武也忙着打扫大厅和房间，平时他除了做农活，家务事他可是一点不管的。宝仔惊奇地望了望细叔，像见到外星人。一会儿，宝仔也抓过一把扫帚帮着细叔打扫房间，不过他并不知道细叔是为了相亲。

中午，大妹喝了蛇舌草水。又喝了碗粥，吃了两个鸡蛋（是吴钦文嘱二妹为大妹煎的），便支撑着身子要去考试。

吴钦文皱了皱眉，问："你感觉行么？"

大妹先是摇头，忽然又一咬唇使劲点头："行。"言毕，便走出门。

二妹在身后喊："姐，等一下！"末了她转身回屋，给大姐送来一个草帽。

大妹感激地望了望二妹，接过草帽戴在头上，转身走进灼灼炎阳之中。

二妹三妹和宝仔紧接着也去上学了。吴钦文和吴钦武又把房间和大厅里里外外地打扫了一遍。

大约是下午两点来钟，宝财叔领着一位中年汉子迈进吴钦文家。那汉子肥头肥脑，据说在镇饮食店工作，叫林德福。林德福是为外甥女红花前来相亲看家俬的。

令吴钦文和吴钦武意外的是，林德福一进屋便满脸堆笑，像干部视察那样一边听宝财叔介绍一边不住点头。林德福把吴家里里外外巡视了一遍，还上下左右瞅了瞅吴家新买的那个黑白电视，最后仰起脸问：

"不错不错，贵府高庭阔院，二位兄弟又都壮壮实实，敢问贵府年收入多高？"

吴钦文见状，满脸堆笑："嘿嘿，要是家运顺，我们弟兄俩同心协力，赚它个三五千的不成问题。"吴钦文把年收入翻了个番，此也是这一带农村男方相亲时的一种普遍诀窍，为的是希望尽快把新娘娶到手。

林德福听罢，蹙着眉，眼珠转了转，不住点头："嗯，嗯，不错不错！"他自然知道对方说的会有水分，却还是满意地笑。

说话间，吴钦文已为客人端来热腾腾香喷喷的甜鸡蛋。甜鸡蛋象征吉利，是本地一带招待贵客的佳品。做法是：先煎好新鲜鸡蛋（要求煎得又圆又漂亮），然后加水、白酒和白糖，煮开即可。

几个人于是喜洋洋地坐下来食甜鸡蛋。客人碗里每人两个，而吴钦文和吴钦武兄弟俩却只是象征性地喝着汤，林德福见状便要让出鸡蛋，说自己食一个即可。宝财叔也附和说："我也食一个吧。"

吴钦文和吴钦武不约而同连连摆手："嘿嘿，好事成双——哪有食一个的理？"吴钦文还接着说："我俩中午刚食鸡蛋，都不想食了。你们俩甭客气！嘻嘻。"

吴钦文这么一说，林德福和宝财叔一点都没再推辞，都夹起鸡蛋往嘴里送。

吴钦文和吴钦武也都开始喝又香又甜的鸡蛋汤。那汤一进肚，吴钦武便喜上眉梢，显然享受到了那鲜美的味道。吴钦文喝着汤，却满脸沮丧，似乎丝毫没享受到那鲜美的滋味。因为中午他和钦武并未食鸡蛋，家里仅有的四个鸡蛋，本打算留给大妹这几天考试时食的，眼下那四个鸡蛋却正被别人往嘴里送。不过，一想到那鸡蛋是为了给钦武娶老婆，吴钦文脸上的沮丧霎时间消失了，代之以笑意。

食完鸡蛋，林德福美滋滋抹了抹嘴，站起身准备告辞。

宝财叔忙放下碗筷，问："嘿嘿，德福兄，你看钦武与你外甥女红花的事，能……能成么？"

林德福瞅了瞅吴钦武，笑道："红花那边没问题，我回去说说，择个吉日让你俩见见面。不过……"

林德福没说完，吴钦武一转身已把一包白糖送到林德福面前："嘻嘻，您……您给红花家带去吧！"

林德福犹豫了一会儿，喜滋滋接下了。那白糖约斤把重，用报纸包成长方形，用红布绳扎了个"十"字。十字绳的正中还夹了一小张长方形红纸，像征大红大喜。

吴钦文忽然皱了皱眉，问林德福：您……您刚才说'不过'，是乜意思？"

林德福眉一颤，露出来一嘴黄牙："嘿嘿，无乜事无乜事。我是说你俩可以择个吉日见见面，不过……不过我那外甥女可是有些怕见人嘞！"

"哟——看你这话说的！姿娘人怕羞好，怕羞才是好姿娘嘛！"宝财叔嘿嘿笑着。

林德福眯着眼瞅宝财叔，连连附和："嘿嘿，那倒是，那倒是。要说性格呀，红花是甭说的，肯定温柔贤淑！只是……"

"只是乜事？"吴钦武和吴钦文满脸疑惑。

"嘿嘿，只是……只是红花的一只腿走路不大自然，小时得了小儿麻痹症。"林德福说。

空气一下凝固了。几个人都怔怔地睁大眼睛。

林德福一阵尴尬，紧接着说："嘿嘿，不过红花那腿一点不碍事！除了不能担水，做饭洗衫缝缝补补，能干着呢！尤其是绣花，啧啧，她可是一把好手嘞！不过说来说去，这事还是得由你们定，你们要是觉着可以，我就回去说一声，你们可择个吉日见个面，咋样？"

这回轮到主人尴尬了！宝财叔、吴钦文和吴钦武你看看我，我看看你。最后还是宝财叔先开口："唉！此事你事先无说，我一点也不知道。这样吧，你先把糖带走，我们这再商量商量，然后通知你们，好孬？"

"行，行！那……我先走一步啦！"林德福说完，匆匆忙忙退出门外，转身走了。

宝财叔送走林德福，回过头发现吴钦文吴钦武兄弟俩正冷冷地望他。他叹了口气，低着头走回到厅上，道："唉，德福这货，也不事先说一声。不过，依我说呀，那位红花要是像德福说的那么能干，我看也不妨先见见，你们说呢？"

"哼，老热呦①！我再笨再穷也不至于去娶个拐脚（瘸子）姿娘！"吴钦武气咻咻地冲宝财叔嚷。

吴钦文也说："算啦！家里本来就是缺个理家干活的姿娘，娶个拐脚的作甚呢？！"他点燃一支烟，狠狠吐着，像吐着满腹烦躁和忧郁。

宝财叔一时语塞，只好悻悻告辞。

十

夏收了，田野一派繁忙。

老天爷今年又开了恩，没把台风和暴雨抛到这潮汕平原上来。电台上预报的几次台风，据说在粤东海边耍了耍威风，便远远地奔别处去了。雨虽下了几场，但都不大，既绿了庄稼，又无伤大体。可不，眼下这遍野的稻穗，金灿灿沉甸甸的，硬是把平整的大地铺成了一块巨大的金黄色地毯。间或有绿的猩红的点缀其间，那是甘蔗、番薯和各种蔬菜。

每年到这个光景，乡亲们便都放心了，那一直悬着的心便都找到了歇息

---

① 老热呦：潮汕方言，大意是：岂有此理，哪有这等事之意。

地，有了着落。老老少少男男女女便都喜滋滋地涌到田野上，挥着镰刀收割着金色的希望。

此刻吴钦文吴钦武兄弟俩也正在自己的稻田里割稻。大妹二妹三妹和宝仔也在割稻，因为学校已经放暑假。就连四妹和五妹也来了，但她俩太小，帮不上忙，此刻她俩在田埂上极开心地逮小青蛙。

别人的田头上不时有笑声和歌声。这里却是一派沉闷，只有"嚓嚓"的割稻声和"嘭沙嘭沙"的摔稻声。以前在生产队割稻，脱谷用的是脱粒机，脚踩的那种。分田到户之后，生产队仅有的两架脱粒机都折旧卖给了个人。多数人家收稻谷便重新启用了原始的摔斗：一个两尺高、三尺见宽的木桶，中间架一小木梯，四周围以一人高的竹席，以防谷粒外溅。一把把地将割下的水稻抓在手上往木梯摔，谷粒便哗啦啦地落往木桶。

吴钦文和吴钦武默默地割稻、摔稻，谁都懒得说话。自打那天宝财叔带林德福来家里之后，吴钦武那升起的希望又一次成了泡影，他气得好几天都成了哑巴。吴钦文内心自然也灰暗下来，因为他盼望家里能有个姿娘把家撑着，他自己好外出油漆挣钱。

大妹自打考完试，也很少说话。那些天她是强撑着自己身体，顶着感冒考完试的。每考一门，那些题虽也都做了，答了，可她脑子迷迷糊糊，一片迟钝，她也说不清自己到底是答错了还是答对了。

二妹三妹和宝仔开始叽叽喳喳地说着话。见爹、细叔和大姐都默不吱声，这会儿便也都闭上了嘴，默默干活。

日头转眼已爬到头顶，烤得人脊背发痛。没有风，那汗便从额、颊、脊背乃至全身所有的毛孔往外泄，上衣很快便洇湿了。

人多地少，吴钦文家仅有的一亩地水稻很快便割下了一大半。吴钦文仰起头来，看看日已近午，便说："大妹呵，日午了，你先返家煮饭吧！"

大妹"哎"地应了一声，直起身子，伸了伸腰，准备返家里煮饭。一抬眼，却发现那边四狗正蹭蹭地往这边跑。

"大妹呵，放榜啦，放榜啦！"四狗走近大妹，气喘吁吁、大汗淋漓。

"咋样，我……我家大妹考上了么？"吴钦文见了四狗，情绪霎时高涨起来，此刻他两眼放光地等待四狗回答。

"无……无考上。"四狗仍气喘吁吁，满脸通红。

大妹柳眉一颤，明亮的眸子像转瞬间落了一层灰。

吴钦文却睁大眼问："乱说！你——你听谁说的？"

"嘿！我骗你咋呢？"四狗畏惧地望了一眼吴钦文，继续道，"我……我刚去学校看过，水莲、惠娟的名字都已上了榜，大红大红的榜，贴在学校门口！可我使劲寻却就是无寻到榜上有大妹的名字。我以为老师搞错了，还专门去老师那儿查，却还是无大妹的名字。我还遇到水莲和惠娟，她俩都去领通知书了！"四狗吭哧吭哧喘气，像刚跑完一千五百米。

吴钦文皱了皱眉，心霎时沉了下来。

站在一旁的吴钦武忽然问："那你呢，你考上啦？"

"考个鬼！"四狗这才红着脸、低下头来，"大妹都考不上，我……我哪还得考上啊？"四狗说着，把脚下的一只小青蛙狠狠踢到水田里。那青蛙被踢了个四脚朝天，四狗得意地笑。

吴钦文厌恶地望了眼四狗，目光转移到大妹身上。

大妹咬着唇木在水田里，头埋得很低很低，胸脯紧张地一起一伏。大妹此时都被所有的人装进瞳孔里。

沉默。

吴钦文蹙了蹙眉，道："大妹呵，算了！命里有时终须有，命里无时莫苦求——古人说的千真万确！谁叫你考试那几天偏遇上感冒呵？算啦算啦！正好你可返家里看家理家务！"

"就是！"四狗这时也插了话，"大妹呵你甭难过，我不也没考上嘛！再说考上了又咋样？我还不稀罕呢！"

"呜"地一声，大妹突然哭了。那哭声破口而出，且很长很长，显然是憋了很久很久，最终没法控制才迸发出来的。泪水从大妹那红扑扑的苹果脸一泻而下，像决了口的堤围。少顷，大妹又使劲捂住自己的嘴，转身踩着水田抽抽噎噎地跑回家去了，水田里搅起了一串混浊的水花。

吴钦文呆呆地望着大妹的背影，心乱如麻。全家人的目光此时也都被大妹的身影拽远了。

一只手忽然从背后伸过来，拍了拍吴钦文肩头。他回过头来，发现是吴初发。

吴初发道："大妹无考上，我也没想到，不过你还是要开导开导，多安慰她，别再说让她伤心的话。"

"你……都知道啦？"吴钦文说。

"早知道啦，我听说今日放榜，一早便领着这尿仔去学校探听消息，无想不行就是不行。唉，都怪我这尿仔不争气！"吴初发用一只手指啄了啄身后的四狗。

"唉，我家大妹不也无考上嘛！"吴钦文叹着气说。

"是呵是呵。"吴初发给吴钦文递过来一支"万宝路"，又递给吴钦武一支，"我总算明白啦，奴仔不争气，咱们这些做父母的，急也无用。"

身边的几个奴仔此刻都仰着头看着三位大人点烟。

吴钦文点燃烟，问："你打算咋呢安排四狗，带他出去？"

"不带不带。"吴初发说，"我还想让他补习一年，下年再考一次。"

"有补习班吗？"

"无。我想让他插班，重读一年初三。"吴初发说。四狗一听，不满地瞅了一眼父亲，刚才的兴奋劲儿都不见了。

吴初发忽然问吴钦武："嘿——听说你前些天相了亲，情况咋样？"

吴钦武使劲摇头："勿提啦！那是个拐脚姿娘，我哪能要？"

吴初发道："你今年多大？"

"唉，四十出头啦！"吴钦文替吴钦武答。

吴初发皱了皱眉，忽然又舒展开来："依我说呀，钦武你干脆到外头去闯闯、见见世面，没准能遇上个喜欢你的姿娘。要不老窝在家乡这山旮旯里，人都快麻木了，一点活力都没有，还想娶老婆？"

吴钦文道："你让他上哪块闯呵？"

"眼下这社会，哪块不能闯？"吴初发吐着烟，转身对吴钦武说："要不你先上我的工地，做砖瓦工，每月除食外，给你两百元，咋样？"

"初发兄您要是能带我出去，那我可太感谢您啦！"吴钦武霎时乐了，他那张粗糙黑亮的脸此刻眉开眼笑。

吴钦文却皱着眉说："你……你看他行吗？"

"咋呢不行，有体力不就行了？"吴初发说，"我是看在你面上，想拉钦武一把。"

"那我多谢你啦！"吴钦文说着，内心却嘀咕开了。他希望钦武好，到外面闯能挣钱娶上老婆，但又担心钦武这么一走，自己更难以脱身去外边油漆。吴钦武与吴钦文比，虽缺少灵性，可他要留在家，田里的活吴钦文便轻松多了。

吴初发见吴钦文沉默，不知他是否另有打算，便说："这事你们商量商量看。若想走，夏收一过就得动身。我走啦，我那稻谷也还未割完呢！"

吴钦武忙说："初发兄，您家要忙不过来，等一下我去帮忙！"

吴初发道："哈！我儿子四个，还用得着你呀？你们快忙吧，我这就走。"言毕，吴初发领着儿子四狗顺着田埂走了。

吴钦文全家站在发烫的水田里，愣愣地望着吴初发父子俩远去。一会儿，他们又纷纷弯腰埋头，继续割稻、摔稻。四妹和五妹又开始逮小青蛙，是爹让逮的。家里那头母猪又怀猪仔了，逮了小青蛙好煮熟喂猪，小青蛙能养奶。

日头挂在中天，灼灼地喷下满地烈炎。蝉儿被灼痛了，"吱吱吱"叫着。田野里白晃晃一派忙碌，挤得人满眼发酸……

十一

溪水潺潺流着。

清澈的溪水映照着大妹那张圆润而又很青春的脸。那脸木然如雕、毫无表情。那脸映照在清澈如镜的水面上，显得端庄、祥和。

大妹却很快把自己的脸揉碎了，她抖着衣服拍起水花，把自己的脸搅得支离破碎，她似乎不愿意看到自己那张端庄祥和的脸。自打她考高中落榜，她便毫无退路地当起了家庭妇女，她只能当家庭妇女。从早到晚，她总是在跟油盐酱醋打交道，总是要洗衫担水做饭饲猪饲鸡、打打扫扫洗洗涮涮照看弟妹……所有这一切琐碎，毫无新意，每天都不断重复，单调枯燥，却又无法拒绝地构成了她生命中新的里程。娘在家的时候，大妹丝毫体会不到做家务时的沉重和烦躁，对娘每天所做的一切熟视无睹，就像看屋外的景物和眼下这潺潺河水那样自然。以至于有一次，娘大白天偷偷跟别的姿娘跑到镇上看了一场电影，回来晚了，耽误了担水做饭，被爹好一阵辱骂——就那么一次，大妹都没有同情娘。自打娘出走之后，大妹才慢慢同情起娘、理解起娘来。而且在姐弟六人之中，她认为眼下只有她才真正能理解娘。所以，她也才背着爹一直偷偷地跟娘通信。大妹没有想到自己这么快便担当起接替娘的那种角色，成了家庭妇女。她是渴望上高中的，爹只给她唯一的一次机会，可这唯一的一次机会却被一次意想不到的感冒断送了！她恨那次感冒，进而恨自己，恨自己的命。她懒得说话，她成了木头人……

大妹一个人弓着腰圪蹴在小河边，使着劲"嚓嚓"地搓洗着衣服，满脑子胡思乱想，思绪飘得很远很远。

"噗"地一声，水面忽然溅起一朵水花。

大妹抬起头来，四周阒无人声。她皱了皱眉，又埋下头继续搓衣。

"噗"地又一声，眼前的水面再次溅起一朵水花。那水花溅到大妹脸上，溅得她满脸水珠呲牙咧嘴。耳边却忽然响起朗朗笑声。

大妹一睁眼，瞥见四狗在小溪对岸开心地笑。四狗拿着竹枪，笑得前仰后合，显然他是用竹枪逗她。竹枪是用毛竹枝做的，空心的毛竹枝可当枪筒，再用大小适中的实心竹筷当撞杆。子弹则用浸湿的废纸，揪一颗湿纸往枪筒里塞，用撞杆顶至末端。顶入第二颗湿纸时，第一颗湿纸受气流挤压，喷射而出发出"噗"的声响，那飞出的湿纸团便成了子弹。潮汕这一带的奴仔常用自制的这种竹枪玩打仗。子（纸）弹只要不打到眼睛，不会伤人，只是一阵疼痛。

四狗笑毕，道："你咋呢这时候洗衫呀？"末了便挤眉弄眼。

大妹白一眼四狗，没理他。她埋下头继续洗衫。她知道四狗这么问她，不怀好意。

"嘿——咋不吱声哩！落了榜怕见不得人，故意等这么晏才来洗衫是不是？"

大妹脸一沉，憋不住冲四狗嚷："讨厌！谁跟你一样那么厚脸皮呵，落了榜还去插班重读！"话一出口，大妹自己都觉着别扭。她渴望也能重读一年，可这种渴望就像头顶的日头，每天能见到，却永远抓不着。

"嘻！咱俩可不一样，你原本是咱们班里第十名，我却是倒数第十。我考不上，谁也不会笑话，你呢？嘻嘻。"四狗依然挤眉弄眼。

大妹的心像被蚊虫叮了一口。心一酸，差点儿没掉下泪来。她一咬唇，噘起嘴嚷："你死猪不怕开水烫！知道考不上，咋呢还去插班？"

"嘿——我是无办法，老家伙逼的！可我现在也不去读了。"四狗说着，一猫腰想跳到小溪这边来，却踩了个空、摔了个狗落水——浑身湿了个透！

大妹忍俊不禁，"咯咯咯"地笑，心豁然开朗起来。她已说不清自己多少天没笑过了。这一笑，她感觉自己憋闷的胸膛像眼前这阳光明媚的天气，亮堂亮堂。但很快，这亮堂又被乌云盖住了。她不由自主地收住笑，只是开心地望着在水里挣扎的四狗。

四狗自己也很开心。他浑身湿淋淋地爬上岸来，一边拧衣襟上的水一边冲大妹笑。

大妹一咬唇问："你……刚才说不去读了，是真的？"

"你看我像个读书的样吗？不然我还能呆在这里？今日又不是星期日！"四狗说着，在大妹身边坐了下来。

"咋回事，你爹不是又送了礼让你插班了吗？"大妹那眸子扑闪扑闪。

"可我昨日就被开除了，上课时我用竹枪打前排的脑袋。"四狗若无其事，仍笑。

大妹睁着眼瞪四狗，瞪了很久。忽然说："你真不是人！你……你应该读书，你不怕你爹知道了揍你？"大妹气喘吁吁，说完又"嚓嚓"搓洗着衣服。

"我不怕！"四狗说，"反正我爹大半年回不了一次家。他要是回来，我就说是学校看我爹一外出又不让我读。再说，我一坐到教室里便头痛。"

"你有书不读，真没出息！"大妹头也不抬地说，她仍"嚓嚓"搓洗着衣服。

"依你说，读了书就有出息啦？"

"那当然。"

"屁！咱学校的邱老师头发都白了，邱老师以前教过我爹，可他咋比我爹穷？"

"你咋知道邱老师穷？"

"邱老师不穷？不穷他咋呢寻我爹借钱？！"

"你——你瞎说！"大妹偏过头来。

"骗你我是小狗！我亲眼看到的就有两次，过年时一次，我考高中时一次。"

"邱老师咋呢借钱？"

"我不太清楚，好……好像是说他家里要建房子。"

"那是建房子，不算！"

"那我家建房子，咋呢就用不着借钱？我家还有彩色电视、摩托，可学校的老师咋呢就无？我爹说，他只有小学毕业呢！"

大妹一时语塞，怔怔地望四狗，末了她涨红着脸争辩："反正，读书比不读书好！"

"好在哪块？"

"好就是好，我也说不清。要不，你爹咋总想让你读书？"

四狗语塞。四狗耸了耸眉，使劲拧衣襟，拧得水哗哗地落到地上。

大妹得意地瞟一眼四狗，埋下头继续搓衣，搓得溪水哗哗作响。

日头像一盏挂在天幕上的大气灯，把橘红色的光线投射到地上。溪水波光粼粼，一片氤氲。光斑跳跃的水面上勾画出大妹和四狗的身影。

一会儿，大妹又问："四狗你不读书，打算做啥？"

"不做啥。我先耍几年，再出去赚钱。"

"跟你爹出去？"

"我才不跟他呢！他像座大山，老管我、压我，烦死了！"

"那……那你咋样出去，咋样赚钱？"

"嘿——多着呢！做工、跑买卖、跑运输，哪样不能赚钱？"

大妹想了一会儿，道："你要真不读书，不如早日出去赚钱！"

"急啥？要一阵再说。"

"山村里尽是土坷鸡屎狗屎，那山、那溪、那房子和树木天天都一个样，有乜个可耍？"

"嘻，我做啥耍那些？我要华尔兹、迪斯科！"

大妹那睫毛使劲扑闪："乜个？叫乜个华耳之、敌师课？"

"嘿——你不知道呀！就……就是一个禾埔抱一个姿娘嘭嚓嚓。还有，就是自己扭脚仓①伸腰的那种舞呀！"四狗说着，怕大妹不明白，索性站起来扭脚仓伸腰，引得大妹咯咯咯地笑。笑声琅琅冲天而上，惊飞了溪边凤尾竹上的一群麻雀。

"丑死了！你……从哪块学来的？"大妹气喘吁吁。

"电视上天天在教，你不知道？"

"真的？电视上咋呢教这些不三不四的动作呢，丑死了！"

"丑啥？可舒服了！你一跳，啥烦恼都跑了。我考不上高中，挨我爹骂，烦死了！爹一走，我便照电视上教的跳，一跳浑身轻松！"

"你现在天天跳？"

"当然！六弟、五牛、七猪和四花整天上我房间去跳，他们都跳疯了！"

"真的？四花也去？"大妹满脸惊奇。四花是她和四狗的同学，四花考

---

① 脚仓：潮州方言，指屁股。

初中也落榜。

"我咋呢骗你？说真的，大妹你别整天做婆婆妈妈的事，像个大嫂子似的。你才十六岁，怕以后没活做？嘿，依我说，你该耍就耍，该轻松就轻松，别老愁眉苦脸的。你要有空，也去我家耍耍，咱们几个人一块跳舞。"

大妹沉默了。大妹红润的苹果脸上，那双眸子如两泓秋水，飘过几道涟漪之后，整个儿被眼睑罩住了。大妹既不点头也不摇头，她"嚓嚓"继续搓洗衣服。接着又漂洗衣服，漂得溪水哗哗作响……

十二

日头落山的时候，吴钦文家里收到了两封信。

第一封是珍珠写来的，是珍珠那天走后的第一封来信。信不长，只有一页信纸。信上说："看到奴仔六个都长大了，艮（很）高兴。我流（留）下的钱，给奴仔胶（铰）了三（衫）裤没有？很想念。"信最后说："我还是想回去的，你打我马（骂）我都宁（行），只要不巴（把）我干（赶）出家门。且（但）现在还不能回，我白（怕）那十（杂）种会戈（找）麻环（烦）……

吴钦文黑着脸看完第一封信，鼓着腮帮把信揉成一团，扔到了地板上。他开始看第二封信。

第二封是吴钦武写来的，是他跟吴初发外出做工之后写回家的第一封信。信极简短："我艮（跟）初发兄出来，一切都好，此（比）在家里好得多，匆（勿）念。"末了便无话，这封信便算完了。吴钦文拧着眉，拧得眼珠子一转一转。从头到尾又把信看一遍，他那粗糙的眉又拧，又一转一转。他觉得这信不该这样就算完了，可这信却偏偏就这么算完了。他把信翻了个底，背面竟一片空白。再撑开信封口，信封里也只有空气。吴钦文索性把信往桌上一扔，脸霎时阴沉下来。吴钦武长了四十岁，还从来未离开过家。吴钦文想，钦武这一下从小小的寨仔山到了遍地高楼、遍地车声歌声的深圳，不详细说说那里的情况，至少也该问一句家里的情况呵！莫非钦武这么一走便把这个家忘了？更令他不悦的是，钦武咋呢一点也无提到赚钱的事，更无提及要寄钱回来。钦武离家时不是不知道家里无钱，初发说钦武这一去除食外，每月净赚两百元的呀！莫非钦武想把钱攒着，过年返家时一块带回？这么一想，吴钦文的心便稍稍平静下来。吃完晚饭，吴钦文抹了抹嘴，不让奴仔们离开饭桌。

吴钦文说：

"你们都听着！明日起我要去东园油漆，白天做事夜里返来。我不在家，你们都要老老实实呆着，不许吵架，更不许打架，听见无？"吴钦文双目如探照灯，亮灼灼把六个奴仔扫视了一遍。

大妹二妹三妹四妹五妹和宝仔都点了点头。

吴钦文又说："大妹眼下不读书，这个家就算交给你了。你要多干活，要把这个家照看好。"

大妹望了眼爹，点了点头。

吴钦文又说："二妹三妹和宝仔读书，放了学要准时返来，帮大姐干活，听见无？"

二妹三妹和宝仔点了点头。

吴钦文又转向四妹五妹，说："四妹五妹，你俩人呆在家里，不许跑远，不许吵架打架，要听你大姐的话，听见无？"

四妹五妹都说："听见了。"

第二天天蒙蒙亮，吴钦文便下得床来，洗了把脸，喝了两碗粥。粥是大妹做的。自打大妹没考上高中，便担当起娘在家时的角色，担水做饭洗衣，这一切用不着爹督促，她都自然而然地承担起来了。

吴钦文喝完粥，推起一架破旧的自行车，车架上夹一个工具箱，便准备出门。临走时，他又再三嘱咐大妹什么，然后才骑车奔东园而去。这是自珍珠出走三年多以来，吴钦文第一次出远门油漆。东园是本县的另一个镇，离寨仔山村十几里路。但那路是小路，还有山道，骑车要一两个小时。

中午吴钦文没有返家，干活时他一般都在主人家吃饭。吴钦文家里却偏偏掀起了风浪：几个奴仔都吵架了，最终还打架。

事情是由中午吃饭分肉时引起的。

吴钦文知道自己要出门油漆，能沾油荤，心想别让自己的六个奴仔老是吃素，昨天便抠了抠钱包揍足四元钱买了一斤多猪肉。吃饭时大妹把炒好的青菜分开了，每人一碟，每人又分了一片肉。家里以前吃肉时，也是分着吃的，但由于是爹或娘分，肉片的大小虽分得也不可能绝对平等，奴仔之间谁有意见，也都认了，谁也不敢吱声。可这一次是大妹分，尽管大妹事先也考虑周到，故意给自己分了一片明显小得许多的肉，希望做出表率以求安抚弟妹，但争端还是不可避免。

首先是三妹提出异议，说宝仔分得的那片肉最大，四妹和五妹分得的那片肉也大，自己分得的肉片比他们几个都小。三妹噘着嘴，抱怨大姐分得不公平。

大妹不肯承认。大妹一生气批评三妹："你神经呵，肉是每人一片，大能大到哪里去？再说我总不能分肉时拿厘秤来称吧？"嘴这么说，大妹凭目测却还是知道三妹的异议不是一点道理没有。但大妹不肯承认，再说爹或娘在家分吃的东西总是大的比小的分得稍少，男的比女的稍多。这不成文的规则大妹竟不知怎么的也继承下来，并已不由自主地运用到自己的行动之中。

三妹不肯接受大姐批评。三妹说："大姐你也不想想，你跟我一样是个女的，可你却偏心——重男轻女！"

大妹一下愣了。她没想到三妹刚上四年级，咋呢也懂得"重男轻女"这句话。大妹还没有做出任何反应，又听得三妹说：

"大姐你要不承认宝仔的肉片比我的大，那我就跟宝仔换！"三妹说完，便要去端宝仔的碟子。宝仔却伸出双臂，死死将自己的碟子护住。

大妹一急，拦住三妹说："三妹你咋呢这么不懂事？你比宝仔大，你理该让着他点。"

三妹说："你承认宝仔那片肉比我的大啦？"

大妹说："就算是吧，你不该让着他点？"

"你要早这么说，我也就认了。"三妹说着，虽仍满脸不高兴，但已拿起筷子，准备吃饭。

四妹五妹却一下闹开了。四妹和五妹都指着宝仔，冲大姐嚷："那他是哥哥，比我们大，肉咋呢分得比我们大？"四妹说着，还伸手要去抢宝仔的碟子。

宝仔一生气，挥着筷子狠敲四妹脑壳。四妹哪咽得下这口气？宝仔的手尚未收回，她便一拳打将过去。宝仔手里的筷子"哐啷"一下落到地上。

宝仔在家里一向受宠，他又哪里见过这种场面？宝仔被激怒了，他像一头愤怒的狮子站起来猛扑过去，冲四妹就是一阵劈头盖脑的拳头，打得四妹哇哇直哭。

没等大妹上去阻拦，早已憋着一肚子气的三妹此时已是路见不平。三妹不由分说地扑上前去，挥着拳不断击宝仔背脊。

宝仔被击得嗷嗷直叫，他一下子转过身来，一脚踢中三妹肚子，三妹捂着肚子哇地一下瘫在地上呼天抢地。

大妹二妹这时忙冲上前劝架，死死地拉住宝仔。但宝仔已用不着拉了。宝仔见自己已获胜，便已收起拳脚，不再追打。

三妹和四妹的哭声如电闪雷鸣，不断撞击吴家的屋子，也撞击着大妹的心房。大妹原本那红润的脸霎时也黑了下来。但她还是不得不去劝三妹和四妹，劝她俩别哭，劝她俩吃饭。三妹四妹却都置若罔闻，依旧欢快地哭，且越哭越起劲。

大妹索性鼓起脖子，冲三妹四妹嚷："你俩都别哭了好不好？你们要都说肉片分得不公平，干脆抓阄，谁抓到哪碟算哪碟！"大妹这么一说，三妹四妹竟收住了哭声，半信半疑地用泪眼望着大姐。

大妹于是扭转身，打算去拿纸写阄。忽然却一眼瞥见宝仔此刻已猴一样扑到桌前，抓过自己分到的那片肉狠狠地咬下了一口，然后把剩下的一半放回到碟子上。

大妹二妹三妹四妹和五妹都鼓着眼珠瞪宝仔，眼珠里有惊诧、愤怒和抱怨。

宝仔则鼓着腮帮一扭一扭地嚼着肉，嚼得极美极香，好一派悠然自得。

三妹四妹于是哇地一声又哭起来，屋子里重新陷入喧哗和混乱。

大妹先是愤怒和无可奈何地瞪宝仔。听耳边又起哭声，急得眼眶都红了，大妹一跺脚嚷——

"烦死啦！我让你们哭，今晚咱爹返来，看我不跟他说，一个一个说，说你们都胡搅蛮缠，这个家我无法管！"

石破天惊！屋里霎时静下来。三妹四妹突然止住哭声，只是一个劲抽噎。但那声音都像熄了火的拖拉机，气喘吁吁、一声声缓慢下来。就连大妹自己都倍觉意外、惊奇，她想早知如此，就该早点搬出爹来。其实，他们姐弟六个人都是怕爹的，可刚才大妹怎么也没想到要打爹的招牌来收拾眼前这局面。现在，这局面渐渐平静下来，大妹心虽烦，却多多少少在趋于平静……

天黑下来时，吴钦文风风火火回到了家。

吴钦文一进家门便问大妹:"咋样,今日我不在家,发生乜事无?"

大妹望着爹平静地说:"无。"大妹提一桶猪食,正要到门外的猪圈饲猪。

吴钦文又问:"弟妹都听话无?"

大妹愣了一会儿,又点了点头:"都听。"末了,大妹便去饲猪。

吴钦文于是走进大厅,问正在洗碗的二妹,又问正在扫地的三妹,最后还问正在看电视的四妹五妹和宝仔:"家里出乜事无?"

大家都说:"无。"

吴钦文那颗悬着的心于是放了下来。他也坐到大厅的一只椅子上,一边看电视一边点燃一支红双喜。红双喜是今天干活时主人给的。要不然,吴钦文平时抽的都是自卷的喇叭烟。吴钦文每年都在屋前屋后种些烟叶,收成的烟叶切成丝,晒干,够他们兄弟俩抽的。

因为有电视,吴钦文便无注意到六个奴仔沉默寡言的表情。这一夜,吴家在平静中度过。

十三

日头刚从东边吐出来一点亮光时,吴钦文又推着他那辆破旧的自行车走出家门,他要去东园油漆。早饭他不吃。干活期间,三餐都由主人包了。

出门前,吴钦文又对刚起床的大妹嘱咐了几句什么。大妹没有张嘴,只是一个劲点头。

吴钦文一走,大妹又忙开了。她开始进厨房淘米煮粥。家里的炉灶烧的是稻草,所以火一点燃,大妹便必须守在灶前,不住地往灶里添草。

煮完粥,大妹接着往锅里倒米汤和番薯叶,给猪煮猪食。煮熟了,大妹这才分头去叫弟妹们起床,直到弟妹们都睡眼惺忪地爬下床来,大妹才放心地去厨房舀猪食并装进一只矮脚木桶,拎起木桶到门外饲猪饲鸡。

吃完早饭,二妹三妹和宝仔都分头上学去了。大妹开始洗碗扫地,然后嘱四妹看管好五妹,并把她俩反锁在大厅里,自己才去家门前的小溪洗全家人换下的衫裤。

大妹洗完衫裤,返回家晾完衫裤,大厅的挂钟上的时针已指向上午十点。她回到屋子,随手拿起一本旧得发黄的《黄金时代》杂志(这本杂志还是在学校读书时邱教师送给她的),想再一次翻看,却感觉到累,四肢发酸,腰也上下无力地支不起来。再说这本杂志大妹都说不清自己已翻过多少遍了。大妹想看新的杂志，还想看小说什么的，可她没钱买。

　　大妹一下躺倒在自己的床上，想歇息一会儿。这一躺，脑子却烦闷起来，总想着这些天缠绕着她的问题：难道这辈子自己已别无出路？现在是日复一日地做家务活，过几年嫁出去，还将是日复一日地做家务活？可不做又能咋样？……这么一想，大妹又一次害怕起来。那心情如同面对一个黑暗而漫长的地下水道，人家让你进去，你也只能进去，还必须一走到底。

　　大妹索性爬起来，她不敢再躺着，她想强迫自己停止思索，不去想那本来就无法改变的现实。

　　她索性走到大厅上。

　　四妹和五妹正在看电视，看得兴致勃发，还不时发出阵阵笑声。大妹猛一瞧，发现电视上有一男一女正一边说一边扭腰摆脚仓——这大概就是四狗说的华尔兹、迪斯科吧？大妹这么一想，便感到新奇。自打那天四狗说电视在教这种舞，大妹并未把此放在心上，也从未想起要打开电视去看看。此刻，大妹才满脸惊奇地看着电视上这一男一女的奇怪动作。

　　大妹忽然间冒出一个奇异的愿望。她站在四妹和五妹身后，手脚不由自主地跃跃欲试。她感觉到新鲜，她想学电视上那一男一女的动作，却又怕四妹和五妹看见。

　　大妹忽然走上前对四妹五妹说："你俩在这里看电视，可不许乱跑，我出去一下，一会儿就返来。"言毕，大妹走出门，把四妹五妹反锁在大厅里，匆匆朝四狗家走去。大妹想放松放松，她想去看四狗是否在屋里跳舞。

　　大妹敲门而进，开门的是四狗，六弟、五牛、七猪和四花竟也在场，他们几个果真正在跳舞。

　　四狗喜笑颜开地对大妹说："你来了好，我们正发愁女的太少呢！"言毕，四狗便拉着大妹的手，说要跟大妹跳华尔兹。

　　大妹脸倏地红了，还挣脱四狗，连连摆手。大妹说："我只想看看，我不会跳。"

　　众人立刻围上来："嘿嘿，来了哪能不跳呢？不会跳我们教你！"五牛说着，又上来拉大妹的手。

　　大妹一甩手，又一次挣脱了。大妹红着脸连连摆手："我……我真的不能跳，我只是想看看，我心里烦！"

　　四狗叼着一根万宝路，站在一旁吞云吐雾。他见大妹满脸难色，便解围说:"算了算了,大妹心烦,就先别难为她啦。喂——咱们改跳迪斯科!"言毕,四狗大步走到桌前,把烟狠狠一掐,又朝落地音响一关一换一按,强节奏的音乐霎时冲天而起,如潮似浪地撞击大妹的耳膜,大妹只感到自己的心也七上八落地跟着音乐狂跳起来。

大妹亮闪闪的眸子很快被一派缭乱的疯狂占领了。四狗、六弟、五牛、七猪和四花此刻在大厅里疯狂跳着。他们的臂左抓右挠,腰一伸一扭,脚仓一蹶一挺。大妹感觉他们的舞姿既丑陋又滑稽,她忍俊不禁,"咯咯咯"地笑起来,笑得前仰后合。四狗见大妹乐了,便扭到大妹身边,一只手顺势把她拉了起来,边拉边说:"你也试试吧,这舞可解愁了。据说这舞就是专门为解愁设计的。这舞一跳,什么烦恼都跑得无影无踪!"

听四狗这么一说,大妹还是半信半疑。但大妹这回没有推辞,她站起身来,边看边迈动脚步、扭动腰肢,她想试试看自己能不能跳,试试看这舞是否真的能消除烦恼。大妹刚挪动脚步,忽听身后"咣啷"一声,大门意外被推开了——

"好哇!你们竟敢在此跳这种不三不四的舞?"

进来的是村长,一个五十开外、黝黑干瘦的老头。村长此刻睁着他那双小而幽深的眼睛,干瘦的脸端出一派威严。

强烈的音乐戛然而止。

四狗惊叫起来:"嘿!村长,你——你咋呢门都不敲就闯进来啦?"

村长虎着脸道:"我是村长,我进哪家还用得着敲门呀?!"

"那……你请坐。"四狗忙给村长递烟。

村长喝道:"少来这一套!我问你,你们几个咋呢在这里跳不三不四的舞?"

"哎呀村长,这舞可是电视上教的呀!"四狗说。六弟、五牛、七猪也随声附和,大妹和四花此时则已溜出门外。

"电视还有黄色的呢!禾埔姿娘混在一起扭腰摆脚仓,能有乜好事?"

四狗不吱声了,但满脸不悦。六弟、五牛和七猪也满脸不悦。

村长说:"可不许再跳了!再跳,我罚你们款,听见无?"

四狗嘟着嘴说:"听见了。"

村长说:"听见就好。"说完,村长反剪着双手走出大门,到别处转悠去了。

村长刚一出门，四狗、六弟、五牛和七猪追出门外，纷纷向村长啐唾沫。

这时，四花和大妹又溜进四狗家的大门。几个人重又聚到一起，对村长好一阵骂。不过，大妹没骂村长，她只是听。

骂了一阵，四狗叹息："连舞都不让跳，真该早点离开这鬼地方！"

四花说："咱能上哪块去呵？"

"深圳、广州、珠海，哪块都能去！"

四花说："上那块能做乜事？"

四狗说："做工，跑买卖，跑运输，哪样不能？"

大妹问："想做就能做吗？出去，也得先有熟人呀！"

四狗说："熟人有得是，都是我爹的朋友，他们都来过我家。"

大妹、四花、六弟、五牛和七猪此时都兴奋地望着四狗，直听得心里直痒痒。

十四

日头落山了。老天爷此刻像一个调皮的顽童，挥着蘸满墨水的巨笔把天和地涂抹得一片漆黑。

吴钦文铁青的脸此刻却比天还黑。他刚从东园油漆回来，一踏进家门便吼声如雷——

"大妹呵，你今日做乜勾当去了？"

大妹此时刚收拾完家务，正跟弟妹们坐在厅里看电视。

大妹使劲眨眼，仰起头道："我……无做乜事呀！？"

二妹三妹四妹五妹和宝仔也惊恐地望着爹。

吴钦文鼓着眼嚷："哼！你还装糊涂？我问你，你今日上四狗家做乜事？！"

大妹那苹果脸刷地一下红了。一会儿，她还是争辩道："我上四狗家，正赶上他们在跳舞，就看了一会儿。我……我可无跳，我也不会跳！"

"不会跳，不会跳你上四狗家去死呀？"

大妹语塞。大妹低下头嘟哝道："我只是……只是想解解闷！"

"哼——解闷，有你这么解闷的呐！你知道人家村长是咋说的？说你们禾埔姿娘在四狗家鬼混！我说大妹呵，你娘撕了我的脸皮，你咋也想撕我脸皮哇？你不守在家里好好照看妹妹，却上别块招惹是非，你……你到底还认不认我这个爹啦？！"吴钦文挥臂跺脚，他那张本已铁青的脸此刻像一颗一触即发的炸弹。

大妹沉默了。大妹不再张嘴。但她咬着唇，头耷得很低，且脸红如血。

吴钦文继续道："大妹呵，你咋不想想，你不小了，这个家我可是交给你啦！可你却到外面给我丢脸，你不觉得害臊吗？从今以后，可不许再上四狗家，不许到外面惹是生非。要是还让别人说三道四，你……你可别怪我无情！"吴钦文气喘如牛，吼声如雷。

二妹三妹四妹五妹和宝仔呆呆地望着爹。

大妹的心霎时如坠深渊。她下意识地闭上眼睛，感觉天地一片黑暗。她不由倒抽了一口凉气，一会儿便走进房间去了。

吴钦文也没再发怒。他狠狠地瞪一眼大妹背影，又把二妹三妹四妹五妹和宝仔的目光扫回到电视上，便径自进厨房洗漱。

第二天一早，吴钦文又要去东园油漆。

临走前，大妹堵住爹，支支吾吾地说："爹，给……给我两元钱。"

吴钦文皱着眉盯大妹："咋呢，盐、豉油上日不是刚买吗？"

大妹一咬唇，耷下头来："我不是买这些，我是买卫生纸，我……我……"大妹那张苹果脸霎时红得像熟透的番茄，双手艰难地捂着自己下身。

吴钦文心一颤，猛然意识到大妹一定是来了月经。大妹都十六岁了，早该来月经了吧，可大妹这是第一次找爹要钱买卫生纸，要是珍珠在家，此类事可怎么也挨不着当爹的。眼下，吴钦文心一酸，好一阵内疚，他赶紧掏出两元钱递给女儿，嗔怪道：

"嗨！你……你咋呢不早说呵！你以前咋……咋呢处理的？"话一出口，吴钦文急得直跺脚，他使劲骂自己。

大妹接过钱，嘟哝道："我……以前都用破布。"说完，转身欲走。

吴钦文却喊住她："你把钱给二妹，让她替你去买。"末了，还不放心，他又进屋叫刚起床的二妹，吩咐她赶紧去商店替大姐买卫生纸。待二妹走了，他才匆匆出门。

望着爹和二妹的背影，大妹自己既羞愧又难过。十五岁开始，有一天她惊恐地发现自己下身出血，且每月一次。后来她怕了，跑去问凤娇婶，才知道那叫月经。但凤娇婶并未教她该咋呢处置。大妹自己一直用两块破布交替垫着。前几天看电视上的"卫生与健康"节目，大妹才知道要用卫生纸的。她真不愿找爹要钱买卫生纸，她觉得不好开口，可她不开口又能去向谁要钱呢？她整十六岁了，自己却身无分文。

二妹很快回来了，她给大姐买来了卫生纸。二妹惊奇地问大姐："姐，你买这东西做乜事？"

大妹急切地夺过卫生纸，嗔怪地骂："去去去，勿乜事都问，用不了多久你就知道啦！"

二妹眨了眨眼，望了大姐好久。她真的不明白大姐究竟是咋么了。

大妹急切上厕寮去了。她退去又脏又腥的血布，照电视上说的办法把卫生纸叠成长条，换上去，感觉舒适多了。她想要有钱买卫生巾垫上去，那该是多么舒适！可她不敢向爹要钱买卫生巾，她只能用卫生纸，她想自己是乡下人，能用卫生纸就算不错了。

吃完早饭，二妹三妹和宝仔上学去了。

大妹做完家务活，心空荡荡的。她想看书，却无书可看。想看电视，心却烦，看不进去。她想再去四狗家，同四狗、四花、六弟、五牛和七猪一起说说话，或者看他们跳舞，这念头却像闪电，一晃便过去了。随之而来的是一阵震惊，眼前出现父亲那张铁青的、炸弹一样的脸。她害怕了，她强迫自己不再去想那非分的事。再说自己正来月经，她感觉累。

四妹五妹这回找不到好看的电视节目，到门外玩耍去了。

大妹眼下唯一的选择，便是将浸好的麻皮捞出来，坐到门槛上破麻织丝。麻皮是爹昨夜里浸的，早上爹出门前对大妹说："从今日起你可破些麻丝织些麻布，免得无事可做。"

大妹听后心乱如麻，她知道爹是一心不让自己闲着，不让自己往外跑。织麻布是潮汕地区农村姿娘人的传统工艺，麻布除了披麻戴孝、磨薯漂粉，没更多用处。因此，近年越来越没有人愿意种黄麻，越来越少人去织麻布了，眼下姿娘人绣花的都不多，大都也到外面做小买卖或到工厂做临时工去了。大妹既不会绣花（娘在家时还来不及教她），又不可能离家去做工跑买卖，她只好织麻布打发日子。

大妹正坐在家门槛上，边破着麻丝边照看门外玩耍的四妹五妹，四狗来了，四狗见大妹便问：

"喂，你咋呢不上我家去啦，我还等你呢！"

大妹望了一眼四狗，说："我不能去了。"

"咋呢，你爹骂你啦？"

大妹一咬唇，点了点头。

"嘿，你并无跳舞呵！村长那杂种，昨日去我家后咋呢狗一样地到处狂吠，不知还咋么说俺呢！"四狗愤愤说。

大妹皱了皱眉，问："咋呢，你娘也骂你？"

"哼，我娘不能把我咋样！可你、四花、六弟、五牛和七猪一个个不但在家里挨了骂，连我家也不敢去了。四花、五牛和七猪在家还挨了打呢，他们的父母还找我娘告状，说是我勾引他们，带头胡闹！说来说去，都是村长那杂种没良心，这么点屁事吹得天一样大，拿唾沫淹人。我恨不得扒他皮撕他肉！"四狗咬牙切齿。

大妹一惊，嘶地一声制止他："你小声点！"言毕，大妹站起来，慌慌地朝门外东张西望。

四狗一声冷笑："哼！怕乜事，村长那杂种惹了我，我就那么便宜他啦？！"

"你勿逞能，你能把他咋样？"大妹白四狗一眼。

四狗说："哼，我不能把他咋样？"

大妹说："咋呢说他也是村长，村长不仅管着你，还管着你爹娘呢！"

"呸！管我娘倒是，可他管不着我爹！我爹一返家，他总嘻皮笑脸主动上我家来呢！"四狗一副得意相。

大妹眼一斜，不以为然："哼，可他却管着你！"

四狗说："是。可我也不想让他管了！"

"咋呢，你真想出去？"大妹睁大眼睛。

四狗得意地笑："那当然，眼下这社会，笨蛋才守在家里！"

大妹一怔，感觉像被谁推了一下。她皱着眉，不满地瞪一眼四狗。猛然，又慌慌地埋下头来，飞快地破着麻皮。一会儿，她红着脸问：

"你要出去，不告诉我一声啦？"

"咋呢，你也想出去？"

"我不出去，你就不告诉我啦？"

四狗一乐，连连点头："当然告诉当然告诉！嘿嘿，你要是不讨厌我，我……我还想给你写信哩！"四狗说着，嘻嘻地搓着手。

大妹瞟一眼四狗，没吱声，依旧飞快破麻。说实话，大妹觉着自己一直有些瞧不起四狗，因为在学校里，四狗从不用功，还恶作剧。四狗的成绩远远比不上大妹。但近些日子，大妹渐渐羡慕起四狗来。她觉着四狗虽不读书，却像一头不被驯服的野牛那样自由自在、敢作敢为。与四狗相比，大妹觉着自己是一只被关在笼里的鸡，走走不动，飞飞不起来。这么一想，大妹感觉心头酸溜溜的，眼眶也热乎乎，很快要掉出泪来。但她一咬唇，忍住了。

四狗望着大妹，忽然说："大妹，你要想出去，也可以出去呀！"

大妹皱着眉，抬头望他："我要出去，能做乜事？"

"嘿，乜事不能做？进服装厂、手袋厂、电子厂，还可以卖烟卖菜卖水果呢！"四狗眉飞色舞、手舞足蹈。

大妹听得津津有味。听完了，却收敛笑容："哼，你想当然吧！你咋呢知道这么多门路？"

四狗鼓着肥胖的脸说："都是我爹他们说的，我骗你咋呢？你要真想出去，我……我帮你联系联系！"

"真的？"大妹双眸放亮。

"我保证！"四狗拍着胸脯。

大妹望着四狗，双眸却忽然暗了下来："我走不开，我爹不会让我走。"说着，大妹低下头，继续破着麻皮，动作却明显缓慢下来。

四狗说："让你爹放你娘回来，不就行了？"

大妹抿着唇不住摇头，忽然说："你……你走吧，免得我爹知道了，又骂我。"

四狗猛一怔，忽而恨恨骂："都怪村长那杂种，唉……"他望了望四周，回头对大妹说："那我走了。"说完，便真的走了，只留下一个背影。一会儿，背影也消失了。

大妹望着四狗那消失的背影，心头又莫名其妙升起一丝酸楚和惆怅。

四妹领着五妹此刻正在大妹的眼皮底下数着蚂蚁。她俩一边数一边用手或脚把蚂蚁碾成肉酱，然后便咯咯咯发出极开心的笑声。

十五

入秋的时候，村长那长得正旺的番薯藤让人用刀铲断了一大片。

那天下午，村长叼着烟斗从村口转悠到自己的责任田，见到自家那番薯秧蔫蔫地被铲断了一大片，气得眼珠子差点没迸出来，零乱的山羊胡也一颤一颤，那黝黑干瘦的脸也歪了。村长杀猪般大吼一声，像扑祖坟一样失声扑到自家的番薯垄上，连珠炮般骂了一串串不堪入耳的脏话，然后便愣。再然后便然后腾地雷霆般陡地而起，一串重重的急步踩得地面咚咚作响瑟瑟发抖。

村长气急败坏地奔村里而去。

村长刚进村口便与四狗的母亲巧娇撞了个满怀。那时候，巧娇手拎一只刚退了毛的鸡和一把刀，看样子是要到小溪边给鸡开腹退膛。

村长一见巧娇便气急败坏嚷："你……你养的那个杂种四狗在哪块？杂种四狗把我家的番薯藤放断了根！"

巧娇是个身材窈窕、眉清目秀的中年女人，巧娇一听村长的责问便不住扑闪她那双清秀的眼睛，慌慌地问："村长你……你说乜事？"

村长一跺脚吼声如雷："乜事？你那杂种四狗狼心狗肺，把我家的番薯藤全放断了！"

"哟——不……不会吧？"巧娇霎时满脸煞白，睁眼张嘴愣了半天，手里的鸡和刀差点没掉到地上，巧娇好久没遭受村长这种叱咤了。"割资本主义尾巴"那阵，吴初发被划为"暴发户"，吴初发和妻子巧娇便时常遭受村长的这种叱咤。

村长听巧娇这么一说，又白又红的眼珠差点没从眼窝滚落下来："咋呢呀？你想为你那杂种儿子辩护？你要不要去我家番薯园看看？要不就直接去问你那杂种儿子！"村长理直气壮，话如喷泉痛快淋漓。自打吴初发重操旧业当包工头发了财，村长的心就像长了毛毛虫极不舒服，可又找不到茬儿训训吴初发一家。令他气恼的是，上头还瞎嚷嚷什么致富光荣——呸！村长觉着上头的政策咋就像六月的天说风就风说雨就雨，他横竖想不明白。他想真要致富也该是我堂堂正正的村长，而不该他只不过是要点儿泥瓦活的吴初发呀！

巧娇见村长又气又急，眼珠子都红了，脖子也都直了，便深信村长不会是无中生有，更何况自家四狗经常是在外面惹是生非的。巧娇于是又气以急，她随口骂了声"这讨债鬼"，然后，一转身急急往回走，村长在她后头急急跟着。

巧娇领着村长来到四狗住的那座"下双虎"新厝，推门而进，满耳音乐扑面而来。四狗一个人正在屋子里扭腰撅腚、自娱自乐。

巧娇一进屋便破口大骂儿子："你这讨债鬼呀，都是你干的好事！你还有脸在这里疯呀？"说着，她气咻咻把鸡和刀撂在地上。

热烈的音乐戛然而止。四狗关闭音响，回过头瞪出眼珠："咋呢？你说咋呢？"他一抬眼瞥见满脸怒气的村长，眉不由自主地颤了颤，眼也慌了一下，却稍纵即逝。此刻，他异常镇定地盯着村长。

村长如一阵飓风气冲霄汉："哼，你还想装聋作哑呵？你这烂仔狼心狗肺，把我家的番薯秧放断了一大片，你还想赖账呀！？"

巧娇也大骂儿子："你这讨债鬼你闯这么大的祸你叫我咋呢做人呀！"巧娇跺脚扇腿、忍无可忍。巧娇一向管不住儿子，拿儿子无可奈何。

四狗皱着眉，满不在乎地望了一眼娘，然后冲村长道："你……你凭乜个说我放断你家的番薯藤？！"四狗毫不畏惧地盯村长。四狗以前还是有点怕村长的，但不知咋的现在他感觉自己不怕村长。

"你这烂仔胆大包天啦！不是你是谁？我想了半天，横竖想不出第二个人来！"村长眼珠子直暴、唾沫星子横飞。

四狗却反唇相讥："你勿瞎狗乱咬好人，你凭乜个说是我？！"

"那天你们禾埔姿娘混在这里跳不三不四的舞，我说你你不高兴，你还不是想报复？除了你，量别人也不敢碰我村长一根汗毛！"

巧娇那清秀的眼睛此刻在儿子和村长之间来回睃巡，她又气又急，却无法插话。

四狗说："村长你可别血口喷人！你说是我干的，你有乜证据？！"

"证据？好说！你要是不承认，我告到乡政府和镇派出所去。"

四狗冷笑一声："哼！有本事你去告呵？告诉你，乡长和书记都是我爹的朋友，镇派出所所长前几天刚在我家吃过饭。你要是找不出证据来，我……我反过来告你个诬陷罪！"

石破天惊！四狗的这番话，一下把村长噎住了。村长怔了半天，混浊的眼珠子翻了又翻，稀疏的山羊胡颤了又颤，竟说不出话来。村长像一头斗气的牛涨红着脸，用那充满血丝的眼珠死盯眼前这位比自己小了整整三轮岁的村民四狗，好半天才憋出这么一句——

"那……那我上县里告你，告你们全家！"

四狗却仍冷笑："行呵，有本事你尽管去告！"

村长无限愤怒地瞪四狗，又瞪四狗的母亲巧娇，没再吱声。村长扭曲着他那张黝黑干瘦的脸，无限痛苦地转别处去了。

村长的身后，四狗那胖乎乎的脸得意地笑着。四狗的母亲巧娇一时却惊诧得不知所措。

村长气咻咻地走着。此刻他感觉自己的喉咙像卡了一团痰，吞吞不下、吐吐不出，憋得他脖粗脸红，又闷又恨。四狗那副无法无天的脸相此刻像一只令人讨厌的绿头苍蝇一样在村长的眼前张牙舞爪，捣捣不着，赶赶不走。一想起四狗和他那杂种父亲吴初发，村长就恨得牙痒痒。吴初发发迹之后，村长虽不服气，却还是不得不主动接近他。村长希望吴初发能把自己四个儿子中的至少一个带到外面去跟着发财，可吴初发既不说行，也不说不行。吴初发每次总是叼着烟，乜斜着眼神气活现地说："看情况吧，有机会哪能忘了村长你呵？"话题便到此为止。吴初发显然对文革遭受的批斗耿耿于怀，借机报复村长。要说，村长毕竟是一村之长，吴初发是村长管辖下的村民。可吴初发这个村民因为是全村首富便成了特殊村民，乡长、乡党委书记乃至镇里的许多头头脑脑便都自然而然地成了他吴初发家里的常客。村长的那些上司时常来了之后只奔吴初发家而根本不去理村长，村长似乎都被他们遗忘了，除非上头又要下达什么指示或者又要向村民增收什么税款，否则是不会来找他这位村长的。村长于是与吴初发日益势不两立，当然主要是内心上与吴初发势不两立，表面上他与吴初发还是客客气气的。但村长却时时刻刻想找吴初发的茬儿。这回村长找到一点茬儿了，还不是真找、只不过是因为看不惯那些不三不四的舞而说了说那个在村长看来乳臭未干的四狗，没想反倒碰了一鼻子灰！

村长里里外外浑身上下火辣辣气咻咻地在村里的巷子走着，一抬眼却瞥见了六弟的家门，六弟的母亲此刻正在打扫自己的家门。村长眼一亮，那憋在心里的火气像忽然间找到了出口一样腾腾地往上蹿，他想自己的番薯藤遭了殃说到底是四狗、六弟、五牛、七猪、四花和大妹跳舞引起的，自己堂堂一村之长，难道就没有办法了？

村长于是气咻咻蹿上前去，冲六弟的母亲嚷："喂，叫你家那杂种六弟出来！"

六弟的母亲被吓了一跳，她见是村长，脸机械地笑："是村长您哪，有事么？"

"少废话，叫你家杂种六弟出来！"村长板着脸说。

"六弟？他……他不知上哪块去了，我……我这就去叫。"六弟的母亲慌慌地说，便要去找六弟。

村长却忽然喝住她："算啦，你甭去找！跟你直说吧，你家杂种六弟跟五牛、七猪、四花和大妹在四狗家跳不三不四的舞，不服我管，几个人合伙把我家番薯藤放断了，每人罚款五十元，你拿钱来吧！"

六弟的母亲一下傻了。

六弟却不知从什么地方冒了出来，哭丧着脸说："村长呵我……我可无去过你的番薯田，我……我岂敢做这种伤天害理的事呀！"六弟被吓丢了魂，脸煞白煞白，眼眶已涌出泪水。

村长喝道："少废话，五十元罚定了，无让派出所来抓人就算便宜了你们！"

六弟的母亲哭丧着脸："村长您行行好吧，我家六弟哪敢做这种伤天害理的事呐？再说罚五十元也太多了吧？我……我上哪块去找五十元呐？！"

村长眼珠一翻，喝道："再说我罚你一百元！我限你们明天把五十元缴到我手里，一分也不能少，不然我让派出所抓人！"

六弟的母亲霎时像被抽去了筋骨，差点瘫倒在地。六弟惊恐万分地搀住了母亲。

村长冷冷地瞟他们一眼，转别处去了。村长又先后找到了五牛、七猪和四花的家，以同样的方式下达了罚款的指令。村长的指令对上述这些普通村民来说就像天外飞来的横祸，你想躲也躲不了。

村长来到大妹家罚款的时候已是黄昏，那时候吴钦文刚刚从东园油漆归来，吴钦文一听村长要来罚款，本就粗糙的脸霎时黑得像口锅。他一下喝住正在洗锅的大女儿：

"大妹呵，看你闯下的祸！你说清楚咋么回事？"

大妹那红润的苹果脸大惊失色："村长你可别冤枉好人，你看我能做出那种伤天害理的事吗？"

村长一扭脸吼："我不管那么多！反正这事是由你们跳不三不四的舞引起的，我不罚你们罚谁？"

大妹气煞了脸："凭什么说是我，你有证据吗？何况跳舞的事跟我无关，我只是看。"

大妹的父亲吴钦文也耐着性子争辩："村长呵，俗话说鬼有鬼道贼有贼相，我家大妹还是个姿娘仔，长着个蚊子胆，说上天她也不会去放断你家的番薯藤呐！"

"说上天这款我罚定了！"村长吼道，"你嫌我罚你罚少了是不是？你女儿好人呵？他们禾埔姿娘一块鬼混扰乱社会治安，你不想挨罚我就让镇派出所抓人！"

吴钦文怔住了。吴钦文一听"派出所"三个字便浑身发怵，似乎患了恐惧症。此刻他心头辣辣地窝着火，却又不敢发泄。

大妹反倒不怕，大妹气咻咻地蹿上前冲村长嚷："村长你勿吓唬人，与我无关的事你抓我也不怕——"大妹还未说完，圆圆的苹果脸却冷不丁"啪"地挨了一巴掌，那巴掌打得她一个趔趄，眼冒金星、满脑子嗡嗡作响。等站稳了，大妹怒不可遏地睁大眼睛，霎时惊呆了——她发现打她的竟是自己的爹！

爹也惊呆了。爹那只举起的掌停在半空，半天收不回来。爹涨红着脸又气又悔："都是你闯的祸，谁让你去四狗家看他跳那死人舞呵！"

大妹捂着脸，艰难地忍住泪，只感到心头一阵苦涩。她鼓着乌溜溜的双眸久久地盯爹，那眼睛透着愤怒、震惊、哀怨与绝望。

村长站在一旁恶狠狠说："我限你们明天把五十元罚款交到我手里！"

十六

夜暗了下来。天边忽然飘来一片乌云，把天和地罩得严严实实。一道骇人的亮光划破夜空，随之而来的是一阵震耳欲聋、惊心动魄的雷声。少顷，破裂的夜空暴雨如注，寨仔山村在狂风暴雨中飘忽摇曳……

该吃饭了，吴钦文和他的奴仔们终于陆陆续续围坐到桌子旁。大妹却没有加入这一行列。大妹挨了爹那一巴掌后，便不见了。吴钦文开始并不介意，小时候大妹挨骂挨打，也都要赌上一阵气，活也不做了，吃饭的时候却还是乖乖地返回到饭桌上。奴仔赌气就得让其挨饿，饿慌了，气便消了。吴钦文养了大大小小六个奴仔，他自然是摸准了奴仔这种脾性的。所以奴仔挨打赌气，吴钦文不怕，也不去理他（她），他总是任其自然，气过了骂过了，一切便也过去了。只是今夜吴钦文打大妹之后，自己多少有些后悔。毕竟，大妹已出了花园（过了十五岁），已成大人了。再说吴钦文自己原本也没想到要打她的，只是那时候自己气不过，便不管三七二十一动手打她了。

屋外依旧电闪雷鸣，雨仍哗哗下着。

吴钦文喝了半碗粥，便把碗撂下了。大妹还没有回来，他放心不下。他起身抓起一顶大竹笠，卷袖挽裤想出门去寻大妹。眼前却一阵骚动，大妹闪进门来了。让人意外的是，大妹竟没让雨淋着，大妹不知从哪块抄了一顶竹笠。

吴钦文那颗悬着的心总算松弛下来，他皱着眉冲女儿嚷："我以为你不返来了呢！"

大妹瞥一眼爹，并不说话。她放下竹笠，一个人进屋去了，半天不见出来。

吴钦文按捺不住，他撂下碗筷进屋冲大妹嚷："喂——你究竟食唔食啦？！"

大妹坐在床沿梳理头发。大妹头也不抬说："我不饿。"

吴钦文一听火了："你赌气要赌到乜时候！要知道你是大姐，你就这么给弟妹做榜样呵？！"

大妹没有抬头，也不吭声。她依旧梳理头发。

吴钦文耐着性子，赌气说："你好马就把这气赌下去，勿来食！"说完，甩手走出里屋，回到饭桌上。

大妹却果真把气赌下去了。她不吃饭，却去洗了个澡，然后返回屋倒头睡觉。

吴钦文皱了皱眉，没去理她。她吆喝二妹三妹四妹五妹和宝仔各行其职，该干活的干活，该洗澡的洗澡。大妹的那份活他自己承担了，他代替大妹去饲猪饲鸡。他是耐着性子去干这一切的，他想大妹的气至多能赌一个晚上，明日天一亮，乜事也都过去了。

第二天一早，吴钦文起得床来，感觉不到厨房的动静，走过去一揭一摸，锅是空的，灶也是凉的，吴钦文心里便又蹿起火来，内心骂着大妹。他想自己这大女儿咋呢一长大就翻天了，那么点气一夜还没消还要赌下去不做饭了，弟妹们不吃饭不耽误上学读书啦？这臭娟仔！吴钦文心里骂着，蹭蹭地快步推开对面房间，连喊带嚷："大妹呵都啥时候了你难道就真的赌气不起来做饭？"吴钦文一急，进门便不管三七二十一掀开蚊帐。他没找着大妹，却一眼瞥见二妹捂着雪白圆滚的胸脯惊畏地往回缩，吴钦文那只揭蚊帐的手烫了火一样猛然缩了回来，还下意识地后退了几步。吴钦文这才意识到自己太莽撞了。大妹是大姿娘了，二妹也已十四岁，很快也该成大姿娘了，自己当父亲咋一点没意识到呢！吴钦文又气又悔地骂着自己，然后清了清嗓子嚷——

"二妹呵，你大姐上哪块去了？"

"我唔知呀！"二妹在蚊帐里说。二妹和三妹在帐子里塞塞窣窣地穿着衣服。

吴钦文一怔，转身冲出里屋，一眼瞥见大门虚掩着，大妹显然已起床了。吴钦文快步打开大门，门外却空无一人。莫非她上厕寮了？吴钦文转到屋后，却发现自家的厕寮门是开的，里面也空无一人。他扯开嗓子叫了几声，屋前屋后都没一点反应。

这时，二妹三妹四妹五妹和宝仔都已睡眼惺忪走出门来，纷纷问爹："大姐觅着未？"

吴钦文拉下脸问二妹三妹："你大姐昨夜跟你们一块睡无？"

二妹三妹都齐声答："是一块睡的呀！"

"她乜时候起来的你们都唔知？"

二妹三妹都使劲摇头："唔……唔知呀。"

"老猪！你们就知道睡呵？"吴钦文吼道。又说："二妹你快去做饭，三妹和宝仔跟我一块去找大姐！"

吴钦文领着三妹和宝仔由近而远一路呼叫着大妹，都一无所获。最终他们找到四狗家，才知道四狗也不见了，四狗的母亲巧娇是在见了吴钦文之后才知道四狗也不见了。巧娇于是急煞了脸，她跟着吴钦文风风火火地接二连三找到了六弟五牛七猪和四花家，六弟五牛七猪和四花竟也不见了，他们的父母也都正四处寻觅。诸父母一碰头，心多少松弛了些，毕竟不只是自己的奴仔失踪，奴仔们在一块还算有个照应吧？他们一致认定大妹四狗六弟五牛七猪和四花是合伙出走了——莫非村长那片番薯秧真是他们合伙放断的？父母们都这么想，却谁也没说出来。只是都一个劲骂自家的奴仔叛宗辱祖，简直是翻天了！大家又气又急，商量的结果是赶紧分头去追：有人去镇汽车站堵，有人继续在村前寨后找，几个人中数吴钦文最急。俗话说，长女能顶娘。大妹这么一走，家里又该砸了，所以，吴钦文自己抢着要去车站追。尽管他内心已完全失望，知道现在追根本就追不上，但本能却催促着他，他认准无论如何都应该去车站看看。

吴钦文又气又急地跑回家推出自行车，回头冲二妹嚷："饭煮熟了督促三妹和宝仔先食，食好赶快去上学，你留着看家。"

二妹涨红着脸争辩："那我不上学啦？现在正期中考试呢！"

吴钦文没好气嚷："考鬼试，你大姐要找不回来，你就甭想再去上学！"言罢，他推起自行车，一偏腿骑上去，疯狂地蹬起来。

二妹噘着嘴追出门外，急得把手中的饭勺狠狠甩到地上。二妹此刻满脸充血，胸脯一起一伏，眼眶噙满泪水……

晌午，吴钦文没精打采回来了，他自然是一无所获。吴钦文回到家门口时，碰上了村长，村长是来找吴钦文收罚款的。

村长幸灾乐祸说："哼，我说的无错吧！你家大女儿都畏罪潜逃了，还能说跟毁我家番薯秧的事无关？咋么样，快缴罚款吧？！"

"缴支屌！"吴钦文怒目圆睁，冲村长吼了一句。

村长眨了眨眼："嘿，别人的罚款都缴上来了，你想抗拒咋的？你要抗拒我可就报派出所抓人！"

"你抓吧，你最好把大妹给我抓回来！"吴钦文瓮声瓮气说。

"哼，我看无那么轻易！人是你怂恿逃跑的，你不缴罚款反倒要我帮你去找人啊？！"村长怒气冲天，像一只红脸公鸡冲吴钦文指手画脚。

吴钦文心一烦，抬手把村长往后推。没想这一推使上了蛮劲，村长一个趔趄，重重地跌坐在地上。村长霎时杀猪般吼叫起来……

十七

吴钦文又一次被执法人员捆到镇派出所，罪名是打村长。

吴钦文却不服。吴钦文一路挣扎大骂村长，说是村长血口喷人激怒他吴钦文，他说自己的大女儿绝不可能参与放断村长番薯藤的事，大女儿出走是因为自己盛怒之下打了她。

执法人员一路上任吴钦文大声叫冤，直到将吴钦文带进审讯室时，为首的一个才说：

"你说的不是没有道理。可你明摆着打人了，而且是打了村长，再咋呢说你也已犯法！"

说话的法官一副威严，让吴钦文没有半点争辩的余地。吴钦文不吱声了，他怔怔地望着法官，终于耷下脑袋。接下来的一切便顺理成章，吴钦文被拘留两天，判罚款一百元，五十元做扰乱治安费，另五十元赔偿给村长。

那天，吴钦文缴完罚款回到家里，看上去整个人像被抽了筋，显得憔悴疲惫，像一下子老了十岁。他满脸风尘、颧骨高耸，胡子长得像山冈上的一撮乱草。

二妹给父亲端来一碗开水。二妹已好几天没去上学了，她已耽误了期中考试。此刻，二妹眼泪汪汪地望着父亲。父亲却丝毫没去理会二妹的神态，他有气无力而又极其贪婪地咕噜噜将那碗水一饮而尽，然后一头栽倒在自己床上，一会儿便鼾声如雷……

一觉醒来，屋子已燃起电灯。吴钦文定神一看，发现二妹三妹四妹五妹和宝仔都围在床前，或泪眼汪汪，或满脸沮丧地望着他这位父亲。吴钦文猛一惊，一骨碌坐到床沿上——

"你们……食未？"吴钦文懵懵懂懂问。

奴仔们都一个个摇头。

吴钦文问："几点了？"

没有人回答。吴钦文一瞅屋里那挂钟，发现时针已整整指向九点。他惊叫起来："你们咋呢不先食？"

宝仔嗫嚅着说："我……我们都等你呢！"

"我还未死，你们等乜事！"吴钦文随口一嚷，忽然意识到有些失口，便缓和声音说："咱们，都去食吧！"说着，他站起来，内心涌起一股莫名的酸楚和感动。他摊开厚实的手臂圈鸭子般亲昵地把自己的五个奴仔领到大厅的饭桌上。

晚饭已经凉了。依旧是吃番薯粥。依旧吃自家常年浸泡的咸菜、菜脯和自家种的炒青菜，青菜里没有多少油腻。

全家人围坐在桌旁默默吃饭。喝粥的"嗞嗞"声和啃菜脯的"咯吱"声此起彼落。

吃完饭，吴钦文抹了抹嘴，冲自己的五个奴仔说："听着！你大姐这臭娟仔，去学那老娟的臭种，一赌气飞了。好，会飞就好，会飞是她的福气。可从今以后，她就甭想踏进咱这个家，更甭想认我这个爹。我……我这张脸让那老娟撕还不够，这回又让你大姐那臭娟仔狠狠撕了一大块皮，呼——"吴钦文鼓着脖颈，狠狠吐着气。又说"那臭娟仔一走，我又离不开家，油不成漆了。我出不去，油不成漆，咱这个家就得衰下去，穷下去。依我说，二妹你读完这学期，甭再读了。姿娘人读那么多书，做乜用？再说，书读多了翅膀硬，像你大姐这臭娟仔那样飞了，我不是白辛苦一场？！"

吴钦文这么说着，二妹已捂着脸，"呜呜"地哭着进里屋去了。

沉默。三妹四妹五妹都畏惧地望着爹。

宝仔不满地瞥一眼爹。鼓着嘴涨红着脸嘟哝道："爹，你……你就真的不能让我娘返来？我……我要我娘！"

"住嘴！"吴钦文喝道，"那老娟撇下你们不管，你还认她当娘呵？！"

"可娘现在想回来，是你不让娘回！"

"你再说看我不撕你嘴！你奴仔人晓乜个？"吴钦文怒目圆睁，吼声如雷。

宝仔憋不住了，他哇地一下哭出声来，宝仔一哭，三妹四妹五妹竟也哇哇地哭。

吴钦文火冒三丈，他霍地站起身一拳头擂在桌上，擂得桌面上的碗筷嘭嘭作响。与此同时，吴钦文歇斯底里地吼——

"我还未死呢你们就哭！你们恨不得我早死呀？！"

屋里的哭声霎时静了下来。三妹四妹五妹和宝仔都惊恐万分地望着爹。他们不敢哭了，但他们哭声难抑，他们的嘴和鼻此起彼伏地喷泄出哭声和鼻涕。

吴钦文心不由一酸，感觉自己眼眶有两道温热的液体情不自禁刷刷地往外涌。他猛然捂住脸，强制自己把那温热的东西抑了回去。他禁不住用手去抚宝仔那圆嫩污秽的脸蛋，帮他抹去一把泪水和鼻涕，一边轻声相劝："你……你们都还小，有些事你们不懂。往后，你们不要在我面前提起你娘，听见无？"

吴钦文话音刚落。宝仔反倒又哭出声来，边哭边喊："我要我娘！我要我娘！"

三妹四妹五妹于是又跟着哭出声来。

159

吴钦文这回傻了。他怔怔地望着眼前凄凄切切的四个奴仔，自己眼眶里那温热的液体终于夺眶而出，欢快地往下淌……

十八

秋收了，秋收之后便是冬种。潮汕平原一年三熟，两熟水稻，一熟小麦。现在是收晚稻，收完晚稻种冬小麦。这是种田人一年中又一个最忙的季节。

这个农忙，吴钦文的弟弟吴钦武没返家帮忙。吴钦武只托别的乡亲捎回几句话，说眼下工地工程正紧，分不开身；还说一返一回路费好几十，细算觉得划不来，不如把钱攒着。听前几句，吴钦文不悦，他想别人能回来帮忙你吴钦武就回不来？但听了后一句话，他也觉着在理。尤其是听钦武说"把钱攒着"，吴钦文内心便不由浮起一阵欢欣。掐指一算，钦武跟初发去深圳近半年了，想必该攒上一笔可观的钱了吧？若按初发说的，每月除食外给两百元，眼下少说也有上千了。这么一想，吴钦文内心不由得平静下来。

农忙过后，吴钦武却又来了一信，说人家给介绍了一个姿娘，讲白话（广州话）的，也是临时工，在另外一个工地的厨房烧饭。钦武说这事基本成了，但要家里再寄去五百元，用于送彩礼、铰衫裤。吴钦武说他打算在深圳筹办完婚事，春节把新娘带回家来。

看完信，吴钦文的心一下提到嗓子眼上，又喜又愁。喜的是年届四十的钦武终于找到对象了，当初跟初发出去的初衷眼看就要实现，他当哥的能不高兴？愁的是他吴钦文上哪块去找五百元钱？钦武在外攒那么多钱，咋呢还要家里寄钱？但所有这些，只是在吴钦文的脑海一闪而过。毕竟，钦武寻到对象是件值得庆幸的事，何况眼下这社会也不会有廉价新娘呀！

吴钦文来不及计较了。现在，他把所有的注意力集中到如何去凑足五百元钱的问题上。家里原有的一百元现金，秋收前都已缴了罚款。刚收上来的稻谷番薯，则半点动不得，粮食本来就不足，再动它，全家人只好去吃西北风！农忙前去东园油漆的工钱，人家虽还赊着，但总数也只有两百元。唯一能换钱的，只剩下家里那头母猪生下的那窝猪仔了。可那窝猪仔生下还不足三个月，猪仔一般得养足三个月才能出卖的，养足三个月能卖个好价钱。即便把猪仔卖了，最多也只能卖个两百元钱吧，余下的一百元上哪块找呢？找宝财叔或凤娇婶借，人家日子也过得紧紧巴巴的，开口都不好意思！惠安惠平农忙一过，又到外头跑买卖了，影子都找不着呢！要凑不足五百元寄去，钦武没准还有意见呐！真是不当家的，不知柴米贵。种田人过日子，难呵！

吴钦文正左右为难时，却意外地收到了一百元钱的汇款和一封信。确切地说，钱和信是寄给大妹的，因为那上面收件人一栏写着大妹的名字，落款则是：珍珠。

那天傍晚，邮递员把汇款单和信交给他，掏出登记簿要吴钦文签字时，吴钦文怔了半天，左右为难。但最终，他还是签字了。吴钦文拆开来信，那信写道："大妹，来信收到，比（此）前冈（刚）好及（给）你寄了一封信，古（估）计也有收到吧？"——原来母女俩背着我偷偷通信呐，难怪大妹这臭娼仔也学坏了！吴钦文愤愤骂着。接下去继续看信——"大妹你无考上高中，我也为你焦及（急）和难过，且（但）这只能圣（怪）命。古人说：命里有时终页（须）有，命里无时没（莫）苦求。你要董（懂）得这个道里（理）。现在，娘不在家，家务事更（便）全告（靠）你了。你要安心做好，不要若（惹）你爹生气。你爹要羊（养）活你们，也不容易。你说无钱买书，现寄去一百元，除邦（帮）你爹相添家事，你可拿出一点去买书。我这里一切如旧、度日如年，我做梦都想念你们！另（别）无他事。收到钱后，盼来信……"

吴钦文看完来信，禁不住又从头至尾看了一遍。末了他眨了眨眼，抿了抿嘴，内心酸甜苦辣一时全涌上心头，他已说不清是什么滋味。他又低头看了那张汇款单，忽然感觉到自己像个乞丐，珍珠和胡汉三却是慷慨的施舍者。于是，他那只攥着汇款单的手霎时僵硬起来。他脑子忽然闪过一个念头，他真想把手里的汇款单狠狠摔到地上。但这念头几乎是刚冒出来，就远远躲开了。他转而想：钱是珍珠从胡汉三身上偷偷榨出来的，胡汉三那杂种做恶多端，活该让他吃亏，钱不花白不花！这么想着，吴钦文粗糙的嘴角露出了一丝不易觉察的笑。但他进而想：要是大妹还在家就好了，钱由大妹去取，最终却还是帮着花到家事上，这样自己的自尊心会好受些。这么一想，他又恨起大妹，恨得牙痒痒，直骂大妹心黑、叛宗逆祖，当爹的好不容易将你拉扯大，你却一赌气拍拍脚仓飞了，飞得远远的，且至今杳无音讯，好狠心呐！进而，他又骂珍珠。大妹偷偷与珍珠通信，准是珍珠那老娼带坏的。他觉着眼下日子那么艰难，归根到底，祸根是珍珠，是珍珠那老娼！此刻，他忽然火上心头，旋即把珍珠给大妹的那封信恶狠狠搓成一团，又恶狠狠摔到地上。他的另一只手，却留下了那张汇款单。

吴钦文恶狠狠摔下那纸团，正想转身进屋，一抬眼瞥见了已走近门口的宝财叔。他下意识一脚把刚扔下的那纸团紧紧踩在脚下，那只抓着汇款单的手眨眼间藏到了裤兜里。

宝财叔说："钦文呵，大妹来信未？"

"来块屄信！她还会认这个家呀？"吴钦文紧紧踩住脚下那纸团，他以为宝财叔刚才看到他扔的这封信了。

宝财叔却没有追问。宝财叔叼着烟斗吸了口烟，边吐边说："听巧娇说，四狗有消息了，说四狗、大妹、六弟、五牛、七猪和四花跑珠海去了。"

"真的？大妹咋么样，在哪里做乜事？"吴钦文一激动，向前迈了两步，脚下那纸团已成了脏兮兮的纸饼，宝财叔未去注意它。

宝财叔道："我哪里知道！依我看，姿娘仔跟四狗那帮不正经的禾埔仔到外面去不会有乜好事！"他不满地白一眼吴钦文，一会儿又说："咱吴家祖祖辈辈可是清清白白的，我告诉你，你可不能让大妹在外叛宗辱祖，可不能对不起你那九泉之下的爹！"言罢，他门都不进，气咻咻转别处去了。

吴钦文的心霎时沉了下来。这些日子，他已深深地感觉到：自打珍珠和大妹接连出走，村里人背地里都在议论他。宝财叔越来越对他爱理不理，村里的一些老辈人见了他故意把脸偏向别处，他吴钦文似乎都欠了他们两百块钱！对此，吴钦文感到痛苦，感觉到窒息。他几乎想喊想叫，痛痛快快地驱散胸中的闷气，却不敢喊不敢叫。在外人面前，他只好小心翼翼，愁眉苦脸。返回家里，他也坐卧不安、寝食不香。他想不明白自己活在世上，为什么会这么难这么难，莫非自己前辈作孽？不不，不可能！宝财叔刚才说了：咱吴家祖祖辈辈可是清清白白的呀！

就要吃晚饭了，二妹和宝仔都已到门口来叫他。吴钦文却回头说："你们先食吧，甭等了！"说完，他离家而去。

吴钦文心事重重地来到吴初发家，找到了巧娇，问："听说大妹和四狗他们有消息了？"

"是呀是呀，四狗他爹都来信啦！"巧娇又笑又抹眼泪，末了便风风火火取出那封信。

吴钦文接过那封信，很快寻到自己急想知道的那段："……昨日珠海的朋友来信，说四狗领着大妹、六弟、五牛、七猪和四花投奔他去了。朋友说已安排他们几人在电子厂当临时工捡零件。四狗这讨债鬼生性好动读不进书，令我又气又恨，老天注定咱家不可能出书生！不过事到如今，只好由他了，让他去闯吧。话说回来，眼下这社会敢闯也算本事，我看四狗将来也不会窝囊，你在家尽可放心……"吴钦文看完信便问："初发一点无说把他们撵回来？！"

巧娇笑着嗔怪："看你说的，眼下的后生人就像开了春的鸟，哪里守得住窝呀！"巧娇涨红着脸，喜不自禁。看来，她多日来对四狗出走的担忧已烟消云散。

吴钦文却满脸不悦："你倒说得轻松！你无想我家大妹是姿娘仔，家里的家务现在全靠她撑着，哪能跟你家四狗那无事人比哇！"吴钦文本来就一肚子气，他差点想说我家大妹还不是让你家四狗勾引的，却还是忍住了。他想自己同初发关系可以，可别得罪了他，何况钦武也是他帮忙拉出去，眼下才寻到对象的。

巧娇见状，哏哏地笑。"唉——你看我，咋就无为你着想呢！"说着收敛了笑，"不过大妹已经出走，你总不能把她捆返来吧？"

"就该捆返来！"吴钦文鼓着脖颈说，"不捆返来她还不真当娼啦？你告诉初发，让他尽快把大妹给我撵返来，咋样？"

"我才不管这闲事呢！"巧娇不满地呛吴钦文一句，她想吴钦文是话中有话，没准是冲我家四狗来了，"儿女不孝顺能怨谁呀，还不怨父母无教养好？你自己找初发说去吧！"言毕，巧娇头偏向别处，不再说话。

吴钦文意识到自己还是得罪了巧娇。想道个歉，内心却窝着火。他索性沉默，悻悻地走了。

当晚，吴钦文急急地亲自给吴初发写了一封信，要求吴初发帮忙把大妹给撵回来。

之后的几天，吴钦文把家里的一窝猪仔卖了，还去东园收回油漆的工钱，又不得已把珍珠寄给大妹的一百元加在一起，凑足了五百元寄给了远在深圳的吴钦武。当填完汇款单并把整整五百元钱交给营业员，最终走出邮局大门时，吴钦文脸色疲惫、苍白，他有一种失重的感觉。

十九

腊月二十四，吴钦武回家来了。吴钦武带回那个讲广州话的姿娘，消息不胫而走，寨仔山村霎时热闹起来，乡亲父老，乃至邻近村寨的亲朋好友过节似的纷纷赶到吴钦武家，大伙是赶来看新娘的，大伙的心情是先睹为快、先睹为乐。

吴钦武的新娘叫邱丽华，这名字是吴钦武介绍给大家的。吴钦武把邱丽华介绍给大家时，哏哏地笑、满脸冲血，并不时拿眼瞟她，仿佛这新娘是偷来的而不是娶来的。

新娘长得不算漂亮，却丰满白皙，二十几岁的一张瓜子脸泛着柔嫩红润的光泽。这么水灵的一位姿娘让年已四十、笨拙憨厚的吴钦武娶到手，直馋得在场的青壮汉子个个浑身躁热，他们都不由自主地把一束束不安分的目光照射到眼前这位叫邱丽华的新娘身上。新娘此刻倒显得落落大方，笑脸盈盈。新娘不会讲潮汕话，却笑盈盈地在吴钦武的导引下频频为客人送糖、递烟、敬茶……

"腊月二十四，掸尘扫房子。"这是民谚。按潮汕传统风俗，还必须拜灶王爷（也称灶神），这也是每年中除除夕夜外的最后一个节日。黄昏时分，家家户户都点火洗锅，叮铃咣啷张罗着煎甜面饼，香甜圆薄的甜面饼用于祭拜灶王爷。相传宣帝时，一个叫阴子方的人因为这一天见到灶神，就杀了一只黄羊祭灶王爷而发迹，"暴为巨富"。此后，在百姓眼里，灶王爷是一个相当有权势的王爷。谁对他好，谁就会在来年里平安无事乃至升官发财；谁要是得罪了他，谁就难免会受苦遭灾。在潮汕地区，腊月二十四煎甜面饼拜灶王爷便成了传统。至于为何用甜面饼祭拜灶王爷，至今查无出处，有待考证。吴钦武带着新娘赶在腊月二十四回家，为的也是要赶上拜灶王爷，这是哥哥吴钦文的主意，既已成家，赶回来拜灶王爷，可图个吉利。

腊月二十四，也是一个可以不让吴钦文发愁的节日了。因为这节日只要求煎甜面饼，而煎甜面饼是最简单不过的，不像元宵节要做菜团果、清明节要炊碗仔果、端午节要包粽子那样复杂。自打珍珠出走之后，逢年过节吴钦文便发愁。逢年过节那些复杂的传统习俗和相应的复杂祭品，本都是家庭主妇的事情，是用不着去管的，男人尽可以在主妇安排祭拜之后大开牙祭，享受不同节日的不同祭品。可珍珠一走，大妹匆忙中由学生变成家庭主妇，煮饭炒菜之类还勉强顶得过来，逢年过节那些由祭品到祭拜的繁文缛节可不是那么轻易便能接替上来的，何况眼下还是更稚嫩的二妹？好在煎甜面饼着实简单，一看便会，无非是面粉加糖加水搅和，再用勺舀到油锅里煎成一块块圆形的薄饼。二妹以前看过多少次了。至于祭拜时的礼节，凤娇婶已一一告诉二妹了。珍珠出走之后，逢年过节，总要凤娇婶前来操心的。

煎完甜面饼，二妹便按着凤娇婶的指教烧香摆祭品，让全家人一一祭拜。拜罢，全家人齐刷刷围坐到厅里那张八仙桌上，开始吃晚饭。

晚饭吃的是拜过的甜面煎饼，另有米粥、几个炒菜。今晚是吴钦武携新娘回家的第一天，吴钦文特意去镇上买回来两斤猪肉，还嘱二妹炒了一盘鸡蛋，于是这一餐便是少见的丰盛，除了吃甜面饼，几个炒青菜油光闪亮香气诱人，且都有肉片，那盘黄澄澄的炒鸡蛋更馋得人直流口水，家里的鸡蛋平时可都是攒着去墟上卖的。所以今晚上刚一开饭，二妹三妹四妹五妹和宝仔便喉涌口水眼放异彩，不甚懂事的四妹五妹和宝仔挥舞筷子一下紧接一下地对那盘炒鸡蛋发起了总攻击，而夹菜时他们总是冲肉片而去，弄得父亲吴钦文又气又急不住朝儿女们挤眉瞪眼，还用脚在桌子底下踢他们。踢完了怕弟媳发现，他便极力掩饰自己，打着笑脸招呼弟媳夹菜。四妹五妹和宝仔见状，误为错觉，便更变本加厉挥舞着筷子，肆无忌惮地再次向鸡蛋和肉片发动进攻。

吴钦文怒不可遏。吴钦文挥动手中的筷子猛敲奴仔的头壳，但敲的只是四妹和五妹。

"讨债鬼！你们是刚从监狱放出来的囚犯咋的，家里乜时候饿着你们啦？也不怕你们新来的婶子笑话！"吴钦文吹胡子瞪眼睛，末了转向弟媳，嘿嘿地笑："你……你别见怪，都怪我无教养好！"

弟媳咬着筷尾，她不大听得懂潮州话，却能明白大概意思，于是得体地笑："嘻嘻，无事！奴仔呗，让他们都多吃点。"她一边说着只有丈夫吴钦武听得懂的白话，一边站起身来，笑呵呵地一一给宝仔、四妹和五妹夹菜，还招呼二妹和三妹夹菜。

四妹却仍不高兴，四妹噘着嘴冲父亲嚷："咋呢就打我和五妹？咋呢就不打宝仔？"说着，四妹憋不住了，满腹的委屈和不平霎时"噗"地弹出饭粒和鼻涕，接着呜呜地哭，眼泪也哗哗地流。这还不算，不一会儿她又挥动筷子啪地一声，敲宝仔头壳。

宝仔岂咽得下这口气？宝仔瞪着眼珠恶狠狠地朝坐在他身边的四妹猛击一拳，这一拳把四妹打了个人仰马翻——四妹重重地栽倒在地上。

吴钦文那张粗糙的古铜色的脸刷地黑了半截。他呼地起身操起一条筷子大小的竹鞭，冲宝仔和四妹好一阵抽打，但很快便被弟弟和弟媳挡住了。

吴钦文家里却仍是满屋风雨、哭声震天！

邱丽华进吴家吃的第一餐便这样不欢而散。晚上睡觉前，邱丽华噘着嘴巴斜着眼，蛮不高兴地对丈夫吴钦武说："看你哥这群奴仔，狼似的，真吓人！"

吴钦武瞟一眼老婆，无话。他只顾脱衣服，脱得一丝不挂。脱完了二话不说，使着蛮劲一把将老婆扛上眠床，浑身上下霎时躁热起来。老婆在他身下咯咯笑着，但很快便发出哎哟哎哟的呻吟……

二十

吴钦武和邱丽华的洞房安置在吴钦文原住的那间房里，因为那房子的外间有灶，是吴家的厨房。而新娘一过门，煮饭炒菜之事便必然要落到她的肩上，老资格的媳妇由此也自然而然地退居二线。如此规矩，乃祖辈遗风，谁都难以抗拒。因此，这一带地区的姿娘当上新娘之后，总巴望夫家的叔子早娶上新娘，这样便能尽早把繁重的家务活推到新来的新娘身上。邱丽华眼下是吴家唯一的媳妇，且是堂堂正正的新娘，她应该责无旁贷。

吴钦文让出房子之后，带着宝仔和五妹住到对面房间去了，兄弟俩一人占一间房，使吴家近年建成的这座"下双虎"式住宅各有其主、平稳对应，此乃合家和睦吉祥之兆。吴钦文在弟弟回家之前按本地遗风作此安排，图的便是这个吉祥（尽管他内心也明白，缺了珍珠吴家便是残缺不全的）。二妹三妹四妹则被他安排住到吴钦武原住的那间老厝去了。

窗子泛亮的时候，吴钦文起了床。今天是腊月二十五，过年用的钱却还无着落，他必须去油漆、去挣钱。那活是前天揽到手的，说好今天开工。没有钱，这个年可咋呢过呀？作为一家之主，吴钦文一想便心虚！昨晚奴仔一吵架，他便没来得及与弟弟吴钦武单独坐下来说话，他不知道钦武此次结婚究竟花了多少钱，是否带回了过年用的钱？这一切，他一无所知。钦武也似乎没有想到要主动找哥哥说。

吴钦文走出自己房间，一抬眼发现对面房门仍紧闭着。他微微皱了皱眉，径自到天井的水缸旁漱口洗脸。

漱完口，洗完脸，吴钦文才隐约听到吴钦武屋内的一些声响。紧接着，门"吱呀"一声开了。吴钦文以为是弟媳起床做饭来了，急忙站起身准备搭话。没想一转脸，眼前站着的却是吴钦武。

"哥，你起来啦。"吴钦武毫无表情问。

"呃。"吴钦文答。他发现屋里一片宁静，便皱了皱眉："咋呢，丽华还未起来？"

吴钦武耷拉下眼皮，把话题岔开："你在家食早饭乜？我得赶快煮粥。"言毕，欲走。

吴钦文却叫住他："慢！是你做饭还是她做饭？"吴钦文的一只手指着新娘房。

"我来做。"吴钦武说。

"咋呢是你做，她不做？"

吴钦武讪讪地笑："嗨，谁做不一样。"说完，欲走。

吴钦文却嚷："嘿——说得轻巧，新娘过门不做饭哪里还叫新娘？你不怕说出去让人笑话！"

"嘘——"吴钦武赶忙回头，焦急地说，"你小声点好不好？她……她还未起床呢！"

吴钦文一听眼珠直暴，却还是压低嗓门说："我问你，你有屌无屌？你可别给咱祖宗丢脸，咱吴家自古至今可还未有过怕老婆的种！"

吴钦武白一眼哥，苦着脸说："你勿说了好不好？结婚前我可是答应人家了的，成了家我做家务。"

吴钦文气得嘴唇直抖："你……你好糊涂！你咋呢好这么答应她？"

"不答应，她肯嫁给我呀？！"吴钦武噘着嘴，白了哥一眼。

吴钦文的喉咙霎时像卡了骨刺。他张着嘴，这才想到：钦武毕竟大她二十岁哇！愣了半天，他还是嘟哝："岂有此理！老婆不做家务活，那……那不白娶啦？"

吴钦武抢白："咋呢白娶，我就不传宗接代啦？！"

吴钦文自觉理亏，半天无话。末了涨红着脸说："那往后，咱们家还咋呢过日子？咱家可是缺个做家务活的主妇呐！"

吴钦武抿了抿嘴，没有说话。

吴钦文本还想说话，问钦武这次娶新娘一共花了多少钱，是否带回了过年用的钱，下来咋么打算？一抬眼却瞥见新娘邱丽华已走出屋来，邱丽华此刻礼貌地朝吴钦文喊了一声"大伯"，然后用广州话跟丈夫吴钦武说着什么，脸上却没有多少笑意，吴钦武很快跟她进屋去了。

吴钦文微微皱了皱眉，犹豫片刻，径自推起大厅里那辆破旧的自行车，出门油漆去了。

第二天，新娘邱丽华却意外地起床做饭了，此后两天，也天天如此。吴钦文见状，内心稍稍平静下来，尽管他自己根本不在家吃饭。这些天，他一直早出晚归，给人家油漆家具，他必须挣钱过年。

然而，农历二十七那天晚上，吴钦文刚一回到家门口便被二妹堵住了。二妹风风火火地将爹拉回自己住的房间，嘟着嘴冲爹嚷："爹，咱家母鸡生下的鸡蛋一天比一天少，你也不管管！"二妹气喘吁吁，满脸通红。自打婶子回家，二妹便不做饭了，但饲猪饲鸡担水洗衫这些本该婶子做的事婶子没做，她不得不继续做。再说年关在即，她必须积攒些年货，自家母鸡生的蛋再没有卖，便是要留着过年吃的。

吴钦文皱着眉望女儿："咋呢会少，谁食啦？"

二妹白一眼爹："谁食啦，那不是秃子头上的虱子——明摆着！"

吴钦文皱了皱眉，道："你不会弄错吧，你咋呢知道是他俩食的？"

"哼，我又不是傻瓜！咱家那群母鸡是我养的，生的蛋也是我收回放在瓮里的，可这几日每日硬是少四个，难道是老鼠偷的呀？"二妹气咻咻说。

"哼，大老鼠偷的！"三妹这时也插话说，"今日早晨食饭前，我跟姐就看见碗桶里泡着两个鸡蛋碗，蛋渣子还都未泡开呢！"

宝仔这时也不甘寂寞："我看叔和婶对我们一点也不好！爹你这几日无在家，他俩食完饭一点也无想帮二姐打理家务，一抹嘴就往外跑，说是串门去了，屁！昨日我就看见他俩是往墟上跑，前日还去爬山呢！"

吴钦文一听，脸霎时阴下来，却还是冲儿女们说："够啦够啦，你们甭再说！"言毕，再也无话。于是抬腿要走，却又回过头扫一眼二妹三妹和宝仔："有话你们找我说，可不许到外面乱说，更不许让你叔你婶知道了！"

离开女儿房间，吴钦文心沉闷闷的，腿也像灌了铅。他做梦也不会想到，钦武带新娘回家才仅仅几天，喜气便已让怨气冲散了，代之以不愉快。自打那天早上新娘没起早做饭，吴钦文眼里就像掺进沙子，感到浑身不自在。何况新娘讲的是白话，至今与他这位当大伯的没法交谈，相互间的交谈只能靠比划或钦武翻译（钦武说过自己与她的交谈也只限于简单的日常用语），所以新娘至今在吴钦文眼里，就像厕寮里面照镜子，横竖都不太顺眼。他真想把这种感觉告诉钦武，告诉这位一直与自己一起长大、一起同甘共苦的唯一弟弟。但转而一想，他感觉自己这种想法太天真了。古人说，夫妻才是同林鸟，自己这当哥的眼下算哪只鸟哇？更何况他俩正新婚燕尔，还甜蜜着呢！再说爹和娘早逝，爹和娘直到闭眼那一瞬都念念不忘钦武的终身大事。为此，爹和娘死时都不肯瞑目，自己这当哥的又咋忍心去扰乱胞弟的幸福呐！这么想着，吴钦文心里便乱成了一团麻，刚才被二妹他们搅起的怨气也被那乱麻缠住了，想吐也吐不出来，也不好吐。就连自己这几天一直问的问题——结婚你究竟用了多少钱，这次带回来多少钱？此刻他也觉得难以启齿。

吴钦文推门走进自家那座"下双虎"大门时，见钦武和新娘的洞房已紧闭着，洞房里亮着灯，不时传出来笑声。他微微皱了皱眉，没去打搅他们，他把自行车推进大厅，走到天井旁洗了把脸，然后回自己房间睡觉。眠床里，宝仔和五妹早已呼呼入睡。

第二天一早，吴钦文又出门油漆去了。晚上回到家里，二妹仍在门口堵住他："爹，咱家又少了四个鸡蛋，你究竟管不管啦？咱们家可从来就舍不得食鸡蛋！"

吴钦文一听火了："你给我住嘴！你奴仔人晓乜个？！"

二妹一愣，委屈得"呜呜"地哭起来，捂着脸跑回自己的房间去了。

吴钦文却没去理她。但他感觉自己此刻像吞下了一只蚊子，喉咙痒骚骚的，浑身不自在……

二十一

一晃便到了腊月二十九。

早上，一阵"隆咚锵隆咚锵"的锣鼓声由远而近，席卷而来。强烈的锣鼓声搅得吴钦文既兴奋又不安，心也随鼓声七上八落地"怦怦"跳着。他知道，那是舞狮队"参灶"来了。舞狮队实际上由当地会一点武功的青壮汉子临时拼凑而成。每年年关在即，乡亲父老们都盼着送旧迎新、新春如意、新年好运，舞狮队于是应运而生。所谓的狮子也极简陋，除了那木制的狮头虎虎有些雄威外，狮身和狮尾实际上仅仅是一袭长条红布。这唯一的一头狮子由两个青壮汉子挺立而成，一个把头，另一个甩尾。狮子队挺着这样的一只狮子，再由震耳欲聋的锣鼓声壮威，走村串巷——闯进各家各户，名曰：显威驱邪、祛旧迎新。此种仪式，古往今来，潮汕人称之为"参灶"。每年年关在即，一闻鼓声锣声，家家户户便知道是狮子队"参灶"来了，于是便敞开大门恭候，以图个吉利、图过上个好年。自然，被"参灶"的主人也必须准备好红包回敬狮子队，红包里钱的数量不等，一般是主人根据自家的经济实力自愿而定。

此刻，锣鼓声如潮似浪，越逼越近。吴钦文慌慌地打开大门，犹豫片刻，便又慌慌地跑回大厅大声呼叫弟弟吴钦武。

吴钦武从里屋走了出来，后面还跟着新娘邱丽华。

吴钦文抿了抿嘴，说："你身上有钱无？快准备十元钱封成红包，人家要来参灶了，我现在身无分文。"

吴钦武说："十元钱，太多了吧？"

吴钦文说："去年就收十元钱，今年能少哇？"

吴钦武听罢，这才意识到自己在家是从不管付钱之类的事情的。自己的确不知道该给多少钱，他急急转回屋准备红包去了。

现在，狮子队已冲门而入，锣鼓声如潮似浪淹没了吴家的大厅和屋子。吴钦文站在大厅笑盈盈迎接。二妹三妹四妹五妹宝仔和吴钦武夫妇很快也都涌到大厅上。

狮子和狮子队却并不理会主人的神情，他们只顾忙碌。锣鼓声一阵紧似一阵，威武的狮子踩着节奏在大厅摆着狮头甩着狮尾舞了一圈，又分别进屋子去舞了一圈，接着，吴钦文又领着狮队到二妹三妹和四妹住的那间老厝驱邪。狮子以同样的架势进老厝要了一圈，"参灶"便算完毕，前后一共花的时间，还不足五分钟。

此时，吴钦文笑吟吟地把吴钦武准备好的红包送给狮子队，连连道谢。狮子队有一位扎红布的青壮汉子，那汉子提着聚宝篮（实际是一只竹篮），专司纳宝礼。那汉子接过红包，打开一看，冲吴钦文说："太少了吧？"

吴钦文皱了皱眉，说："不少啦！我……"吴钦文想说，自家连过年的费用都无着落，大大小小五个奴仔这个年都还穿不上新衫裤呢！但他却忽然叫住嘴，讪讪地笑。他觉得那话说出来，不吉利，再穷也该高高兴兴过年呐。

提着聚宝篮的汉子一翻眼，道："哼，你堂堂的油漆师傅，你家钦武又刚从深圳衣锦荣归，谁不知你家有钱呀！你至少，也该加一张吧？"汉子言毕，手一挥，本已低落的锣鼓声又冲天而起，一阵紧似一阵撞击着吴钦文心扉。谁都知道，狮子队在催加款了，这是一种无法违抗的命令。你不加款，这揪心的锣鼓敲下去，便会弄巧成拙、变吉利为不吉利。

吴钦文见状，强颜作笑、连连摆手："好说好说，各位师傅请息怒，我……这就去取款！"

锣鼓声于是低落下来。狮子队却尾随吴钦文回到吴家那座"下双虎"门下，低落的锣鼓声仍不断催促着主人。

吴钦文满脸难色走进大厅，对吴钦武说："你再拿十元钱吧，狮子队要的。"

吴钦武一惊，说："咋呢，还要加十元呐？！"

吴钦文说："俺总不能拒绝吧？"

吴钦武嘟囔道："可……可我哪里来那么多钱呀！"嘴这么说，手却还是从衣兜里掏出一张大团结。

吴钦文心"咯噔"一跳，索性问钦武："这回你带多少钱返来过年？"

钦武说："哪还有多少钱呵，结婚都不够用呢！我……只带回来百把元钱。干脆，我把钱全给你吧！"说着，他从衣兜里又掏出一叠大团结。

吴钦文接过钱，一点，不多不少，一共八张。他皱了皱眉，瞥了一眼弟弟和站在一旁的弟媳，欲言又止。他转身走出大门，笑呵呵把钱送到那提聚宝篮的汉子手里，狮子队这才满意地走了。

狮子队一走，吴钦文便打算去收工钱，昨天他已干完油漆活，工钱一百元，主人说好今天付款的。一百元加上钦武拿回的那八十，一共一百八十元，便算是这个年的全部费用了。这一百八十元摊到全家人头上，每人才二十几元，怎么过年哇！这么想着，吴钦文感到头皮发麻、心灰意冷。

吴钦文正神情木然地推起自行车走离家门。走了一阵，迎头便碰上西装革履、满面春风的吴初发。吴初发远远就同他打招呼。

吴钦文见状，木然的脸这才露出一丝笑意："你……乜时候返来的？"

"昨夜。"吴初发递过来一支万宝路。

吴钦文接过烟，举着手惊呼："你——你无把大妹捆返来？！"

吴初发点燃烟，慢条斯理地说："你让我犯法呵？"

吴钦文一跺脚："嘻——我让你捆的，犯乜法？！"

吴初发说："你自己去捆也犯法！"

吴钦文霎时鼓起眼珠："呸！我好歹是她爹！"

吴初发说："不管是谁，捆人便是犯法！不信你去问法院。"

吴钦文一下傻了眼，进而说："这么说，大妹这臭娼仔真的一点不认家啦？一点不想返来？"

吴初发嗔怪地瞥他："听说……你不是不想认她了嘛！"

"嗨，这——这说哪块去啦！"吴钦文一扇大腿，急得呲牙咧嘴。

吴初发哈哈大笑。笑毕，把一个信封递过来。

吴初发接过信封，打开一看，里面没有信，只有两张面额伍拾元的人民币，再看信皮，信皮上也没写半个字。他愣了："这……咋么回事？"

吴初发说："大妹托我带给你的。"

吴钦文说："她……她不返来过年？"

吴初发说："他们走不开，电子厂过年不停工，仍需要他们捡零件。再说返来也要路费，大妹说，这路费省下了，托我带回家过年。"

"这么说，四狗他们也都不返来过年？"

"呃。"

吴钦文这才点燃烟，愣愣地望了一阵初发，问："那……大妹乜时候能返来？"

"咋呢，你急啦？嘿，放心，她早晚得返来！"吴初发吐了口烟，又问，"咋样，钦武他俩口子返来后，过得还好吧？"

吴钦文犹豫一会儿，说："还好。"

"邱丽华这姿娘咋样？"

"嗯……还好，哟——你看我！说了半天，还无想起请你去家里坐。走，返我家坐吧？"

"不啦，见到你就是，过年再说。我还得去六弟、五牛、七猪和四花他们家说一声呢！"说罢，欲走，却又问："对啦，你过年的钱够用乜？"

吴钦文听毕，连连说："够啦够啦，钱是够啦。"

吴初发说："不够你可得开口哇！"

"那当然，我还能客气？"吴钦文讪讪笑着，内心却"怦怦"直跳。家里缺钱，是明摆着的，自家大大小小五个奴仔，还没有一个有新衫裤呢！可俗话说："欠债过年，衰败万年。"借钱过年，更是最最忌讳的，他吴钦文能去借么？！

吴钦文目送吴初发走远，自己正想骑车赶路，却又碰上镇里来的邮递员小张，小张一见吴钦文便嚷："钦文兄呵，你的包裹，快来取！"说着，车子已停在他的眼皮底下。

吴钦文满脸诧异。有生以来，他可从没收到过什么包裹。接过包裹，一看那落款，才知道是珍珠寄来的。他心一沉，犹豫再三，却还是把包裹挟稳了，并硬着头皮在小张递过来的登记簿上签了字，却没有道谢。

吴钦文看着小张走远，又瞅了瞅四周，发现无人，这才放心地一使劲撕开包裹。包裹里都是崭新衣服，一套紧挨一套。他把衣服放在车架上细细一点，不多不少，大大小小一共七套，其中竟还有一套成人男装，显然是给他吴钦文的。再一扒，还发现包裹里附了一封信，那封信写道："钦文你好，及（给）你和六个奴仔各做了一套新三（衫）库（裤），看在自（咱）六个奴仔的分（份）上，青（请）你一定收下，好上（让）你们高高兴兴过年。我在比（此）度日如年，心如死灰。我艮（恨）不得胡汉三这十（杂）种能早日死卓（掉）。他要死卓（掉），我京（就）回去，你乍（怎）么艮（恨）我打我，我再也不包（跑）了，我只求你上（让）我回去……"

吴钦文看完信，心七上八落地跳。蓦地，他把信揉成一团塞进衣兜，又把包裹袋揉成一团塞进衣兜，然后把那七套崭新衫裤往车后架一夹，掉转车往回走。

回到家，径直走进自己屋里，他迅速把那套男装和那套给大妹的新装塞进箱里，又从衣兜掏出那封信和那个包裹袋，一并塞进去。刚上了锁，就见宝仔和二妹三妹四妹五妹涌了进来。

吴钦文索性说："听着，过年你们都有新衫裤穿了，一人一套。"

屋子一下欢腾起来，奴仔们抢着要看新衫裤。父亲却一把拦住："勿动！留过年穿，都干活去。"说着，他把衣服收起来，放到另一只木箱里。

一个声音却忽然在身后回响："兄，你买回那么多新衫裤哇？"

吴钦文一回头，发现是钦武进屋来了，便答："呃，奴仔过年总得穿新衫裤呀！"

钦武颇具意味地瞅一眼哥："那就好，我以为你真无钱呢！"说罢，掉转头走了。

吴钦文一阵尴尬，喉咙像卡了骨头，心火辣辣一阵难受。愣了一阵，他走出家门，推起自行车收那一百元工钱去了。他想，收回那一百元，加上大妹托吴初发带回的一百元，共二百八十元。不管怎么说，这个年总算能像模像样过了。

二十二

除夕是一个因可以大饱口福而令人兴奋的日子。

除夕之夜，吴钦文全家终于密匝匝地围坐在大厅正中的那张八仙桌旁。自然，这不能算团圆，因为缺了珍珠和大妹。但由于多了新娘邱丽华，这年的除夕夜吴家便平添了些许热闹。

当飘香的饭菜一一上桌之后，坐在大厅正面中间位置的吴钦文有些激动地扫视一眼奴仔，内心怦然一跳。少顷，他终于举着筷朝自己的儿女们挥了挥："食吧，今夜……是过年夜，平时爹不能让你们食好，这回要让你们放开肚皮食好、食饱。你们——都食吧！"话一出口，他感觉鼻头有些酸。眨眼间，早已被菜香肉香折磨得口水涟涟的二妹三妹四妹五妹和宝仔，便争先恐后地挥舞着筷子向各色菜肴发起总攻。今夜的菜肴是吴钦文亲自下厨做的，有果肉、粉鱼、鱼丸、蒸鱼、蒸排骨、白切鸡、焖猪蹄等十几个，把整个八仙桌摆得满满的。

眼看着二妹三妹四妹五妹和宝仔疯狂而有滋有味地吃着，吴钦文内心翻腾着阵阵酸楚，脸却不无欣慰地笑着。此刻，他端起一瓶"五加白"，给弟弟吴钦武和弟媳邱丽华各斟了一杯，自己又斟满了一杯，端起来招呼："来，为了你们俩的新婚，干了吧！"三个大人于是兴奋地碰杯，干了。接着，吴钦文又一一斟酒，这回连二妹三妹四妹五妹和宝仔也都斟了一小杯，斟毕，端起杯招呼："来，为俺全家新年好运，万事如意——干杯！"大大小小八个杯终于叮叮当当响成一片，欢声笑语此起彼落。

两杯酒下肚，吴钦文感到浑身上下冒着热劲，他这才开始自己夹菜。夹了一口，香香地嚼着。嚼完，便问弟媳："咋样，这些天你住得习惯乜？"这么说着，眼睛却看着钦武，等待他翻译过去。

吴钦武瞥了眼哥，便翻译过去，邱丽华听罢，便笑，不住点头，一边说着让吴钦文听不懂的广州话。

吴钦文却能明白对方意思，便也笑着连连点头："习惯就好习惯就好。"停了一下，又说："不过你可得尽快学会讲潮州话。不然，这么住下去可不行，俺一家人跟你说不上话，还像个乜样？"

这回吴钦武没有翻译过去。吴钦武埋头吃了一口菜，便说："兄，跟你说实话吧，我俩……初五就得走。"

吴钦文愣了一下，问："走——走哪块去？"

吴钦武说："去深圳。"

吴钦文霎时停住嚼，睁大着眼说："咋呢呵，你还要走？老婆都娶到手了你还要走，这个家你就不管啦？！"

邱丽华惊诧地看看丈夫，又看看大伯。

吴钦武说："哎呀，话孬这么说，谁说我俩就不管家啦？我俩只不过人在深圳嘛！"

吴钦文说："说得倒轻巧！你们这么一走，我一个人忙得过来呵，咱家的地不种啦？我不去油漆啦？再说当初让你去深圳，不就是为了娶丽华？这回可好，丽华娶到手了，你又要带她走，这个家谁理？"

吴钦武说："二妹不是能理家了嘛！再说，你也该把大妹追返来，她一个姿娘仔，在外头闯可不好。"

吴钦文把筷子往桌上一撂，道："这么说，你俩反正是不想呆在家里啦？！"

吴钦武说："反正……我们想在外头再干一段时间再说，在外头要不好，我们会返来的。"言毕，他喝了口酒，又从身上掏出一叠崭新的壹元面值的人民币，笑着冲二妹三妹四妹五妹和宝仔说："来，阿叔阿婶给你们压岁钱！每人给你们四张。"说着，他便给侄儿侄女们每人分了四张。

四妹五妹和宝仔霎时活跃起来，他们嘻嘻哈哈一遍接一遍地数着各自的那四张钱。二妹和三妹却只是得体地笑笑，平静地把钱揣进自己的裤兜。

宝仔左一遍右一遍瞅着自己那四张钱。瞅够了，把它们按在自己手心里，咧着嘴冲爹笑："爹，你……你还无给我们压岁钱呢！"

吴钦文不耐烦地瞪一眼宝仔。瞪完了，却还是从衣兜里掏出五张早已准备好的贰元面值的崭新纸币，一一分给宝仔和二妹三妹四妹五妹，边分边咧嘴笑："我可无你叔你婶有钱，每人我只能给两元钱。"

宝仔和二妹三妹四妹五妹都高兴地接了。

吴钦文说："可不许你们乱花，听见无？"

宝仔和二妹三妹四妹五妹都使劲点头："哎。"

175

吴钦文又说："从现在起就是过年，这几日可不许碰翻物件，不许打碎盘碗，不许骂人讲脏话，听见无？"

宝仔和二妹三妹四妹五妹异口同声答："听见了。"他们知道，这是村里家家户户年年如是的规矩。大人们说，大过年的一定要图个吉祥。

二十三

大年初一。一大早，日头就被村头巷尾持续不断的鞭炮声和嘻笑声惊醒了。此刻，日头像那红脸关公，兴致勃勃地注视着新一年的潮汕大地。

初一的早晨吃斋，主食是软饼、稀粥、炒的却是清一色的素菜。吃斋前，必须先祭拜祖宗，祭品则不全是素的，除了新鲜的软饼，还必须有熟猪肉、熟鱼和熟鸡，猪肉、鱼和鸡都必须是完整的……所有这些，都是潮汕遗风，古往今来，年年如是、代代相传。

早上，吴钦文一家大大小小一一拜完祖宗，然后吃斋。吃完斋，穿新衫裤的宝仔和四妹五妹一如快乐的小鸟，蹦蹦跳跳奔外面去玩耍了。二妹和三妹收拾完家务，也浑身轻松地走出家门。

吴钦武西装革履，带着新娘邱丽华准备出门，给乡亲父老们敬茶。在潮汕一带，正月初一新娘必须端着茶盘茶杯走街串巷，恭恭敬敬地为左邻右舍的乡亲及亲朋好友敬茶，俗称"新娘茶"。新娘外出敬茶时，由新郎领路，新郎还必须拎着装满开水的暖瓶，随时帮新娘续水斟茶。假若婚宴时敬新娘茶，被敬者（一般是长辈）必须回敬红包，新娘此时往往可以成为富婆，因为收红包所得的钱归新娘自己所有，是新娘合情合理的私房钱。所以，新娘最盼望敬最愿意敬的便是婚宴时的新娘茶，她们都知道，人生在世，自己只能当一次新娘，也只能在当新娘办婚宴时堂堂正正理直气壮地捞一笔私房钱。

邱丽华当上新娘，却无缘获取红包，因为吴家无钱办婚宴。而吴钦武是在深圳先结婚后把新娘带回家，不办婚宴一般也不会遭乡亲指责。邱丽华自然也不知道办婚宴敬新娘茶能获取红包，因为她不是潮汕人，讲的不是潮汕话，别人不会告诉她，丈夫吴钦武更不会告诉她。于是，邱丽华只能在正月初一时给人家敬新娘茶，此时敬的新娘茶完全是无偿的。

大年初一，吴家只有吴钦文自己没穿上新衫裤，他没有新衫裤。珍珠给他的那套咖啡色西装，他决不会去穿，那套西装至今仍被他锁在箱子里。此刻，吴钦文身穿一套半旧的蓝色西装，一个人守在家里看电视，一边等待前来拜年的亲朋好友。等了一阵，没等上任何亲友，却等到了珍珠寄来的一封信，那信是宝仔从邮递员小张手里取回来的。宝仔把信送回家时，二妹三妹四妹五妹跟着他进了家门，久久地看着爹。

吴钦文接过信，皱了皱眉，拆开一看，那信上写道："钦文你好，到（告）斥（诉）你一个好肖（消）失（息）：十（杂）种胡汉三乍（昨）日因反（贩）毒和及（吸）毒罪皮（被）公安局爪（抓）走了。这回，十（杂）种胡汉三肯定要被枪比（毙）！这下我解兑（脱）了，我青（请）求你上（让）我回去。你知道，我是多么想现在京（就）走，去同你和奴仔们一起过年呵！可良（眼）下是过年，我怕若（惹）你生气，只好等过了年再回去。现在我想回良（娘）家过年，正月初七我打算回你那里，看在奴仔的分（份）上，青（请）求你一定让我回去，那（哪）怕给你当牛做马，我也心甘情原（愿）。你要再干（赶）我走，我只好……"

吴钦文看完信，忍不住又看了一遍。起初，他心头掠过一丝快意，为的是胡汉三那杂种的下场。但没过一会儿，他又感觉到心头像被塞进一团棉花，胸闷、气短，脑子霎时乱成一团麻。

宝仔抿了抿唇，问："爹，我娘说些啥啦？"

吴钦文心一跳，虎着脸道："灵机精！谁说是她的信啦？"

宝仔噘着嘴，怯怯地说："哼！谁不知道？我……我娘一来信你就不高兴。"

吴钦文道："胡说！嗬——"他这才注意到自己的五个奴仔都围着他，"你们咋呢不去玩耍，咋呢都围在这里？"

宝仔依旧噘嘴："爹，我想娘。"

"住嘴！"吴钦文喝道，"谁让你提那老娼，去，都给我出去！"

宝仔嘟着嘴，说："爹，你咋呢骂人？你……你不是说过年不许骂人吗？"

"谁骂人啦？！"吴钦文瞪着眼，那眼忽又柔和下来，"好，好，爹不骂人。可你们勿烦我，都给我出去玩好不好？"

"我不去！"宝仔噘着嘴，脸红至耳根。二妹三妹四妹五妹也低垂着头，满脸不悦。

吴钦文拧着眉嚷："咋呢，咋呢不去？"

宝仔憋着气，呼吸粗重，却不吱声。

二妹说："他不会去耍了。刚才他跟许多人一起比谁压岁钱多，不比还好，一比算他最少。"

吴钦文一听青筋暴涨，眼珠直瞪："谁叫你们跟别人死在一块呵，你们姐弟五人不会在一起玩耍？！"

正说着，吴钦武和邱丽华敬完新娘茶回来了。吴钦武问哥："咋么了？"

吴钦文说："无事。你俩回来了好，在家等客人吧，我得去外头转一圈。"说着，他已把珍珠的信迅速塞进自己裤兜。回头又对五个奴仔说："你们干脆也勿出去了，都在家看电视。"末了，他走到八仙桌上抓了四个潮州柑、合两对，一个人出门去了。潮汕人过年，习惯把柑称大桔，与大吉大利硬连在一起，图的是吉利。潮汕人过年串门拜年，谁衣兜里都揣一两对大桔。

吴钦文揣着两对大桔首先来到宝财叔家，一进门便掏出其中的一对大桔，笑脸盈盈："阿叔阿婶，新正①如意新正如意，我给您俩拜年来了！"

两位老人于是也笑脸相迎："彼此如意彼此如意。"说完，也就完了，就无话。宝财叔是吴钦文的亲叔，与吴钦文的父亲都是同胞兄弟。但自打吴钦文的父母双双去世，两家间的来往便少了。尤其是出了珍珠事件和跑掉了大妹，宝财叔和老伴便对他吴钦文爱理不理的，彼此间话也少了。但作为晚辈，吴钦文对宝财叔还是尊敬三分。

吴钦文递给宝财叔一根烟，说："惠平惠安来拜年未？"

宝财叔点燃烟，慢条斯理地吐着烟雾，说："来过了。钦武他俩口子，也来过了。"停了一下，忽又问："邱丽华那人咋样？"

吴钦文想了一会儿，说："嘻，还好。"

宝财叔却摇头："哼，我看呀，外地姿娘再好，也不入俗。她说了半天，我一句也无听懂！再说，我……我咋看着她，横竖有那么点不顺眼哩？"

吴钦文皱了皱眉，说："是乜？您……觉着她哪点不顺眼？"

宝财叔吸着烟，蹙了半天眉，却还是摇头："唉，让我说，我还真说不准呢。我只是有那么点感觉。"

吴钦文惊诧宝财叔与自己有同样的感觉。本想将这些天对邱丽华的感觉对宝财叔说说，却还是忍住了。他转而说："可能是跟她接触还不多吧，

---

① 潮汕人拜年一般说新正（指正月）如意而不说新春如意。

也许……看惯了，也就顺眼了。"说完，便瞥宝财叔。他想干嘛跟他说实话呢？能管乜用？又还没到分家，请他公证决断的时候。

宝财婶这时插话："钦文说的有理，你勿老看着谁都不顺眼。"

宝财叔不满地瞟一眼老伴，却也无话。

吴钦文趁机跟他俩告辞。宝财婶说："你把带来的大桔拿走！"说着，便要去取大桔。

吴钦文却挡住她："这对大桔是给您俩食如意的。"

宝财婶一歪脸，嗔怪道："嗨，正月正头，哪有收大桔的？"

吴钦文说："不一样，您俩是长辈！"

宝财婶笑："你这么说，那我可就收下啦？"

吴钦文说："哪还用客气？"言毕，便真的走了。

吴钦文带着身上的另一对大桔来到凤娇婶家，一见面同样掏出大桔拱手说："凤娇婶，新正如意，我给你拜年来了！"

凤娇婶一见吴钦文，脸霎时乐成一朵花："彼此如意彼此如意！绍娟，快给你钦文兄冲茶。"

绍娟高兴地答："嗳！"她笑盈盈给吴钦文让座，一边勤快地泡着功夫茶。绍娟正读高中，是凤娇婶的二女儿。绍娟的大哥已成家，独立出去。绍娟的弟弟还小，此刻没在家，大概到外面玩耍去了。

吴钦文笑问："咋么，你不去外面看热闹？"

绍娟说："嘻，无意思！无非是舞狮、展彩旗之类，年年如是。"

吴钦文说："看你说的，再无意思，一年也只能看上一次呀！"

绍娟说："那你咋么不去看？"

吴钦文连连摇头，自嘲道："我？嗨，老朽喽，岂有这个心思——对啦，你姐和姐夫还未来拜年吧？"

凤娇婶说："他俩明天来。"凤娇婶的大女儿叫绍梅，小时凤娇婶曾许诺她给吴钦文做童养媳的，那时吴钦文坚决拒绝。眼下，绍梅已当了别人老婆，丈夫是镇里的一个大夫，跟当老中医的父亲开个体诊所，赚大钱呢！

吴钦文接过绍娟端过来的一杯功夫茶，喝了。喝完，便叹气。

凤娇婶见状，一拧眉，嗔怪道："瞧你，正月正头就叹气，头彩多孬！"说着，她拉过一只椅子，坐下问："咋呢，又有乜不顺心事？"

吴钦文瞥一眼凤娇婶，道："反正你不是外人，跟你说了吧！"他索性把珍珠来信的事说了，并把信掏出来，递给对方。

凤娇婶听毕，又看完信，双眼霎时亮成探照灯："钦文呵，你可要积德。我早就跟你说了，你应该让珍珠返来。不说别的，你这群奴仔，咋呢说也不能无娘！"

吴钦文问："我让她返来，就积德了？"

凤娇婶说："那还用说，难道你让她走绝路？！"

吴钦文说："我要让她返来，乡亲父老们不戳我脊梁骂我？让乡亲父老咒骂的人，能算积德？！"

凤娇婶一下傻了。一会儿，急得嘴唇直抖："哎呀呀我说钦文呀，你就不能少搭理那些闲话？你不想想你艰苦的时候谁来理你？那些说闲话的人会来理你吗？珍珠再丑再孬，也还是你老婆，为你生了整整六个奴仔。你也不看看她走了以后，你那个家还像个家吗？！"

吴钦文沉默了。他埋下头来，双掌紧抱脑袋，边挠边叹气。一会儿，他说："我得走了。"说着，他站起来。

凤娇婶拦住他："嘿！话……还无说完呢！"

吴钦文瞥她，苦着脸道："你……让我想想。"

凤娇婶说："还想呐！我劝你勿作孽，让她返来，好好过日子。"

吴钦文望着对方，咂咂嘴说："我该走了。"说完，就真的走出门外。

凤娇婶在后面嚷："喂，把大桔带走！"话音刚落，绍娟已拿着一对大桔，追到吴钦文跟前。

吴钦文收住步，笑："你们收下吧。"

绍娟说："是收下了，我换了一对，这一对转敬。"说着，便把大桔塞到对方怀里。

吴钦文也不再推辞，只是客气地笑。他把那对大桔揣进兜里，说："那……我走了。"说完，就抬腿。

凤娇婶和绍娟在门口目送，直到吴钦文的身影消失。

吴钦文揣着那对大桔来到吴初发家。一见面，便以同样的方式行礼："新正如意，我给你全家拜年来了。"

吴初发满面春风迎了出来："彼此如意彼此如意！"初发的老婆巧娇也

笑着把吴钦文迎进屋里，说："请坐吧！"

吴初发家正高朋满座，笑语飞扬。吴钦文细一瞧，发现自己认识的人不多，他几乎是插不上话。他忽然记起初发家门口停着的那几辆摩托和一辆中型吉普。于是，他喝完两杯茶，抽完一根烟，便起身告辞。

吴初发也不阻拦，但他把吴钦文送出门口，问："看你心事重重的，咋呢啦？"

吴钦文淡然一笑："无咋呢。"犹豫片刻，又问："钦武说，初五还要去深圳，你那里离不开他？"

吴初发说："谁说的？嘿，跟你说，我那里何愁找不到他这样的人？他又不是技术工。"

吴钦文眼睛一亮："那你就勿让他去！他一去，我家里哪里忙得过来？再说，当初让他去深圳，只是想让他娶到老婆。"

吴初发说："可他老婆不愿意现在就回寨仔山当家庭妇女！我……总不能拆散他俩吧？"

吴钦文一时无话，接着叹气、摇头。

吴初发说："依我说，你勿太想不开，兄弟之间，一娶老婆，早晚得分开过。你……还是打好自己的算盘吧！"

吴钦文说："哼，他要这么想就好啦！早点分开，省得我操心。"

吴初发道："那……你干脆提出分家吧！"

吴钦文一撇脸，说："哼，我爹我娘早逝，我这个当兄的要先提出分家，不让别人戳脊背骂？"

吴初发皱了皱眉，若有所思地说："不过，让钦武寄钱返家，似乎也不合适，因为你……你只是他兄。"

吴钦文蓦然顿首，苦着脸道："唉，所以说我命苦！"停了一会儿，他抬起头，"实话说，我还有件更挠头的事……"

"乜事？"

"还有乜事，那老娼呗！"吴钦文说着，把珍珠的信递给吴初发。

吴初发看完信，想了想说："唉！索性，你……就让她返来吧。不管咋呢说，你这个家得有个姿娘来撑。"

吴钦文脸像灌了铅："那我这张脸还往哪块放？我还咋么在街市行走？初发你是见了世面的人，你……你说说！"

吴初发一时无语，满脸难色，他狠狠吸了一口烟，吐出一阵烟雾。忽然说："你初五有事无？"

吴钦文问："咋呢？"

吴初发说："跟我一起去玄武山拜佛祖吧。让不让珍珠返来，由佛祖裁定！"

吴钦文蹙了蹙眉，阴暗的脸霎时亮了起来："不错，听佛祖的！"忽又说："不过……钦武他俩口子初五要走。"

"不碍事，让他俩走吧！他俩坐早车去深圳，咱俩坐车去玄武山，不正好一起去车站？"吴初发说。

吴钦文那沉郁的脸又一次阴转晴："嗯，就这么办吧！"

二十四

日挂中天。

天是蓝的，海也是蓝的。天与海连成湛蓝一片，缀以点点白帆。

天上飘着几缕白云，美丽轻盈，舒缓祥和。

海上泛起粼粼波光，闪闪烁烁，一派眩目。

海的北岸，便是粤东遐迩闻名之佛教圣地玄武山。此山山清水秀，古木参天，灵气透地。山上之佛教古寺元山寺，始建于南宋建炎元年（公元1127年）。自此，寺因山得灵，山因寺而闻名。近年来，玄武山佛祖已成了潮汕地区乃至整个广东顶膜朝拜的最高圣地。每年正月一到，此地更是灵气满道、朝拜者趋之若鹜、不绝如缕。

此刻，玄武山人声鼎沸、众生如云。众生之中既有平民百姓，也有高官名士，私车公车从几十里乃至数百里以外群集而至。他们都极其虔诚地前来烧香、拜佛、求签预测新年命运。

今天是正月初五，吴钦文也来到了玄武山。他是跟着吴初发一起免费乘坐镇里的一辆面包车来的，同来的有镇长、镇建委主任，镇工商所主任和派出所所长。今天一早，当面包车开到吴钦文门口时，着实把吴钦文吓了一跳。吴初发却笑呵呵让他上车，还把吴钦武和邱丽华一并带上，一直把他俩送到车站去乘坐开往深圳的长途客车。吴钦文自打坐上那面包车，便如坐针毡，感到浑身不自在。后来知道那些官们也是要来玄武山拜佛祖的，他仍然是浑身不自在。以致跟钦武他俩口子分别时，本来就不想说话的他一时竟一句话也没说。他是一路不自在地跟着吴初发那帮人一起来到玄武山的……

元山寺内蓝烟袅袅、木鱼声声，众多的朝拜者正虔诚地跪拜于此。

此刻，吴钦文跪拜于最前排处。他双手捧香，一次接一次朝高高在上的玄天上帝叩头。末了，他把燃烧的香插到香炉上，又抱起签筒，"咯嚓咯嚓"地摇筒筛签。寺里刹时充满"咯嚓咯嚓"的声响。响了一阵，便不响了。吴钦文愣愣地望着那唯一一支从签筒冒出来一大截的灵签，双臂木了，也不再动。那支冒出的灵签上赫然醒目地标着这么个字样——廿十，这是灵签的号码。

吴钦文双腿跪地，挪向左边，将那支廿十号灵签捧给左边的一位老僧人。那老僧人寿眉长须，一直闭目捻珠念经。僧人闻跟前有生灵移动，遂睁开眉目接过灵签，瞅了瞅，问：

"这位兄弟，你卜婚姻，还是生意？"

"婚姻。"吴钦文答。

僧人很快递过来一张红纸条，上面标着"廿十·婚姻"，这是按灵签相应号码校出的签诗。签诗曰：

> 许了因何又不从
> 只因年命不相同
> 莫教勉强心无定
> 人忌相逢在梦中

吴钦文打开红纸条看了签诗，问："签诗看了，咋呢解释？"

僧人闭目答："婚姻不成。虽然已相许过，但因年命不同、小人重重，若做成也恰似在梦中。"

吴钦文浑身一激灵，愣愣地望着僧人。他抿了抿嘴，又问："她已出走近四年，今想返回，我……能接纳她么？"

僧人眯着眼望了望吴钦文，沉思片刻。少顷，僧人又递过来一张纸条，上面标着"廿十·谋望"，这也是按灵签相应号码校出的签诗。签诗曰：

> 千谋万计事难成
> 枉走江山万里程

不如抽身且守候

不然别有事来惊

吴钦文看完了签诗，又问："签诗看完了，咋呢解释？"

僧人闭目答："卜谋事难成。时运不到，应耐心等待。若要谋之，恐有惊阻祸非失败之危险。"

吴钦文听罢，浑身一颤，愣了。愣了好久好久，状如木雕。原本，他还想卜问生意、财运、健康状况，现在，他感觉自己仿佛孤身置于严冬寒夜，令他毛骨悚然，他不敢继续卜问。

吴钦文心情沉重地走出寺门，在寺院里的一棵参天古木下停了下来。他抬头望了望高耸云天的古木，望了望古木之上的苍天，一动不动。

这时，吴初发满面春风地从后面追了上来。他站到吴钦文跟前，眉飞色舞："钦文呵，这玄武山佛祖真是太灵了！你看我的生意签——"他把红纸条递到吴钦文眼前，绘声绘色地念那签诗："生意兴隆财利开，河有桥来天有阶；五洲四海皆可旺，有勇有智有厚财。咋样，你的签诗呢？"

吴钦文脑际一阵轰鸣，仿佛被谁击了一棒。他强撑着自己沉重的头颅，望了望吴初发身后的那些同车而来的、都喜气盈盈的官们的脸，又仰头望了望古木之上的苍天，忽然感觉到天旋地转……

二十五

初七到了。按潮汕传统风俗，正月初七早餐必吃"七样菜"，以此宣告喜气热闹的春节的结束、新一年的生计的开始。顾名思义，"七样菜"是将七样不同种类的青菜炒在一起而成。

正月初七那天，吴钦文全家刚吃完早餐、吃了"七样菜"，忽然间，所有的目光都不约而同地投向自家的大门——吴家那虚掩的门被推开了，门口站着的正是珍珠。珍珠穿的竟然是四年前离家出走的那套衣服：一条蓝裤、一件红格布衫。她的模样依然是四年前离家出走的那种模样：一张圆圆的苹果脸被一头齐肩的有些发红的短发包围着。此刻，珍珠抿着嘴、挎着布包站在门口，没敢跨入门槛。她那双红润的眼睛深情又焦灼地注视着丈夫吴钦文，她在等待吴钦文的决断。

二妹三妹四妹五妹和宝仔却喜出望外，他们几乎是异口同声地喊出一声

"娘"。然后，便小鸟见母亲归巢似的，纷纷张开双臂扑了过去，紧紧地围住娘。娘浑身禁不住一阵颤栗，那辛酸的泪水扑簌簌往下掉。

吴钦文苦着脸埋下头来，双手紧紧地抱着脑袋，像抱着颗地雷。他感觉到那地雷正在升温，嗡嗡地响，随时都可能爆炸！他就这样不知所措地抱着，抱了一阵，却仿佛过了整整一个世纪。末了，他终于仰起头、站起身，一步步走到门口，抿了抿唇，对珍珠说："你……食未？"

珍珠一激灵，睫毛和唇都抖着。紧接着一咬唇，那圆圆的苹果脸摇得像货郎鼓，泪水又扑簌簌往下淌。二妹三妹四妹五妹和宝仔跟娘一起，把目光投向爹。

吴钦文涨红着脸说："都……过来吧！二妹，锅里还有粥无，你……给她弄点食的。"

"哎——"二妹欢快地应答。二妹三妹四妹五妹和宝仔的脸都霎时活跃起来，他们把娘拥入大厅，高兴得直抹眼泪。

吴钦文却迅速关上大门，还上了栓。末了，他瞥一眼珍珠，不再说话。他低着头，径直走进自己房间，半天不见出来。

珍珠坐在大厅那张八仙桌上，心神不定地喝粥，吃大家吃剩的"七样菜"。二妹三妹四妹五妹和宝仔泪眼汪汪而又无不喜悦地拥着娘，不时找话题跟娘说话。

珍珠喝完粥、吃完"七样菜"，吴钦文便走出里屋。他一走出里屋便冲奴仔嚷："你们……该干活的干活，该玩的出去玩，勿都围在这里，听见无？"

二妹三妹四妹五妹和宝仔在爹的逼视下，很快散去。

大厅里很快剩下吴钦文和珍珠。两人的目光闪电般撞在一起。只是珍珠那眸子是红润的，那上面交织着哀怨、忏悔和无限温情，而吴钦文那眼缝里却流露出茫然和冷峻。

许久，吴钦文垂下头说："初五，我去玄武山拜佛祖了。别人都说，玄武山的佛祖最灵，你……信不信？"

珍珠那汪汪的眸子飘出来一丝疑惑。她抿了抿嘴，不住点头："信、信！"

吴钦文瞥珍珠，说："我也信！"说着，从衣兜里掏出在玄武山拜佛祖求到的那两道签诗，递给珍珠，"你看看吧！"

珍珠接过那两道签诗，怀里像揣着一只兔子，扑扑狂跳，她没敢立即去看。她凝视着丈夫，把签诗紧紧捂在胸口，强迫自己镇静下来。然后，她慢慢展开签诗，猛一瞧，眉头不由得一颤，又一跳，很快，双眉又紧紧扭曲成一团。她那双并不美丽的眼睛，先是飘忽，继而恐慌，最后是一派绝望、茫然。她万万没有想到，丈夫去玄武山求到的签诗与自己去年在崩山求到的签诗，竟然一模一样！

吴钦文带着复杂的心情注视着珍珠，黝黑粗糙的脸依旧流露出严峻。许久，他低垂着头说："就算我同意让你返来，可老爷（佛祖）不同意。咱俩……恐怕是前世无缘、命中注定！反正，奴仔你也都看到了，他们都好好的，你……走吧！"

珍珠早已浑身颤抖，泪流满面……

二十六

正月初八早晨，珍珠死了。

那一天，日头刚刚从天边升起。日头撒下万道霞光，照得寨仔山和寨仔山村一片血红。

珍珠的尸体是被早晨挎着竹篮去溪边洗衫裤的妇人们发现的，那尸体挂在寨仔山下小溪旁边一棵不高不矮的苦楝树上。妇人们发现珍珠那悬挂的尸体时，都惊恐得丧魂落魄，那齐刷刷尖厉的惊呼声霎时冲天而起，震得整座寨仔山和寨仔山村瑟瑟发抖！

吴钦文也万万没想到珍珠真会去上吊自杀。初七上午，珍珠看完丈夫递给她的那两道签诗，便哭，哭完，她平静下来，掠了掠头发，然后就走。走出门外，却一下被二妹三妹四妹五妹和宝仔团团围住，他们纷纷问："娘，你去哪块？你可不能再撇下我们！"

珍珠一激灵，泪眼汪汪地回望了一眼大门口愣愣站着的丈夫，又收回头来，一个接一个地瞅眼前自己亲生的五个奴仔，一个接一个地抚摸他们，然后一咬唇，苦笑："嘻！放心，娘不走了。娘……要永远留下来。"

宝仔紧紧抱住娘的两条腿："那您现在去哪块？"

娘说："我……我去墟上买些东西，就返来。"

宝仔说："你勿骗我！"他把娘的两条腿抱得更紧。二妹三妹四妹和五妹也满脸疑惑，紧紧地围住娘。

娘又一声苦笑，说："我骗你们乜事？不信……去问你们爹。再说，早上我不是在家食了粥和七样菜了么？"这么一说，宝仔才半信半疑地松了手，二妹三妹四妹和五妹也才给娘让了路。

吴钦文确实没有想到珍珠真会去死。因为珍珠临走时，他忍不住安慰说："你……要想开点。"珍珠一咬唇，似乎是点了点头，接着才走。眼下，二妹三妹四妹五妹和宝仔疯一样扑在已被从苦楝树上卸下的珍珠的遗体上，哭得撕心裂肺、哭得死去活来。吴钦文终于相信眼前的一切都是真的，他那狭窄的眼缝此时也不由自主地冒出两行浊泪。

按潮汕遗风，在外边死的人遗体是不能入寨的，更不能抬回家，何况死者是遭大多数村人唾骂的珍珠？于是，珍珠的遗体便只好暂时停放在小溪边那棵苦楝树下。吴钦文倾尽家资，连搜带借凑足百来块钱，与堂兄弟吴惠平吴惠安等人到墟上买了一口还没来得及上油漆的棺材，当天下午便匆匆把珍珠埋掉了，埋在寨仔山下那块杂草丛生、乌鸦出没的坟地上。

珍珠终于永远留在了寨仔山下。然而，寨仔山村的人对她的谩骂和憎恨却达到了无以复加的地步。寨仔山村的老头老太太都说："珍珠那臭娼活着时无个好样，死时也不想积德！她别的地方不去死，咋呢偏偏死在咱寨前呐？真是狼心狗肺、故意辱没寨风，看把咱全寨的好运气全冲掉了！"于是，寨仔山村的人便都咬牙切齿。人们不由自主地把憎恨倾泻到吴钦文身上，大家都把他和他全家视为不祥之物。

从此，吴钦文便更加孤独了。寨仔山村和四乡邻里的父老乡亲遇上婚丧嫁娶，也不再请吴钦文到自己家去油漆家具。

1991 年隆冬完稿于北京三里屯
2002 年元月修改于北京南新园

作者简介

霄亮，男，籍贯广东揭阳市，大学毕业后分配至北京杂志社工作，现在北京某杂志任职。中国作家协会会员、中国报告文学学会理事。1987 年开始发表文学作品，著有小说、报告文学、散文、随笔、评论等各类作品近 200 余万字，所著报告文学曾获得"正泰杯中国报告文学大奖"、"第三届徐迟报告文学奖"和"新中国 60 周年优秀中短篇报告文学奖"。

原本是简单的男女情事，男未婚，女未嫁，互相喜欢就顺理成章，却因为身在官场，硬是弄出了一段曲曲折折的暧昧。谁料一场官场变故，竟成全了她的"倾城之恋"。

暧　昧

南飞雁

1

七厅八处的例会每周一次，时间在周一下午。徐佩蓉到八处第一天就赶上了。例会人不齐，副处长老陈和副处调聂于川出差未归。老陈倒无所谓，没看见聂于川，她心中多少有些怅惘，连处长老冯传达文件也听不进去。传达过文件，老冯又通知说三处副处长老周儿子结婚，邀请八处集体出席。众人一片叹息。老冯笑道真不巧，徐科长是第一天来处里，就得凑份子了。大家都笑起来。处里的杂务内勤是科员小李。他去年刚毕业，年纪尚轻，吃亏不够，还没学会说话前用脑子过一遍，就有些没心没肺道，冯处，还是处里收齐了，一并送去？

此言一出，众人都很生气，心里怪他多嘴。处里这个传统很不好。结婚随礼，应该听凭自愿，红包里究竟多少谁也不知。一旦处里统一收，就等于公开了，谁多谁少就有了比较。老冯正在上党校，处里事情又多，实在无心管这些，就拿了500元交给小李，说就按老规矩办吧。完了又特意补充说，老孙你辛苦点，小徐刚来，多带带她。

老孙今年五十四，副处调吊了七年，虽说对提拔的渴望从未消弭，但希望毕竟越来越渺茫。不料原副处长老何一死，机会重现，宛如一声春雷唤醒了冬眠。副处调和副处长虽说都是副处级，但一个是非领导职务，一个是领导职务，就像伪钞和真币，看上去一样，却经不起揉捏。何况在机关，人人眼里都有验钞机，真假一看便知。既然知道真假，态度自然不一；既然态度不一，难免有所区别。即便别人不把区别表露出来，当事人岂能没一点察觉？察觉得多了，蓄在心里如同洪水。老孙想，省里还能有个泄洪区，自己虽有洪却无处可泄，岂不悲哉。不过老冯今天要他关照徐佩蓉，证明老同志还是有用处的，多少是个心理安慰。回到办公室，老孙给小李400块，说这是我的份子钱。

老韩拿勺子使劲搅着中药，不以为然道，自我要求这么高，看来是要有好消息了啊。

老韩没能嫁个好老公，却生了个好儿子，在中央某部委当秘书。她临近退休，无欲无求，又在更年期，看谁都像看昆虫，恨不能一脚踩过去，用力拧几拧。日子一长，大家都习惯了她见谁灭谁。老孙也不跟她计较，笑着说，就是真提拔也该了，工龄都三十年了，赶上小徐的年龄了。

徐佩蓉正在打文件，闻言不由得笑道，孙处，那您得多关照啊。

老孙坦然一笑，弹了弹烟灰，好像在表示关照容易得很，只要他想。老韩继续不以为然，对徐佩蓉说小聂也是副处调，出差了，就坐在你对桌——你也是省大的，认识他吗？徐佩蓉笑着说，同校但不同届。老韩问得直接，她说得巧妙。不同届不代表没见过，不认识不等于不熟悉。聂于川读研期间年轻气盛，办诗社搞辩论，一时风头出尽。徐佩蓉当时还是情窦初开，暗恋过他几年。聂于川毕业后再未见过，不想在七厅重又聚首。她离婚也三年了，谁知道这是不是上天安排呢？她微笑着把文件打印出来，送给老孙审阅。老韩故意叹息说，小聂人不错，可惜了。

因何"可惜"，徐佩蓉并没追问。这让办公室里的其他人感觉很遗憾。其实故事还有下文的，既然她不问，他们也不好主动说。删节版总不如完整版好看，而删掉的东西，往往都很暧昧。原来聂夫人不在得并不光彩，是跟单位的一个司机一起死在车里。这倒不出奇，出奇的是两人都没穿衣服。一肚子话不得泄洪，三人都有些不爽，于是集体失语。徐佩蓉觉得莫名其妙，只好陪着沉默。一直熬到下午下班，四人先后起身离开。老孙走得最晚。出门之际，他碰见五处的老安。五处管人事教育，老安跟他同年提的副处调，现在已是副处实职到手。老孙拉他进屋，说知道老弟爱喝茶，这次回老家特意带了盒特级品。老安当然是连声道谢。老孙趁机道，我们八处新来的小徐——

老安脸色一凛，习惯性地看看门口，低声说，她可有来头，钟厅长亲自安排的。

老孙手抖了起来。糟糕，下午徐佩蓉让他多关照，他竟信以为真了。看样子，还他妈的指不定谁关照谁呢。老孙心里发慌，下意识地摸烟。老安继续说，究竟是什么背景，我也不清楚。反正最近几年厅里进的人，数她跟钟厅长关系最近。老孙狠狠抽了两口烟，苦笑说谢谢老弟，我明白了。送走老安，他后悔莫及。其实抽屉里还有两盒茶叶，不过给老安的最贵。今天他看见徐佩蓉也喝茶，早知道留给她了。三百多一盒呢。给老安好茶叶有屁用，提拔又不是他说了算。

第二天徐佩蓉上班，对面的桌子还是空空荡荡。她想了想，公事公办道，韩老师，陈处他们出差几天？有个文件厅办催得紧。老韩正在看报上的健康讲座，头也不抬，不耐烦地说，不知道。老孙马上说，今天就回，小徐，厅办虚张声势惯了，别着急。小李也赧颜道，徐科长，这事该我做的，您就别操心了。昨天我忙昏头了，怎么能让您打文件呢？老孙心中鄙夷地冷笑，臭小子，肯定也知道消息了，变得这么快！

昨天下午，小李跟厅办小朱一道骑车回家，东拉西扯聊到了徐佩蓉，聊毕，小李后悔得两腿发木。回到家，心惊胆战地跟女朋友汇报，又被骂得体无完肤。骂过，女朋友忍痛拿出盒东西，让他找机会送给徐佩蓉，好歹弥补一下今天的怠慢。小李认出那是她姨妈从美国捎来的羊胎素，贵得很，她一直舍不得用，就感动地说谢谢老婆。女朋友嘤嘤道，你什么时候改一改呢？你看小朱，跟你一年进的七厅，人家都是副主任科员了。小李自卑至极，不敢再言语。当晚，他主动以身为报，竟然绵软不举，更平添了一层焦灼。

八处有三间办公室，老冯一间，老何死后老陈独占一间，其余人挤在大的一间。现在徐佩蓉已成大办公室里的晴雨表，除了老韩，老孙、小李都下意识地勘察她的表情。徐佩蓉心中满满当当，没意识到下班了，呆坐着不动。老孙、小李见她不走，也不便下班。老韩则无所忌惮，没等到点就溜了。于是徐佩蓉上网看新闻，老孙装模作样读报，小李埋头发信息，三人谁都不提下班的事。又磨蹭了一阵，门却开了。聂于川提着行李和电脑包进来，诧异地看着大家，说早下班了，怎么都还在？

老孙站起，把报纸塞进公文包，说有篇评论写得好，看得忘了时间了，下班下班。小李如蒙大赦，赶紧走人，只是遗憾没能把羊胎素送出去。聂于川见二人走了，把东西放好，仿佛这才发现办公室里多了一个会呼吸的生物，惊讶道，你就是小徐？

徐佩蓉笑吟吟站起道，是啊师兄，好久不见了。

师兄？聂于川一愣，你哪一级的？

比师兄低几届，我上本科，你读研一。我大三，你毕业。

聂于川恍然道，好，好。厅里又多了个校友。钟厅长也是咱们校友，你知道吧？

徐佩蓉当然不能说，我太知道了，我就是她安排进的八处，于是笑而不答。聂于川为难说，本该请师妹吃顿饭的，可我今天刚回来，孩子又发烧了，改天好不好？她失落得厉害，但还是笑着说，师兄别见外，机会多得是。他抱歉地一笑，居然真的转身走了。徐佩蓉再也无心上网，长长地一声叹息。

其实徐佩蓉那点底细，聂于川早就知道了。故意不说，是因为他有想法。这次跟老陈一起出差，没少聊到她。老陈最近要提拔了，去厅属研究院做书记，正处级。因为要离开，信息就可以共享，至少能留个人情在。聂于川使劲回想，终于想起主编校刊的时候，好像真有一个姓徐的小师妹投过散文，附了封暧昧的信。时过境迁，当年的小师妹竟跟钟厅长对上号了，幸亏钟厅长也是女的，不然还真有些暧昧。老陈鼓励他跟徐佩蓉拉关系，搞一搞曲线救国。又说当今有四大铁，一起扛过枪，一起同过窗，一起嫖过娼，一起分过赃。小聂你跟她毕竟是同窗，跟她搞好关系，钟厅长那里有利无弊。你看老何不在了，我也要走了，处里少了个副处长，你比老孙强多了，努把力，争取赶上这次厅里大提拔。聂于川叹气说，同窗又不是同床，再说了，同过床的还信不得呢。老陈知道他又想起往事，摇头不说话了。回到省城，两人在火车站分手。聂于川没回家，先去了厅里，见办公室里灯火通明，便暗暗替自己的决定喝彩。而徐佩蓉见到他时的态度，更加坚定了他的信心。至于扭头就走，那更是精心安排的神来之笔。聂于川不是当年的聂于川了，现在，他是个高手。想到这里，他的脸上露出了一丝笑容。很内敛，很暧昧。

聂于川原本对暧昧并不在行，也不在意。真正开始练兵还是妻子出事之后。几番试探，出手、交战和整编，他已然修炼成了暧昧高手。大凡高手都会有底气，他自然也有。处里老冯做了多年正处，在厅里人气正高，距离厅党组咫尺之遥。老何已死，老陈即将升迁外放，只有老孙能构成威胁。相比之下，老孙资历老，经验多；他年纪轻，能力强。但是这跟提拔与否关系不大。厅长看好老孙，他就是嘴上没毛办事不牢；看好他，老孙就是年纪太大不堪重用。如今天上掉下个徐妹妹，跟钟厅长交情莫逆，又曾追求过他，还是离了婚的，内因具备外因有利，只要运作得当，还愁副处长被老孙抢走？还愁赶不上大提拔的末班车？就算都不提拔，副处长空置，他今年才三十六岁，以时间换空间，积小胜为大胜，熬也把老孙熬退休了。数风流人物，还看今朝。当然，这是有前提的。就像一列火车，时刻表已定，仅需沿着轨道走下去，早晚会到站——只要不出轨。如今妻子已飘居云端，出轨的基础不复存在。至于玩玩暧昧，并不能和出轨画等号，不但不能画等号，还可以得到意外收获。以前不懂，恪守什么兔子不吃窝边草。一经解放了思想，才发觉"不吃"完全是对低智商说的。既然都是草，为何不能吃？难道将窝边之外的草吃尽，只剩下窝前窝后郁郁葱葱的一堆，就不会被猎人发现了？所以关键是要知道怎么吃。到处都吃一点，自己也饱了，大地依旧绿草如茵，小窝才越发安全。

聂于川第一个暧昧的对象也是个离婚女人，叫苏一文，比他大了四岁。两人是在工作组认识的。她在六厅工作，已离婚好几年，独自带着女儿。第一次见面是工作组成立聚餐。酒过三巡，带队领导安排工作，说小聂你负责写简报，小苏你就负责喝酒。大家都笑起来。苏一文说领导真幽默，弄反了吧？领导笑道我不打无准备之仗，早咨询过了。你在六厅是有名的"只会喝撑，从不喝蒙"，根本不知道什么是醉。苏一文爽朗地大笑。聂于川自觉酒量尚可，暗中还对她蛮不服气；等到了驻地，与接待方几次拼酒下来，方知领导法力无边，慧眼如炬。很快到了收官阶段。工作组人心涣散，都在苦等省里总结大会的通知。一个周末，聂于川安排父母带威威旅游去了，就没回去。晚饭时，他意外发现苏一文也在。她解释说女儿去了前夫那里，回去也是一个人，索性省了车马劳顿之苦。饭后是散步。两人散到一家电影院门前。苏一文突然说，敢不敢请我看场电影？

聂于川都记不得上次看电影是什么时候了。好像是个节日，厅工会组织看的，他写的观后感还得了一等奖，发了条蚕丝被。落座之后，他无意中碰到她的手背，宛如蚕丝般的顺滑。看完一场，苏一文又要看，于是接二连三，直到子夜过后。他一晚上都恍恍惚惚。三十多年中被灌输的各种理念、信条、规范在心里人仰马翻，尸横遍野，再无片刻安然。她倒是平平静静，不时无声地笑笑，明明是笑给他看，却故意不去瞧他。现在回味起来，她真是一身的高手风范。回到酒店，两人并排走，到了他房间门口，两人停下脚

步。苏一文忽然拉住他的手，步履稳健地走向自己的房间。整个夜晚，聂于川都感觉钻进了一条柔密滑腻的蚕丝被里，四处都是密不透风的暧昧。

就在不久前，省里办了一个驻村成果展，各厅局都要派人捧场。会展中心里一时人头攒动。聂于川混迹其间，碰见了不少熟人，亲热地打招呼，仿佛彼此声音越大关系就越近。徐佩蓉恭维道，聂处人缘真好。他笑了起来，说都是以前喝酒喝出来的。她就垂下头，边摇边笑。两人走到六厅展区，迎头看见一幅大照片。苏一文头戴草帽，和一群脑满肠肥的人站在一起，旁边一个黑瘦的农民笑得花团锦簇。底下一行小字注解：全省驻村先进工作者、我厅干部苏一文深入田间地头。几年不见，苏一文却看不出变化。好像时光专门去抢别人的容颜，却对她手下留情。徐佩蓉见他看得专注，过来小声说，也是熟人？聂于川惊讶于她能掐会算，就点点头，轻描淡写说以前一起下过工作组。她看过注解，揶揄道你们组里出干部啊，混到正处级了。他随口道那下回再有机会，把你也推荐去。她低声说，你去，我就去；你不去，我也不去。

聂于川很自然地岔开话题，说你不是有个表弟在某某县吗？苏一文在那儿挂过职，回头我请她多关照关照。徐佩蓉似乎对他的捉摸不定早已习惯，便轻叹一声，不再说话了。

回到家，聂于川翻出当年的通讯录，找到了苏一文的电话，打过去。不等他说话，她在那边爽朗地笑道聂处啊，怎么想起老姐姐了？他一窘，忙说恭喜老姐姐提拔啊。苏一文哧哧地笑，毫不客气地说，虚伪！去年的事了，今天炒什么冷饭。两人聊了几句，他趁机把徐佩蓉表弟的事说了。苏一文说不就是想吃财政饭吗，应该问题不大。她停顿了一下，又柔声说，弟弟你的电话我一直存着，手机换了好几个，也一直存着，没删。聂于川沉默了几秒钟，说谢谢老姐姐，回头见面好好聊。放下电话，他笑了笑，自言自语说，高手啊。只是不知她现在结婚没有，是不是还在跟谁暧昧着。在暧昧上，男人的杀伤力大而短，女人的杀伤面广而长，自成一派各有千秋。苏一文只是聂于川暧昧的开始，但就像初恋，总归难以忘怀。以前是靠一场电影，一瞥眼神，一次牵手；现在无非变成了几句对白，一个电话。而人也总是要成长的。当年的毛头小伙，如今已渐入佳境，开始平静地享受暧昧带来的一切。回忆过去的自己，就像隔着毛玻璃，面目变得含混，神态变得陌生，想回也回不去了。因为时过境迁，此消彼长，已是两个世界。

老韩终于找了个机会，向徐佩蓉讲了聂夫人的事迹。徐佩蓉何许人也，当然知道这些典故，却也不便明说。老韩提到聂于川这两年一心带孩子，没考虑再婚，也没听说跟谁有暧昧关系。这倒是个意外收获，让徐佩蓉就好感倍增。她离婚，他丧偶，或许原本就没什么差别。都成了单身，而且配偶都有不忠的经历。前夫虽然花心，但并不想离婚，前公婆至今对她仍很好，是她执意要离的。究己本心，可能还是根本就没爱过。前夫出轨无非是个再好不过的由头。老韩见徐佩蓉若有所思，就问她老公在哪里工作。徐佩蓉淡淡一笑，说我前夫出国了。老韩的嘴巴保持着 O 形，看得见舌头和齿间黑色的中药渣滓，像灭蝇灯上星星点点的苍蝇尸体。徐佩蓉当然明白只要老韩知道了，就等于全厅都知道了。"非典"是需要空气传染的，绯闻当然也需要。老韩就是再好不过的空气。尽管她并无恶意，只是纯粹出于传播更多信息之目的。徐佩蓉并不在乎闲话，和前夫结婚又离婚，闲话还少吗？

老孙得知徐佩蓉离过婚，下意识摸烟，内心又慌乱起来。岁月不饶人哪，只恨不能年轻个十岁、二十岁，那时他还是有两分姿色的，起码比聂于川强些。更可气的，是徐佩蓉当着大家的面问聂于川今晚有没有时间，说自己初来乍到，想跟厅里的校友们搞个聚会，人已经通知过了。他想也没想就说好。钟厅长的履历出身全厅路人皆知，以徐佩蓉和她的关系，今晚的聚会肯定要出席。聂于川又和徐佩蓉一个部门，近水楼台先得月自然少不了。老孙犹豫再三，还是找了个合适的机会，咬咬牙把两盒茶叶拿出来，送给徐佩蓉。徐佩蓉一连声道谢，可他怎么看都觉得虚伪。

老孙并不是无的放矢。眼下就有个天赐良机。钟厅长半月前从北京回来，在部里要了个大项目，定为七厅一号工程，光是一期投资就要十几个亿。按厅里惯例，这样的项目要成立筹委会，参与的不是领导就是骨干。八处是业务核心部门，自然不会缺席。如果老何没死，或者是老陈不走，都不会轮到老孙或聂于川。偏偏时势造英雄，老何也死了，老陈也要走了，谁能进筹委会，和副处长就更近一步。老孙自我安慰说老子辛辛苦苦三十年工龄，在八处也十几年了，写的文件汗牛充栋，进筹委会当然够格。尽管如此，他还是跑到党校，请老冯出来吃了顿饭，巧妙地说起了一号工程，又巧妙地点明自己经验丰富，能力足够，热情饱满。为了进一步打动老冯，他还提起了当年一同当科员，一同进八处的老话。老冯也有些感慨万千。到了最后，两人借酒劲竞相奋勇埋单，弄得都挺激动。可晚饭过后，两人冷静下来，又都觉得刚才更像是一场表演，根本没涉及什么深层次的东西。老孙骑车回家，发现老冯真是狡猾，自己除了赔上一顿饭钱，一句瓷实话都没得到；而老冯开车回家，也发现老孙真是可笑，快退休的老朽了，还想跟年轻人争，他要是进了筹委会，年龄最大的都比他小，成何体统嘛。何况钟厅长在昨天一次会上，公开提到八处有个小聂，在厅里内部刊物上发了篇论文，很有想法。"很"字还加了重音。

那篇论文是徐佩蓉授意聂于川写的。说授意可能有些刻薄，但事实如此。聂于川聪明得很，熬了一个通宵写成，看似和一号工程无关，实则等于是工程的实施方案雏形。他拿着论文，请厅办主编内刊的老裴喝了顿酒，轻松搞定。有了这篇钟厅长大加赞扬的文章，聂于川顺理成章地进了筹委会。老孙气得在办公室摔了个茶杯，老韩多情得很，以为他是针对她，撒泼大闹一回，请了半月病假。又过两天，厅里研究这次提拔人员名单，钟厅长提议加上聂于川。会上也有人说到老孙。钟厅长避而不谈，转而问管组织人事的厅长老任，小聂副处调的年限够吗？回答是够了。学历符合吗？回答是符合。八处有副处长空缺吗？回答是有。有更合适的人选吗？老任一笑摇头，算是回答。钟厅长就不再问。提老孙的人更不好意思再说。一个月后，提拔的文件下来，里面赫然有聂于川的名字。

既然是提拔了，视野为之一展，空间为之一开，聂于川就得搬离大办公室，到老陈那里去。老陈这次也提拔了正处级，但设计院的老书记还有三个月才退休，不便立刻就去抢班夺权。老陈笑道，这是天意啊，咱哥儿俩能再混上仨月。两人都大笑。笑毕，老陈有些忘形，邀功说，老哥我的主意不错吧，跟小徐搞好关系，有利无弊。聂于川心里恨得发紧，却不便多讲。徐佩蓉来找他，他一副公事公办的模样，倒显得老陈一肚子小人之心。徐佩蓉也惊讶于他的突然疏远，难过之后，明白了这是他在撇清。毕竟谁都看不起吃软饭的男人。何况厅里已有议论。不管怎样，徐佩蓉发现自己真的爱上他了。聂于川比前夫强太多，有能力，有风度，懂珍惜，会生活，简直浑身都是优点。更要命的是，他也是单身，正需要一个女人。

然而聂于川似乎总也不开窍。在电梯里遇见，他会一如既往地向身旁的人介绍，这是我们处新来的徐科长，研究生。而徐佩蓉也就温婉一笑。没有其他人的时候也有，但很少。聂于川提拔后不久，一次上班迟到，他不无狼狈地冲进电梯，蓦地发现只有徐佩蓉一个人，正错愕地看着他。两人互相点头微笑，竟一时无语。还是她先说，师兄，送孩子了？

聂于川忙说，是啊，你骑车来的？

徐佩蓉倒不说话了，只是点点头，又垂下头去，似乎在忍着笑。聂于川心中一动，不明所以。进而一想，有些生气。他觉得她有点骄傲了。不错，你有背景，也帮过忙，但沾沾自喜是要不得的，表现出来更是不妥。这关系到厅里人的看法，也关系到暧昧主动权的得失。两者都不能含糊。于是他也不说话，盯着闪烁的楼层号码。到了办公室，还没落座就被老冯叫了去。老冯一见他张口便大笑起来，说小聂你也太随意了，好歹也是副处长，牙上有个补丁都不知道。聂于川顿时大窘，背过身一抹，可不是一小块韭菜？老冯笑毕，叹气说家里没个女人就是不行，你看你，都成什么样了。

回到办公室，聂于川真想给徐佩蓉打个电话，或者发个信息，却左思右想不知道怎么措辞，只好作罢。一个上午浑浑噩噩地过去。徐佩蓉垂头忍笑的样子不住地在他脑海里忽隐忽现。像是看着墙外的人荡秋千，一会儿出现在这头，一会儿出现在那头。看来他有点错怪她了。其实自己提拔后，厅里的确有人怀疑他曲径通幽，幽自然是钟厅长，这径就是徐佩蓉。为了撇清，他处处小心翼翼，跟她保持着距离。他当然能推测出她的想法，只是十年不见，他对她了解甚少，她的真实意图一时不敢确认，也就拿不定主意。一段时间观察下来，徐佩蓉大约是真心的。其实跟一个有背景的单身女人暧昧一下，似乎也无伤大雅。反正仅是暧昧，发现不妙溜之大吉就是。正巧到了午餐时间，厅后勤公司的小姑娘送来两个盒饭，聂于川心里一动，说你忙别的处吧，这个就交给我。

聂于川后来向徐佩蓉承认，他的确是别有用心的。厅家属院有两处，近的近在咫尺，远的也有班车，在厅里吃午餐的要么是加班，要么是单身，要么是占公家便宜。盒饭有两个，处里七个人，老冯在党校，老陈、老韩、老孙家里都有学生，得回去做饭。符合条件的只有他、小李和徐佩蓉。不过小李新近谈了恋爱，中午也要抓紧时间缠绵——他一边想，一边推开门——果然只有她。

徐佩蓉站起来，笑吟吟说，聂处师兄亲自送饭，怎么担当得起啊。

聂于川把盒饭放在桌上，叹气说亡羊补牢啊，我得赶紧讨好。不然下次还是不提醒我，害我出丑。还师兄呢。

徐佩蓉一下子笑得花枝招展，随即垂下头。那一瞬间聂于川更加确认了自己的决定。他有些委屈地叹气，上前打开盒饭，惊讶说后勤公司不过日子了？居然还有鸡腿。徐佩蓉好容易敛住笑，闻言又笑起来。她把盒饭推给他，说想吃就拿走，我不喜欢油腻的。聂于川连连摇头，说吃人嘴短，我是受害者，想一个鸡腿就打发我啊。

徐佩蓉看着他的眼睛。她是鼓起勇气这样做的。来七厅这么久，两人还是第一次四目相对。聂于川不傻。拜十几年机关生活所赐，他的眼神不但会克隆，还能变异，各种神采招之即来，来之能战，战之能胜。比如徐佩蓉看他的时候，他就知道她渴望看到什么。一个受过高等教育的女人，一个三十露头、离婚久旷的女人，一个可能对爱还有些许幻望的女人，难道不想心猿意马？即使真没有，也是因为没遇到让她心猿意马的男人。聂于川发挥得很好。他的目光充斥着深邃、平静，不妨再加些骤然而至的冰冷。这样的鸡尾酒式目光杀伤力很大。他相信，徐佩蓉一定会中招的。

回到办公室，他信心满满地打开盒饭，看着那个一模一样的鸡腿。油汪汪的皮下带着片脂肪，略带酱色的腿肉，突兀亮泽的关节——多好的一个猎物啊。聂于川想，生活多无趣啊，工作多无聊啊，有一个暧昧的对象多好。好就好在一切都在自己掌控之中，好就好在可以不主动，不主动就可以不拒绝，不拒绝就可以不负责。他吃得精神抖擞。爱情足以让女人容光焕发，而对于男人，则是暧昧。

门开了。徐佩蓉托着盒饭进来，在他桌边坐下，将一次性筷子倒过来，用筷子屁股把鸡腿拨给他。她笑着说，我还没动呢！师兄放心，我知道一个鸡腿打发不了师兄。回头我补请，好不好？

整个动作流程里，聂于川内心愉快外表惊讶地看着她，直到她说完。他有些尴尬地看了看面前的猎物，又看了看身边的猎物，说，太客气了，其实你帮我不少忙，该我请你的。他的表情又意外又诚实。徐佩蓉一笑道，那算什么，师兄你才客气呢。聂于川觉得既然环境许可条件成熟，工作力度就不妨稍大一些。他说干脆你也在这儿吃吧，一个人吃也无聊。

这顿午饭进行得很融洽。徐佩蓉毕竟是初来乍到，一些厅里行政和业务部门还不熟悉。聂于川就一一讲解，语气很柔和，态度很认真，不时讲两个笑话来调和。比如他说她前途远大，模样绝不像是恭维，也不必恭维。徐佩蓉愕然看着他，问为什么。他一本正经道，因为你是无知少女。她越发讶异。他解释说，无，是无党派人士；知，是知识分子；少，是少数民族；女，当然就是女干部了。小徐你看看，最容易提拔的四大要素，你一人就占了仨，能不是前途远大吗？

吃过饭，聂于川给她削苹果。长长的苹果皮打着卷，垂到桌面。徐佩蓉不由自主地说，想不到师兄削苹果的水平还这么高。他笑而不答，递给她苹果，开始削第二个。削完了却不吃，仍旧递给她。她忙推辞。聂于川说，我老家盛产苹果，小时候吃伤了。她说原来如此，看来这刀功也是有渊源的。他却说哪里有渊源，小时候吃苹果谁削皮？我不爱吃，可我儿子喜欢，这点技术也是这两年才练成的。为了儿子嘛。

聂于川很清楚，忠诚家庭溺爱子女的男人，很容易获得异性的好感。尤其是婚姻失败的异性。徐佩蓉的目光一刹那温散开来。她像是自语，也像是感慨，说结婚好几年也没要孩子，离婚了就什么都没有了。

火力侦察的效果很好。聂于川没有答话，站起来端着两个空饭盒，说纸巾在那儿，我出去一下。等他扔掉垃圾，抽了根烟回来，徐佩蓉自然已经离开了。桌子上的茶杯里有新沏的茶，水汽袅袅婷婷。他靠在椅子上，又点了支烟。两种类型的烟雾在房间里交错，苏烟和铁观音的气息在周遭弥漫。这就开始了？聂于川微微笑起来。

2

聂于川搬走后，老孙的状态一落千丈，老何死后疯狂滋长的野心化为乌有。这也难怪，一个快五十五岁的老吊，直接提拔正处级的希望如同海市蜃楼，虽就在眼前，却是一片破碎的虚空。老孙彻底明白了老韩快乐的源头。有容乃大，无欲则刚。老子什么都不图了，谁能奈我何？总不会把副处调再撤了吧？从此通知开会，心情好就去，心情不好就不去；即便是去了，也不再唯唯诺诺，想什么说什么，管你爱听不爱听；分管的一摊事，统统推给徐佩蓉，放着年轻人不用，还让老骥跑长途？老韩再说什么怪话，老孙毫不客气地反击，有时候两人争得面红耳赤。老韩气得三天两头请病假，老孙泄洪成功，才懒得管她。他想，老子一心向善，厅里偏偏不许，那老子就当回恶人吧。

老孙撂了挑子，徐佩蓉的压力骤增。她刚来不久，遇见难题只有找聂于川。而这段时间，聂于川也很忙。筹委会不好进，进去了就得好好把握，好好表现。筹委会主任是钟厅长，而她还要主持全厅工作，不能事必躬亲。几个副厅长都想替她分担一些。常务副厅长老任、副厅长老钱最积极。筹委会需要撰写的材料浩若烟海，有些是老任分管，有些是老钱负责，周游在两位厅长之间，聂于川不得不越发小心翼翼。老任管八处，是他的顶头上司，伺候的日子不短了，还算得心应手。而他跟老钱接触不多，不够了解，便多揣了一份谨慎，一有动静就跑去汇报。次数一多，老钱皱眉说小聂，别动不动就来请示，这点事用得着吗？聂于川就笑，笑过之后，该请示还是照请示，也没看出老钱有多讨厌。一次汇报完毕，老钱满意道，对，这事就得这么办，小聂干得不错。聂于川当然说，这是领导指挥得好。老钱说，这么优秀的同志，提拔得太晚了，就这党组里还有人不同意呢！我当时就堵回去了，有能力就要破格嘛。你今年也快四十了吧？聂于川赶紧说，三十六了。

按说也不算太晚。可你也知道，在七厅这种单位，有时候错过一次提拔，不知得等多少年才有机会。像老孙，今年五十五了，也就错过了两次。只两次，十年就过去了。

感谢领导关怀。

老钱挥挥手，说我还是那句话，该提的就要提。不但你，小徐我看也不错。我向钟厅长建议过，一个女同志，又是研究生，不妨也破格。

聂于川老老实实道，小徐最近很积极，工作压力也大。

是老孙撂挑子了吧？老钱喷出一笑。唉，不说他了。小徐跟你是校友，业务上你得多帮帮她。你和小徐有什么需要我这边协调的，尽管说。我喜欢跟年轻人打交道，显得自己也不那么老。言毕，老钱哈哈大笑。聂于川赔笑站起，告辞。回到办公室，他对徐佩蓉简直肃然起敬。老钱是厅里巨头，连他也向徐佩蓉示好。看来徐佩蓉的底细掌握得还不准确，她肯定不仅仅跟钟厅长关系近，不然老钱也不会如此说话。难道是关系源自省里？不过他看过她的档案，她父母都是普通的高校教师，那么就是亲戚？师生？他自失地一笑，反正是裙带关系，至于是裙是带，没有追究的必要。转而一想，老钱为何点破他和她是校友？又为何通过他来转达关心？对于徐佩蓉的主动，他一直是态度混沌，既不拒绝也不接受，难道这也被别人看出了？看来，不管他愿不愿意，他与徐佩蓉都成了暧昧的代名词。他想，无论如何，这次暧昧都有必要开展下去了。何况已经有了精彩的伏笔，不利用太可惜。

如果说第一次共进午餐是意外，第二次是试探，第三次是心照不宣，第四次就成了习惯。而习惯一旦形成，就很难改变了。只要聂于川中午没有应酬，处里又没第三人在场，徐佩蓉总会端着盒饭到他那里去。老钱谈话的第二天，赶上厅工会有活动，徐佩蓉代表处里参加，回到办公室已经快一点了。盒饭安安静静地躺在桌子上。她看着盒饭，心里有些慌乱，想了半天还是打了电话。她有些不自然地说，谢谢师兄，吃了吗？说过之后，她简直可以听到自己心跳的声音。他在那边笑起来，说没有啊，你进入跳棋决赛啦？

都一点了，你在加班？

他片刻没说话，继而低声说，等你呢。

她想不到他会突然这么直爽。他明明是在暗示她什么，可又无法深究，只怕说穿了彼此都不自在。她就只好马上说，那我这就过去。

聂于川果然在噼噼啪啪地打字，一堆文件小山似的摊在手边，封面的发文签上密密麻麻全是批示。徐佩蓉莫名地有些失落。她坐下笑道，以为真在等我呢，原来还是在加班。他说不能这么讲，应该说真是在等你，顺便加加班。两人一起笑了。徐佩蓉垂头要打开盒饭。聂于川拦住她，说，先别打开，猜一猜今天是什么菜色，猜错的请对方打球。她抗议说这太不公平了，你肯定早就看过。聂于川肃容说，我保证没有看过。

两人看着对方，房间里一时很安静。徐佩蓉凑到盒饭前，闻了闻，抢着说这太简单了，一定是鸡腿，谁不知道后勤公司都成养鸡场了。聂于川笑着摇头，说不对，是西葫芦，不信打开看看？她微笑着朝他努努嘴。聂于川就打开，得意地看着她。徐佩蓉难以置信地打开自己那份，里面却是两个鸡腿。她马上明白了，脸颊顿时润红，说你耍赖，明明是你换过了。

你代表处里参加比赛，责任重大啊。多吃一个鸡腿，保证你决赛得第一名。

徐佩蓉忍住笑，说我参加的是跳棋，又不是跳远，再说了，这有联系吗？

小鸡蹦得多快啊。

这几句对话奠定了愉快的气氛。吃完饭，聂于川扔了空饭盒回来，脚步放得很轻。因为他注意到徐佩蓉没有回去。透过门缝罅隙，他看见徐佩蓉站在饮水机旁，手里端着他的杯子，却不去接水沏茶，像是在等什么。聂于川只觉一股暖洋洋的气流涌遍四肢百骸，所过之处温畅通泰。中午时分，大楼里静悄悄的。他见四周无人，便蹑手蹑脚地退后了几步，加重步伐走到门口，推门进去。她果然已经在给他接水，动作很自然。聂于川惊讶说，不用麻烦，我自己来就行了。

客气什么。你是师兄，又是领导，为领导服务而已。

聂于川接过杯子，说了声谢谢，顺手放在桌上。杯子把上有些滑腻。不知是她手心的汗，还是淡淡的护手霜。他打开一份文件，浏览、翻动，像是在找着什么。徐佩蓉应该在看着他。那种傻傻的目光，傻子都能感受得到，可是他却偏偏不去回应。她呆了一阵，看见一份杂志，捞到救命稻草似的拿起，说师兄没落下专业啊，还有小说杂志，借我看看吧。他这才抬头看着她，微笑说没问题，尽管看。随即又翻着文件。徐佩蓉握着杂志刚刚坐下，猛地发现再也找不到继续呆下去的借口，勉强一笑说那您忙吧，就起身离去。他的冷淡突如其来，没有丝毫征兆，但他也明白，这必不可少。顺水推舟谁都会，平地波澜才是高手。徐佩蓉出门之际，聂于川瞥见她黑色牛仔裤下精致而轻颤的臀部，转过头来，啜了口滚烫的茶。暧昧其实并不是一捅就破的窗户纸，而是贴了一层纸的窗玻璃，想一捅就破那就错了。但也不能让想来捅的人一蹶不振，再不复来。那就不叫暧昧，而是欺骗。何况徐佩蓉还有比较暧昧的背景？像他这样的高手并不想骗人，却也不愿被人一览无余。好在一切才刚刚开始，而且都在自己的掌控之间。

由于午饭吃得晚，午睡也不现实了，聂于川索性真的打起了文件。文件是老任要的，说实话真还挺急。钟厅长对筹委会的前期工作很不满，会上点名说了老任几句。老任有些委屈，又有些得意。你又没明确究竟是谁负责，怎么板子打到我头上了？反过来一想，这等于是将此事交给自己，既然变相排除了老钱，就不能说不是好消息。老任精神一振，一上班就召集筹委会的几个骨干开小会。既然是小会，老钱就不必参加了。小会上，老任让八处赶紧拿个考察方案出来，他再报给钟厅长。聂于川明白，说是八处起草，老冯贵为处长，肯定不会亲自动笔，老陈忙着落实去设计院，所谓方案，说到底还是落在自己头上。果然，老任一边给大家发烟，一边对他说，怎么样小聂，有难度吗？

这么大的材料，冯处又在学习，我一个人怕是能力有限。最好是陈处跟我一起搞。

老陈说走就走，帮不上你。老任弹了弹烟灰，笑道你们八处我还不知道，老冯就指望你了。对了，不是还有个研究生小徐吗？

老冯忙说，小徐才来不久，业务上还不熟悉。

老任皱眉道，都好几个月了，还叫不久？业务也该熟悉了吧？你和小聂得多帮帮她嘛。她是钟厅长挖来的人才，重点人物，得好好培养。钟厅长说过，我分管的处室，有几个人才，小聂和小徐都不错。

下楼的时候，老冯的脸色有些难看。聂于川赶紧敬烟，点火。到了办公室，老冯坐下叹道，这个小徐！几位厅长都夸她，真喜欢，直接调秘书科算了，搁在八处成尊佛了，不敬她不行，不用她也不行。接着就不说话，抽烟。一开始，聂于川心里也不痛快。大凡下属，都渴望受重用，更渴望受专用。本来这个狗屁方案并不难，他一人足以搞定，为何加上个徐佩蓉？难道是不信任？可看见老任忧心忡忡的样子，他又平衡了。人家徐佩蓉原本就有背景，老任也好，老钱也好，各个场合都表示看好她。老冯都被噎了几句，自己一个刚提拔的小副处长，吃什么醋？

聂于川斟酌着说，我看老任这次明确负责筹委会，也有小徐的因素。钟厅长说八处有人才，他又分管八处，协调起来方便。

也不尽然。老冯苦笑，小徐再有能力，也是个小科长而已。别的不说了，方案要紧！

那小徐呢？

你就受点委屈，方案你写，上报时就说是你们俩搞的。靠，真他妈的麻烦。

聂于川有点啼笑皆非，搞不懂这是他占徐佩蓉的便宜，还是徐佩蓉占他的便宜。回到办公室，老陈照旧不在。最近他有些神出鬼没。这也难怪。老陈正处级是有了，但还未上任；既然没上任，就像美味珍馐送到桌上，却找不着筷子，只能干巴巴看着，而且随时会有变数。聂于川无心管他如何找筷子，把一号工程的文件摆满一桌，琳琅满目。其实考察方案并不难，有得是以往的模板，加工组合一下就行。既然心里有了主意，就不急于动笔。写那么快干什么？送上去的时间越早，领导修改的空间就越多，劳动量就越大。现在不急，可以先上上网，看看新闻，有场球赛错过了，正好补一补。但两支烟过后，一场球没完，聂于川蓦地惊醒。还是太幼稚。哪个厅长不是宦海风云里过来的，手下秘书笔杆这点伎俩焉能不知。糊弄领导虽是常事，却不可常为，领导在意的事更是糊弄不得。就像找领导签字报销，发票里头有没有水分，有多少水分，领导心里清楚得跟明镜似的，却问也不问就签了。不是领导好糊弄，而是领导对你睁一只眼闭一只眼。你要是不识好歹，非逼领导把另一只眼也睁开，吃亏的还是自己。在七厅摸爬滚打这么多年，聂于川总结出一个真理，该应付的事绝不能认真，该认真的事绝不能应付。看似简单，实则玄奥。瓢泼大雨没听说能淹死人，一口小井却能要命。

这边一身冷汗未消，那边老冯就来电话，问开始动笔没有。聂于川惊讶于他有透视眼，忙撒谎说已经开始了。老冯欣慰说，好好干，老陈已经正式办了调动手续，今晚请八处全体聚餐，算是告别。聂于川说这么快！老陈瞒得真严，我跟他对桌，愣是藏得滴水不漏。老冯笑道这事怨不得老陈，他不像你年轻，岁数大了机会有限，不敢出岔子。不一会儿老陈到了，笑呵呵地通知他今晚七点，天鹅阁聚餐。他照例是一番祝贺。筷子到手，尘埃落定，老陈实在是开心，兴奋得直搓手，又出去通知其他人。聂于川一边翻文件，整思路，一边酸酸地想，老陈也不容易，虽说是个事业单位，毕竟也算一方诸侯，有了自己的独立王国。他正胡思乱想着，老陈皱眉回来，说八处真是得整顿了。大白天的，老孙那边居然一个人都没有！

聂于川笑着解释，老韩生病请假，老孙和小李的主业是打乒乓球，小徐去工会参加跳棋比赛了，哪里还会有人？你有事先去忙，我负责通知。

老陈和他各自点烟，抽着。老陈有一搭没一搭地道，小徐最近挺忙的。

嗯，老孙成了甩手掌柜了。聂于川生怕他又说什么拉近关系有利无弊的话，想把话题转移到老孙身上。可老陈偏不上当，说小徐是你的贵人呀，她一来，你就提了副处长。开玩笑开玩笑，不过她的关系挺硬的。

聂于川认真道，你知道她的关系？

老陈看看他，说别瞒我了，你能不知道？你肯定知道。

聂于川说，我是真不知道。

老陈看了看门，低声道，小徐上面有人。

这句很暧昧，也实在是废话。聂于川还是一脸恍然大悟，哦，原来如此。

老陈说，她在八处，对八处是好事，对你也是好事。你想想，领导们自然喜欢看到她出成绩，她的成绩还不都是你的成绩？老冯进了党组，就是你管着她嘛。

再别说谁管谁了。他苦笑说，唉，原以为来了个干活儿的，这下谁还敢使唤她。

可不是嘛。老陈诚恳地说，我这一走，八处可就只忙你一个人了。聂于川心里说，你就是不走，又干过多少？嘴上却道，老兄当一把手去了，可别忘了弟兄们。

老陈连连摆手，幅度很大，像是溺水的人。他低声说，老弟放心，设计院虽说是事业单位，也算是一级组织吧。处里再有不好消化的账，给我送去。

老陈这话水分不多，真诚的比例很大。八处负责全省的行业管理，设计院也在管理范畴之列。行政审批就像皮筋。熟人来了，抽根烟讲个笑话的工夫就办了手续；遇见生瓜蛋子，那就是"十五个工作日"。更倒霉的，随便挑他个毛病，打回重做，再送来还是"十五个工作日"。要不是靠着这点行政资源，设计院那么臃肿腐朽的老单位，早混不下去了。聂于川见老陈说了交心的话，也肃然说，老兄见外了吧？从今往后，设计院的事八处上门服务。

老陈哈哈大笑着站起来，叮嘱说，晚上天鹅阁，七点，别忘了！

聂于川送走老陈，又点了支烟。徐佩蓉果然是有背景，而且来头还真不小。这些虽然都料到了，但一经确认，仍是有些意外。由于暧昧的程度还不到，他没有问过她离婚的缘起，不过无论如何，看来这次有益无害的暧昧都有必要进行下去。他摁灭烟蒂，看看表已经十点多了，便不敢再偷懒，扎扎实实地写了起来，直到后勤公司的人来送饭。老冯又打电话来，说中午有饭局，问他能不能过去。聂于川为难说恐怕去不了，写方案呢。老冯马上说那就回头再说吧，一切以方案为重，等方案通过了请你吃活海参。聂于川说话的时候，正在把自己盒饭里的鸡腿拨给徐佩蓉那一份，忙忍住了笑，说谢谢领导关怀。

那两个鸡腿在中午的暧昧里成了重要道具。暧昧已过，下午上班，聂于川就挨个打电话通知晚上的饭局。大家莫不响应。连老孙也爽快地说要去的要去的，好好沾一沾喜气，看我这个老吊什么时候也能进步进步。倒是徐佩蓉的话很简短，只是说知道了，一定去。看来中午那点突如其来的冷淡，留下了一些后遗症。聂于川当然有准备，就说，没事的话你过来一下，有点专业问题咨询咨询。

老陈一走，办公室里就剩下他一个人。空间一大，暧昧的难度系数就小了，不用因有别人在场而费力斟酌语言。他见徐佩蓉进来，忙站起，把位子让给她。他说请你看一下，你是专业出身，别让我闹出白脖话来。徐佩蓉显然没想到这个。她稍稍迟疑一下，欠身坐在他的椅子上。聂于川坐在一旁，看着她身子前倾，翘臀不安地挪动，握鼠标的手指也在微微颤着。他刚刚站起，椅子上应该还有他的体温。他想，她坐在上面当然要心旌荡漾的。徐佩蓉看了几行，情不自禁说聂处就是聂处，写得真好哎。

又不是写小说，哪里谈得上好。聂于川苦笑，指不定领导那里怎么修改呢。再说了，今后别叫我聂处，还是叫师兄吧。

叫聂处，是同事关系；叫师兄，是同学关系。显然后者更适合暧昧的气氛。徐佩蓉刚想说话，聂于川突然探出手来，伸到她前胸下缘和抽屉间的缝隙里。那个缝隙很小，小得像少女初吻前微张的双唇。尽管聂于川的手努力在回避，却还是触到了她的衣服。准确地说，是触到了她的胸部。徐佩蓉本能地朝后退了退。聂于川将半个身子斜过去，几乎碰到了她的大腿，这次她是退无可退了。徐佩蓉第一次离他这么近，甚至可以看得清他后脑上的根根头发。她的呼吸明显地屏住了。聂于川顺利地拉开抽屉，拿出里面的一个苹果。

不能让你白忙活，大苹果伺候。

聂于川朝她晃了晃手里的苹果，脸上多了份不常见的调皮。似乎刚才那白驹过隙的一触根本不存在。即便真的存在，他的脸上、眼睛里也是一尘不染，让她不由得为自己的多情而羞愧。她嘴角旁边绯红嫣然，说，师兄太客气了。

其实聂于川这一切举动根本谈不上客气，而是高手才有的收放自如。他熟练地削苹果，递给她，心里说，看你能抵御到什么时候。其实徐佩蓉早已丢盔卸甲，像是手里干干净净的苹果，再无一丝可以遮掩的东西。她小小地咬了口苹果，顶端有股夹着果香的淡淡的烟草味。她问他，我第一次参加处里聚餐，大家喝得厉害吗？

老陈是三两的功夫。聂于川擦手，将纸巾团成一团。不过今天他做东，自然要超水平发挥。老冯半斤八两的酒量，控制得也好。小李呢，前三杯挺唬人，接下去就露馅了。老韩肯定会说她不能喝。

那你呢？

酒量不行，酒风还可以。

老孙呢？

聂于川皱眉，像是组织语言。徐佩蓉笑着说，难道师兄也总结不出来？

不是总结不出来。聂于川一笑，只是词儿不太文雅。

你就说好了，我会过滤的。再说，我不信师兄还能有多不文雅。

老孙属于——有酒必喝，逢喝必醉，简单地说，是有酒瘾没酒量。

徐佩蓉笑起来，这词儿没什么不文雅啊。对了聂处，老韩好几天没来上班了，说是生病，用不用去看看？

不用。老韩就是这样，一年里有一多半都请病假。

她挺敢说话的。

现在是老孙更敢说吧？

徐佩蓉一愣，笑起来。聂于川岔开了话题，说快看文件吧，大苹果不能白吃啊。她撇嘴说，真小气，三句话不离本行。聂于川明白，她已经完全从中午的后遗症里解脱了出来，对他突如其来的主动惊喜异常。可惜，暧昧高手的主动都是伏笔，而与之呼应的，难免是突如其来的冷淡，就像今天中午。

天鹅阁离厅里不远不近，是省城极有名的一个饭店。没到下班时间，小李就在办公室里嚷嚷，说早知道晚上有大餐，中午饭都省了。徐佩蓉愉快地微笑，没有回应。老孙大口抽烟，说那算什么，等俺老孙也提拔了，请你吃国宴。由于气氛和谐，老韩也没讽刺他痴心妄想。

据老韩说，她是特意从医院过来的。这一点无人有心去考证。六点钟下班，大家有说有笑地下楼。一个中年人在大门口候着，见了聂于川忙上前，说聂处，我们陈书记让我等着处里领导们，车在停车场。聂于川认出他是设计院的办公室关主任，就笑着给大家介绍。于是众人啧啧赞叹，说老陈太客气，就两步路还派车接。又说老陈不忘本，当了书记还惦记着大家。到了停车场，一辆考斯特冲他们眨眼。关主任请大家上车。车上一个位置前有桌板，一看就是给领导安排的。老冯从党校直接去饭店，无可争议的人不在，事情就微妙起来。微妙面前，众人都心照不宣地微笑。聂于川看也不看宝座，大步走到后边。老孙最后一个上来，见众人都望着他笑，便一屁股坐下，扭头说大闹天宫三十年，一夜回到花果山，今天俺老孙也坐坐玉帝如来的位置，大家没意见吧？大家一起笑，纷纷说他坐得好，坐得正确。老孙又扭头看着聂于川，说聂大处长也没意见吧？聂于川笑着摇摇手。徐佩蓉对老孙很鄙夷，但见聂于川开朗地在笑，又想起了中午的那次碰触，脸上不由得一阵发紧。她忙垂下头，让那一抹绯红藏进脸颊的阴影里。

到了饭店，走近包间，老陈在门口迎接，俨然一派东道主的风采。老陈说老冯打电话了，路上堵车，得迟到一会儿。大家情绪高涨，大声酝酿着罚老冯酒。主位空下来给老冯，其余人等各找各座。聂于川和老陈自然分坐主位两旁。老孙挨着老陈坐下，说是要沾沾老陈的喜气，又说老韩坐俺老孙身边，顺带也沾一点。老韩不客气说，我不要二手的，你要是好心就让我挨着老陈坐。大家都笑起来。老韩也笑了，还是坐在老孙旁边。徐佩蓉松了口气，大大方方地坐在聂于川一侧。她小声对他说，今天挺热闹的。

热闹还在后边呢。聂于川也是小声。徐佩蓉会意一笑。他明白，这样的窃窃私语正是她需要的。老孙对他们大声说，小聂、小徐注意点，今天是老陈大喜的日子，咱们不能开小会。老韩说，眼红什么，咱俩也说说悄悄话？老陈立刻鼓掌，赞成。包间里笑语喧哗，气氛烘托得很好。关主任来回伺候，像是个幽灵。需要他的时候必然就在眼前，不需要的时候根本看不见他。不一会儿老冯来了，大家站起迎接。老冯见还未点菜，连连责怪老陈太见外。老陈把菜单送到老冯手里，说点菜这么大的事，还是老领导亲自来。老冯也不客气，合上菜单，说不用一个个点了，就你们招牌四宝吧，四个菜。除了老陈，大家都面面相觑。连聂于川都不明所以。小李沉不住气，说四个菜够不够啊？服务员捂嘴笑。老冯说小子，等会儿你就知道了。

不多时，有厨师推车进来。原来这四宝还是现场做的。服务员鱼贯而入，流水似的上着菜，很快摆满一桌。大家这才明白说是四个菜，其实是四个主菜，其余都是奉送。小李见连甲鱼龙虾乌鸡都奉送上来了，有点瞠目结舌，问服务员四个主菜是什么。服务员笑着介绍，我们的招牌四宝，是东星斑、鳄鱼血米饭、穿山甲熬老参、秘制河豚。大家一时静默无语。老陈说，用什么酒水，老领导也指示一下。老冯说，菜不便宜，酒水就简单点，52度水井坊吧。老陈颇有底气地说，先拿三瓶。

这顿饭吃得宾主尽欢。大家干过前三杯集体酒，开始轮流过圈敬酒。不多时两瓶酒一滴不剩。老孙知道这酒也不便宜，喝到的机会不多，一滴都舍不得酒。一开始信誓旦旦"不喝不喝"的老韩也被灌了几杯。劝酒劝到徐佩蓉这里，聂于川以师兄身份替她挡了几次，遭到一致抨击。众人没见过徐佩蓉的酒量，却多少知道她的背景，敬酒也敬得坦率真诚，仿佛喝在她嘴里的酒，最后都进了钟厅长的肚子。老冯控制得很好，微笑着看着大家你来我往。水井坊开到第四瓶，老孙已经撑不住了，小李扶着他到洗手间。老冯见状对老陈说，今天差不多了，收工吧。老陈朝门口招招手，关主任鬼魅一般地浮现在他身边，低头欠腰听了几句，转身飘走。大家又等了等，老孙这才回来，吐得面如土色。老冯看了眼老陈，老陈会意地站起，举杯说，八处是我的根据地，设计院全靠八处支持。反正各位不来视察，我定期上访就是了。大家纷纷笑起来，随着他一饮而尽。

席终人散，徐佩蓉回到家，洗过澡，躺在床上。本来满腹心绪和酒精掺杂一处，满身周游；现在酒精蒸发殆尽，剩下心绪无处寄托，只觉阵阵头痛欲裂。聂于川分明看见她也喝了不少，为什么连个关心的电话都没有。难道在他的心里，她真的一点位置都没有吗？她拿着电话反复摩挲，像燧人氏钻木取火，居然把电话弄得烫手。打，还是不打？要不然，发个信息？

电话善解人意地响了。竟是他。到家了吗？

睡不着。

聂于川笑起来。答非所问啊，不过，你的酒量不会这么小吧？

心里有事，喝一点都能醉了。你没有跟老陈一起活动活动？

无非是洗洗澡打打扑克，本人向来没兴趣。你倒对这一套挺熟悉啊。

我又不是刚毕业的大学生，别太小瞧人了。刚才路上，老孙一直唠叨，说不知道你和老陈去哪儿了。

他见怪不怪地笑了一声。老孙就是这样，生怕我和老陈单独活动，不带他玩。他顿了顿，又说你快休息吧，明天还要上班。

徐佩蓉握着电话，忽然有种想哭的情绪。这种情绪瞬间燃烧起来，烧得她沉默下去，像是一截灰烬。聂于川笑着问，怎么不说话了？

她幽幽说，我在想，如果没有你这个电话，我该有多难过。

他显然没有想到她会这么直接。这个——我很荣幸。不过，我觉得你真的有点多了。别瞎想了，快睡吧。

徐佩蓉还想说，我怎么睡得着呢？却无论如何也说不出来，仿佛刚才那句话已经耗尽了她所有精力、所有勇气。她知道像聂于川那样的男人，一般都会等着别人先挂电话。他对谁都那么客气，对谁都那么彬彬有礼，看不出态度，辨不清喜恶。以至于在他面前，她根本感觉不到自己和老孙、和门卫有什么区别。好久，她才艰难道，好的，你也早点睡。说完就挂了电话，然后垂下头埋在膝间，哭湿了睡裤。

聂于川检查了儿子的作业，又漫不经心地陪父母亲看了一会儿电视。洗漱之后，他决定再给她发个信息。他知道她肯定没睡。刚才那个电话貌似关心，实则极富侵略性，应该是把她弄得心神俱疲。其实暧昧的发展也要讲科学，讲可持续性。不能一味让主动的一方感觉没有回报，有时候回报也是必需的。对她而言，由于背景特殊，回报不能太吝啬，要具体问题具体分析。他躺在床上，认真斟酌一番，写了个信息：很后悔没有送你回家，已经很晚了，希望你能睡个好觉。等显示对方已收到，他便关掉了手机。他想，即便是她幕后推手实力雄厚，即便是她一味主动需要回报，眼下也仅此而已。足够了。

3

考察方案一层层报上去，再一级级批下来，按常理该是一周以后。但此事重大，只过去两天，钟厅长"同意"的批示就到了。老任组织开了个协调会，决定派两拨人出去，八处老冯和厅办老文各带一队，一南一北。老冯在党校刚好有个去港澳新马考察的安排，两下里档期冲突，虽当面应承了老任，终归有些不舍。这事聂于川听他提过，知道他左右为难，就出主意说，反正去港澳新马也就十天，也得在广州出境。领导您先带队去广东，而后跟着党校的团出去，我们几个按部就班地去上海、江苏。您回了国直接飞南京，咱们会合后一道回来。您看这样行不行？

言毕，聂于川谦卑地看着他，暗暗给自己喝彩。这是个一招致命的主意。果然，老冯微笑着扔过来一支烟，自己也点上，慢悠悠地说，那你可就得多操心了。

聂于川笑，说给领导分忧，这是我的责任嘛。

那你看处里谁去呢？

他想了想，说任厅长定了三个名额。您一个，我一个，剩下一个，您看着定。

让小徐去吧。老冯吐了一个浓浓的烟圈。这件事涉及专业，她能帮上忙。老任说要重视她，这不就是重视？

他早知道会是她，却为难道，您肯定不一直跟着，我跟她不太，不太方便吧。

老冯笑道有什么不方便？你还能弄条绯闻出来？她可是钟厅长的人，给你个胆子你也不敢吧。聂于川站起，笑着点头出去。走到门口，老冯叫住他，欣赏地说好小子，比我当年强，好好干吧。

回到办公室，他对刚才的表现很满意，对老冯的话很生气。凭什么不敢动徐佩蓉？就算钟厅长是她妈，还能奈我何？是她主动进攻，又不是老子率先勾引。何况她离婚，老子丧偶，你情我愿的事情，管天管地，还能管老子的生殖器？徐佩蓉再有背景，也是个离婚茬子，总还要再婚。帮助她解决婚姻问题，是老子放弃了多少黄花闺女后慨然献身，她身后的背景高兴还来不及呢。你老冯是处长，遇到难题不也是一筹莫展。幸亏帮你安排得周密，带队出发带队返回，鬼才知道你中间都去了哪里。要不是老子，你就梦里去港澳新马吧。聂于川越想越气，恨不能立刻去隔壁把徐佩蓉就地拿下，再四处炫耀一番。他气鼓鼓地等到快下班了，打电话给徐佩蓉，说小徐你过来一下，有事找你。

在他的精心引领下，徐佩蓉最近的状态很好。买了新衣服，做了新发型，估计是确定要发起攻势了。三十岁的女人了，又经历过婚姻，太知道该如何去吸引男人的注意。徐佩蓉进来时，他注意到她换了新行头。一件瘦紧的牛仔裤，裤脚塞进灰色靴子里，一件灰白色大毛衣罩住臀部，却显得曲线更加风致了。一切都很自然。眼下这年头，越自然的东西就越刻意。像聂于川这样的高手，当然不会对任何刻意视而不见，况且他本就有心。他笑着说，小徐今天真漂亮。

暧昧高手的话都会留下很多切口。比如她可能会说，难道以前不漂亮吗？也可能会说，聂处肯夸奖，真不容易哦。还可能会说，一个月工资没了，聂处扶扶贫，管几顿饭吧。还有可能——或者干脆什么也不说，只是垂头在笑。徐佩蓉似乎没想到他今天会这么慷慨，一时有些不适应。等回味过来，她笑着坐下，说聂处真会夸人，有什么指示？

他把批示递过去。她翻了翻，不解说，这跟我有什么关系？

他哭笑不得，点题道，老冯的意思是你和我，跟他一起去。

我和你？她的眼睛瞬间睁得很大，随即又黯淡，自语说还有冯处。那一瞬间，聂于川决定再大方一点，把惊喜提前给她。一男一女，三十多岁，偏巧都是单身，偏巧男的打算暧昧，女的已经进攻。这样的氛围，这样的心态，单独出差十来天，难免会发生一些有趣的事。他需要给她一定的时间和空间去准备，各方面的准备。暧昧没有准备，就像演唱会已经开始，粉丝已然尖叫，而歌手却找不到话筒。效果大打折扣。

听了解释，徐佩蓉果然兴奋地脱口而出。那就是说，实际上还是你和我？

这倒有点出乎聂于川的预料。好歹也是三十岁的女人了，还有那么优越的背景，应该不至于如此。在异性的示好前这么不矜持，这么没城府，确实有点不太正常。她也仿佛看出了他的疑惑，不由自主地垂头下去，勾着毛衣一角坐下。那，什么时候出发？

周末，今天名单报上去，厅办会订票的。

徐佩蓉赧颜抬头，看了他一眼，又垂下去。这么急啊，我得赶紧准备一下。十好几天呢。

那就去吧，下午不用来了。

她走了。聂于川看得出她有多欢喜。那样的欢喜好像只有少女才有的。她大概相信总有一天他会爱她，因为她认为他没有理由不爱。她很出色，很努力，而他身边也正好缺一个女人。她为了他做的一切都心甘情愿，做的每一分钟都甜蜜不已。即便受到冷遇，她也总能从以前的点点滴滴中找到坚持的理由。然而她还是错了。聂于川并不缺女人。一个省直厅局三十六岁的单身副处长，想要找个老婆并不难。难的是找到之后，就不便再随意暧昧了。然而不能随意暧昧当然很不理想，但如果换来一点额外回报做补偿，也还不错。徐佩蓉正好能给他补偿，即便她不能，她的背景也能，这也是他决意暧昧的最大缘起。他有些庆幸，辛苦没有白费，彬彬有礼地拒绝了那么多暧昧，总算等到了。

出发前夜，威威睡了，聂于川陪父母看电视。父亲问同行的都有谁。听到"徐佩蓉"三个字，父亲意味深长地看他一眼，说，女的吧？他笑着点头。又聊了几句，父亲突然问他打算什么时候再婚。他想了想，半是玩笑半认真地说，等做到副厅级吧，起码也要正处到手。父亲没说话。母亲不满道，没听说还有这个条件的，副厅级？老家一个市几百万人，副市长才几个？他笑嘻嘻说，你儿子现在是副处长了，相当于副县长。一个县也有几十万人吧？

父亲开口了，说，儿子说得不错，在他这个年纪，这个位置，结婚要慎重。

聂于川马上说，可不是嘛。

你听我说完。父亲打断他的话。不过你总要结婚的。你别看我一辈子只是个正科级，但我经历的多了。市里也好，厅局也好，其实都是一回事。你现在不急，是因为你还年轻，又是副处长。看起来拥有很多，可是有多少是你能够放弃的呢？没有，一点都没有。

母亲只对他的婚事感兴趣，一见跑了题，立刻长长地打了个呵欠，说你们爷儿俩扯淡吧，我睡了。明天还要做饭呢。她把桌上的瓜子皮苹果核拢到一起，搓进手心，捧着离去。父亲看着母亲的背影，递给他一支烟。抽吧，咱爷儿俩说说话。

聂于川接过烟，点上。父亲才是一个完整的官场缩影。"文革"老大专生，中学教师出身，靠一支笔杀入官场。有呼风唤雨，有堕入尘埃，有众星捧月，也有大势已去。自己现在享受的一切，父亲都经历过。而父亲痛入肺腑的往事，似乎离自己很远，又有可能明天就会碰上。在这个不可理喻的世界里，什么事情是注定会发生的，什么事情是注定不会发生的，谁都不知道。父亲抽烟时喜欢深吸一口，存在口腔，缓缓吐出，又忽然吸进去。一团浓雾刚在嘴边蔓延成形，却转眼不见。聂于川看着父亲一吞一吐，把玩着青色的烟气，不由得笑道，您老就说吧。

我这一辈子，基本上是功不成名不就。但我也有安慰。老婆不离不弃，儿子出人头地，孙子学习努力。我都六十多的人了，还想什么呢？我一直担心的是你。好赖也在机关混了一辈子，你现在的花花肠子我太清楚了。想学西门庆，玩儿上几年，勾搭几个，最后再找个过日子的。对不对？

聂于川看着父亲。他有些无耻地笑，不说话。"过日子的"对他而言，要求太低了。他决定不向父亲提起徐佩蓉的背景。虽说是父亲，大可以无所顾虑；但爷儿俩都是男人，吃软饭毕竟不太光明正大。就算还没吃到嘴里，男人一旦有了这个想法，也难免让人瞧不起，即便是父亲。

父亲继续说，我是个官场的失败者。可有时候，真理并不是胜利者总结出来的，他们只顾享受胜利果实了。就拿你的状态来说吧。你的底气，是因为你是个副处长，领导又赏识，还可能再提拔，觉得自己还算是个人物，挑挑拣拣也无可厚非。对不对？

聂于川还是笑。

其实呢，你这底气是不错的，也该有。但你也想想看，你这底气，多少是牢牢握在自己手里呢？你是输不起的。你吸引女人，是因为你穿着这身官衣。可官衣是党给的，是组织给的，总之不是你的，什么时候要回去也由不得你。你玩儿的东西是炸药包，太有摧毁性了，只适合一无所有的人玩儿。你呢？一个不小心，副处长就没了。副处长没了，你就一切都没了。

聂于川说，那我是该恋爱呢，还是该谈恋爱？

男人的一生，肯定不会只有一个女人。父亲看了看卧室，坦然说，我也不例外，你也不例外。当然，女人也有很多种，但这不是今天的话题。你年纪不小了，官也比我大，我没法告诉你该怎么样。我只是想提醒你，要小心翼翼。记住，你输不起。如果每次跟女人周旋都牢记这个，起码不会摔跟头。

聂于川摇摇头，那我也太被动了吧。

父亲哧哧笑了。他站起，亲昵地拍了拍儿子的头，像是回到了三十年前。父亲说，想不被动，当然也好办。你现在不是副处长吗？等你当了处长、厅长，就不用这么小心翼翼了。

聂于川睡得很晚。父亲的话一直折磨着他，拨动着他的心弦。思绪不定之际，他给老陈打了个电话，说要去广州出差，用不用给老陈岳父家捎东西。老陈笑着感谢，说我岳父岳母来看闺女，眼下就在我家，不用麻烦了。聂于川也笑，趁机说你看老冯安排的，要我跟徐佩蓉一块儿去，这才是麻烦呢。老陈那边敛住了笑，沉默片刻，认真道老弟啊，你得好好把握自己。小徐的背景，我知道得不多，一句话也说不清楚。小徐人是不错，不过最好再观察观察。你又不是没见过女人，对吧？我说话有点直了，老弟别介意。

老陈话里有话，可能他真的知道，但不便说，或不想说；也可能他真的不知道，所以无从说起。聂于川知道自己和他的关系，也只能说到这一步了。通知徐佩蓉出差时，他几乎已经确认要在此期间跟她再进一步。可是现在，他冷静了。父亲也好，老陈也好，自己的戏言也好，其实都是一个意思。他现在只有副处长这一身衣服，虽然比老孙、老韩的赤身裸体强些，但还不安全。渴望已久的正处长什么时候才能降临呢？如果不断升迁下去，衣服就多了；衣服一多，即便脱去一层，也不会有一丝不挂的尴尬。他一边抽着烟，一边想。真到了那个时候，父母养老，儿子上学就都不是问题，连玩玩暧昧也更有底气了。他忽然发现，自己对提拔升迁的焦灼从未如此具体，如此真诚。

接待方很热情，只是酒量不行。老冯象征性地带队考察一天，就跟着党校同学直奔香港而去。考察组只剩下聂于川和徐佩蓉。晚上到了酒店，进了电梯，她骄傲地说，聂处，小女子没给你丢人吧？

聂于川点评说，跟他们比喝酒，起步太低了吧。徐佩蓉刚才喝了不少，把接待方吓得目瞪口呆，没人敢提出跟聂于川碰杯。他见她噘起了嘴，笑道，不过还是值得表扬。我们的小徐不但业务好，交际、应酬，各方面都很优秀。她不接腔，反问道，刚才下车的时候，那个小焦小声跟你嘀咕什么？

两人出了电梯，聂于川微笑不答，点上一支烟。电梯口对面是沙发，茶几上摆着烟灰缸和糖果、瓜子。他坐下，叼着烟摇头。你怎么凡事都这么好奇？今天的考察记录做好了吗？老冯可不像我，这么好说话。

在这儿谈工作，太不严肃了吧？

那还能在哪儿，总不能包个会议室。

聂于川当然知道她想去他的房间，正等着他的邀请。如果没有父亲和老陈那席话，说不定他还真就答应了。至少也是一起喝喝茶，聊聊天。但是现在，他决定不这样做。虽说她的背景尚不明朗，但毕竟的确是有。对这样的女人，要比寻常对手更谨慎，更小心。与其一呼一应，倒不如欲擒故纵。徐佩蓉不说话了。她把他的如履薄冰看成了有意回避，而此时的回避其实就是紧逼。他的步步紧逼让她很难堪。他连这点主动都吝啬。再泼辣的女人，也不至于在独处的第一晚就投怀送抱吧？她难以想象他到底在犹豫什么。

聂于川拿起一块糖，剥去一半的纸，捏着底部递给她。她赌气不接。他叹道，好吧好吧，真拿你没办法。小焦问我，晚上用不用安排。我当然拒绝。怎么样，满意了？

徐佩蓉的脸瞬间通红。她拿过糖，狠狠地嚼着，说这也太离谱了，我难道不是女的？话音刚落，他就忍不住大笑起来。她这才明白话里有语病，脸色更红。她结结巴巴地纠正，我的意思是，有女同事跟着还这么明目张胆，太不像话。

聂于川站起来，好了好了，快回去吧，明天还要考察。徐佩蓉垂头起身，乖乖地跟在他后边。进了房间，他打开电视，把声音调得很大。她就在隔壁，一会儿肯定要过来的。他简单地冲洗了一下，没有穿宾馆的浴袍，套上带来的睡衣，仔细系上每一个扣子。一切停当，他靠在床头，给家里打电话。正跟父亲说闲话，有人敲门。他微笑继续，并不响应。他有意说了很长时间。刚放了电话，铃声就响了。徐佩蓉有些不满道，敲门没人理，手机又关机，电话还一直占线，聂处的日程安排得挺满嘛。

聂于川帮她直奔主题。有事吗？

我的电脑坏了，今天的记录没法整理，怎么办呀？徐佩蓉的语气有些撒娇了。这是个好现象。他想，起码懂得迂回进攻了。

那今天就不用整理了。他想笑。不然，我把电脑给你送过去吧。

她马上说，哪里敢劳领导大驾，我过去拿好了。

他笑着放下电话，起身去开了门。刚开门她就到了。显然是精心梳洗过，香氛幽幽，也没有穿浴袍，而是一身很合体，稍显身材又不过于性感的家居服。他一侧身，她就钻了进去。这是她第一次进入他生活起居的地方，因而显得很好奇，不住地左顾右盼。聂于川笑道，这里没别人，你瞎看什么。

徐佩蓉撇嘴说，谁知道有没有呢？谁知道现在没有，一会儿有没有呢？

别说胡话。他板下脸，指着电脑。就在那儿呢，你拿去吧。

这么放心我拿走，里面就没什么秘密？

等你往里面输入一些秘密，不就有了。

我真的输入了，你也未必找得到。

喂，你怎么开机了？

我呢，还是在领导这里打，万一有问题可以及时请示嘛。

总算到了你来我往的地步。聂于川想，她终于进步了，不再是欲言又止。她不乏主动，但主动也要用在刀刃上，要懂得营造过招的气氛。暧昧中的过招是很重要的。陌生人可以借此熟悉，老熟人可以增进好感，继而做出最后的判断。聂于川心里很愉快。随你吧，跑了一天，你不累我倒累了。

徐佩蓉歪着头看过来，说那好办，你睡吧，不影响我。

他一跃而起。那我还是别睡了。

她哧哧地笑起来，啪啪地按键。没几下，她又歪头看着他，问电脑里有没有歌。他让她自己找，又说我这里只有老歌，你们年轻人的歌我听不懂。她摆弄一阵，居然真找到了，惊讶说王菲、邓丽君，居然还有郭兰英！他说这就是所谓代沟了。其实他三十六岁，她三十一岁，代沟的说法无非是提醒她年龄差距并不显著。她果然摇头感慨，师兄还年轻着呢。他笑了笑，刷牙去了。等他出来，王菲谜一样的嗓音正在房间里到处弥漫，偏巧就是那首

《暧昧》：

> 你的衣裳今天我在穿
> 没留住你却依然温暖
> 徘徊在似苦又甜之间
> 望不穿这暧昧的眼

聂于川吃惊地站住了。这回是真的吃惊。如果说是巧合，那这简直是天意；如果说是刻意，难道她也成了高手？幸好这电光火石的一愣并没被她看到。他平静了一下，走到她身边，说，怎么样了？

快好了。徐佩蓉说，你就知道问这个。

她故意又问了几个问题，好让他不便离开。她的家居服并不暴露。但他居高临下，如果用心，倘若有意，一点点春光还是难免看到的。徐佩蓉从面前的镜子里悄悄打量着他。可惜，他压根就没看她，脸色也有些生硬，声音却柔软下来。好了，别闹了，弄完了就回去吧。她刚想说什么，他又补充道，好好休息，今天刚开始，出差还长着呢。

出差的每一天，聂于川都要给老冯发信息汇报工作。有时候一写就是半天。徐佩蓉笑他发得慢，他索性把手机给她，让她代劳。她的表情分明在说，她当然愿意代这个劳，而且简直是求之不得。于是聂于川口述，她飞快地按键。其实她见过他发信息，并不是这样慢，好像是有意如此。但这又如何？她巴不得多一些这样的小伎俩，好证明他也渴望有一些事情发生。信息写完，聂于川又看一遍，笑着点头。她就说，那你得请我吃饭。

晚饭的时候，两人婉言谢绝接待方的好意，说是想自己走走。接待方会意地不再坚持。徐佩蓉像是想起了什么，急匆匆跑回房间。聂于川猜测她一定是换衣服去了。果然，她再出来的时候，已经不是白天的打扮，一身休闲装。聂于川说，你这样穿戴，倒显得我一本正经了。徐佩蓉快乐地看着他，说那你也去换。他摇头说，本人只知道此行的目的是考察，又不是逛街，没带。她越发快乐，说那更好办，咱们买衣服去。

出门就有商场，霓虹灯闪烁，像是在招手。徐佩蓉视而不见，直接拦了辆出租车，说去某某商场。聂于川也不去点破，微笑着靠在坐椅上。和省城远隔千里，又没有老孙、老韩有意无意的敏锐目光，对于暧昧而言，这里简

217

直是天堂。他打定主意，今晚就让她发挥，看能到什么水平。进了商场，徐佩蓉的手自然地搭在他臂弯。聂于川悚然一撤，她只抓住了他的袖子。徐佩蓉是有来头的人，可她好像把这些统统放开，积蓄了莫大的勇气才伸出手来。他有些心软了。就在这一软的刹那，她的手又来了。可能由于孤注一掷的决绝，她竟然捏到他的皮肉。聂于川情不自禁地叫了一声。两人一愣之后，都笑了起来。

他看着前方，侧头小声说，你就不怕别人看到？你可是女的。

这里又不是省城，谁认识我们？徐佩蓉也小声说。再说了，你是单身，我也是，就算真的，真的那个，起码不违反党纪国法吧。

听上去挺悲壮的，悲壮之余还有些悲凉。聂于川不再拒绝。两人手臂相挽，一边走一边私语。远远看上去好像真的在"那个"了。他一副无可奈何的样子，故意总也不看她，手臂僵硬，保持着最初的姿势。这点简单的幸福，对她而言已是沉重如山。作为高手，他当然知道这一点，所以也不必更多地给予。他有得是她想要的幸福，只是现在还不是给予的时候，至少不能立即给她全部。一次性给予就像一次性筷子，用过也就没用了。她拉着他进进出出，走走停停，终于留步。徐佩蓉神气地拿起一件，说，你试试这件。店员夸张地赞叹起来，太太的眼光真好，先生穿上一定好靓仔的。

聂于川无奈地走进试衣间。他本能地先看钱包。该死。身上只有一千多块，本以为随便吃点什么绰绰有余，就没回房间去取。卡上自己的钱也没多少。而且真要是连付现金带刷卡，身为男人的面子何在？他气得一拳打在墙上。父亲的话是对的。小小的副处长，连在女人面前充一充潇洒、玩一玩暧昧都如此困难。而就是这个副处长，他也是战战兢兢地坚忍了多少年，付出了多少代价才得到的啊。他跟她暧昧，最大的诱惑是她的幕后，而最大的障碍也是。在世俗生活面前，他的前途、未来、能力、品格全是狗屎，只能估算而无法折现。眼前这个猫戏鼠、鼠戏猫的游戏，本就不平等，多亏他是高手，懂得把握，善于经营，才保持了相对平均的态势，才不至于让她太有优越感。一旦底气全消真相大白，她发现他不过也是只猥琐的小蚂蚁，有求于己受制于人，还能暧昧下去？他咬牙切齿地抱着新衣服，坐在椅子上，暧昧的念头荡然无存。醒目的价格标签不无嘲弄地看着他，提醒一切尚未成功，同志仍须努力。我本善良，标签也本善良。只是自己的标签上，价位还很可怜。

门外，徐佩蓉小声问，好了吗？

聂于川匆匆把衣服拆开，抖了抖，推门出去。徐佩蓉一脸诧异。他耸耸肩，有点太小了。她释然说，北方人身材要高一些，怪我没想到。聂于川摇头说，算了吧，我觉得——

怎么能算了呢？徐佩蓉皱眉。我已经付过钱了。

聂于川恨不得把衣服团成一团，塞住她微微噘起的嘴。他勉为其难地二进宫，换上新衣。说实话，她的眼光还是不错的。可惜此刻的他无心欣赏。离开之际，店员躬身说，先生太太走好。徐佩蓉使劲点头，用力挽住他的臂弯。人流喧嚣中，聂于川突然感到一阵恐怖。这么下去肯定要出事的。如果是别的女人，他还可以控制，但像徐佩蓉，他实在不敢确保安全生产无事故。他的准备还不充分，她的攻势太过迅猛，一味腻在暧昧里，到头来吃亏的还是他。这可不是高手的作风。

她的头凑近了他的肩膀，轻轻靠上去。像春风中两枝柳条搭在一起，也像小猫睡觉时前爪遮住眼睛。她的表情一定很陶醉。他却感觉前后左右全是摄像头，一五一十地录下她和他，变成光盘，出现在老冯、老韩、老孙、小李办公桌上，出现在某个网站里。他顿时一个激灵，下意识快走一步，她的手和头都落空了。他有些尴尬地回身。她已经垂下头，额前发丝遮住了眼，看不到表情。她仿佛弄丢了心爱玩具的乖孩子，不知哪里寻找，不懂怎样耍赖，又不敢放声痛哭。聂于川走近，看着她，说对不起，我觉得——太快了。

徐佩蓉并不抬头。如果你真的这么想，我可以等。可你总要告诉我，你究竟对我怎么想的，你究竟会让我等多久啊。

四周都是来来往往的人。他俩像是剪刀，把平整的人流裁成两列。聂于川怎么能对她说，等我当上处长，当上厅长，再跟你好？他只能缓缓地摇头，说我不是木头人。你对我的态度我都能感受得到。徐佩蓉终于抬起头。她的脸上全是泪，而声音却固执得像砖头。你还是没有对我说，你会不会爱我，会让我等多久。

我只能说，就像这个。聂于川耐心地看着她，指了指旁边的一个招牌。她看过去，那里写着"一切皆有可能"。这样的幽默恰到好处。既不拒绝也不接受，又留下了充足的空间给以后。徐佩蓉轻轻一笑，长长地叹息、摇头。聂于川松了一口气，用掌心抚住她的肩角，微微用力，转过她的身子。两人朝大门走去，再也不讲一句话。

离开广州前一天晚上，徐佩蓉在告别宴上拼命地喝，开了白酒、红酒、啤酒的酒戒三种全会，喝得接待方五体投地，也把自己喝得酩酊大醉，吐了好几次。到了最后，她连吐的力气都没有了。聂于川扶她回房间，她像个祭品，软在床上四肢舒展，脸庞光泽闪耀。他褪去她带着秽物的衣服，只剩白色的内衣。她浑身都是汗，他也是。她的身体在灯光下，到处亮晶晶的，毛茸茸的。他在床边坐下，指尖轻轻触及她的皮肤。如果她是装醉，肯定会有战栗。但是没有。她平静地躺着，毫无反应，任凭男人的指尖游走，听任男人的任何举动。他的头里霍霍地响着，像是火车在山洞中叫嚣，也像是钻头在石壁上跳跃，所过之处碎屑横飞。他还在试探，试探是因为不放心，不放心是因为顾虑太多。坐在她身边，他感觉到了自己的坚硬，又柔软，又坚硬。他远不是正人君子，他做惯了小人和孙子才做的事。可是偏偏眼前唾手可得的占有，他却难以担当。他甚至想，她为什么不是苏一文呢？为什么要有背景呢？他现在不是不想玩，而是玩不起。如果他和她实力持平，背景相等，他就会毫不犹豫地放纵本能。这些他都没有。不仅没有，还可能因此失去既得的全部。所以即便是男人的本能，他也不得不扼杀掉。这是另一种本能，无关道德，无关修养，仅出于恐惧。他最后看了她一眼，拉起被子，代自己压在她的身上。合上房门，站在走廊里，他感觉硬邦邦的地板上波涛滚滚，他就仿佛是巨大风浪上的一艘小舢板。走也走不动，站也站不住。想伸手扶墙，没想到那里也是汹涌澎湃。他踉踉跄跄地走，不无悲哀地想，这都是因为他现在是个不上不下的副处长。级别高一些，就有了底气；或者低一些，就没了顾虑。可惜他底气尚无，顾虑甚多，于是连做一回男人也成了奢求。

离开广州，到了上海，继而是南京。老冯在马来西亚打来电话，说后天回国。两人只得多逗留两天。这段日子每到夜晚，徐佩蓉都要以各种理由到聂于川的房间，要么打文件，要么聊天。对于那晚的事，两人心有默契地都不提起。离开前的晚上，两人一直聊到十二点多。他打了个呵欠，嘴里却说，茶凉了吧？我再烧点水。徐佩蓉莞尔道，你明明是暗示我该结束了，老奸巨猾。这就是所谓领导艺术吧。

我不是领导。聂于川摇头。老冯才是领导。

我不是指官位。我指的是我的心。在那里，你是领导。

聂于川笑起来。夸张了吧？明天老冯就到了，我劝你还是早点休息。让他意外的是，徐佩蓉并不再说什么，顺从地站起，笑笑就离开了。这倒让他有些看不透。如果是不再恋战，她又何必夜夜来聊天？如果是不死心，又怎会说走就走？聂于川抽了两支烟，思绪跟烟雾似的飘忽不定。他来到大落地窗前，拉开窗帘。远处昏黑的一片依稀就是玄武湖。他重又点上烟，深吸一口，拿起电话。

怎么会给我打电话？没拨错吧。

我也不知道。你不想听，挂掉就是了。

我想听。你说吧。

说些什么好呢？聂于川踌躇了。暧昧与真话并不兼容。他当然不能说，我有些想你了，我不想失去你，但我也不敢现在就得到你，所以我们只能暧昧。他听到她的呼吸声，仿佛月光下玄武湖上一波波荡来荡去的涟漪。宛如两人就在湖畔，而她就在身边。不知静默了多久，他终于说，你那里看得见玄武湖吗？

当然，我就在窗前。她笑了笑。你也是吧。

是啊。不但有玄武湖，还有月亮。

徐佩蓉还在笑。聂处越来越像个诗人了。

诗人有的，我没有。诗人没有的，我也没有。我怎么会像诗人？只是个普普通通的男人。

男人哪。徐佩蓉叹口气。动情容易，守情难。动心容易，专心难。而我们的聂处呢，看不出动情，也不像动心。守情和专心就更谈不上了。

那我算什么人呢？

她不回答，却说你见过盖大楼吗？设计、施工、监理、验收，很辛苦的。我就像在盖楼。我做了很多准备，很投入很仔细地去盖。而你呢，就像是来拆楼的。

聂于川马上警惕起来。这才几天。徐佩蓉的成长太快了。她的话若即若离，点破又不说破，看透并不讲透，说得轻松留下沉重，这都是高手才有的作风。他换了个姿势，认真地斟酌着。世间万物好像突然销声匿迹，只有他和隔壁的她。她无非想让他承认，他却不肯，因为承认背后就是承诺，承诺背后就是承担。而对承担，他觉得还无能为力。他现在不想让她离太近，但也不想把她推太远，就在目光所至触手可及的地方最好。困难之际可以帮帮忙，疲惫了可以解解乏，繁忙时又可以不挂念，冷落她还可以不担心。这多好啊。

两人一时无语。静谧的沉默中，聂于川终于顿悟，继而彻底弄明白了自己的处境。他的徘徊和痛苦并非来自暧昧，而是源于自己。徐佩蓉有光环笼罩，人人侧目敬畏，在她的光环照及自身时，看似遥不可及的副处长居然到手。他是受益者，所以无法也不忍断然拒绝她。但也正是她的光环太过耀眼，让人看不清，深怕投鼠忌器，也怕得到之后守不住，故而自卑，故而不敢爽快接受。这就是他一直以来进退维谷的原因了。

聂于川慢慢说，我想知道，你是为什么离婚的。他还是忍不住去问。他太想探究她的光环了。他的问题很突然，徐佩蓉愣了一下，说这很重要吗？

不方便就算了。当我没问。

其实也没什么。他总在外边乱搞，我受不了，就离了。不过，他的家人对我不错。她苦笑说，他父亲跟钟厅长很熟，我调到七厅也是……

她的话戛然而止。原来如此。他屏住呼吸，又长长地出了口气。徐佩蓉的声音稍微有些沙哑，也有些激动说，这都不重要，关键是你知道我爱你，可你爱我吗？

她刚才的话还没完，她想说什么？聂于川还在衡量着。他忽然感到很悲哀，很倦怠。明明可以两情欢悦的，但限于各种说不清道不明的缘由，他不能够去爱，又不忍放弃，唯有尴尬地暧昧着。他只好深沉地兜圈子，说我们都吃过婚姻的苦。悲欢离合，阴晴圆缺，有太多的事情是我们根本无法左右的。比起这些，我们是多么渺小。可我们偏要在这里说爱，说不爱，说不顾一切，好像天地都是我们掌握似的。

我明白了。徐佩蓉的声音有些气恼。你的意思是，我们左右不了什么，所以不提结婚，但可以恋爱；不谈爱情，但可以暧昧。

婚姻让我很辛苦，爱情也如此。如果威威的妈妈没有死，我到现在可能还不知道她做了对不起我的事。就算我和你在一起了，就一定会幸福吗？至少我现在还不敢确认。他说了一半真心话。他是真的不敢确认，只能把一切矛头转向曾受的伤害。

所以你想慢慢确认，想慢慢来。来什么？暧昧吗？她沉默了一会儿，大概相信了他的托词，说你要知道，我不是那样的女人。如果是，我根本不会离婚的。

我知道，一切都顺其自然。好不好？他说了这句，她再也没有回答。很久了，他简直以为她已经睡着了，然而那边终于挂了电话。硬冷的塑料撞击声落在他心里。他可以猜到徐佩蓉是多么难过，但错不在他。如果她只是个寻常的离婚女子，他就再无犹豫。他会马上到她的房间去。平心而论，他是爱她的，两个人也本可相爱。但这又如何？他只能暧昧，只能等待，只能在无法估量的日子里去决定接受或者拒绝。这一切都不由他们，不是相爱就能结合。如同提拔不由自己，不是有能力有水平就能升迁。抽掉最后一支烟，他想，每个人对暧昧的理解都不同，他认为暧昧就是暧昧，而她认为暧昧是婚姻的前奏。在这个问题上，他是游戏规则的制定者，她却不是。这就是她痛苦的源头。她打算退却了吗？他有些遗憾。其实这也没什么，他安慰自己，只当是一段暧昧结束了吧。结束了也就结束了。暧昧本身就是生活的副产品，给平淡的日子添一抹色调而已。

第二天见面的时候，两人的神态和平常一样。昨晚的彻夜对话像是根本没有发生过，顶多仅仅是两人做了同一个梦。在梦里说的云遮雾罩的话，再怎样也是不切实际。下午，老冯匆匆飞到南京。他连机场都没出，马上带着聂于川和徐佩蓉飞回省城。老冯的急切不无道理，厅里出事了。确切地说，是老任出事了。

4

聂于川回到六厅，老任已经消失了两天。有人说是双规，有人说是逮捕，有人说是接受调查。总之人不见了，但事情还未盖棺。在悬而未决与尘埃落定之间，许多人成了倒树猢狲，惶惶不可终日。老冯和聂于川就是如此。老冯在厅里呆了半天，见事情千头万绪，便借口党校课程紧溜之乎也，躲清静去了。聂于川没课可上，无处能躲，考察总结也尚未完成，只有老老实实蹲在办公室里。他敲着键盘，心中全是旁骛，浑身布满杂念。就算总结写好了，该交给谁呢？此事是老任分管，按理说该交给他。此情此景怕是不好办。不过老任确实是命悬一线，但谁知这线是棉纱还是钢丝绳？

聂于川提拔得顺利，虽然有徐佩蓉帮衬，有钟厅长赏识，不过他的直接领导是老冯，老冯的直接领导是老任，说来说去逃不过老任的影子。何况老任几次越级直接给他安排工作，厅里人都看在眼里，难免有想法。本来，一个研究生毕业、五尺高的男人，被人呼来唤去形如家狗，就是可悲；甘为五斗米摧眉折腰献媚领导，自觉地化家狗为走狗，那更是可鄙；如果刚努力当上走狗，主人却没了，重新沦为野狗，可谓双料的可耻，踢一脚还脏了鞋。以往在办公室里坐着，不时会有人进来，笑着叫声聂处，吸几支烟，喝两口茶，聊聊工作，说说天气。老任出事之后，这里摇身一变，成了野鬼唱歌的乱坟岗，大白天都无人问津。给人打电话，明明是说公事，也被淡淡几句应付了。聂于川有些生气，老子脸上又没写"任"字，犯得着吗？生气之后是不安。万一传闻属实，该如何应对？反戈一击并不难，别人的目光再鄙夷也无妨，关键是重新归属的落脚点不易找到。不安之后，当然是难过。没想到父亲曾经的痛楚阴魂不散，不请自来。一切都乱套了。他也想过请徐佩蓉帮忙。但这次出差，她是怀了多大的希望去的，归来时却一无所获。她恨他还来不及，这两天明知他的窘况，连句关心的话都没有。他陡然后悔起来。应该在广州把她拿下的。钟厅长自不待言，老钱也屡次表示看好她，拿下她，就像是穿上了防弹衣，厅里就是天翻地覆，也可以不惧了。可惜自己前怕狼后怕虎，居然拒绝了她。简直是大傻。他好容易平静了一些，有人敲门进来。他惊诧地迸出一丝笑，说是小徐啊，有事吗？

徐佩蓉在他桌边坐下。有些事情，我还是想跟你说一下。

聂于川飞快地揣测她的来意。是嘲讽？是可怜？还是来挽救？难道她还爱着自己吗？他勉强笑了笑，你说吧。一个处的，又是老校友，别见外了。

徐佩蓉微笑。我就说嘛，你穿这件衣服很好的。她的声音有些凄然。

聂于川摸了一支烟，点上，笑起来。他的笑容沉重得仿佛秤砣，在脸上挂都挂不住，掉在桌面，发出铿然的声响。徐佩蓉显然是听见了，叹口气，说师兄，我想告诉你的是，老任就快回来了。

聂于川强忍住没说话，狠狠抽了口烟。徐佩蓉见他不吱声，解释说，我前夫回国了，他有个朋友知道一些。我和他昨天见的面。

听起来不像是假的。可这也太巧了吧。聂于川弹了弹烟灰。他说，没事就好。她垂下头低声道，是啊，没事就好。他看着她，犹豫半天，还是说你能肯定吗？

当然。她的头垂得更低。他跟人聊的时候，我听见了。不会错的。

聂于川这才放心。他知道她能说这些话已是不易。不过，怎么又冒出来个回国的前夫？还见面了？他安慰自己没必要吃醋，徐佩蓉又不是自己老婆；又忍不住罪恶地想，其实就算他们不只是见面，而是上了床，做了爱，也是老一套了，又不是陌生人。想到这里，他遽然发现自己还是在吃醋，他真的爱上她了。他颤声道，别说了。谢谢你。徐佩蓉缓缓摇着头，并未抬起。他继续说，我早发现了，你跟别的女人不一样。

她一下子昂起头，有些不满，有些委屈，有些恼怒。她说，我不喜欢你拿我跟别的女人比较。

有比较才有鉴别嘛。聂于川笑道，就像你送我衣服，不挑挑拣拣怎么选得出合体的。

更不像话了。徐佩蓉虽这么说，脸上却有了笑意。连挑挑拣拣都出来了，女人真的就是衣服吗？

你的不同之处，是你总爱垂头。

垂头丧气而已。她笑起来。你就这点发现啊。

每次见你这样，我都有些难过。我忍不住想，是什么让你不舒服，让你为难，让你想逃避。他递过一张纸巾，示意她擦擦眼泪。她乖乖地照做，说，你放心，我不会再见他了。我以前的婆婆病了，他说一时到不了，要我去帮忙照顾一下。谁知他又过来了，还带了一堆朋友。

你不要再这么说了。聂于川还是说出了心里话。不过，你能不能答应我，以后别再跟他见面。好不好？

徐佩蓉的眼泪又出来了，擦都擦不及。她欢喜地点着头，哽咽着说不出话。你这样肯定没法再回办公室了。他又递给她纸巾，叹息道，这样吧，你今天就别上班了，回家好好静一静。徐佩蓉为难说，我也不想让老孙、老韩看见这副模样，可包还在办公室啊。聂于川不假思索道，那你去某某路的某某饭店，开个房间，我办完了事去找你。她的眼睛顿时睁得好大，情不自禁说今天我——他不容她说下去，把钱包递给她，简短地命令：听我的，去吧。

她走了。聂于川在办公室里来回踱步。徐佩蓉瞬间被抛到脑后。老任居然还能全身而退，可见其资本雄厚法力无边。钟厅长想搞好工作，少一个有实力的对手固然可喜，但多一个能办事的搭档也算不错。徐佩蓉的信息很及时。大海航行靠舵手，舵手要靠指南针。现在徐佩蓉就是他的指南针。谢天谢地谢人，他知道该怎么做了。

从钟厅长办公室出来，聂于川自觉两脚生风，心旷神怡。他再不流连，直奔宾馆。可举手敲门之际，他又犹豫了。他很清楚进去后会发生什么。作为离婚少妇，她长相不错，身材尚可，有经验，懂配合，算得上是个尤物。刚才在钟厅长那里，他嘴里在汇报，眼前却总是浮现出一个男人压在徐佩蓉身上的画面。他们在不停地翻滚，不停地呻唤，男人兴高采烈，女人心满意足。那个男人的脸时隐时现，时而是他，时而是一个陌生的面孔。徐佩蓉显然爱的是他，不是那个男人。但躺在她床上、享受她肉体的倒是后者。他在钟厅长办公室里竟然坚硬了起来。按理说他已经过了冲动的年纪。但是，他又实在找不出继续克制冲动的理由。他已经克制太久了。即便要顺其自然，也该发展到这一步了。他的手指终于按在门上，那声动静又短又轻，像是一枚树叶伏落于地。可就是这个瞬间，门开了。徐佩蓉泪流满面地站在门口。她说，我一直在看着你，我知道你一定会敲门的。他不再说话，拦腰抱起她，直挺挺地走进房间。她倒在床上娇喘，他粗鲁地剥去她的衣服，随手扔在床边。一切都很顺利，很自然。她很快衣不遮体了。她慌乱地叫着不要，不要。聂于川压了上去。最后一个关口，徐佩蓉猛地拦住他的手，死死护住了下身。他的双眼血红血红，凶狠地盯着她。她喃喃地说，对不起，今天不行。

为什么？聂于川野兽般低低地吼着。

她眼角飘着泪，羞惭万分道，来那个了。不信你看。

他掰开她的手，难以置信地看去。果然如此。他张大嘴，只是不知该放声大笑还是放声大叫。多可笑的事啊，简直像某种行为艺术。难得有适合的铺垫，适合的情调，适合的环境；难得他已决定接受，她也执意付出。可老天偏偏不许，大笔一挥，统统抹杀掉了。错过今天，什么时候才有如此天衣无缝的机会呢？然而生活就是这样，一切都是这样。人太脆弱了，再精心的安排也敌不过一个小小的意外。在冥冥的主宰面前，他和她唯有俯首帖耳的份儿。

老任回来之后，一举收复了所有失地，老钱处于战略防御态势。老冯结束了党校学习，不久就荣升党组成员。但是也不够完美。他没能当上副厅长，只是助理巡视员。当然这都是大家的揣测，大可一笑置之，并不能当真。无论如何，老冯一走，聂于川就顺理成章地主持了八处的工作。而且钟厅长对他暗示过，八处是核心部门，处长一职不会空悬太久，只要时机成熟，他就是七厅最年轻的正处长。一开始他还觉得这太突然，但想到徐佩蓉和钟厅长的关系，又觉得这很正常。徐佩蓉当然有她接近钟厅长的渠道，她既然能在关键时刻拉他第一把，就会有第二把，第三把。他没有去问她，她也没有邀功。暧昧的人彼此付出，根本没有道理可言。

他虽说还是副处长，毕竟是在主持工作。老陈作为八处出去的老同志，送来一辆车作为祝贺，说是借给处里便于开展业务。车在设计院名下，各种支出自然由陈书记负责。处里开会，不再一人之下四人之上，也可以发号施令了。然而聂于川还算年轻，还要奋斗，还有空间。副处长和正处长，仿佛一低一高两个台阶。主持工作好比穿上了高跟鞋，虽然位置不变，高度却有了。不过高跟鞋穿着并不舒服，走起路一摇一晃，仍不如脚踏实地的感觉好。要想实实在在地上一个台阶，就要低调。低调是门学问，内涵很多，外延颇广。比如用车方便了，就得多想想处里的同志。小李和女朋友避孕失败，不得不结婚，聂于川就安排车辆接他的准岳父岳母来省城。在暧昧上更要低调。况且徐佩蓉也主动提醒他，要注意形象。什么是形象？机关男人的好形象，无非是有人缘，有能力，作风正派。大概女人对不正派的事都很敏感，徐佩蓉也不例外。她对他的人气和水平并不担心，而他正派与否，说到底还是取决于她。

那天之后，聂于川对暧昧有了新的升华，再没有跟徐佩蓉有过什么亲密接触。两人的暧昧纯洁得宛如空气，而空气是不可或缺又无处不在的。他想，高手也需要不断进步，也需要发展，总是停留在原地，早晚会被超越。在他心里，如果说徐佩蓉以前是对手，现在则是伙伴。和对手是你死我活，与伙伴是共同进步。何况她的成长也很快。她已经默认了聂于川若即若离的态度。熏陶日久，徐佩蓉误以为他是精神恋爱的信徒，为了不被瞧不起，她也努力成为高雅的柏拉图一党。显然她是错的。高中生都知道客观规律有其普遍性和特殊性，聂于川对她精神恋爱，不代表对别人也是。和久违的苏一文通电话一个多月后，他果断地策划了一次饭局，理由是她帮忙让徐佩蓉表弟吃上了财政饭。本来要带徐佩蓉去的，偏巧她不舒服，就未能成行。这就省去了他和苏一文之间的一切繁文缛节。两人默契地直奔主题。云收雨住之后，苏一文细细地帮他擦拭，还是熟女懂得体贴。聂于川想，按说徐佩蓉也不小了，就不如苏一文懂。

苏一文慧眼如刀，见他闭目不言语，笑道怎么，想你的小朋友了？给我说说她。聂于川一笑，只说她姓徐，是同事，离过婚，三十岁了。徐佩蓉的背景他没说，因为苏一文也是高手，他唯恐她笑他吃软饭。

好好培养培养，是个老婆的苗子。对了，你准备什么时候再婚？

再等几年吧。你不是也闲着。

我快结婚了，也就是今明两年吧。

聂于川好奇心大起，追问新郎是谁。苏一文平平淡淡地说，是三厅的老厅长，年龄到站退居二线，不是人大就是政协，老婆去年不在了。聂于川谄笑说恭喜老姐姐梅开二度花正艳，春风又绿江南岸。苏一文笑着打了他一下，说他可能管七厅这个口，需要帮忙别客气。聂于川一愣，这倒是个意外收获。他自然不会客气，对老新郎，对苏一文，都不会客气。

时候不早了，聂于川准备告辞。苏一文忽然道，别对你的小朋友太苛刻了。你奔四的人了，也别嫌弃人家离过婚，差不多就娶了人家吧。聂于川一边穿衣服，一边笑道老姐姐挺会关心群众的。苏一文叹口气，说你就是没正形。女人是等不起的，过了三十岁，比二十多岁更娇嫩，说话间就要枯萎。这个年纪的女人，想要不靠一纸婚书而抓住一个男人，尤其是你这样的男人，太难太难了。小徐她不傻，她知道的。

聂于川的动作停下来。他沉默了一会儿，说老姐姐，你觉得她适合我？

我最适合你，可你要我吗？苏一文笑起来。聂于川赔着苦笑。苏一文说，你我这个年纪再结婚，不过是各取所需而已，没什么适合不适合的。小徐需要的，只是两个人在一起。你需要的，是一个能孝顺老人、会教育孩子、出得厅堂入得厨房的女人。既然给予对方的都不困难，何苦这么拖着？你别忘了，女人的青春最不易留，你把人家青春的尾巴都耽误了，小心遭报应。

苏一文最后一句话让他很震撼。她是个饱经风霜的女人，与自己并无利害冲突，而且有过肌肤之亲，她的忠告应该没有歹意。他开车回家，一路上都在沉思。思绪像催租的悍吏，叫嚣乎东西，隳突乎南北。到老家属院门口，他停下车，点上烟，静静地抽着，心烦意乱地抽着。或许苏一文说得不错，他再暧昧下去，的确要遭报应的。徐佩蓉够不错了，拥有背景却毫无优越感，甘受招之即来挥之即去，冷落也行，暧昧亦可，还能主动提醒他注意分寸，别做傻事。一次聂于川生病在家，徐佩蓉借口来送文件，实际上是看望。父亲得知她就是耳熟能详的徐佩蓉，非要留她吃晚饭。徐佩蓉大显身手，做了一桌子菜。腾腾热气，浓浓饭香，父亲、母亲和威威都吃得神清气爽。母亲甚至当面要求他送她回家，全然不理他还在咳嗽。回家路上，徐佩蓉一直挂着微笑，一点城府和掩饰都没有了，眼角还有些许泪花。从此一到放假，父亲母亲就让他请小徐来家里做客。而她每次都不忘给威威买玩具买衣服，给老人带补品带礼物。几回下来，居然讨足了一家老小的欢心。想到这里，聂于川不由得笑了。他把烟头扔出去，随手拧大了电台的音量，靠在椅背上。

到底是不是走出这一步呢？他还是有些犹豫。他毕竟只是个主持工作的副处长，离处长的目标还剩一步之遥。如果提了正处之后再结婚，就完美了。而且七厅有个不成文的规矩，夫妻双方不能在同一单位，真要是结婚了，徐佩蓉怎么安置？无论在何处落脚，她自然都无怨无悔，可为了今后的生活，总不能安排得太差吧？厅里既有成规，打破了难免惹人非议，也背离了低调的原则……

电台忽然发出一阵粉丝的尖叫，暂时中断了他漫无边际的思路。周杰伦跟着唱了起来：

该不该搁下重重的壳
寻找到底哪里有蓝天
随着轻轻的风轻轻地飘
历经的伤都不感觉疼
我要一步一步往上爬
等待阳光静静看着它的脸

聂于川怀疑这首歌是不是专门唱给他的。该不该搁下重重的壳。太形象了。我要一步一步往上爬。太贴切了。此情此景，此曲此歌，仿佛脚气病人背着人使劲抠着脚指缝，又解痒又自在，舒爽无比。原来重重的壳与往上爬并不矛盾，而且彼此依存，互为因果。聂于川想，看来自己又要进步了，不但暧昧上要进步，工作上也要进步。

苏一文的婚期很快就到了。时间是元旦。选择在公历新年伊始办喜事，越发显得一对新人大公无私。婚宴并不夸张，只邀请了信得过的人，总共不过五六桌酒席。聂于川有幸被邀，自然受宠若惊，因为在场的除了新娘，似乎只有他还是处级干部。老新郎挨桌敬酒的时候，苏一文特意给他介绍聂于川，说这是我的好朋友小聂，在七厅八处工作。人很年轻，已经主持工作了。老新郎笑笑，说你们钟厅长是我小妹妹，你既然是小苏的好朋友，以后常来家里坐坐。聂于川听见这话，喝死在当场的心都有了。苏一文揶揄地笑，似乎看穿了他的心思。毕竟四十岁的人了，她没有穿得大红大紫，简简单单的一身水红色中式夹袄，腰身收得很好，中年女人的风致显露无遗。聂于川遗憾地想，可惜结婚了，今后只能远观而不可亵玩焉。

婚礼是在周六，宴请已毕，聂于川还要回厅里加班。关于那个大项目的报告几经修改，又请省政府的几位大秘把了关，估计最后完善一下就可以上报了。聂于川折腾了一个下午，终于大功告成。这份报告前后历时四个多月，要说贡献，他算是居功至伟，不过至伟也就至伟，万不可自傲。还是得低调。省里一旦批下来，厅里自然会论功行赏。老任、老钱、老冯都跟他说过，项目上马后，他就是管委会里管基建的副主任，好几个亿的大工程，基建是重中之重，这不正是领导关怀吗？有付出未必就有回报，但不付出肯定没有。聂于川握着厚厚的一沓文件，像握着自己的后半生，澎湃的心潮急于找人分享。电话刚一接通，徐佩蓉就说，你猜我在哪里？他快活地说猜不到。她笑着说，我领着威威逛商场呢。聂于川心里一暖，说你们玩儿吧，我得再加会儿班。晚上一起吃饭。

徐佩蓉的成熟让聂于川刮目相看。他已经做好了提拔正处就结婚的准备，而她却久已不提什么爱不爱、结婚不结婚之类幼稚的话题了。好像她默认了两人暧昧的状态。这么长时间了，他那点态度和底线，她了解得很清楚，反倒放心。他不马上挑明，她就不去强迫；他不急于结婚，她也听之任之。他要暧昧就随他，只要他不跟别的女人暧昧就好。她和他同一部门，办公室一墙之隔，他每天在干什么，应酬时都有谁，应酬后去了哪儿，她都能洞若观火——只要她想。即便没有具体的承诺，缺乏婚姻的保障，她也有信心把他牢牢地拴在身边。经过漫长的磨砺，进出无数个关口，徐佩蓉也算是高手了，这都是他逼出来的。日子一久，厅里人都看得出他和她的关系。其实在她还是新手时，热情不懂遮掩，出招大开大阖，大家就有所觉察，私下里也有过非议。好在徐佩蓉她来头特殊，他行事低调，两人又都是独身，郎情妾意的事情谁也不好说什么，只是觉得她有点过于奔放，不太合纲常。发展到今天，大家已不再关心他们是不是在相好，而是揣测他们什么时候结婚。道理很简单，聂于川不是同性恋，也不是柳下惠，肯定早已得手。既然睡都睡了，人家条件也不错，为何吞吞吐吐不肯结婚？难道是玩弄？这就牵涉到道德和作风问题了。如此一来舆论风头陡然劲转，倒是聂于川势成骑虎，仿佛拼酒时不得不含了一大口，吐又不便吐，咽又咽不下。得民心者得天下，民心得了，天下就得了，区区一个老男人，还怕得不到？徐佩蓉当然明白这些，就越发有信心。她也满心希望他能够再上一层楼，双喜临门的事情谁不憧憬呢？

　　春节过后，省里的批复正式下来。七厅上下群情欢动。接着就是学习批示，领会精神，组织动员，统一思想，常规流程过后，管委会正式成立。聂于川不负众望地兼了副主任。基建伊始，他忙得不亦乐乎。徐佩蓉当仁不让，舍我其谁，自觉做好后勤。以前和聂于川父母打电话，她都要躲到楼梯间去。现在不必了，在办公室里就可以。老孙长叹几次后，也就懒得再去感慨，就是摔茶杯又有屁用？还是打打乒乓球，锻炼锻炼身体更实际一些。徐佩蓉没有孩子，出于母性，对威威很上心。跟老韩议论的话题也从做头发、买衣服、购物，转为孩子健康、学习，等等。一次办公室里没人，老韩忍不住问她什么时候结婚。徐佩蓉既不否认又不承认，只是摇头笑笑说还早呢，又不是没结过，跟多稀罕的东西似的。老韩笑个不停。妙就妙在两人并没说起男方是谁，老韩没问，她也不说。因为老韩觉得无须问，她也认为不必说。反正都知道就是聂于川。

　　到了五一，基建已经初具规模，省里下来视察，带队的正是苏一文的丈夫。这种场合，厅长们自然是全程陪同的。老新郎对聂于川还有印象，有意当着众人问了他几句，聂于川的回答也很到位。看得出，厅长们对他的表现很满意。厅里已经在研究八处的正处长人选了，老新郎在这个时候出现得再好不过。又过了十几天，老任把他叫了去。老任主管人事，进门之际，聂于川幸福得两脚发软。应该是代表组织谈话了。谈话之后，就是考核，然后是公示。公示结束，正处就到手了。正处到手，就该结婚了吧？

　　老任倒是四平八稳，问了问最近的工作，表扬了一番。聂于川的态度谦虚而低调。老任并没马上进入主题，话锋一转，说你是不是认识苏一文？六厅的。

　　认识，还挺熟的。以前一起下过工作组。

老任点点头。苏一文的丈夫，就是前些天来视察的领导，专门跟我提到了你。让我对你多关照。

聂于川不敢多说话，只是欠了欠身子。热血汹涌流遍周身上下。

老任说，你和你们处里的小徐，关系怎么样？

聂于川不知道该怎么回答。斟酌了几秒钟，他说，挺好的。

小徐以前的爱人回国了，你大概知道吧？当然，小徐对他有意见，不然也不会离婚。事情都要向前看，现在他提出来复婚，小徐却不同意。我跟他是朋友，他就托我做做工作。我想这种事情，我不太好出面。你是小徐的领导，也是朋友，所以我希望你能帮助我做做她的工作。劝和不劝分嘛，能破镜重圆，也是功德。

聂于川盯着脚尖，他想说，操你妈。

厅里对八处的工作很重视，八处是重要部门，正处长也不能老空着。你主持工作这么长时间，也该动一动了。小聂你前程远大啊。

接下来的话，聂于川统统听不见了，只看见老任嘴唇一张一合，时笑时静，像极了打盹的河蚌。出了门，他连路都走不稳，重心时而倒向这一边，时而倒向另一边。好容易回到办公室，他拼命抽了几支烟，定下神来，给苏一文打电话。他现在也只有打给她了。

苏一文默默地听后，说弟弟你别着急，有什么想法也别表达出来，老姐姐帮你打听打听。对了，你告诉我小徐的名字，什么时候离婚的。

聂于川看着电话，像看着生死簿，眼神寸步不离。一个多小时过去，他抽烟抽得嘴都麻了。电话刚响，他就闪电般地拿起，却一句话也说不出。苏一文略带指责地说，你早跟我讲就好了。这种事，你跟我还隐瞒什么？

聂于川哆哆嗦嗦地点烟，怎么点也点不着。他无论如何都想不到，徐佩蓉的前夫如此有背景，这就是她暧昧不明的一切。一开始，钟厅长们的确是打算让他接处长，可他和徐佩蓉正暧昧着，而她和前夫一家的关系，谁都吃不准，也可以说是暧昧。有两种暧昧已是复杂，偏偏老任这次出事，她前夫马不停蹄地回国，一番运筹之后，成功地将他捞上岸来。老任深知她前夫对徐佩蓉旧情难舍，虽已离婚，却似乎不愿她再跟别人好。出于知恩图报，老任先是找到徐佩蓉，婉转地建议她跟前夫见面，交往，重新了解，说不定还能复婚。徐佩蓉当然是一口拒绝，也当然不会告诉聂于川老任的好意。老任见徐佩蓉无动于衷，索性直接找聂于川摊牌。

苏一文说，你打算怎么办？

聂于川只知道沉默。苏一文不追问，也没挂电话，就那么静静地等着。事情其实很简单。老任在他这里得不到答复，自然会去找钟厅长。钟厅长也无法核实真伪——这种暧昧的事，找谁核实去？于是局面马上明朗了，那就是他断然做不得正处长。投鼠忌器，每个人都会考量考量，何况是厅长们，何况是提拔。

聂于川终于说，我不要正处长了，我要结婚。

苏一文笑了笑，说我知道你肯定会这样，我替小徐谢谢你。你也别太灰心，我给我老公说说，看能不能帮忙挽回一点。

谢谢老姐姐。我知道了，我会泰然处之的。

话虽然这么说，放下电话，聂于川还是掉了眼泪。他一边擦，一边去把门反锁上。不料泪水越擦越多，越擦越密。他实在是真的难过。不知是太看重这个正处长，还是即将到手又蓦然失去的落差，抑或是一番辛苦，八处的工作有目共睹，到头来居然成全了别人，这让他一时难以承受。在他的概念里，正处长一到手，就和徐佩蓉结婚，再不暧昧了。可现在所有遽然已是空想。整整一个下午，他坐在办公室里，谁的电话都不接，谁来敲门也不开，就那么坐着，像个得道的高僧。他随便挑了篇新闻，一字一句打了起来。新闻很快打完，就全部删除，再打一遍。不知打了几个回合，他的脑子才慢慢恢复正常。他把新闻打印出来，团成一团朝天空扔去。纸团落下，砸倒了桌上的相框。那是项目开工时管委会的合影，钟厅长、老任、老钱、老冯都在，他也在。大家一团和气，都戴着橘红色的安全帽，像一盏盏欣欣向荣的火苗，映得一张张笑脸如火如荼。那个时候，他是多快乐，多骄傲，多飘飘欲仙。不过几个月后，一切已恍若隔世。错过了这次提拔，虽说不至于万劫不复，至少是个惨痛挫折。好像跋涉万里终于找到了心爱的女子，却看见她正欢天喜地地跟别人洞房花烛，还得笑着送上祝福。那份失落，那样不堪，那么不值得。

敲门声又起，徐佩蓉小声说着，聂处，聂处——于川，你在吗？

聂于川长叹一声，站起，开门。徐佩蓉进来，诧异地看着他。抽了这么多烟？你怎么了？都下班了，一个下午都没见你出来。

他没说话，冷冷地反锁了门。她还在说，威威奶奶的中药快没了，我给她买了一些，记得带上……

聂于川突然粗暴地抓住她，朝办公桌那儿推。徐佩蓉惊愕地看着他，傻住了。他一直沉默，手上的力度丝毫不弱。他把她推倒在办公桌上，翻起她的裙子。没有任何前奏，没有一点铺垫，他和她都毫无准备，就进入了。徐佩蓉死死地咬着自己的手指，泪流肆意，她一时猜不透他何以如此，但一声不吭，也不反抗，只是默默地承受着。他的动作很剧烈，撞击力把整个桌子都撼动了。文件、报纸、笔筒、烟灰缸，桌面上所有的东西都随着战栗起来。他的目光落在合影上。钟厅长、老任、老钱、老冯，一个个都在笑，开始笑得一本正经，后来都绷不住了，捧腹大笑，前仰后合，全然不像一群厅局级干部。他们不约而同地从合影里走出来，围着聂于川和徐佩蓉，吸着烟，在热烈地讨论什么，对他的动作评头论足，声音很大，笑语喧哗，好像还有人鼓掌。照片上只剩下他一个人肃穆地站着，身边空空荡荡，橘红色的安全帽扔了一地，好像四处都在燃烧。聂于川闭上眼，不敢去看火堆里的自己。他还在撞击着。这是两人的第一次。然而他们都疑惑是不是第一次。在以往暧昧的日子里，在两人的幻觉中，已经不知这样多少次了。他们有过太多的机会，比现在好得多，有情调，有气氛，有准备。可她太主动，他太精明，两人都在得失之间一步步精心算计着，试探着，退缩着。如今不再暧昧，忽然变成真的，难免有些恍惚。周遭猛地安静下来，不知是厅长们都走了，还是都又回到了合影照片里。他抖着双腿，觉得地板也在抖动，整栋大楼都在抖动，整个城市全在抖动。大地上所有的建筑物高高地颠起，又落下，再颠起。就在最高的一次起伏的顶点，一切归于平静。他抱起徐佩蓉，把脸深深地埋进她怀里，无声地痛哭。

5

周一下午，八处开例会。处长老孙传达完文件，又说，厅办处长老文的儿子结婚，大家都是处里老人了，还是照老规矩吧。老韩乜斜他一眼，说，以前你可是最讨厌集体凑份子。老孙笑起来，说俺老孙不是当上处长了嘛。小聂、小徐的手续办完了？

聂于川笑了笑，说正在办，你看她还凑吗？

老孙想了想，说还是算了吧。想想也有意思，去年给三处的老周凑份子，她刚来八处，今年就走了。老韩说，那是好事！小徐不去设计院，和小聂怎么结婚？也不知道谁定的这么个破规矩，真不是东西。大家都笑起来。

回到办公室，聂于川马上给徐佩蓉打电话，汇报了凑份子的事。他对徐佩蓉日渐依赖，好多事情都先向她讨主意。徐佩蓉笑了笑，说那还给咱省了几百块呢，好事。他又给苏一文打电话，说接到了省委党校处长班的入学通知，特意向她和老新郎表示感谢。苏一文客气一番，说经历些挫折不是坏事。他说，老姐姐为我做得太多了。不是姐夫帮忙，怎么会提拔老孙？如果派了个年轻的处长来，我还有出头之日吗？

苏一文笑着说，其实还是钟厅长关心你，老孙再有几年也就退了，慢慢等吧。停了一下，她又说，情场得意官场失意，看来你和小徐的好事近了。真的，我很羡慕小徐。不是谁都能像你这样。我没看错你。聂于川挂了电话，微微一笑。不过是再等几年而已。他还年轻。

苏一文的判断不错。老任摊牌那天晚上，聂于川没回家，去了徐佩蓉家里。可能是下午的交欢过于突如其来，当晚的缠绵就显得从容不迫。赤诚相见后，他发现原来她也是熟女，她知道的并不比苏一文少。第二天，两人一起上班，虽不便牵手，但彼此眉宇间的牵挂却难以敷衍。下班后等班车，大家聚在一起闲聊。老韩更年期仍然未过，目光依旧敏锐，发现了人群里的徐佩蓉，马上问道，小徐你搬到老家属院了？许多目光或善意或火辣地扎过来。徐佩蓉臊得无地自容。聂于川笑着解围，今天威威过生日，非要他徐阿姨也去。这句话暧昧到了顶点。大家不约而同地"哦"了一声，像是领导结束讲话后全场起立鼓掌。那天还真是威威生日。晚饭后，他奉一家老小之命送她回家。走到老家属院门口，她忽地停住，一步也走不动了。聂于川从后边拉住她的手，笑道，你怎么了？

你是有意的。她垂下头，说我终于知道你为什么不开车，非要坐班车了。

你是说这个啊。聂于川握着她的手，两人细步走着，手再没分开。这么长时间了，都快一年了，不能总是暧昧呀。你说，我们什么时候结婚？

她还是垂着头，眼泪扑簌簌掉下来。聂于川握紧她，说你看是等新处长来了办，还是现在就办？她扑哧笑出来，说真好笑，这有联系吗？

晚上九点多的省城，路面还是熙熙攘攘。一辆公交车驶过，灯光晃得他们不约而同地放慢脚步。她忽然说，若不是你受了委屈，肯说这些话吗？他打了个寒战，好久才说，我父亲跟我说过，我现在所有的一切都可能随时失去，果然应验了。所以我想抓住一个不容易失去的。想来想去，身边只有你。

她又垂下头，说我有些害怕，如果没发生这件事，如果是你提拔，你是不是还打算跟我暧昧下去？

你还记不记得我跟你说的话？悲欢离合，阴晴圆缺，这个世界上有太多的事情我们无法左右——

徐佩蓉气恼道，这个时候了，你还说不能左右！还想暧昧吗？

不是的。聂于川笑起来。既然无法左右，那我们就接受好了。不过，我记得你早就说过你爱我啊，现在变了吗？她笑着不回答，只是使劲地掐了掐他的手心。

此后不久，老任找老孙谈话，宣布了组织的决定。其实老任对这个决定也不满，他有自己推荐的人选，却被钟厅长否决，力荐老孙。老任开始想不通，后来也明白了。他生生放倒了聂于川，已是胜利；再推荐人，自然不会通过。得陇望蜀，也仅仅是望而已。老孙听了决定，有些好笑，诚恳道，任厅长，我也是老同志了，这么开玩笑不妥吧。

老任正想将成人之美的义举归到自己身上，听见这话气得一笑，准备好的全忘了，正色说，老孙，我是拿这种事开玩笑的人吗？你做副处调这么长时间，有能力，有资历，有水平，比谁差？早该提了，要有自信嘛。

老孙嘟囔着，八处一直是小聂主持工作。

八处是七厅的八处，是组织的八处！你是组织任命的处长，有什么好顾虑的？文件下来，我亲自去八处宣布，你就好好准备一下，对将来的工作要有个整体的想法……

没等老任说完，老孙两只老眼已经蓄满泪水，需要泄洪了。他缓缓站起，喜不自胜地说，是真的？是真的，真是真的。老任瞠目道，老孙，你说什么？老孙摘掉眼镜擦泪，边擦边说，真是真的。然后连连鞠躬，说谢谢任厅长，谢谢任厅长。老任呆呆地看着他出去，好半天冒出一句，怎么会提他！

老孙一路小哭，走廊里、电梯里遇见同事，不分男女就说，真是真的，你知道吗，真是真的。弄得大家莫名其妙，以为他精神错乱。回到办公室，小哭已成号啕。当时只有老韩在，而她趁没其他人，正按着报上讲的乳房保健操给自己做保健。老孙蓦地闯进来，蹲在地上，泪雨缤纷。老韩羞愤怒目道，不会敲门吗？老孙不理她，号啕继续，仿佛清白之躯刚刚惨遭蹂躏。此事经老韩之口传遍全厅，成为美谈。奇怪的是钟厅长对此微微笑过，不置一词。此后又过不久，一个聚会上，钟厅长意外遇见了徐佩蓉的前婆婆。前婆婆对前儿媳赞不绝口，说离婚是自己儿子不争气；虽然离了，但小徐跟自己亲闺女一般，还要钟厅长帮忙找个好归宿。钟厅长后悔不迭，对老任谎报军情愤懑不已，但也晚了。文件已下，正处已提，老孙虽无才能，但也无过错，哭都哭过了，人也丢过了，不好再弄下来。好在不得不下赌注时已有所铺垫，老孙过几年就退了，不至于将聂于川的前途彻底赌进去。厅里又提拔徐佩蓉为副处，到设计院当副院长。聂于川酸酸地开玩笑，说我的正处长没了，你倒是升了，多好笑的事。徐佩蓉不搭理他，她有得是事情去忙。一边调动工作，一边还要看房子、搞装修。验收那天，聂于川有事来不了，她一个人去了。许多人都认为是聂于川遭遇沉重打击，这才万念俱灰，赌气结婚。她虽不这样想，但其实何尝不是如此？正处长的意外落空成全了她，腰斩了暧昧。如果没有此事，两人都不知道还要暧昧多长时间，将会耗去多少岁月。他和她都在为自己打算，只不过她一心要嫁给他，他一心要暧昧下去。可能老天就为成全她，让他唾手可得的正处长毁于一旦。徐佩蓉不经意间成了暧昧高手。她的一步步运筹帷幄，一点点精心算计，费尽如许周折，却全不如一次可笑的官场变局。她并未意识到这是上天的眷顾。她只觉得一切都顺理成章。于是，她指了指墙上的挂件，断然说这个不对，这里将来要挂结婚照的。

工头不满地哼了一声，招呼着工人上来。徐佩蓉不去管他们，兀自看着墙上并不存在的结婚照，幸福而暧昧地笑了起来。

作者简介

南飞雁，男，1980 年出生，祖籍河南南阳。中国作家协会会员，鲁迅文学院第八届青年作家高级研讨班学员。现工作于河南影视集团剧本中心。出版长篇小说《冰蓝世界》《大路朝天》《大学无烦恼》《幸福的过山车》《梦里不知身是客》《大瓷商》六部。曾获河南省五个一工程奖，河南省优秀文艺成果奖，河南省五个一工程优秀图书奖，河南省五四文艺奖金奖。

两个乡的乡长联合起来捉奸，就因为那被盯上的一男一女是两个老上访户，乡里认为抓住了他们的把柄，他们就不再会上访了。于是，一场布局周密的捉奸行动开始了……

捉　奸

冯积岐

　　捉奸的过程就不说了吧，这和电视剧中的镜头没有什么两样，可能比演戏更真切一些。冯作家，你想听听？好吧，那我就说一说。

　　余全民和何草草通奸的事，开初，我并不知道。是雍川乡的乡长赵亚科告诉我的。县政府召开各乡镇的乡镇长会议，吃饭的时候，赵亚科给我说，宏军，我们发现了一条重大线索。我问他是什么线索。他说，有关你们南堡乡余全民的线索。我问他是啥事情。他故作神秘，不告诉我。我说，你不给我说，我还不想听。赵亚科一看我对这件事好像兴趣不大，这才凑到我跟前来，给我说，你们南堡乡的余全民和我们乡的何草草睡到一块儿了。我说，不可能。赵亚科说，为啥不可能？我说，一个在北，一个在南，相距四十里路，两个人要在一块儿不太容易，这是其一。余全民六十一岁，何草草三十七八吧，年龄有差距，这是其二。两个人整天忙于上访，哪里有心情去偷情，这是其三。赵亚科说，这几条原因都站不住脚。因为他们两个是"访友"，一同天南地北地去上访，一来二去的，两个人就黏在一块儿了。我们乡的两名干事已经跟踪了他们两人几个月了，这事儿千真万确。冯作家你不知道，余全民是我们南堡乡的名人，也是凤山县的名人，他因为上访而出名，从五十一岁，上访到了六十一岁，还在不屈不挠地上访着。何草草是雍川乡的名人，也是凤山县的名人，她也因为上访而出名，上访近十年了。据赵亚科说，两个人是在结伙上访中，勾搭成奸的。我给赵亚科说，咱就把这件事作为真的看待，你说下一步咋办呀？赵亚科一笑：捉奸。我说，那就捉吧。赵亚科说，把他俩促住，好好地整治一下，这几年，何草草把我们整坏了。我说，余全民也没有少整我们。于是，我和赵亚科谋划了捉奸一事。

何草草在雍川乡敬老院当护理员，因此，捉奸这场戏很好上演的。赵亚科将机关四十多名干部分为两班，每天换上四个人轮流在乡敬老院守候，等待余全民和何草草来通奸。初冬的一天傍晚，乡机关干部发现余全民出现在雍川乡政府的街道上，给赵亚科来报告，赵亚科说你们盯紧他。可是，狡猾的余全民并没有直奔乡敬老院而去，他在街道上的黎明泡馍馆要了一碗羊肉泡，一个小菜，二两白酒，有滋有味吃喝起来了。酒足饭饱之后，他走出了黎明泡馍馆。那天晚上，天晴得很好，带着寒意的星星像秋虫似的铺了满地。余全民若无其事地朝乡敬老院方向走了。他迈着小步子，慢悠悠的，看起来根本不是去和女人约会，而是在享受夜的清寒和清静。我和赵亚科在乡政府等候捉奸的消息。这时候，守候的两名乡机关干部打来电话说，目标出现了，走了乡敬老院门外。赵亚科给那两个机关干部说，不要惊动他，叫他进了敬老院大门以后再说。我说，再过两个小时，就可以把这两个人拿下了。赵亚科说，这两个东西，一个月才上一次手，他们肯定一进房间就干起来了，还用等两个小时？我说，那好吧，早拿下，咱早睡觉。正在我们等待好消息的时候，守候的那两个机关干部又打来电话说，完了。赵亚科急忙问，咋完了？那边回话：余全民在门口徘徊了一会儿，转身走了。赵亚科用电话指挥：盯紧，看老头儿去哪搭。

当我们把余全民和何草草捉住之后，我们问余全民：为啥晚上没有进敬老院？余全民说，何草草有一个女孩儿，读初中二年级，和她妈睡一张炕，他怕进去不方便。赵亚科感叹道：余全民想得真周到啊。

不一刻，守候的机关干部又打来电话说，余全民走进街道上的一户农民家里了。赵亚科说，赶快查清楚，这是谁家，和余全民是什么关系。赵亚科放下电话，点上了一支烟，猛吸了两口。我说，咱怕是瞎子点灯白费蜡。赵亚科信心十足地说，不会的，你等着。乡机关干部很快就查清了这一户农民姓车，是余全民的妹妹家。赵亚科在电话中给守候的干事说，盯住余全民不放，看他什么时候出来。

乡机关干部整整守候了一个晚上。

5点50分，余全民走出了妹妹家。下弦月细细的，悬浮在西边的蓝天上。街道上空无一人。余全民的双脚在街道上擦出的声音特别响亮，他绕到了街道后边去，绕了一个大圈，走到乡敬老院门口时是6点15分。何草草的女儿离开了敬老院刚好5分钟。6点20分，余全民推开了何草草的房子门。

6点35分，两名乡机关干部破门而进，将余全民和何草草堵在了被窝里。据说，两个人一丝不挂，捉奸的全过程就这么简单。

余全民和何草草被送到了雍川乡政府。余全民一看见我，似乎明白了，我是这场戏的导演之一。他还是明知故问：张乡长，你咋在这里？我说，我等着领你回去。余全民是一个得理不让人的老汉，哪怕指甲盖大的事不敢叫他占住理。在我和他打交道的这几年中，我已摸清了他的坏脾气；一旦我说错了一句话，他就会咬住不放，和我纠缠不休。因此，和余全民对话必须思维清楚，逻辑合理，表达准确。就在那个冬天的清晨，在雍川乡政府的一个房间里，余全民瞅了我一眼，像晒了几天的茄子一样蔫了。他说，张乡长，给我一支烟抽。我给了他一支烟，给他点上了火。我说，老余，你不是常给我讲道德，讲良心吗？你做的这事咋说呀？余全民说，我和草草是两厢情愿，娃喜欢我。我说，照你说，你们两个是相亲相爱，我们这样做，是毁了你两个的爱情？得是？余全民说，反正，我们不是胡来，你们这样做太过分了。我说，那好吧，你现在就去上访，去找省政府去北京城告我和赵亚科去，就说我们破坏了你和何草草的爱情。余全民说，你们私闯民宅，不是什么光彩的事。我说，你光彩，得是？你多大了？十八了，还是二十了？何草草和你女儿比，能大几岁？你把人家娃搂在怀里，光彩得很？得是？余全民说，我老了，我承认，你知道我和草草之间是咋回事吗？我说，是要死要活的爱情，得是？余全民说，也不是个啥丑事。我说，光彩得很？那好，咱回南堡乡去，给你儿子和你女人说说。余全民一听，要给他的女人说这事，站起来，屈膝跪在了我面前：张乡长，你千万不要给我女人说。我知道，余全民谁都不怕，就是怕自己的女人，他的家全靠女人支撑，他的日常生活要靠女人照料。余全民的女人能干，厉害。这是大半个乡的人都知道的事情。我一看，余全民竟然流泪了，就说，你这是干啥？快起来。余全民说，你不答应，我不起来。我说，叫我答应啥？余全民说，给我女人保密。我说，好，给你的女人保密，你起来。余全民这才起来了。我说，这事我们给派出所不移交了，你写个认错书。余全民说，我给你们认错就行了，还写啥认错书。我说，你不写，那好，我打电话叫派出所的江所长来，我告诉你，得准备五千元的罚款，这是派出所的老规矩。余全民抽了一支烟，他走到窗户跟前去，想了一会儿，才答应写认错书。

余全民刚走，赵亚科进来了。我问他：何草草呢？赵亚科说，回敬老院了。我说，何草草认错了？赵亚科说：认了。我问何草草，你们是什么时候勾搭成奸的？何草草说，你把话说那么难听干啥呀？赵亚科说，好好好，你说说，你们是什么时候相好的？何草草说，去年春天，省上开人代会期间，我们结伴去西安上访，在便民旅社住了一个晚上。回来后，余全民就隔三岔五地找我。赵亚科说，没有想到，这个何草草说得很开。张宏军说，她把床上的事也说了？赵亚科说，说了，说得很粗。何草草说，前几次，余全民临走时还给她二十元钱，后来，他再给钱，她不要。赵亚科说，照你说，你们还爱得很纯洁的？何草草说，你认为我是鸡，得是？赵亚科说，她这么一说，我就问她，你认为你纯洁？你高尚？得是？何草草说，我没有说我纯洁高尚，我觉得，我和老余相好，也不是啥见不得人的事。赵亚科说，我一看，何草草一脸的无所谓，我就说，你才三十六七岁，和一个六十多岁的老汉在一起纠缠，光荣？得是？赵亚科说，我没有想到，我这句话把何草草刺痛了。她说，我男人离开我八九年了，你不是不知道，你叫你女人离开你七八个月试试，看她没有男人行呀不？我愿意和老余睡，咋啦？赵亚科说，她这么一说，把我逗躁了。我说，好呀，你愿意睡，你们睡去。这事我不管了，我叫派出所的人来管。我拿起手机要打。何草草说，你用派出所的人威胁我，得是？你叫他们来，我不怕。你是乡长，你有权，你给全乡人都说去，说我和余全民睡觉来。睡了就睡了，我情愿和他睡，你把我能咋？赵亚科说，我一看，何草草不吃硬的，我收了手机说，何草草，你没想想，你这样做，影响多不好，你女儿都十四五岁了，叫娃撞见，你能下了台吗？再说，余老汉都六十多岁了，你咋能和年岁这么大的人在一起？何草草说，你不要说人家余全民。余全民他对我好，确实对我好，他宁愿自己在火车站蹲一个晚上，也要掏钱叫我住旅社。去年去西水市上访，我病了，他在我跟前守了三天，他给我端吃喂喝。晚上，把我的脚搂在怀里，用手在我脚上搓。我拉肚子，拉在裤子上，我脱下后，他给我去洗。他比我男人都好。他自己舍不得吃，给我花钱买了一件衣服。他哪怕八十岁，只要对我好，我就给他，我乐意给他。你们不要笑话我，我就是这脾气。人要记住人的好处的。赵亚科说，我一看，何草草竟然动情了，似乎要拉开忆旧情的架势，就说，不管你们怎么相好，你是有夫之妇，余全民是有妇之夫，你们在一起，起码是不道德的，你必须认错。何草草说，我不认错。我没有错。只准你们当官的包二奶嫖小姐，不准我们老百姓相好，这是啥规矩？赵亚科一看，何草草还硬得不行，就说，等你女儿放了学，咱去中学里给你女儿说。何草草一听，要给女儿说，软下来了，她已失去丈夫，再不能失去女儿了。她说，余全民之所以等候一个晚上，是她的安排，她最害怕她的女儿知道她和其他的男人不清楚。后来，何草草还是认了错，写了认错书。

何草草是雍川乡最顽固的上访者之一。她开始上访的理由是，向乡政府要丈夫。何草草的丈夫叫王拉狗。王拉狗是招赘上门的外县人。

十年前，王拉狗突然离家出走了。何草草到乡政府来告状，说村干部把她的丈夫逼走了。雍川乡派人去了解，不是这回事。事实的真相是：何草草三天两头和王拉狗吵架，以致动手动脚。村干部曾经作过调解，也批评过王拉狗。这个外乡人在何家呆不住了，一气之下就走了。何草草出去找了几次，没有找见。一年以后，何草草开始上访，她见天儿向乡政府跑，要求乡政府派人出去给她找丈夫。丈夫走后，家里留下了何草草的老母亲、两个孩子和她。这日子，何草草一个人根本扛不动。随着时间的推移，上访的内容变了；何草草要求乡政府救济。何草草来一次，乡政府给一次，五十、八十元给，一百二百也给，反正，来了，就得打发。不然，何草草就跑到县委县政府、省委省政府去闹，她还进过两次北京城。不论到哪儿去，问题还要基层来解决。为何草草的上访之事，雍川乡的乡长和书记没少挨过批评。乡政府采取花钱买稳定的办法，把乡敬老院原来那个护理员辞退了，叫何草草来乡敬老院上班，每月给她五百元的工资。可是，何草草还是不安心工作。只有三位老人，她也管不好，民政干事一批评她，她又去西小市上访了，说乡干部欺侮她。

我们之所以上演捉奸这场戏就是为了抓住这两个上访者的"把柄"，阻止他们上访。这话听起来有点可笑，乡政府还用采取如此下策吗？乡政府还对付不了两个农民吗？冯作家，你到基层来工作几年就知道我们的难处了，我们对这些很顽固的上访者确实没有办法。再给你说说这个余全民吧。我们拿他也没有办法。他上访的理由是：将他的儿子追认为见义勇为者。事情得从头说起：十年前，余全民的小儿子约同村的两个少年去水库游泳。人家那两个娃不去，他娃硬是纠缠着人家去了。那两个娃不会游泳，在浅水处戏耍。他的娃把其中的一个娃推到了水深处，要教人家娃游泳。结果，人家娃溺水，他的娃奋力去救，他的娃把人家的娃救上了岸，自己力气不支，被淹死了。他找到民政部门，说他的小儿子是见义勇为者。他闭口不提他的儿子应当承担的责任，只说儿子是为了救他人而死的，不说是儿子撺掇人家娃去游泳的。尽管县民政局给他补偿了一万元，他还不答应。我们能理解余全民痛失爱子的心情。如果上级民政部门承认他的儿子是见义勇为者，我们也高兴。这样，他就不再找乡政府了。他从县政府上访到市政府，从市政府上访到省政府，到北京去过不下十次，没有一个单位承认他的儿子是见义勇为者。他还是不停地上访。我刚才说过，我们捉奸的目的很明确——以此而遏制他上访。这事听起来很荒谬，可是，乡镇的实际情况就是这样。

捉奸这一招还真是灵。大半个冬天，余全民没有再上访。我打电话问赵亚科何草草上访过没有？赵亚科说，没有。赵亚科说，这下子总算把何草草降住了。她还是怕人说她是不正经的女人。我说，结论不要下得太早，明年春天，省上开人代会，这两个老户不再上访就算咱们捉奸成功了。

元旦前，西水市委要召开十四届五次会议。我们乡包村的干部听说余全民又要去西水市上访，他便把捉奸的事给余全民的女人说了。余全民的女人一听，原来这老东西借上访之名在嫖女人！她气得扛起一把镢头，在院子里撵着余全民打。嘴皮那么硬的老头子给女人跪在了院子里，他给女人作了保证，保证不再上访，不再去找何草草，女人这才罢休了。乡民政干事把这件事在机关食堂学了一遍，惹得大家哈哈大笑。包村的干部说，这就叫夷人治夷。如果不上演捉奸这出戏，我们是制不服余全民的。

到了今年三月份，省上开人代会，维护稳定成为头等大事。余全民照例是第一个"维稳"对象，我们照例派人监控他。可是，余全民没有上访，余全民的女人却来上访了。她说，余全民"神经"了。我问她是咋回事。女人说，他坐着，整天坐着，嘴里不知说什么，神神道道的。我带了一名干事去余家庄看余全民。进了余全民的家，我一看，老汉老多了，花白的头发也变稀了。他果然坐在院子里，和尚坐禅似的静坐不动。我到了他跟前，他也不打招呼。我说老余啊，你咋了？他不说话，嘴里不知念叨什么。我给他的女人说，你们带他到医院去看看。女人说，看过两次，医生说没有什么病。我给余全民说，你到乡政府来咱们谈谈，我还爱听你说话。余全民是"老三届"高中毕业生，天文地理他都懂一点，他还是个文学爱好者，《红楼梦》《金瓶梅》他都读过，什么莫泊桑、契诃夫、托尔斯泰，一说一大串外国人的名字。他的那张嘴是很能说的。他不来上访我反而觉得有点寂寞了。和他斗嘴既使我生气，又使我觉得愉快，他是能够给人带来愉快的一个老汉。我说，老余，我在乡政府等着你，余全民点了点头，算是对我的一个回答。

没几天，余全民果然到乡政府来了。他进了我的房间。我给他递一支烟，他抽一支，就是不开口说话。抽了三支烟之后，就下楼走了。他似乎有难言之隐，就是不开口。又过了几天，他又来了。又是抽三支烟之后走人。我看看老汉那样子，觉得他挺可怜的。他的背也驼了，腰也弯了，一双眼睛空空洞洞的，不敢正面看人似的，把目光丢在一边，只用面目对着我。

几天后，我去余家庄检查大棚菜，老远看见余全民一个人在乡村土路上转悠，我想走过去和他说几句话。他可能看见我来了，脚步加快了，背身摇晃得很厉害。我随之加快了步子，他竟然快步如飞，似乎空气中的尘埃一样。我叫了两声老余，放慢了脚步。他也慢下来了。眼看，我要追上他了，他又加快了步伐。我在心里骂道：你这个老家伙，搞什么名堂？我不再想撵他了。我准备返回去时，他从我眼前消失了，那条路上不见一个人影，只有那棵土槐树静静地伫立在春天的午后。我觉得蹊跷、迷茫，离开了余家庄。我不放心，第二天，派人去余家庄寻找老汉。来人回来说，老汉一个人在院子里晒太阳。

我打电话问赵亚科，何草草怎么样？他说，女人发"神经"，丢三落四的，给三个老汉做的饭没办法下口，不是盐太重，就是醋太酸。赵亚科说，去年春节前，她给敬老院里的老汉烧炕，烧得火大了，差一点把一个老汉烧死。赵亚科说，你看这些人，不上访就有病了。我说，恐怕不是那回事。

没几天，赵亚科又打来了电话，他说，何草草到乡政府来找他，说她要见余老汉。你说，这事咋办呀？我说，她就不怕余全民的女人打断她的腿？赵亚科说，我没那么说，我说，这次你被人捉住，我们再不管了，有管你们的人。何草草说，不要你们管，我见一回余老汉总不会把我头杀了吧。我说，你不怕派出所罚款，你该怕余老汉的女人吧。何草草说，我不怕。她是女人，女人知道女人的苦楚。

赵亚科打毕电话的当天，余全民来了。他说他是从县城里来的。他手里提一个纸袋子。我以为，他提的是什么报纸或文件（他上访时往往拿许多报纸文件，从报纸和文件上寻找依据）。他将纸袋打开，从中取出来一件衣服，我一看，是女人的一件上装。他说，张乡长，我给草草买了一件夏天的衣服，麻烦你给她捎去。我看了看余全民，没有表态。原来，老汉和何草草的"情"没有断。难道，他还要我搭桥铺路不成？他一看，我不开口，就说：

就算我老汉求你，还不行吗？我说衣服我不能给你捎，要去，你自己给她送去。老汉一听，提上衣服，大步流星地走了。大概，他来找我，就是要的这句话。

夏收前的一天，我正在办公室批阅文件，民政干事来了。他一见我，极其诡秘地说，张乡长，有情况了。我说，看你那样子，好像哥伦布发现了新大陆。什么事？民政干事说，我去下村，看见何草草和一个男人进了陈村的一个闲置的变压器房中。民政干事故意卖关子，不说那个男人是谁。他一看我不想知道那个男人是谁，就说，她和余全民进去了。我说，你说的是啥意思？民政干事说，再去捉，捉奸。我说，滚一边去，再不要给我出瞎主意了。民政干事说，张乡长，你是咋了？这机会难得呀。我说，你是咋了？咱还能再干这蠢事吗？民政干事一看，他所获取的新闻线索在我眼里没有价值，没趣地走了。捉奸这场戏到此拉上了幕布。我感叹了一声：唉，这就是我们制服老百姓的办法。

冯作家说，张乡长，你说的这些莫不是虚构的故事？

我说，没有一句假话，不信，你去问乡政府的其他干部。

冯作家说，我觉得这件事不用虚构就是小说。

我说，什么小说呀，艺术呀，我不懂。如果这就是小说，你把它记下来，到时候发表了，要给我分稿费的。

冯作家说，好吧。

作者简介

冯积岐，男，陕西作家协会副主席，中国作家协会会员。